KU-176-284

COLLECTION TEL

Michel Foucault

Surveiller et punir

Naissance de la prison

Gallimard

I

SUPPLICE

CHAPITRE PREMIER

Le corps des condamnés

Damiens avait été condamné, le 2 mars 1757, à « faire amende honorable devant la principale porte de l'Église de Paris », où il devait être « mené et conduit dans un tombereau, nu, en chemise, tenant une torche de cire ardente du poids de deux livres », puis, « dans le dit tombereau, à la place de Grève, et sur un échafaud qui y sera dressé, tenaillé aux mamelles, bras, cuisses et gras des jambes, sa main droite tenant en icelle le couteau dont il a commis le dit parricide, brûlée de feu de soufre, et sur les endroits où il sera tenaillé, jeté du plomb fondu, de l'huile bouillante, de la poix résine brûlante , de la cire et soufre fondus et ensuite son corps tiré et démembré à quatre chevaux et ses membres et corps consumés au feu, réduits en cendres et ses cendres jetées au vent[1] ».

« Enfin on l'écartela, raconte la *Gazette d'Amsterdam*[2]. Cette dernière opération fut très longue, parce que les chevaux dont on se servait n'étaient pas accoutumés à tirer; en sorte qu'au lieu de quatre, il en fallut mettre six; et cela ne suffisant pas encore, on fut obligé pour démembrer les cuisses du malheureux, de lui couper les nerfs et de lui hacher les jointures...

« On assure que quoiqu'il eût toujours été grand jureur, il ne lui échappa aucun blasphème; seulement les excessives douleurs qui lui faisaient pousser d'horribles cris, et souvent

1. *Pièces originales et procédures du procès fait à Robert-François Damiens*, 1757, t. III, p. 372-374.

2. *Gazette d'Amsterdam*, Ier avril 1757.

il répéta : Mon Dieu, ayez pitié de moi; Jésus, secourez-moi. Les spectateurs furent très édifiés de la sollicitude du curé de Saint-Paul qui malgré son grand âge ne perdait aucun moment pour consoler le patient. »

Et l'exempt Bouton : « On a allumé le soufre, mais le feu était si médiocre que la peau du dessus de la main seulement n'en a été que fort peu endommagée. Ensuite un exécuteur, les manches troussées jusqu'au-dessus des coudes, a pris des tenailles d'acier faites exprès, d'environ un pied et demi de long, l'a tenaillé d'abord au gras de la jambe droite, puis à la cuisse, de là aux deux parties du gras du bras droit; ensuite aux mamelles. Cet exécuteur quoique fort et robuste a eu beaucoup de peine à arracher les pièces de chair qu'il prenait dans ses tenailles deux ou trois fois du même côté en tordant, et ce qu'il en emportait formait à chaque partie une plaie de la grandeur d'un écu de six livres.

« Après ces tenaillements, Damiens qui criait beaucoup sans cependant jurer, levait la tête et se regardait; le même tenailleur a pris avec une cuillère de fer dans la marmite de cette drogue toute bouillante qu'il a jetée en profusion sur chaque plaie. Ensuite, on a attaché avec des cordages menus les cordages destinés à atteler aux chevaux, puis les chevaux attelés dessus à chaque membre le long des cuisses, jambes et bras.

« Le sieur Le Breton, greffier, s'est approché plusieurs fois du patient, pour lui demander s'il avait quelque chose à dire. A dit que non; il criait comme on dépeint les damnés, rien n'est à le dire, à chaque tourment : "Pardon, mon Dieu! Pardon Seigneur." Malgré toutes ces souffrances ci-dessus, il levait de temps en temps la tête et se regardait hardiment. Les cordages si fort serrés par les hommes qui tiraient les bouts lui faisaient souffrir des maux inexprimables. Le sieur Le Breton s'est encore approché de lui et lui a demandé s'il ne voulait rien dire; a dit non. Les confesseurs se sont approchés à plusieurs et lui ont parlé longtemps; il baisait de bon gré le crucifix qu'ils lui présentaient; il allongeait les lèvres et disait toujours : "Pardon, Seigneur."

« Les chevaux ont donné un coup de collier, tirant chacun un membre en droiture, chaque cheval tenu par un exécuteur. Un quart d'heure après, même cérémonie, et enfin après plusieurs reprises on a été obligé de faire tirer les chevaux, savoir : ceux du bras droit à la tête, ceux des cuisses en retournant du côté des bras, ce qui lui a rompu les bras aux jointures. Ces tiraillements ont été répétés plusieurs fois sans réussite. Il levait la tête et se regardait. On a été obligé de remettre deux chevaux, devant ceux attelés aux cuisses, ce qui faisait six chevaux. Point de réussite.

« Enfin l'exécuteur Samson a été dire au sieur Le Breton qu'il n'y avait pas de moyen ni espérance d'en venir à bout, et lui dit de demander à Messieurs s'ils voulaient qu'il le fît couper en morceaux. Le sieur Le Breton, descendu de la ville a donné ordre de faire de nouveaux efforts, ce qui a été fait; mais les chevaux se sont rebutés et un de ceux attelés aux cuisses est tombé sur le pavé. Les confesseurs revenus lui ont parlé encore. Il leur disait (je l'ai entendu) : "Baisez-moi, Messieurs." Le sieur curé de Saint-Paul n'ayant osé, le sieur de Marsilly a passé sous la corde du bras gauche et l'a été baiser sur le front. Les exécuteurs s'unirent entre eux et Damiens leur disait de ne pas jurer, de faire leur métier, qu'il ne leur en voulait pas; les priait de prier Dieu pour lui, et recommandait au curé de Saint-Paul de prier pour lui à la première messe.

« Après deux ou trois tentatives, l'exécuteur Samson et celui qui l'avait tenaillé ont tiré chacun un couteau de leur poche et ont coupé les cuisses au défaut du tronc du corps, les quatre chevaux étant à plein collier ont emporté les deux cuisses après eux, savoir : celle du côté droit la première, l'autre ensuite; ensuite en a été fait autant aux bras et à l'endroit des épaules et aisselles et aux quatre parties; il a fallu couper les chairs jusque presque aux os, les chevaux tirant à plein collier ont remporté le bras droit le premier et l'autre après.

« Ces quatre parties retirées, les confesseurs sont descendus pour lui parler; mais son exécuteur leur a dit qu'il était mort, quoique la vérité était que je voyais l'homme s'agiter, et la mâchoire inférieure aller et venir comme s'il parlait. L'un des exécuteurs a même dit peu après que lorsqu'ils avaient relevé le tronc du corps pour le jeter sur le bûcher, il était encore vivant. Les quatre membres détachés des cordages des chevaux ont été jetés sur un bûcher préparé dans l'enceinte en ligne droite de l'échafaud, puis le tronc et le tout ont été ensuite couverts de bûches et de fagots, et le feu mis dans la paille mêlée à ce bois.

« ... En exécution de l'arrêt, le tout a été réduit en cendres. Le dernier morceau trouvé dans les braises n'a été fini d'être consumé qu'à dix heures et demie et plus du soir. Les pièces de chair et le tronc ont été environ quatre heures à brûler. Les officiers au nombre desquels j'étais, ainsi que mon fils, avec des archers par forme de détachement sommes restés sur la place jusqu'à près de onze heures.

« On veut tirer des conséquences sur ce qu'un chien s'était couché le lendemain sur le pré où avait été le foyer, en avait été chassé à plusieurs reprises, y revenant toujours. Mais il n'est pas difficile de comprendre que cet animal trouvait cette place plus chaude qu'ailleurs[1]. »

Trois quarts de siècle plus tard, voici le règlement rédigé par Léon Faucher « pour la Maison des Jeunes détenus à Paris[2] » :

ART. 17. La journée des détenus commencera à six heures du matin en hiver, à cinq heures en été. Le travail durera neuf heures par jour en toute saison. Deux heures par jour seront consacrées à l'enseignement. Le travail et la journée se termineront à neuf heures en hiver, à huit heures en été.

ART. 18. *Lever*. Au premier roulement de tambour, les détenus doivent se lever et s'habiller en silence, pendant que le surveillant ouvre les portes des cellules. Au second roulement, ils doivent être debout et faire leur lit. Au troisième, ils se rangent par ordre pour aller à la chapelle où se fait la prière du matin. Il y a cinq minutes d'intervalle entre chaque roulement.

ART. 19. La prière est faite par l'aumônier et suivie d'une lecture morale ou religieuse. Cet exercice ne doit pas durer plus d'une demi-heure.

ART. 20. *Travail*. A six heures moins un quart en été, à sept heures moins un quart en hiver les détenus descendent dans

1. Cité in A.L. Zevaes, *Damiens le régicide*, 1937, p. 201-214.
2. L. Faucher, *De la réforme des prisons*, 1838, p. 274-282.

la cour où ils doivent se laver les mains et la figure, et recevoir une première distribution de pain. Immédiatement après, ils se forment par ateliers et se rendent au travail, qui doit commencer à six heures en été et à sept heures en hiver.

ART. 21. *Repas*. A dix heures les détenus quittent le travail pour se rendre au réfectoire; ils vont se laver les mains dans leurs cours, et se former par divisions. Après le déjeuner, récréation jusqu'à onze heures moins vingt minutes.

ART. 22. *École*. A onze heures moins vingt minutes au roulement de tambour, les rangs se forment, on entre à l'école par divisions. La classe dure deux heures, employées alternativement à la lecture, à l'écriture, au dessin linéaire et au calcul.

ART. 23. A une heure moins vingt minutes, les détenus quittent l'école, par divisions et se rendent dans leurs cours pour la récréation. A une heure moins cinq minutes, au roulement du tambour, ils se reforment par ateliers.

ART. 24. A une heure, les détenus doivent être rendus dans les ateliers : le travail dure jusqu'à quatre heures.

ART. 25. A quatre heures on quitte les ateliers pour se rendre dans les cours où les détenus se lavent les mains et se forment par divisions pour le réfectoire.

ART. 26. Le dîner et la récréation qui suit durent jusqu'à cinq heures : à ce moment les détenus rentrent dans les ateliers.

ART. 27. A sept heures en été, à huit heures en hiver, le travail cesse; on fait une dernière distribution de pain dans les ateliers. Une lecture d'un quart d'heure ayant pour objet quelques notions instructives ou quelque trait touchant est faite par un détenu ou par un surveillant et suivie de la prière du soir.

ART. 28. A sept heures et demie en été, à huit heures et demie en hiver, les détenus doivent être rendus dans la cellule après le lavement des mains et l'inspection des vêtements faite dans les cours; au premier roulement de tambour, se déshabiller, et au second se mettre au lit. On ferme les portes des cellules et les surveillants font la ronde dans les corridors, pour s'assurer de l'ordre et du silence.

*

Voilà donc un supplice et un emploi du temps. Ils ne sanctionnent pas les mêmes crimes, ils ne punissent pas le même genre de délinquants. Mais ils définissent bien, chacun, un certain style pénal. Moins d'un siècle les sépare. C'est l'époque où fut redistribuée, en Europe, aux États-Unis, toute l'économie du châtiment. Époque de grands « scandales » pour la justice traditionnelle, époque des innombrables projets de réformes; nouvelle théorie de la loi et du crime, nouvelle justification morale ou politique du droit de punir; abolition des anciennes ordonnances, effacement des coutumes; projet ou rédaction de codes « modernes » : Russie, 1769; Prusse, 1780; Pennsylvanie et Toscane, 1786; Autriche, 1788; France, 1791, An IV, 1808 et 1810. Pour la justice pénale, un âge nouveau.

Parmi tant de modifications j'en retiendrai une : la disparition des supplices. On est, aujourd'hui, un peu porté à la négliger; peut-être, en son temps, avait-elle donné lieu à trop de déclamations; peut-être l'a-t-on mise trop facilement et avec trop d'emphase au compte d'une « humanisation » qui autorisait à ne pas l'analyser. Et de toute façon, quelle est son importance, si on la compare aux grandes transformations institutionnelles, avec des codes explicites et généraux, des règles unifiées de procédure; le jury adopté presque partout, la définition du caractère essentiellement correctif de la peine, et cette tendance, qui ne cesse de s'accentuer depuis le XIXe siècle, à moduler les châtiments selon les individus coupables? Des punitions moins immédiatement physiques, une certaine discrétion dans l'art de faire souffrir, un jeu de douleurs plus subtiles, plus feutrées, et dépouillées de leur faste visible, cela mérite-t-il qu'on lui fasse un sort particulier, n'étant sans doute rien de plus que l'effet de réaménagements plus profonds? Et pourtant un fait est là : a disparu, en quelques dizaines d'années, le corps supplicié, dépecé, amputé, symboliquement marqué au visage ou à l'épaule, exposé vif ou mort, donné en spectacle. A disparu le corps comme cible majeure de la répression pénale.

A la fin du XVIIIe siècle, au début du XIXe, malgré quelques grands flamboiements, la sombre fête punitive est en train de s'éteindre. Dans cette transformation, deux processus se sont mêlés. Ils n'ont eu tout à fait ni la même chronologie ni les mêmes raisons d'être. D'un côté, l'effacement du spectacle punitif. Le cérémonial de la peine tend à entrer dans l'ombre, pour ne plus être qu'un nouvel acte de procédure ou d'administration. L'amende honorable en France avait été abolie une première fois en 1791, puis à nouveau en 1830 après un bref rétablissement; le pilori est supprimé en 1789; pour l'Angleterre en 1837. Les travaux publics que l'Autriche, la Suisse, et certains des États-Unis comme la Pennsylvanie faisaient pratiquer en pleine rue ou sur les grands chemins — forçats au collier de fer, en vêtements multicolores, boulets aux pieds, échangeant avec la foule des défis, des injures, des moqueries, des coups, des signes de rancune ou de complicité[1] — sont supprimés à peu près partout à la fin du XVIIIe siècle, ou dans la première moitié du XIXe siècle. L'exposition avait été maintenue en France en 1831, malgré de violentes critiques — « scène dégoûtante », disait Réal[2]; elle est abolie finalement en avril 1848. Quant à la chaîne, qui traînait les bagnards à travers toute la France, jusqu'à Brest et Toulon, de décentes voitures cellulaires, peintes en noir, la remplaçent en 1837. La punition a cessé peu à peu d'être une scène. Et tout ce qu'elle pouvait emporter de spectacle se trouvera désormais affecté d'un indice négatif; comme si les fonctions de la cérémonie pénale cessaient, progressivement, d'être comprises, on soupçonne ce rite qui « concluait » le crime d'entretenir avec lui de louches parentés : de l'égaler, sinon de le dépasser en sauvagerie, d'accoutumer les spectateurs à une férocité dont on voulait les détourner, de leur montrer la fréquence des crimes, de faire ressembler le bourreau à un criminel, les juges à des meurtriers, d'inverser au dernier moment les rôles, de faire du supplicié un objet de pitié ou d'admiration. Beccaria, très tôt, l'avait dit : « L'assassinat que l'on nous représente comme un crime horrible, nous le voyons commettre froidement, sans

1. Robert Vaux, *Notices*, p. 45, cité *in* N.K. Teeters. *They were in prison*, 1937, p. 24.

2. *Archives parlementaires*, 2e série, t. LXXII Ier déc. 1831.

remords[1]. » L'exécution publique est perçue maintenant comme un foyer où la violence se rallume.

La punition tendra donc à devenir la part la plus cachée du processus pénal. Ce qui entraîne plusieurs conséquences : elle quitte le domaine de la perception quasi quotidienne, pour entrer dans celui de la conscience abstraite; son efficacité, on la demande à sa fatalité, non à son intensité visible; la certitude d'être puni, c'est cela, et non plus l'abominable théâtre, qui doit détourner du crime; la mécanique exemplaire de la punition change ses rouages. De ce fait, la justice ne prend plus en charge publiquement la part de violence qui est liée à son exercice. Qu'elle tue, elle aussi, ou qu'elle frappe, ce n'est plus la glorification de sa force, c'est un élément d'elle-même qu'elle est bien obligée de tolérer, mais dont il lui est difficile de faire état. Les notations de l'infamie se redistribuent : dans le châtiment-spectacle, une horreur confuse jaillissait de l'échafaud; elle enveloppait à la fois le bourreau et le condamné : et si elle était toujours prête à inverser en pitié ou en gloire la honte qui était infligée au supplicié, elle retournait régulièrement en infamie la violence légale de l'exécuteur. Désormais, le scandale et la lumière vont se partager autrement; c'est la condamnation elle-même qui est censée marquer le délinquant du signe négatif et univoque : publicité donc des débats, et de la sentence; quant à l'exécution, elle est comme une honte supplémentaire que la justice a honte d'imposer au condamné; elle s'en tient donc à distance, tendant toujours à la confier à d'autres, et sous le sceau du secret. Il est laid d'être punissable, mais peu glorieux de punir. De là ce double système de protection que la justice a établi entre elle et le châtiment qu'elle impose. L'exécution de la peine tend à devenir un secteur autonome, dont un mécanisme administratif décharge la justice; celle-ci s'affranchit de ce sourd malaise par un enfouissement bureaucratique de la peine. Il est caractéristique qu'en France l'administration des prisons ait été longtemps placée sous la dépendance du ministère de l'Intérieur, et celle des bagnes sous le contrôle de la Marine ou

1. I. C. de Beccaria, *Traité des délits et des peines*, 1764, p. 101 de l'édition donnée par F. Hélie en 1856, et qui sera citée ici.

des Colonies. Et au-delà de ce partage des rôles s'opère la dénégation théorique : l'essentiel de la peine que nous autres, juges, nous infligeons, ne croyez pas qu'il consiste à punir; il cherche à corriger, redresser, « guérir »; une technique de l'amélioration refoule, dans la peine, la stricte expiation du mal, et libère les magistrats du vilain métier de châtier. Il y a dans la justice moderne et chez ceux qui la distribuent une honte à punir, qui n'exclut pas toujours le zèle; elle croît sans cesse : sur cette blessure, le psychologue pullule, et le petit fonctionnaire de l'orthopédie morale.

La disparition des supplices, c'est donc le spectacle qui s'efface; mais c'est aussi la prise sur le corps qui se dénoue. Rush, en 1787 : « Je ne peux pas m'empêcher d'espérer que le temps n'est pas loin où les gibets, le pilori, l'échafaud, le fouet, la roue seront, dans l'histoire des supplices, considérés comme les marques de la barbarie des siècles et des pays et comme les preuves de la faible influence de la raison et de la religion sur l'esprit humain[1]. » En effet, Van Meenen ouvrant soixante ans plus tard le second congrès pénitentiaire, à Bruxelles, rappelait le temps de son enfance comme une époque révolue : « J'ai vu le sol parsemé de roues, de gibets, de potences, de piloris; j'ai vu des squelettes hideusement étendus sur des roues[2]. » La marque avait été abolie en Angleterre (1834) et en France (1832); le grand supplice des traîtres, l'Angleterre n'osait plus l'appliquer dans toute son ampleur en 1820 (Thistlewood ne fut pas coupé en quartiers). Seul le fouet demeurait encore dans un certain nombre de systèmes pénaux (Russie, Angleterre, Prusse). Mais d'une façon générale, les pratiques punitives étaient devenues pudiques. Ne plus toucher au corps, ou le moins possible en tout cas, et pour atteindre en lui quelque chose qui n'est pas le corps lui-même. On dira : la prison, la réclusion, les travaux forcés, le bagne, l'interdiction de séjour, la déportation — qui ont occupé une place si importante dans les systèmes pénaux modernes — sont bien des peines « physiques » : à la différence de l'amende, ils portent, et directement, sur le corps. Mais la relation châtiment-corps n'y est pas identique à ce

1. B. Rush, devant la *Society for promoting political enquiries, in* N.K. Teeters, *The Cradle of the penitentiary*, 1935, p. 30.
2. Cf. *Annales de la Charité*, II, 1847, p. 529-530.

qu'elle était dans les supplices. Le corps s'y trouve en position d'instrument ou d'intermédiaire : si on intervient sur lui en l'enfermant, ou en le faisant travailler, c'est pour priver l'individu d'une liberté considérée à la fois comme un droit et un bien. Le corps, selon cette pénalité, est pris dans un système de contrainte et de privation, d'obligations et d'interdits. La souffrance physique, la douleur du corps lui-même ne sont plus les éléments constituants de la peine. Le châtiment est passé d'un art des sensations insupportables à une économie des droits suspendus. S'il faut encore à la justice manipuler et atteindre le corps des justiciables, ce sera de loin, proprement, selon des règles austères, et en visant un objectif bien plus « élevé ». Par l'effet de cette retenue nouvelle, toute une armée de techniciens est venue prendre la relève du bourreau, anatomiste immédiat de la souffrance : les surveillants, les médecins, les aumôniers, les psychiatres, les psychologues, les éducateurs; par leur seule présence auprès du condamné, ils chantent à la justice la louange dont elle a besoin : ils lui garantissent que le corps et la douleur ne sont pas les objets derniers de son action punitive. Il faut réfléchir à ceci : un médecin aujourd'hui doit veiller sur les condamnés à mort, et jusqu'au dernier moment — se juxtaposant ainsi comme préposé au bien-être, comme agent de la non-souffrance, aux fonctionnaires qui, eux, sont chargés de supprimer la vie. Quand le moment de l'exécution approche, on fait aux patients des piqûres de tranquillisants. Utopie de la pudeur judiciaire : ôter l'existence en évitant de laisser sentir le mal, priver de tous les droits sans faire souffrir, imposer des peines affranchies de douleur. Le recours à la psychopharmacologie et à divers « déconnecteurs » physiologiques, même s'il doit être provisoire, est dans le droit fil de cette pénalité « incorporelle ».

De ce double processus — effacement du spectacle, annulation de la douleur — les rituels modernes de l'exécution capitale portent témoignage. Un même mouvement a entraîné, chacune à son rythme propre, les législations européennes : pour tous, une même mort, sans que celle-ci ait à porter, en blason, la marque spécifique du crime ou le statut social du criminel; une mort qui ne dure qu'un instant, qu'aucun acharnement ne doit multiplier à l'avance ou prolonger sur le cadavre, une exécution qui atteigne la vie plutôt que le corps. Plus de ces longs processus où la mort est à la fois retardée par des interruptions calculées et multipliée par une série d'attaques successives. Plus de ces combinaisons comme on en mettait en scène pour tuer les régicides, ou comme celle dont rêvait, au début du XVIIIe siècle, l'auteur de *Hanging not Punischment enough*[1], et qui aurait permis de rompre un condamné sur la roue, puis de le fouetter jusqu'à l'évanouissement, puis de le suspendre avec des chaînes, avant de le laisser lentement mourir de faim. Plus de ces supplices où le condamné est traîné sur une claie (pour éviter que la tête n'éclate sur le pavé), où son ventre est ouvert, ses entrailles arrachées en hâte, pour qu'il ait le temps de voir, de ses yeux, qu'on les jette au feu ; où il est décapité enfin et son corps divisé en quartiers[2]. La réduction de ces « mille morts » à la stricte exécution capitale définit toute une nouvelle morale propre à l'acte de punir.

Déjà en 1760, on avait essayé en Angleterre (c'était pour l'exécution de Lord Ferrer) une machine à pendre (un support, s'escamotant sous les pieds du condamné, devait éviter les lentes agonies et les empoignades qui se produisaient entre victime et bourreau). Elle fut perfectionnée et adoptée définitivement en 1783, l'année même où on supprima le traditionnel défilé de Newgate à Tyburn, et où on profita de la reconstruction de la prison, après les Gordon Riots, pour installer les échafauds à Newgate même[3]. Le fameux article 3 du Code français de 1791 — « tout condamné à mort aura la tête tranchée » — porte cette triple signification : une mort égale pour tous (« Les délits du même genre seront punis par le même genre de peine, quels que soient le rang et l'état du coupable », disait déjà la motion votée, sur proposition de Guillotin, le 1er décembre 1789) ; une seule mort par condamné, obtenue d'un seul coup et sans recours à ces supplices « longs et par conséquent cruels », comme la

1. Texte anonyme, publié en 1701.

2. Supplice des traîtres décrit par W. Blackstone, *Commentaire sur le Code criminel anglais*, trad. 1776, 1, p. 105. La traduction étant destinée à faire valoir l'humanité de la législation anglaise par opposition à la vieille Ordonnance de 1760, le commentateur ajoute : « Dans ce supplice effrayant par le spectacle, le coupable ne souffre ni beaucoup ni longuement. »

3. Cf. Ch. Hibbert, *The Roots of evil*, éd. de 1966, p. 85-86.

potence dénoncée par Le Peletier; enfin le châtiment pour le seul condamné, puisque la décapitation, peine des nobles, est la moins infamante pour la famille du criminel[1]. La guillotine utilisée à partir de mars 1792, c'est la mécanique adéquate à ces principes. La mort y est réduite à un événement visible, mais instantané. Entre la loi, ou ceux qui la mettent à exécution, et le corps du criminel, le contact est réduit au moment d'un éclair. Pas d'affrontement physique; le bourreau n'a plus qu'à être un horloger méticuleux. « L'expérience et la raison démontrent que le mode en usage par le passé pour trancher la tête à un criminel expose à un supplice plus affreux que la simple privation de la vie, qui est le vœu formel de la loi, pour que l'exécution soit faite en un seul instant et d'un seul coup; les exemples prouvent combien il est difficile d'y parvenir. Il faut nécessairement, pour la certitude du procédé, qu'il dépende de moyens mécaniques invariables, dont on puisse également déterminer la force et l'effet... Il est aisé de faire construire une pareille machine dont l'effet est immanquable; la décapitation sera faite en un instant selon le vœu de la nouvelle loi. Cet appareil, s'il paraît nécessaire, ne ferait aucune sensation et serait à peine aperçu[2]. » Presque sans toucher au corps, la guillotine supprime la vie, comme la prison ôte la liberté, ou une amende prélève des biens. Elle est censée appliquer la loi moins à un corps réel susceptible de douleur, qu'à un sujet juridique, détenteur, parmi d'autres droits, de celui d'exister. Elle devait avoir l'abstraction de la loi elle-même.

Sans doute quelque chose des supplices s'est, un temps, surimposé en France à la sobriété des exécutions. Les parricides — et les régicides qu'on leur assimilait — étaient conduits à l'échafaud sous un voile noir; là, jusqu'en 1832, on leur tranchait la main. Ne resta plus, alors, que l'ornement du crêpe. Ainsi pour Fieschi, en novembre 1836 : « Il sera conduit sur le lieu de l'exécution en chemise, nus pieds et la tête couverte d'un voile noir; il sera exposé sur un échafaud pendant qu'un huissier fera au peuple lecture de l'arrêt de

1. Le Peletier de Saint-Fargeau, *Archives parlementaires*, t. XXVI, 3 juin 1791, p. 720.
2. A. Louis, Rapport sur la guillotine, cité par Saint-Edme, *Dictionnaire de pénalité*, 1825, t. IV, p. 161.

condamnation, et il sera immédiatement exécuté. » Il faut se souvenir de Damiens. Et noter que le dernier supplément à la mort pénale a été un voile de deuil. Le condamné n'a plus à être vu. Seule la lecture de l'arrêt de condamnation sur l'échafaud énonce un crime qui ne doit pas avoir de visage[1]. Le dernier vestige des grands supplices en est l'annulation : une draperie pour cacher un corps. Exécution de Benoît, triplement infâme — meurtrier de sa mère, homosexuel, assassin —, le premier des parricides auquel la loi évita d'avoir le poing coupé : « Pendant que l'on faisait lecture de l'arrêt de condamnation, il était debout sur l'échafaud soutenu par les exécuteurs. C'était quelque chose d'horrible à voir que ce spectacle; enveloppé d'un large linceul blanc, la face couverte d'un crêpe noir, le parricide échappait aux regards de la foule silencieuse, et sous ces vêtements mystérieux et lugubres, la vie ne se manifestait plus que pour d'affreux hurlements, qui ont bientôt expiré sous le couteau[2]. »

S'efface donc, au début du XIXe siècle, le grand spectacle de la punition physique; on esquive le corps supplicié; on exclut du châtiment la mise en scène de la souffrance. On entre dans l'âge de la sobriété punitive. Cette disparition des supplices, on peut la considérer à peu près comme acquise vers les années 1830-1848. Bien sûr, cette affirmation globale demande des correctifs. D'abord les transformations ne sont faites ni d'un bloc ni selon un processus unique. Il y a eu des retards. Paradoxalement l'Angleterre fut l'un des pays les plus réfractaires à cette disparition des supplices : peut-être à cause du rôle de modèle qu'avaient donné à sa justice criminelle l'institution du jury, la procédure publique, le respect de l'*habeas corpus*; surtout sans doute, parce qu'elle n'avait pas voulu diminuer la rigueur de ses lois pénales pendant les grands troubles sociaux des années 1780-1820. Longtemps Romilly, Mackintosh et Fowell Buxton

1. Thème fréquent à l'époque : un criminel, dans la mesure même où il est monstrueux, doit être privé de lumière : ne pas voir, ne pas être vu. Pour le parricide il faudrait « fabriquer une cage de fer ou creuser un impénétrable cachot qui lui servît d'éternelle retraite ». De Molène, *De l'humanité des lois criminelles*, 1830, p. 275-277.

2. *Gazette des tribunaux*, 30 août 1832.

échouèrent à faire atténuer la multiplicité et la lourdeur des peines prévues par la loi anglaise — cette « horrible boucherie », disait Rossi. Sa sévérité (au moins dans les peines prévues, car l'application était d'autant plus lâche que la loi semblait excessive aux jurys) s'était même accrue, puisqu'en 1760, Blackstone dénombrait 160 crimes capitaux dans la législation anglaise et qu'on en comptait 223 en 1819. Il faudrait aussi tenir compte des accélérations et des reculs qu'a suivis entre 1760 et 1840 le processus d'ensemble; de la rapidité de la réforme dans certains pays comme l'Autriche ou la Russie, les États-Unis, la France au moment de la Constituante, puis du reflux à l'époque de contre-Révolution en Europe et de la grande peur sociale des années 1820-1848; des modifications, plus ou moins temporaires, apportées par les tribunaux ou les lois d'exception; de la distorsion entre les lois et la pratique réelle des tribunaux (qui est loin de refléter toujours l'état de la législation). Tout cela rend bien irrégulière l'évolution qui s'est déroulée au tournant du XVIIIe et du XIXe siècle.

A cela s'ajoute que si l'essentiel de la transformation est acquis vers 1840, si les mécanismes de la punition ont pris alors leur nouveau type de fonctionnement, le processus est loin d'être achevé. La réduction du supplice est une tendance qui s'enracine dans la grande transformation des années 1760-1840; mais elle n'est pas accomplie; et on peut dire que la pratique du supplice a hanté longtemps notre système pénal, et l'habite encore. La guillotine, cette machinerie des morts rapides et discrètes, avait marqué en France une nouvelle éthique de la mort légale. Mais la Révolution l'avait aussitôt habillée d'un grand rituel théâtral. Pendant des années, elle a fait spectacle. Il a fallu la déplacer jusqu'à la barrière Saint-Jacques, remplacer la charrette découverte par une voiture fermée, pousser rapidement le condamné du fourgon sur la planche, organiser des exécutions hâtives à des heures indues, placer finalement la guillotine dans l'enceinte des prisons et la rendre inacessible au public (après l'exécution de Weidmann en 1939), barrer les rues qui donnent accès à la prison où l'échafaud est caché, et où l'exécution se déroule en secret (exécution de Buffet et de Bontemps à la Santé en 1972), poursuivre en justice les témoins qui racontent la scène, pour que l'exécution cesse d'être un spectacle et pour qu'elle demeure entre la justice et son condamné un étrange secret. Il suffit d'évoquer tant de précautions pour comprendre que la mort pénale reste en son fond, aujourd'hui encore, un spectacle qu'on a besoin, justement, d'interdire.

Quant à la prise sur le corps, elle non plus ne s'est pas trouvée dénouée entièrement au milieu du XIXe siècle. Sans doute la peine a cessé d'être centrée sur le supplice comme technique de souffrance; elle a pris pour objet principal la perte d'un bien ou d'un droit. Mais un châtiment comme les travaux forcés ou même comme la prison — pure privation de liberté — n'a jamais fonctionné sans un certain supplément punitif qui concerne bien le corps lui-même : rationnement alimentaire, privation sexuelle, coups, cachot. Conséquence non voulue, mais inévitable, de l'enfermement? En fait la prison dans ses dispositifs les plus explicites a toujours ménagé une certaine mesure de souffrance corporelle. La critique souvent faite au système pénitentiaire, dans la première moitié du XIXe siècle (la prison n'est pas suffisamment punitive : les détenus ont moins faim, moins froid, sont moins privés au total que beaucoup de pauvres ou même d'ouvriers) indique un postulat qui jamais n'a franchement été levé : il est juste qu'un condamné souffre physiquement plus que les autres hommes. La peine se dissocie mal d'un supplément de douleur physique. Que serait un châtiment incorporel?

Demeure donc un fond « suppliciant » dans les mécanismes modernes de la justice criminelle — un fond qui n'est pas tout à fait maîtrisé, mais qui est enveloppé, de plus en plus largement, par une pénalité de l'incorporel.

*

L'atténuation de la sévérité pénale au cours des derniers siècles est un phénomène bien connu des historiens du droit. Mais, longtemps, il a été pris d'une manière globale comme un phénomène quantitatif : « moins de cruauté, moins de souffrance, plus de douceur, plus de respect, plus d'humanité ». En fait, ces modifications sont accompagnées d'un déplacement dans l'objet même de l'opération punitive. Diminution d'intensité? Peut-être. Changement d'objectif, à coup sûr.

Si ce n'est plus au corps que s'adresse la pénalité sous ses formes les plus sévères, sur quoi établit-elle ses prises? La réponse des théoriciens — de ceux qui ouvrent vers 1760 une période qui n'est pas encore close — est simple, presque évidente. Elle semble inscrite dans la question elle-même. Puisque ce n'est plus le corps, c'est l'âme. A l'expiation qui fait rage sur le corps doit succéder un châtiment qui agisse en profondeur sur le cœur, la pensée, la volonté, les dispositions. Une fois pour toutes, Mably a formulé le principe : « Que le châtiment, si je puis ainsi parler, frappe l'âme plutôt que le corps[1]. »

Moment important. Les vieux partenaires du faste punitif, le corps et le sang, cèdent la place. Un nouveau personnage entre en scène, masqué. Finie une certaine tragédie; une comédie commence avec des silhouettes d'ombre, des voix sans visage, des entités impalpables. L'appareil de la justice punitive doit mordre maintenant sur cette réalité sans corps.

Simple affirmation théorique, que la pratique pénale dément? Ce serait trop vite dit. Il est vrai que punir, aujourd'hui, ce n'est pas simplement convertir une âme; mais le principe de Mably n'est pas resté un vœu pieux. Tout au long de la pénalité moderne, on peut suivre ses effets.

D'abord une substitution d'objets. Je ne veux pas dire par là qu'on s'est mis soudain à punir d'autres crimes. Sans doute, la définition des infractions, la hiérarchie de leur gravité, les marges d'indulgence, ce qui était toléré de fait et ce qui était légalement permis — tout cela s'est largement modifié depuis deux cents ans; beaucoup de crimes ont cessé de l'être, parce qu'ils étaient liés à un certain exercice de l'autorité religieuse ou à un type de vie économique; le blasphème a perdu son statut de crime; la contrebande et le vol domestique, une part de leur gravité. Mais ces déplacements ne sont peut-être pas le fait le plus important : le partage du permis et du défendu a conservé, d'un siècle à

1. G. de Mably, *De la législation*, *Œuvres complètes*, 1789, t. IX, p. 326.

l'autre, une certaine constance. En revanche l'objet « crime », ce sur quoi porte la pratique pénale, a été profondément modifié : la qualité, la nature, la substance en quelque sorte dont est fait l'élément punissable, plus que sa définition formelle. La relative stabilité de la loi a abrité tout un jeu de subtiles et rapides relèves. Sous le nom de crimes et de délits, on juge bien toujours des objets juridiques définis par le Code, mais on juge en même temps des passions, des instincts, des anomalies, des infirmités, des inadaptations, des effets de milieu ou d'hérédité; on punit des agressions, mais à travers elles des agressivités; des viols, mais en même temps des perversions; des meurtres qui sont aussi des pulsions et des désirs. On dira : ce ne sont pas eux qui sont jugés; si on les invoque, c'est pour expliquer les faits à juger, et pour déterminer à quel point était impliquée dans le crime la volonté du sujet. Réponse insuffisante. Car ce sont elles, ces ombres derrière les éléments de la cause, qui sont bel et bien jugées et punies. Jugées par le biais des « circonstances atténuantes » qui font entrer dans le verdict non pas seulement des éléments « circonstanciels » de l'acte, mais tout autre chose, qui n'est pas juridiquement codifiable : la connaissance du criminel, l'appréciation qu'on porte sur lui, ce qu'on peut savoir sur les rapports entre lui, son passé et son crime, ce qu'on peut attendre de lui à l'avenir. Jugées, elles le sont aussi par le jeu de toutes ces notions qui ont circulé entre médecine et jurisprudence depuis le XIXe siècle (les « monstres » de l'époque de Georget, les « anomalies psychiques » de la circulaire Chaumié, les « pervers » et les « inadaptés » des expertises contemporaines) et qui, sous le prétexte d'expliquer un acte, sont des manières de qualifier un individu. Punies, elles le sont par un châtiment qui se donne pour fonction de rendre le délinquant « non seulement désireux mais aussi capable de vivre en respectant la loi et de subvenir à ses propres besoins »; elles le sont par l'économie interne d'une peine qui, si elle sanctionne le crime, peut se modifier (s'abrégeant ou, le cas échéant, se prolongeant) selon que se transforme le comportement du condamné; elles le sont encore par le jeu de ces « mesures de sûreté » dont on accompagne la peine (interdiction de séjour, liberté surveillée, tutelle pénale, traitement médical obligatoire) et qui ne sont pas destinées à sanctionner l'infraction, mais à contrôler l'individu, à neutraliser son état dangereux, à modifier ses dispositions criminelles, et à ne cesser qu'une fois ce changement obtenu. L'âme du criminel n'est pas invoquée au tribunal aux seules fins d'expliquer son crime, et pour l'introduire comme un élément dans l'assignation juridique des responsabilités; si on la fait venir, avec tant d'emphase, un tel souci de compréhension et une si grande application « scientifique », c'est bien pour la juger, elle, en même temps que le crime, et pour la prendre en charge dans la punition. Dans tout le rituel pénal, depuis l'information jusqu'à la sentence et les dernières séquelles de la peine, on a fait pénétrer un domaine d'objets qui viennent doubler, mais aussi dissocier les objets juridiquement définis et codés. L'expertise psychiatrique, mais d'une façon plus générale l'anthropologie criminelle et le ressassant discours de la criminologie trouvent là une de leurs fonctions précises : en inscrivant solennellement les infractions dans le champ des objets susceptibles d'une connaissance scientifique, donner aux mécanismes de la punition légale une prise justifiable non plus simplement sur les infractions, mais sur les individus; non plus sur ce qu'ils ont fait, mais sur ce qu'ils sont, seront, peuvent être. Le supplément d'âme que la justice s'est assuré est en apparence explicatif et limitatif, il est en fait annexionniste. Depuis 150 ou 200 ans que l'Europe a mis en place ses nouveaux systèmes de pénalité, les juges, peu à peu, mais par un processus qui remonte fort loin, se sont donc mis à juger autre chose que les crimes : l'« âme » des criminels.

Et ils se sont mis, par là même, à faire autre chose que juger. Ou, pour être plus précis, à l'intérieur même de la modalité judiciaire du jugement, d'autres types d'estimation sont venus se glisser modifiant pour l'essentiel ses règles d'élaboration. Depuis que le Moyen Age avait construit, non sans difficulté et lenteur, la grande procédure de l'enquête, juger, c'était établir la vérité d'un crime, c'était déterminer son auteur, c'était lui appliquer une sanction légale. Connaissance de l'infraction, connaissance du responsable, connaissance de la loi, trois conditions qui permettaient de fonder en vérité un jugement. Or voilà qu'au cours du jugement pénal se trouve inscrite maintenant une tout autre question de vérité. Non plus simplement : « Le fait est-il établi et est-il délictueux ? » Mais aussi : « Qu'est-ce donc que ce fait, qu'est-ce que cette violence ou ce meurtre ? A quel niveau ou dans quel champ de réalité l'inscrire ? Fantasme, réaction psychotique, épisode délirant, perversité ? » Non plus simplement : « Qui en est l'auteur ? » Mais : « Comment assigner le processus causal qui l'a produit ? Où en est, dans l'auteur lui-même, l'origine ? Instinct, inconscient, milieu, hérédité ? » Non plus simplement : « Quelle loi sanctionne cette infraction ? » Mais : « Quelle mesure prendre qui soit la plus appropriée ? Comment prévoir l'évolution du sujet ? De quelle manière sera-t-il le plus sûrement corrigé ? » Tout un ensemble de jugements appréciatifs, diagnostiques, pronostiques, normatifs, concernant l'individu criminel sont venus se loger dans l'armature du jugement pénal. Une autre vérité a pénétré celle qui était requise par la mécanique judiciaire : une vérité qui, enchevêtrée à la première, fait de l'affirmation de culpabilité un étrange complexe scientifico-juridique. Un fait significatif : la manière dont la question de la folie a évolué dans la pratique pénale. D'après le Code 1810, elle n'était posée qu'au terme de l'article 64. Or celui-ci porte qu'il n'y a ni crime ni délit, si l'infracteur était en état de démence au moment de l'acte. La possibilité d'assigner la folie était donc exclusive de la qualification d'un acte comme crime : que l'auteur ait été fou, ce n'était pas la gravité de son geste qui en était modifiée, ni sa peine qui devait être atténuée ; le crime lui-même disparaissait. Impossible donc de déclarer quelqu'un à la fois coupable et fou ; le diagnostic de folie s'il était posé ne pouvait pas s'intégrer au jugement ; il interrompait la procédure, et dénouait la prise de la justice sur l'auteur de l'acte. Non seulement l'examen du criminel soupçonné de démence, mais les effets mêmes de cet examen devaient être extérieurs et antérieurs à la sentence. Or très tôt, les tribunaux du XIXe siècle se sont mépris sur le sens de l'article 64. Malgré plusieurs arrêts de la Cour de cassation rappelant que l'état de folie ne pouvait entraîner ni une peine modérée, ni même un acquittement, mais un non-lieu, ils ont posé dans leur verdict même la question de la folie. Ils ont admis qu'on pouvait être coupable et fou ; d'autant moins coupable qu'on était un peu plus fou ; coupable certes, mais à enfermer et à soigner plutôt qu'à punir ; coupable dangereux puisque manifestement malade, etc. Du point de vue du Code pénal, c'étaient autant d'absurdités juridiques. Mais c'était là le point de départ d'une évolution que la jurisprudence et la législation elle-même allaient précipiter au cours des 150 années suivantes : déjà la réforme de 1832, introduisant les circonstances atténuantes, permettait de moduler la sentence selon les degrés supposés d'une maladie ou les formes d'une demi-folie. Et la pratique, générale aux assises, étendue parfois à la correctionnelle, de l'expertise psychiatrique fait que la sentence, même si elle est toujours formulée en termes de sanction légale, implique, plus ou moins obscurément, des jugements de normalité, des assignations de causalité, des appréciations de changements éventuels, des anticipations sur l'avenir des délinquants. Toutes opérations dont on aurait tort de dire qu'elles préparent de l'extérieur un jugement bien fondé ; elles s'intègrent directement au processus de formation de la sentence. Au lieu que la folie efface le crime au sens premier de l'article 64, tout crime maintenant et, à la limite, toute infraction porte en soi, comme un soupçon légitime, mais aussi comme un droit qu'ils peuvent revendiquer, l'hypothèse de la folie, en tout cas de l'anomalie. Et la sentence qui condamne ou acquitte n'est pas simplement un jugement de culpabilité, une décision légale qui sanctionne ; elle porte avec elle une appréciation de normalité et une prescription technique pour une normalisation possible. Le juge de nos jours — magistrat ou juré — fait bien autre chose que « juger ».

Et il n'est plus seul à juger. Le long de la procédure pénale, et de l'exécution de la peine, fourmillent toute une série d'instances annexes. De petites justices et des juges parallèles se sont multipliés autour du jugement principal : experts psychiatres ou psychologues, magistrats de l'application des peines, éducateurs, fonctionnaires de l'administration pénitentiaire morcellent le pouvoir légal de punir ; on dira qu'aucun d'entre eux ne partage réellement le droit de juger ; que les uns, après les sentences, n'ont d'autre droit que de mettre en œuvre une peine fixée par le tribunal, et surtout que les autres — les experts — n'interviennent pas avant la sentence pour porter un jugement mais pour éclairer la décision des juges. Mais dès lors que les peines et les mesures de sûreté définies par le tribunal ne sont pas absolument déterminées, du moment qu'elles peuvent être modifiées en cours de route, du moment qu'on laisse à d'autres qu'aux juges de l'infraction le soin de décider si le condamné « mérite » d'être placé en semi-liberté ou en liberté conditionnelle, s'ils peuvent mettre un terme à sa tutelle pénale, ce sont bien des mécanismes de punition légale qu'on met entre leurs mains et qu'on laisse à leur appréciation : juges annexes, mais juges tout de même. Tout l'appareil qui s'est développé depuis des années autour de l'application des peines, et de leur ajustement aux individus, démultiplie les instances de décision judiciaire et prolonge celle-ci bien au-delà de la sentence. Quant aux experts psychiatres, ils peuvent bien se défendre de juger. Qu'on examine les trois questions auxquelles, depuis la circulaire de 1958, ils ont à répondre : l'inculpé présente-t-il un état de danger? Est-il accessible à la sanction pénale? Est-il curable ou réadaptable? Ces questions n'ont pas de rapport avec l'article 64, ni avec la folie éventuelle de l'inculpé au moment de l'acte. Ce ne sont pas des questions en termes de « responsabilité ». Elles ne concernent que l'administration de la peine, sa nécessité, son utilité, son efficace possible; elles permettent d'indiquer, dans un vocabulaire à peine codé, si l'asile vaut mieux que la prison, s'il faut prévoir un enfermement bref ou long, un traitement médical ou des mesures de sûreté. Le rôle du psychiatre en matière pénale? Non pas expert en responsabilité, mais conseiller en punition; à lui de dire, si le sujet est « dangereux », de quelle manière s'en protéger, comment intervenir pour le modifier, s'il vaut mieux essayer de réprimer ou de soigner. Au tout début de son histoire, l'expertise psychiatrique avait eu à formuler des propositions « vraies » sur la part qu'avait eue la liberté de l'infracteur dans l'acte qu'il avait commis; elle a maintenant à suggérer une prescription sur ce qu'on pourrait appeler son « traitement médico-judiciaire ».

Résumons : depuis que fonctionne le nouveau système pénal — celui défini par les grands codes du XVIIIe et du XIXe siècle —, un processus global a conduit les juges à juger autre chose que les crimes; ils ont été amenés dans leurs sentences à faire autre chose que juger; et le pouvoir de juger a été, pour une part, transféré à d'autres instances que les juges de l'infraction. L'opération pénale tout entière s'est chargée d'éléments et de personnages extra-juridiques. On dira qu'il n'y a là rien d'extraordinaire, qu'il est du destin du droit d'absorber peu à peu des éléments qui lui sont étrangers. Mais une chose est singulière dans la justice criminelle moderne : si elle se charge de tant d'éléments extra-juridiques, ce n'est pas pour pouvoir les qualifier juridiquement et les intégrer peu à peu au strict pouvoir de punir : c'est au contraire pour pouvoir les faire fonctionner à l'intérieur de l'opération pénale comme éléments non juridiques; c'est pour éviter à cette opération d'être purement et simplement une punition légale; c'est pour disculper le juge d'être purement et simplement celui qui châtie : « Bien sûr, nous portons un verdict, mais il a beau être appelé par un crime, vous voyez bien que pour nous il fonctionne comme une manière de traiter un criminel; nous punissons, mais c'est façon de dire que nous voulons obtenir une guérison. » La justice criminelle aujourd'hui ne fonctionne et ne se justifie que par cette perpétuelle référence à autre chose qu'elle-même, par cette incessante réinscription dans des systèmes non juridiques. Elle est vouée à cette requalification par le savoir.

Sous la douceur accrue des châtiments, on peut donc repérer un déplacement de leur point d'application; et à travers ce déplacement, tout un champ d'objets récents, tout un nouveau régime de la vérité et une foule de rôles jusque-là inédits dans l'exercice de la justice criminelle. Un savoir, des techniques, des discours « scientifiques » se forment et s'entrelacent avec la pratique du pouvoir de punir.

Objectif de ce livre : une histoire corrélative de l'âme moderne et d'un nouveau pouvoir de juger; une généalogie de l'actuel complexe scientifico-judiciaire où le pouvoir de punir prend ses appuis, reçoit ses justifications et ses règles, étend ses effets et masque son exorbitante singularité.

Mais d'où peut-on faire cette histoire de l'âme moderne en jugement ? A s'en tenir à l'évolution des règles de droit ou des procédures pénales, on risque de laisser valoir comme fait massif, extérieur, inerte et premier, un changement dans la sensibilité collective, un progrès de l'humanisme, ou le développement des sciences humaines. A n'étudier comme l'a fait Durkheim[1] que les formes sociales générales, on risque de poser comme principe de l'adoucissement punitif des processus d'individualisation qui sont plutôt un des effets des nouvelles tactiques de pouvoir et parmi elles des nouveaux mécanismes pénaux. L'étude que voici obéit à quatre règles générales :

1. Ne pas centrer l'étude des mécanismes punitifs sur leurs seuls effets « répressifs », sur leur seul côté de « sanction », mais les replacer dans toute la série des effets positifs qu'ils peuvent induire, même s'ils sont marginaux au premier regard. Prendre par conséquent la punition comme une fonction sociale complexe.

2. Analyser les méthodes punitives non point comme de simples conséquences de règles de droit ou comme des indicateurs de structures sociales; mais comme des techniques ayant leur spécificité dans le champ plus général des autres procédés de pouvoir. Prendre sur les châtiments la perspective de la tactique politique.

3. Au lieu de traiter l'histoire du droit pénal et celle des sciences humaines comme deux séries séparées dont le croisement aurait sur l'une ou l'autre, sur les deux peut-être, un effet, comme on voudra, perturbateur ou utile, chercher s'il n'y a pas une matrice commune et si elles ne relèvent pas toutes deux d'un processus de formation « épistémologico-juridique »; bref, placer la technologie du pouvoir au principe et de l'humanisation de la pénalité et de la connaissance de l'homme.

4. Chercher si cette entrée de l'âme sur la scène de la justice pénale, et avec elle l'insertion dans la pratique judiciaire de tout un savoir « scientifique » n'est pas l'effet d'une transformation dans la manière dont le corps lui-même est investi par les rapports de pouvoir.

En somme, essayer d'étudier la métamorphose des méthodes punitives à partir d'une technologie politique du corps où pourrait se lire une histoire commune des rapports de pouvoir et des relations d'objet. De sorte que par l'analyse

1. E. Durkheim, « Deux lois de l'évolution pénale », *Année sociologique* IV, 1899-1900.

de la douceur pénale comme technique de pouvoir, on pourrait comprendre à la fois comment l'homme, l'âme, l'individu normal ou anormal sont venus doubler le crime comme objets de l'intervention pénale ; et de quelle manière un mode spécifique d'assujettissement a pu donner naissance à l'homme comme objet de savoir pour un discours à statut « scientifique ».

Mais je n'ai pas la prétention d'être le premier à avoir travaillé dans cette direction[1].

*

Du grand livre de Rusche et Kirchheimer[2], on peut retenir un certain nombre de repères essentiels. Se défaire d'abord de l'illusion que la pénalité est avant tout (sinon exclusivement) une manière de réprimer les délits, et que, dans ce rôle, selon les formes sociales, les systèmes politiques ou les croyances, elle peut être sévère ou indulgente, tournée vers l'expiation ou attachée à obtenir une réparation, appliquée à la poursuite des individus ou à l'assignation de responsabilités collectives. Analyser plutôt les « systèmes punitifs concrets », les étudier comme des phénomènes sociaux dont ne peuvent rendre compte la seule armature juridique de la société ni ses choix éthiques fondamentaux ; les replacer dans leur champ de fonctionnement où la sanction des crimes n'est pas l'élément unique ; montrer que les mesures punitives ne sont pas simplement des mécanismes « négatifs » qui permettent de réprimer, d'empêcher, d'exclure, de supprimer ; mais qu'elles sont liées à toute une série d'effets positifs et utiles qu'elles ont pour charge de soutenir (et en ce sens si les châtiments légaux sont faits pour sanctionner les infractions on peut dire que la définition des infractions et leur poursuite sont faites en retour pour entretenir les mécanismes punitifs

1. De toute façon, je ne saurais mesurer par des références ou des citations ce que ce livre doit à G. Deleuze et au travail qu'il fait avec F. Guattari. J'aurais dû également citer aussi à bien des pages le *Psychanalysme* de R. Castel et dire combien j'étais redevable à P. Nora.

2. G. Rusche et O. Kirchheimer, *Punishment and social structures*, 1939.

et leurs fonctions). Dans cette ligne, Rusche et Kirchheimer ont mis en relation les différents régimes punitifs avec les systèmes de production où ils prennent leurs effets : ainsi dans une économie servile, les mécanismes punitifs auraient pour rôle d'apporter une main-d'œuvre supplémentaire — et de constituer un esclavage « civil » à côté de celui qui est assuré par les guerres ou par le commerce; avec la féodalité, et à une époque où la monnaie et la production sont peu développées, on assisterait à une brusque croissance des châtiments corporels — le corps étant dans la plupart des cas le seul bien accessible; la maison de correction — l'Hôpital général, le Spinhuis ou le Rasphuis —, le travail obligé, la manufacture pénale apparaîtraient avec le développement de l'économie marchande. Mais le système industriel exigeant un marché libre de la main-d'œuvre, la part du travail obligatoire diminuerait au XIXe siècle dans les mécanismes de punition, et on lui substituerait une détention à fin corrective. Il y a sans doute bien des remarques à faire sur cette corrélation stricte.

Mais on peut sans doute retenir ce thème général que, dans nos sociétés, les systèmes punitifs sont à replacer dans une certaine « économie politique » du corps : même s'ils ne font pas appel à des châtiments violents ou sanglants, même lorsqu'ils utilisent les méthodes « douces » qui enferment ou corrigent, c'est bien toujours du corps qu'il s'agit — du corps et de ses forces, de leur utilité et de leur docilité, de leur répartition et de leur soumission. Il est légitime à coup sûr de faire une histoire des châtiments sur fond des idées morales ou des structures juridiques. Mais peut-on la faire sur fond d'une histoire des corps, dès lors qu'ils prétendent ne plus viser comme objectif que l'âme secrète des criminels?

L'histoire du corps, les historiens l'ont entamée depuis longtemps. Ils ont étudié le corps dans le champ d'une démographie ou d'une pathologie historiques; ils l'ont envisagé comme siège de besoins et d'appétits, comme lieu de processus physiologiques et de métabolismes, comme cible d'attaques microbiennes ou virales : ils ont montré jusqu'à quel point les processus historiques étaient impliqués dans ce qui pouvait passer pour le socle purement biologique de l'existence; et quelle place il fallait accorder dans l'histoire des sociétés à des « événements » biologiques comme la circulation des bacilles, ou l'allongement de la durée de la vie[1]. Mais le corps est aussi directement plongé dans un champ politique; les rapports de pouvoir opèrent sur lui une prise immédiate; ils l'investissent, le marquent, le dressent, le supplicient, l'astreignent à des travaux, l'obligent à des cérémonies, exigent de lui des signes. Cet investissement politique du corps est lié, selon des relations complexes et réciproques, à son utilisation économique; c'est, pour une bonne part, comme force de production que le corps est investi de rapports de pouvoir et de domination; mais en retour sa constitution comme force de travail n'est possible que s'il est pris dans un système d'assujettissement (où le besoin est aussi un instrument politique soigneusement aménagé, calculé et utilisé); le corps ne devient force utile que s'il est à la fois corps productif et corps assujetti. Cet assujettissement n'est pas obtenu par les seuls instruments soit de la violence soit de l'idéologie; il peut très bien être direct, physique, jouer de la force contre la force, porter sur des éléments matériels, et pourtant ne pas être violent; il peut être calculé, organisé, techniquement réfléchi, il peut être subtil, ne faire usage ni des armes ni de la terreur, et pourtant rester de l'ordre physique. C'est-à-dire qu'il peut y avoir un « savoir » du corps qui n'est pas exactement la science de son fonctionnement, et une maîtrise de ses forces qui est plus que la capacité de les vaincre : ce savoir et cette maîtrise constituent ce qu'on pourrait appeler la technologie politique du corps. Bien sûr, cette technologie est diffuse, rarement formulée en discours continus et systématiques; elle se compose souvent de pièces et de morceaux; elle met en œuvre un outillage ou des procédés disparates. Elle n'est le plus souvent, malgré la cohérence de ses résultats, qu'une instrumentation multiforme. De plus on ne saurait la localiser ni dans un type défini d'institution, ni dans un appareil étatique. Ceux-ci ont recours à elle; ils utilisent, valorisent ou imposent certains de ses procédés. Mais elle-même dans ses mécanismes et ses effets se situe à un niveau tout autre. Il s'agit en quelque sorte d'une microphysique du pouvoir que

1. Cf. E. Le Roy-Ladurie, « L'histoire immobile », *Annales*, mai-juin 1974.

les appareils et les institutions mettent en jeu, mais dont le champ de validité se place en quelque sorte entre ces grands fonctionnements et les corps eux-mêmes avec leur matérialité et leurs forces.

Or l'étude de cette microphysique suppose que le pouvoir qui s'y exerce ne soit pas conçu comme une propriété, mais comme une stratégie, que ses effets de domination ne soient pas attribués à une « appropriation », mais à des dispositions, à des manœuvres, à des tactiques, à des techniques, à des fonctionnements; qu'on déchiffre en lui plutôt un réseau de relations toujours tendues, toujours en activité plutôt qu'un privilège qu'on pourrait détenir; qu'on lui donne pour modèle la bataille perpétuelle plutôt que le contrat qui opère une cession ou la conquête qui s'empare d'un domaine. Il faut en somme admettre que ce pouvoir s'exerce plutôt qu'il ne se possède, qu'il n'est pas le « privilège » acquis ou conservé de la classe dominante, mais l'effet d'ensemble de ses positions stratégiques — effet que manifeste et parfois reconduit la position de ceux qui sont dominés. Ce pouvoir d'autre part ne s'applique pas purement et simplement, comme une obligation ou une interdiction, à ceux qui « ne l'ont pas »; il les investit, passe par eux et à travers eux; il prend appui sur eux, tout comme eux-mêmes, dans leur lutte contre lui, prennent appui à leur tour sur les prises qu'il exerce sur eux. Ce qui veut dire que ces relations descendent loin dans l'épaisseur de la société, qu'elles ne se localisent pas dans les relations de l'État aux citoyens ou à la frontière des classes et qu'elles ne se contentent pas de reproduire au niveau des individus, des corps, des gestes et des comportements, la forme générale de la loi ou du gouvernement; que s'il y a continuité (elles s'articulent bien en effet sur cette forme selon toute une série de rouages complexes), il n'y a pas analogie ni homologie, mais spécificité de mécanisme et de modalité. Enfin elles ne sont pas univoques; elles définissent des points innombrables d'affrontement, des foyers d'instabilité dont chacun comporte ses risques de conflit, de luttes, et d'inversion au moins transitoire des rapports de forces. Le renversement de ces « micropouvoirs » n'obéit donc pas à la loi du tout ou rien; il n'est pas acquis une fois pour toutes par un nouveau contrôle des appareils ni par un nouveau fonctionnement ou une destruction des institutions; en revanche aucun de ses épisodes localisés ne peut s'inscrire dans l'histoire sinon par les effets qu'il induit sur tout le réseau où il est pris.

Peut-être faut-il aussi renoncer à toute une tradition qui laisse imaginer qu'il ne peut y avoir de savoir que là où sont suspendues les relations de pouvoir et que le savoir ne peut se développer que hors de ses injonctions, de ses exigences et de ses intérêts. Peut-être faut-il renoncer à croire que le pouvoir rend fou et qu'en retour la renonciation au pouvoir est une des conditions auxquelles on peut devenir savant. Il faut plutôt admettre que le pouvoir produit du savoir (et pas simplement en le favorisant parce qu'il le sert ou en l'appliquant parce qu'il est utile); que pouvoir et savoir s'impliquent directement l'un l'autre; qu'il n'y a pas de relation de pouvoir sans constitution corrélative d'un champ de savoir, ni de savoir qui ne suppose et ne constitue en même temps des relations de pouvoir. Ces rapports de « pouvoir-savoir » ne sont donc pas à analyser à partir d'un sujet de connaissance qui serait libre ou non par rapport au système du pouvoir; mais il faut considérer au contraire que le sujet qui connaît, les objets à connaître et les modalités de connaissance sont autant d'effets de ces implications fondamentales du pouvoir-savoir et de leurs transformations historiques. En bref, ce n'est pas l'activité du sujet de connaissance qui produirait un savoir, utile ou rétif au pouvoir, mais le pouvoir-savoir, les processus et les luttes qui le traversent et dont il est constitué, qui déterminent les formes et les domaines possibles de la connaissance.

Analyser l'investissement politique du corps et la microphysique du pouvoir suppose donc qu'on renonce — en ce qui concerne le pouvoir — à l'opposition violence-idéologie, à la métaphore de la propriété, au modèle du contrat ou à celui de la conquête; en ce qui concerne le savoir, qu'on renonce à l'opposition de ce qui est « intéressé » et de ce qui est « désintéressé », au modèle de la connaissance et au primat du sujet. En prêtant au mot un sens différent de celui que lui donnaient au XVIIe siècle Petty et ses contemporains, on pourrait rêver d'une « anatomie » politique. Ce ne serait pas l'étude d'un État pris comme un « corps » (avec ses éléments, ses ressources et ses forces) mais ce ne serait pas non plus l'étude du corps et de ses entours pris comme un petit État. On y traiterait du « corps politique » comme ensemble des éléments matériels et des techniques qui servent d'armes, de relais, de voies de communication et de points d'appui aux relations de pouvoir et de savoir qui investissent les corps humains et les assujettissent en en faisant des objets de savoir.

Il s'agit de replacer les techniques punitives — qu'elles s'emparent du corps dans le rituel des supplices ou qu'elles s'adressent à l'âme — dans l'histoire de ce corps politique. Prendre les pratiques pénales moins comme une conséquence des théories juridiques que comme un chapitre de l'anatomie politique.

Kantorowitz[1] a donné autrefois du « corps du roi » une analyse remarquable : corps double selon la théologie juridique formée au Moyen Age, puisqu'il comporte outre l'élément transitoire qui naît et meurt, un autre qui, lui, demeure à travers le temps et se maintient comme le support physique et pourtant intangible du royaume; autour de cette dualité, qui fut, à l'origine, proche du modèle christologique, s'organisent une iconographie, une théorie politique de la monarchie, des mécanismes juridiques distinguant et liant à la fois la personne du roi et les exigences de la Couronne, et tout un rituel qui trouve dans le couronnement, les funérailles, les cérémonies de soumission, ses temps les plus forts. A l'autre pôle on pourrait imaginer de placer le corps du condamné; il a lui aussi son statut juridique; il suscite son cérémonial et il appelle tout un discours théorique, non point pour fonder le « plus de pouvoir » qui affectait la personne du souverain, mais pour coder le « moins de pouvoir » dont sont marqués ceux qu'on soumet à une punition. Dans la région la plus sombre du champ politique, le condamné dessine la figure symétrique et inversée du roi. Il faudrait analyser ce qu'on pourrait appeler en hommage à Kantorowitz le « moindre corps du condamné ».

Si le supplément de pouvoir du côté du roi provoque le dédoublement de son corps, le pouvoir excédentaire qui s'exerce sur le corps soumis du condamné n'a-t-il pas suscité

1. E Kantorowitz, *The King's two bodies*, 1959.

un autre type de dédoublement? Celui d'un incorporel, d'une « âme » comme disait Mably. L'histoire de cette « micro-physique » du pouvoir punitif serait alors une généalogie ou une pièce pour une généalogie de l'« âme » moderne. Plutôt que de voir en cette âme les restes réactivés d'une idéologie, on y reconnaîtrait plutôt le corrélatif actuel d'une certaine technologie du pouvoir sur le corps. Il ne faudrait pas dire que l'âme est une illusion, ou un effet idéologique. Mais bien qu'elle existe, qu'elle a une réalité, qu'elle est produite en permanence, autour, à la surface, à l'intérieur du corps par le fonctionnement d'un pouvoir qui s'exerce sur ceux qu'on punit — d'une façon plus générale sur ceux qu'on surveille, qu'on dresse et corrige, sur les fous, les enfants, les écoliers, les colonisés, sur ceux qu'on fixe à un appareil de production et qu'on contrôle tout au long de leur existence. Réalité historique de cette âme, qui à la différence de l'âme représentée par la théologie chrétienne, ne naît pas fautive et punissable, mais naît plutôt de procédures de punition, de surveillance, de châtiment et de contrainte. Cette âme réelle, et incorporelle, n'est point substance; elle est l'élément où s'articulent les effets d'un certain type de pouvoir et la référence d'un savoir, l'engrenage par lequel les relations de pouvoir donnent lieu à un savoir possible, et le savoir reconduit et renforce les effets de pouvoir. Sur cette réalité-référence, on a bâti des concepts divers et on a découpé des domaines d'analyse : psyché, subjectivité, personnalité, conscience, etc.; sur elle on a édifié des techniques et des discours scientifiques; à partir d'elle, on a fait valoir les revendications morales de l'humanisme. Mais il ne faut pas s'y tromper : on n'a pas substitué à l'âme, illusion des théologiens, un homme réel, objet de savoir, de réflexion philosophique ou d'intervention technique. L'homme dont on nous parle et qu'on invite à libérer est déjà en lui-même l'effet d'un assujettissement bien plus profond que lui. Une « âme » l'habite et le porte à l'existence, qui est elle-même une pièce dans la maîtrise que le pouvoir exerce sur le corps. L'âme, effet et instrument d'une anatomie politique; l'âme, prison du corps.

*

Que les punitions en général et que la prison relèvent d'une technologie politique du corps, c'est peut-être moins l'histoire qui me l'a enseigné que le présent. Au cours de ces dernières années, des révoltes de prison se sont produites un peu partout dans le monde. Leurs objectifs, leurs mots d'ordre, leur déroulement avaient à coup sûr quelque chose de paradoxal. C'étaient des révoltes contre toute une misère physique qui date de plus d'un siècle : contre le froid, contre l'étouffement et l'entassement, contre des murs vétustes, contre la faim, contre les coups. Mais c'étaient aussi des révoltes contre les prisons modèles, contre les tranquillisants, contre l'isolement, contre le service médical ou éducatif. Révoltes dont les objectifs n'étaient que matériels ? Révoltes contradictoires, contre la déchéance, mais contre le confort, contre les gardiens, mais contre les psychiatres ? En fait c'était bien des corps et de choses matérielles qu'il était question dans tous ces mouvements, comme il en est question dans ces innombrables discours que la prison a produits depuis le début du XIXe siècle. Ce qui a porté ces discours et ces révoltes, ces souvenirs et ces invectives, ce sont bien ces petites, ces infimes matérialités. Libre à qui voudra de n'y voir que des revendications aveugles ou d'y soupçonner des stratégies étrangères. Il s'agissait bien d'une révolte, au niveau des corps, contre le corps même de la prison. Ce qui était en jeu, ce n'était pas le cadre trop fruste ou trop aseptique, trop rudimentaire ou trop perfectionné de la prison, c'était sa matérialité dans la mesure où elle est instrument et vecteur de pouvoir ; c'était toute cette technologie du pouvoir sur le corps, que la technologie de l'« âme » — celle des éducateurs, des psychologues et des psychiatres — ne parvient ni à masquer ni à compenser, pour la bonne raison qu'elle n'en est qu'un des outils. C'est de cette prison, avec tous les investissements politiques du corps qu'elle rassemble dans son architecture fermée que je voudrais faire l'histoire. Par un pur anachronisme ? Non, si on entend par là faire l'histoire du passé dans les termes du présent. Oui, si on entend par là faire l'histoire du présent[1].

1. J'étudierai la naissance de la prison dans le seul système pénal français. Les différences dans les développements historiques et les institutions rendraient trop lourde la tâche d'entrer dans le détail et trop schématique l'entreprise de restituer le phénomène d'ensemble.

CHAPITRE II

L'éclat des supplices

L'ordonnance de 1670 avait régi, jusqu'à la Révolution, les formes générales de la pratique pénale. Voici la hiérarchie des châtiments qu'elle prescrivait : « La mort, la question avec réserve de preuves, les galères à temps, le fouet, l'amende honorable, le bannissement. » Part considérable, donc, des peines physiques. Les coutumes, la nature des crimes, le statut des condamnés les variaient encore. « La peine de mort naturelle comprend toutes sortes de mort : les uns peuvent être condamnés à être pendus, d'autres à avoir le poing coupé ou la langue coupée ou percée et ensuite à être pendus; d'autres pour des crimes plus graves à être rompus vifs et à expirer sur la roue, après avoir eu les membres rompus; d'autres à être rompus jusqu'à mort naturelle, d'autres à être étranglés et ensuite rompus, d'autres à être brûlés vifs, d'autres à être brûlés après avoir été préalablement étranglés; d'autres à avoir la langue coupée ou percée, et ensuite à être brûlés vifs; d'autres à être tirés à quatre chevaux, d'autres à avoir la tête tranchée, d'autres enfin à avoir la tête cassée[1]. » Et Soulatges, comme en passant, ajoute qu'il existe aussi des peines légères, dont l'Ordonnance ne parle pas : satisfaction à la personne offensée, admonition, blâme, prison pour un temps, abstention d'un lieu, et enfin les peines pécuniaires — amendes ou confiscation.

Il ne faut pourtant pas s'y tromper. Entre cet arsenal d'épouvante et la pratique quotidienne de la pénalité, la

1. J.A. Soulatges, *Traité des crimes*, 1762, I, p. 169-171.

marge était grande. Les supplices proprement dits ne constituaient pas, loin de là, les peines les plus fréquentes. Sans doute à nos yeux d'aujourd'hui, la proportion des verdicts de mort, dans la pénalité de l'âge classique, peut paraître importante : les décisions du Châtelet pendant la période 1755-1785 comportent 9 à 10 % de peines capitales — roue, potence ou bûcher[1]; le Parlement de Flandre avait prononcé 39 condamnations à mort sur 260 sentences, de 1721 à 1730 (et 26 sur 500 entre 1781 et 1790)[2]. Mais il ne faut pas oublier que les tribunaux trouvaient bien des moyens pour tourner les rigueurs de la pénalité régulière, soit en refusant de poursuivre des infractions trop lourdement punies, soit en modifiant la qualification du crime; parfois aussi le pouvoir royal lui-même indiquait de ne pas appliquer strictement telle ordonnance particulièrement sévère[3]. De toute façon, la majeure partie des condamnations portait soit le bannissement ou l'amende : dans une jurisprudence comme celle du Châtelet (qui ne connaissait que des délits relativement graves) le bannissement a représenté entre 1755 et 1785 plus de la moitié des peines infligées. Or une grande partie de ces peines non corporelles étaient accompagnées à titre accessoire de peines qui comportaient une dimension de supplice : exposition, pilori, carcan, fouet, marque; c'était la règle pour toutes les condamnations aux galères ou à ce qui en était l'équivalent pour les femmes — la réclusion à l'hôpital; le bannissement était souvent précédé de l'exposition et de la marque; l'amende, parfois, était accompagnée du fouet. C'est non seulement dans les grandes mises à mort solennelles, mais sous cette forme annexe que le supplice manifestait la part significative qu'il avait dans la pénalité : toute peine un peu sérieuse devait emporter avec soi quelque chose du supplice.

Qu'est-ce qu'un supplice? « Peine corporelle, douloureuse, plus ou moins atroce », disait Jaucourt; et il ajoutait : « C'est

1. Cf. l'article de P. Petrovitch, in *Crime et criminalité en France XVIIe-XVIIIe siècles*, 1971, p. 226 et suiv.

2. P. Dautricourt, *La Criminalité et la répression au Parlement de Flandre, 1721-1790* (1912).

3. C'est ce qu'indiquait Choiseul à propos de la déclaration du 3 août 1764 sur les vagabonds (*Mémoire expositif*. B.N. ms. 8129 fol. 128-129).

un phénomène inexplicable que l'étendue de l'imagination des hommes en fait de barbarie et de cruauté[1]. » Inexplicable, peut-être, mais certainement pas irrégulier ni sauvage. Le supplice est une technique et il ne doit pas être assimilé à l'extrémité d'une rage sans loi. Une peine, pour être un supplice, doit répondre à trois critères principaux : elle doit d'abord produire une certaine quantité de souffrance qu'on peut sinon mesurer exactement, du moins apprécier, comparer et hiérarchiser; la mort est un supplice dans la mesure où elle n'est pas simplement privation du droit de vivre, mais où elle est l'occasion et le terme d'une gradation calculée de souffrances : depuis la décapitation — qui les ramène toutes à un seul geste et dans un seul instant : le degré zéro du supplice — jusqu'à l'écartèlement qui les porte presque à l'infini, en passant par la pendaison, le bûcher et la roue sur laquelle on agonise longtemps; la mort-supplice est un art de retenir la vie dans la souffrance, en la subdivisant en « mille morts » et en obtenant, avant que cesse l'existence « the most exquisite agonies[2] ». Le supplice repose sur tout un art quantitatif de la souffrance. Mais il y a plus : cette production est réglée. Le supplice met en corrélation le type d'atteinte corporelle, la qualité, l'intensité, la longueur des souffrances avec la gravité du crime, la personne du criminel, le rang de ses victimes. Il y a un code juridique de la douleur; la peine, quand elle est suppliciante, ne s'abat pas au hasard ou en bloc sur le corps; elle est calculée selon des règles détaillées : nombre de coups de fouet, emplacement du fer rouge, longueur de l'agonie sur le bûcher ou sur la roue (le tribunal décide s'il y a lieu d'étrangler aussitôt le patient au lieu de le laisser mourir, et au bout de combien de temps doit intervenir ce geste de pitié), type de mutilation à imposer (poing coupé, lèvres ou langue percées). Tous ces éléments divers multiplient les peines et se combinent selon les tribunaux et les crimes : « La poésie de Dante mise en lois », disait Rossi; un long savoir physico-pénal, en tout cas. Le supplice fait, en outre, partie d'un rituel. C'est un élément dans la liturgie punitive, et qui répond à deux exigences. Il doit, par rapport à

1. *Encyclopédie*, article « Supplice ».
2. L'expression est de Olyffe, *An Essay to prevent capital crimes*, 1731.

la victime, être marquant : il est destiné, soit par la cicatrice qu'il laisse sur le corps, soit par l'éclat dont il est accompagné, à rendre infâme celui qui en est la victime ; le supplice, même s'il a pour fonction de « purger » le crime, ne réconcilie pas ; il trace autour ou, mieux, sur le corps même du condamné des signes qui ne doivent pas s'effacer ; la mémoire des hommes, en tout cas, gardera le souvenir de l'exposition, du pilori, de la torture et de la souffrance dûment constatés. Et du côté de la justice qui l'impose, le supplice doit être éclatant, il doit être constaté par tous, un peu comme son triomphe. L'excès même des violences exercées est une pièce de sa gloire : que le coupable gémisse et crie sous les coups, ce n'est pas un à-côté honteux, c'est le cérémonial même de la justice se manifestant dans sa force. De là sans doute ces supplices qui se déroulent encore après la mort : cadavres brûlés, cendres jetées au vent, corps traînés sur des claies, exposés au bord des routes. La justice poursuit le corps au-delà de toute souffrance possible.

Le supplice pénal ne recouvre pas n'importe quelle punition corporelle : c'est une production différenciée de souffrances, un rituel organisé pour le marquage des victimes et la manifestation du pouvoir qui punit ; et non point l'exaspération d'une justice qui, en oubliant ses principes, perdrait toute retenue. Dans les « excès » des supplices, toute une économie du pouvoir est investie.

*

Le corps supplicié s'inscrit d'abord dans le cérémonial judiciaire qui doit produire, en plein jour, la vérité du crime.

En France, comme dans la plupart des pays européens — à la notable exception de l'Angleterre —, toute la procédure criminelle, jusqu'à la sentence, demeurait secrète : c'est-à-dire opaque non seulement au public, mais à l'accusé lui-même. Elle se déroulait sans lui, ou du moins sans qu'il puisse connaître l'accusation, les charges, les dépositions, les preuves. Dans l'ordre de la justice criminelle, le savoir était le privilège absolu de la poursuite. « Le plus diligemment et le plus secrètement que faire se pourra », disait, à propos de l'instruction, l'édit de 1498. Selon l'ordonnance de 1670, qui résumait, et sur certains points renforçait, la sévérité de l'époque précédente, il était impossible à l'accusé d'avoir accès aux pièces de la procédure, impossible de connaître l'identité des dénonciateurs, impossible de savoir le sens des dépositions avant de récuser les témoins, impossible de faire valoir, jusqu'aux derniers moments du procès, les faits justificatifs, impossible d'avoir un avocat, soit pour vérifier la régularité de la procédure, soit pour participer, sur le fond, à la défense. De son côté, le magistrat avait le droit de recevoir des dénonciations anonymes, de cacher à l'accusé la nature de la cause, de l'interroger de façon captieuse, d'utiliser des insinuations[1]. Il constituait, à lui seul et en tout pouvoir, une vérité par laquelle il investissait l'accusé ; et cette vérité, les juges la recevaient toute faite, sous forme de pièces et de rapports écrits ; pour eux, ces éléments seuls faisaient preuve ; ils ne rencontraient l'accusé qu'une fois pour l'interroger avant de rendre leur sentence. La forme secrète et écrite de la procédure renvoie au principe qu'en matière criminelle l'établissement de la vérité était pour le souverain et ses juges un droit absolu et un pouvoir exclusif. Ayrault supposait que cette procédure (déjà établie pour l'essentiel au XVIe siècle) avait comme origine « la peur des tumultes, des crieries et acclamations que fait ordinairement le peuple, la peur qu'il y eût du désordre, de la violence et impétuosité contre les parties voire même contre les juges » ; le roi aurait voulu par là montrer que la « souveraine puissance » dont relève le droit de punir ne peut en aucun cas appartenir à « la multitude[2] ». Devant la justice du souverain, toutes les voix doivent se taire.

Mais le secret n'empêchait pas que, pour établir la vérité, on devait obéir à certaines règles. Le secret impliquait même que soit défini un modèle rigoureux de démonstration pénale.

1. Jusqu'au XVIIIe siècle, longues discussions pour savoir si, au cours des interrogations captieuses, il était licite pour le juge d'user de fausses promesses, de mensonges, de mots à double entente. Toute une casuistique de la mauvaise foi judiciaire.

2. P. Ayrault, *L'Ordre, formalité et instruction judiciaire*, 1576, l. III, chap. LXXII et chap. LXXIX.

Toute une tradition, qui remontait au milieu du Moyen Age, mais que les grands juristes de la Renaissance avaient largement développée, prescrivait ce que devaient être la nature et l'efficace des preuves. Au XVIIIe siècle encore, on trouvait régulièrement des distinctions comme celles-ci les preuves vraies, directes ou légitimes (les témoignages par exemple) et les preuves indirectes, conjecturales, artificielles (par argument) ; ou encore les preuves manifestes, les preuves considérables, les preuves imparfaites ou légères[1] ; ou encore : les preuves « urgentes ou nécessaires » qui ne permettent pas de douter de la vérité du fait (ce sont des preuves « pleines » : ainsi deux témoins irréprochables affirmant avoir vu l'accusé, qui avait à la main une épée nue et ensanglantée, sortir du lieu où, quelque temps après, le corps du défunt a été trouvé frappé de coups d'épée) ; les indices prochains ou preuves semi-pleines, qu'on peut considérer comme véritables tant que l'accusé ne les détruit pas par une preuve contraire (preuve « semi-pleine », comme un seul témoin oculaire, ou des menaces de mort précédant un assassinat) ; enfin les indices éloignés ou « adminicules » qui ne consistent qu'en l'opinion des hommes (le bruit public, la fuite du suspect, son trouble quand on l'interroge, etc.[2]). Or ces distinctions ne sont pas simplement des subtilités théoriques. Elles ont une fonction opératoire. D'abord parce que chacun de ces indices, pris en lui-même et s'il reste à l'état isolé, peut avoir un type défini d'effet judiciaire : les preuves pleines peuvent entraîner n'importe quelle condamnation ; les semi-pleines peuvent entraîner des peines afflictives, mais jamais la mort ; les indices imparfaits et légers suffisent à faire « décréter » le suspect, à prendre contre lui une mesure de plus ample informé ou à lui imposer une amende. Ensuite parce qu'elles se combinent entre elles selon des règles précises de calcul : deux preuves semi-pleines peuvent faire une preuve complète ; des adminicules, pourvu qu'ils soient plusieurs et qu'ils concordent, peuvent se combiner pour former une demi-preuve ; mais jamais à eux seuls, aussi nombreux qu'ils soient, ils ne peuvent équivaloir à une preuve complète.

1. D. Jousse, *Traité de la justice criminelle*, 1771, I, p. 660.
2. P.F. Muyart de Vouglans, *Institutes au droit criminel*, 1757, p. 345-347.

On a donc une arithmétique pénale qui est méticuleuse sur bien des points, mais qui laisse encore une marge à beaucoup de discussions : peut-on s'arrêter, pour porter une sentence capitale, à une seule preuve pleine ou faut-il qu'elle soit accompagnée d'autres indices plus légers ? Deux indices prochains sont-ils toujours équivalents à une preuve pleine ? Ne faudrait-il pas en admettre trois ou les combiner avec les indices éloignés ? Y a-t-il des éléments qui ne peuvent être indices que pour certains crimes, dans certaines circonstances et par rapport à certaines personnes (ainsi un témoignage est annulé s'il vient d'un vagabond ; il est renforcé au contraire s'il s'agit « d'une personne considérable » ou d'un maître à propos d'un délit domestique). Arithmétique modulée par une casuistique, qui a pour fonction de définir comment une preuve judiciaire peut être construite. D'un côté ce système des « preuves légales » fait de la vérité dans le domaine pénal le résultat d'un art complexe ; il obéit à des règles que seuls les spécialistes peuvent connaître ; et il renforce par conséquent le principe du secret. « Il ne suffit pas que le juge ait la conviction que peut avoir tout homme raisonnable... Rien n'est plus fautif que cette manière de juger qui, dans la vérité n'est qu'une opinion plus ou moins fondée. » Mais d'autre part, il est pour le magistrat une contrainte sévère ; à défaut de cette régularité « tout jugement de condamnation serait téméraire, et l'on peut dire en quelque sorte qu'il est injuste quand même, dans la vérité, l'accusé serait coupable [1] ». Un jour viendra où la singularité de cette vérité judiciaire apparaîtra scandaleuse : comme si la justice n'avait pas à obéir aux règles de la vérité commune : « Que dirait-on d'une demi-preuve dans les sciences susceptibles de démonstration ? Que serait une demi-preuve géométrique ou algébrique [2] ? » Mais il ne faut pas oublier que ces contraintes formelles de la preuve juridique étaient un mode de régulation interne du pouvoir absolu et exclusif de savoir.

1. Poullain du Parc, *Principes du droit français selon les coutumes de Bretagne*, 1767-1771, t. XI, p. 112-113. Cf. A. Esmein, *Histoire de la procédure criminelle en France*, 1882, p. 260-283 ; K.J. Mittermaier, *Traité de la preuve*, trad. 1848, p. 15-19.

2. G. Seigneux de Correvon, *Essai sur l'usage, l'abus et les inconvénients de la torture*, 1768, p. 63.

Écrite, secrète, soumise, pour construire ses preuves, à des règles rigoureuses, l'information pénale est une machine qui peut produire la vérité en l'absence de l'accusé. Et du fait même, bien qu'en droit strict elle n'en ait pas besoin, cette procédure va tendre nécessairement à l'aveu. Pour deux raisons : d'abord parce qu'il constitue une preuve si forte qu'il n'est guère besoin d'en ajouter d'autres, ni d'entrer dans la difficile et douteuse combinatoire des indices; l'aveu, pourvu qu'il soit fait dans les formes, décharge presque l'accusateur du soin de fournir d'autres preuves (en tout cas, les plus difficiles). Ensuite, la seule manière pour que cette procédure perde tout ce qu'elle a d'autorité univoque, et qu'elle devienne une victoire effectivement remportée sur l'accusé, la seule manière pour que la vérité exerce tout son pouvoir, c'est que le criminel reprenne à son compte son propre crime, et signe lui-même ce qui a été savamment et obscurément construit par l'information. « Ce n'est pas tout », comme le disait Ayrault qui n'aimait point ces procédures secrètes, « que les mauvais soient punis justement. Il faut s'il est possible qu'ils se jugent et se condamnent eux-mêmes[1]. » A l'intérieur du crime reconstitué par écrit, le criminel qui avoue vient jouer le rôle de vérité vivante. L'aveu, acte du sujet criminel, responsable et parlant, c'est la pièce complémentaire d'une information écrite et secrète. De là l'importance que toute cette procédure de type inquisitoire accorde à l'aveu.

De là aussi les ambiguïtés de son rôle. D'un côté, on essaie de le faire entrer dans le calcul général des preuves; on fait valoir qu'il n'est rien de plus que l'une d'elles : il n'est pas l'*evidentia rei*; pas plus que la plus forte d'entre les preuves, il ne peut emporter à lui seul la condamnation, il doit être accompagné d'indices annexes, et de présomptions; car on a bien vu des accusés se déclarer coupables de crimes qu'ils n'avaient pas commis; le juge devra donc faire des recherches complémentaires, s'il n'a en sa possession que l'aveu régulier du coupable. Mais d'autre part, l'aveu l'emporte sur n'importe quelle autre preuve. Il leur est jusqu'à un certain point transcendant; élément dans le calcul

1. P. Ayrault, *L'Ordre, formalité et instruction judiciaire*, L. I., chap. 14.

de la vérité, il est aussi l'acte par lequel l'accusé accepte l'accusation et en reconnaît le bien-fondé; il transforme une information faite sans lui en une affirmation volontaire. Par l'aveu, l'accusé prend place lui-même dans le rituel de production de la vérité pénale. Comme le disait déjà le droit médiéval, l'aveu rend la chose notoire et manifeste. A cette première ambiguïté, se superpose une seconde : preuve particulièrement forte, ne demandant pour emporter la condamnation que quelques indices supplémentaires, réduisant au minimum le travail d'information et la mécanique démonstratrice, l'aveu est donc recherché; on utilisera toutes les coercitions possibles pour l'obtenir. Mais s'il doit être, dans la procédure, la contrepartie vivante et orale de l'information écrite, s'il doit en être la réplique et comme l'authentification du côté de l'accusé, il doit être entouré de garanties et de formalités. Il garde quelque chose d'une transaction : c'est pourquoi on exige qu'il soit « spontané », qu'il soit formulé devant le tribunal compétent, qu'il soit fait en toute conscience, qu'il ne porte pas sur des choses impossibles, etc.[1]. Par l'aveu, l'accusé s'engage par rapport à la procédure; il signe la vérité de l'information.

Cette double ambiguïté de l'aveu (élément de preuve et contrepartie de l'information; effet de contrainte et transaction semi-volontaire) explique les deux grands moyens que le droit criminel classique utilise pour l'obtenir : le serment qu'on demande à l'accusé de prêter avant son interrogatoire (menace par conséquent d'être parjure devant la justice des hommes et devant celle de Dieu; et en même temps, acte rituel d'engagement); la torture (violence physique pour arracher une vérité, qui de toute façon, pour faire preuve, doit être répétée ensuite devant les juges, à titre d'aveu « spontané »). A la fin du XVIIIe siècle, la torture sera dénoncée comme le reste des barbaries d'un autre âge : marque d'une sauvagerie qu'on dénonce comme « gothique ». Il est vrai que

1. Dans les catalogues de preuves judiciaires, l'aveu apparaît vers le XIIIe-XIVe siècle. On ne le trouve pas chez Bernard de Pavie, mais chez Hostiemis. La formule de Crater est d'ailleurs caractéristique : « *Aut legitime convictus aut sponte confessus.* »

Dans le droit médiéval, l'aveu n'était valable que fait par un majeur et devant l'adversaire. Cf. J. Ph. Lévy, *La Hiérarchie des preuves dans le droit savant du Moyen Age*, 1939.

la pratique de la torture est d'origine lointaine : l'Inquisition bien sûr, et même sans doute au-delà les supplices d'esclaves. Mais elle ne figure pas dans le droit classique comme une trace ou une tache. Elle a sa place stricte dans un mécanisme pénal complexe où la procédure de type inquisitorial est lestée d'éléments du système accusatoire; où la démonstration écrite a besoin d'un corrélatif oral; où les techniques de la preuve administrée par les magistrats se mêlent aux procédés des épreuves par lesquelles on défiait l'accusé; où on lui demande — au besoin par la plus violente des contraintes — de jouer dans la procédure le rôle de partenaire volontaire; où il s'agit en somme de faire produire la vérité par un mécanisme à deux éléments — celui de l'enquête secrètement menée par l'autorité judiciaire et celui de l'acte accompli rituellement par l'accusé. Le corps de l'accusé, corps parlant et, si besoin est, souffrant, assure l'engrenage de ces deux mécanismes; c'est pourquoi, tant que le système punitif classique n'aura pas été reconsidéré de fond en comble, il n'y aura que très peu de critiques radicales de la torture[1]. Beaucoup plus souvent, de simples conseils de prudence : « La question est un dangereux moyen pour parvenir à la connaissance de la vérité; c'est pourquoi les juges ne doivent pas y avoir recours sans y faire réflexion. Rien n'est plus équivoque. Il y a des coupables qui ont assez de fermeté pour cacher un crime véritable...; d'autres, innocents, à qui la force des tourments a fait avouer des crimes dont ils n'étaient pas coupables[2]. »

On peut à partir de là retrouver le fonctionnement de la question comme supplice de vérité. D'abord la question n'est pas une manière d'arracher la vérité à tout prix; ce n'est point la torture déchaînée des interrogatoires modernes; elle est cruelle certes, mais non sauvage. Il s'agit d'une pratique réglée, qui obéit à une procédure bien définie; moments, durée, instruments utilisés, longueur de cordes, pesanteur des poids, nombre des coins, interventions du magistrat qui interroge, tout cela est, selon les différentes coutumes, soi-

1. La plus célèbre de ces critiques est celle de Nicolas : *Si la torture est un moyen à vérifier les crimes*, 1682.
2. Cl. Ferrière, *Dictionnaire de pratique*, 1740, T. II, p. 612.

gneusement codifié[1]. La torture est un jeu judiciaire strict. Et à ce titre, par-delà les techniques de l'Inquisition, elle se rattache aux vieilles épreuves qui avaient cours dans les procédures accusatoires : ordalies, duels judiciaires, jugements de Dieu. Entre le juge qui ordonne la question et le suspect qu'on torture, il y a encore comme une sorte de joute; le « patient » — c'est le terme par lequel on désigne le supplicié — est soumis à une série d'épreuves, graduées en sévérité et auxquelles il réussit en « tenant », ou auxquelles il échoue en avouant[2]. Mais le juge n'impose pas la torture sans prendre, de son côté, des risques (et ce n'est pas seulement le danger de voir mourir le suspect); il met dans la partie un enjeu, à savoir, les éléments de preuve qu'il a déjà réunis; car la règle veut que, si l'accusé « tient » et n'avoue pas, le magistrat soit contraint d'abandonner les charges. Le supplicié a gagné. D'où l'habitude, qui s'était introduite pour les cas les plus graves, d'imposer la question « avec réserve de preuves » : dans ce cas le juge pouvait continuer, après les tortures, à faire valoir les présomptions qu'il avait réunies; le suspect n'était pas innocenté par sa résistance; mais du moins devait-il à sa victoire de ne plus pouvoir être condamné à mort. Le juge gardait toutes ses cartes, sauf la principale. *Omnia citra mortem*. De là la recommandation souvent faite aux juges de ne pas soumettre à la question un suspect suffisamment convaincu des crimes les plus graves, car s'il venait à résister à la torture, le juge n'aurait plus le droit de lui infliger la peine de mort, que pourtant il mérite; à cette joute, la justice serait perdante : si les preuves suffisent « pour condamner un tel coupable à la mort », il ne faut pas « hasarder la condamnation au sort et à l'événement d'une question provisoire qui souvent ne mène à rien; car enfin il est du salut et de l'intérêt public de faire des exemples des crimes graves, atroces et capitaux[3] ».

Sous l'apparente recherche acharnée d'une vérité hâtive,

1. En 1729, Aguesseau a fait faire une enquête sur les moyens et les règles de torture appliqués en France. Elle est résumée par Joly de Fleury, B.N., Fonds Joly de Fleury, 258, vol. 322-328.

2. Le premier degré du supplice était le spectacle de ces instruments. On s'en tenait à ce stade pour les enfants et les vieillards de plus de soixante-dix ans.

3. G. du Rousseaud de la Combe, *Traité des matières criminelles*, 1741, p. 503.

on retrouve dans la torture classique le mécanisme réglé d'une épreuve : un défi physique qui doit décider de la vérité; si le patient est coupable, les souffrances qu'elle impose ne sont pas injustes; mais elle est aussi une marque de disculpation s'il est innocent. Souffrance, affrontement et vérité sont dans la pratique de la torture liés les uns aux autres : ils travaillent en commun le corps du patient. La recherche de la vérité par la « question », c'est bien une manière de faire apparaître un indice, le plus grave de tous — la confession du coupable; mais c'est aussi la bataille, et cette victoire d'un adversaire sur l'autre qui « produit » rituellement la vérité. Dans la torture pour faire avouer, il y a de l'enquête mais il y a du duel.

Tout comme s'y mêlent un acte d'instruction et un élément de punition. Et ce n'est pas là un de ses moindres paradoxes. Elle est en effet définie comme une manière de compléter la démonstration lorsqu'« il n'y a pas au procès de peines suffisantes ». Et elle est classée parmi les peines; et c'est une peine si grave que, dans la hiérarchie des châtiments, l'Ordonnance de 1670 l'inscrit aussitôt après la mort. Comment une peine peut-elle être employée comme un moyen, demandera-t-on plus tard? Comment peut-on faire valoir à titre de châtiment ce qui devrait être un procédé de démonstration? La raison en est dans la manière dont la justice criminelle, à l'époque classique, faisait fonctionner la production de la vérité. Les différentes parties de la preuve ne constituaient pas comme autant d'éléments neutres; elles n'attendaient pas d'être réunies en un faisceau unique pour apporter la certitude finale de la culpabilité. Chaque indice apportait avec lui un degré d'abomination. La culpabilité ne commençait pas, une fois toutes les preuves réunies; pièce à pièce, elle était constituée par chacun des éléments qui permettaient de reconnaître un coupable. Ainsi une demi-preuve ne laissait pas le suspect innocent, tant qu'elle n'était pas complétée : elle en faisait un demi-coupable; l'indice, seulement léger, d'un crime grave marquait quelqu'un comme « un peu » criminel. Bref la démonstration en matière pénale n'obéissait pas à un système dualiste : vrai ou faux; mais à un principe de gradation continue : un degré atteint dans la démonstration formait déjà un degré de culpabilité et impliquait par conséquent un degré de punition. Le suspect, en tant que tel, méritait toujours un certain châtiment; on ne pouvait pas être innocemment l'objet d'une suspicion. Le soupçon impliquait à la fois du côté du juge un élément de démonstration, du côté du prévenu la marque d'une certaine culpabilité, et du côté de la punition une forme limitée de peine. Un suspect, qui restait suspect, n'était pas innocenté pour autant, mais partiellement puni. Quand on était parvenu à un certain degré de présomption, on pouvait donc légitimement mettre en jeu une pratique qui avait un rôle double : commencer à punir en vertu des indications déjà réunies; et se servir de ce début de peine pour extorquer le reste de vérité encore manquant. La torture judiciaire, au XVIIIe siècle, fonctionne dans cette étrange économie où le rituel qui produit la vérité va de pair avec le rituel qui impose la punition. Le corps interrogé dans le supplice constitue le point d'application du châtiment et le lieu d'extorsion de la vérité. Et tout comme la présomption est solidairement un élément d'enquête et un fragment de culpabilité, la souffrance réglée de la question est à la fois une mesure pour punir et un acte d'instruction.

*

Or, curieusement, cet engrenage des deux rituels à travers le corps se poursuit, la preuve faite et la sentence formulée, dans l'exécution elle-même de la peine. Et le corps du condamné est à nouveau une pièce essentielle dans le cérémonial du châtiment public. Au coupable de porter en plein jour sa condamnation et la vérité du crime qu'il a commis. Son corps montré. Promené, exposé, supplicié, doit être comme le support public d'une procédure qui était restée jusque-là dans l'ombre; en lui, sur lui, l'acte de justice doit devenir lisible pour tous. Cette manifestation actuelle et éclatante de la vérité dans l'exécution publique des peines prend, au XVIIIe siècle, plusieurs aspects.

1. Faire d'abord du coupable le héraut de sa propre condamnation. On le charge, en quelque sorte, de la proclamer et d'attester ainsi la vérité de ce qui lui a été reproché :

promenade à travers les rues, écriteau qu'on lui accroche au dos, sur la poitrine ou sur la tête pour rappeler la sentence; haltes à différents carrefours, lecture de l'arrêt de condamnation, amende honorable à la porte des églises, au cours de laquelle le condamné reconnaît solennellement son crime : « Nus pieds, en chemise, portant une torche, à genoux dire et déclarer que méchamment, horriblement, proditoirement et de dessein prémédité, il avait commis le très détestable crime, etc. » ; exposition à un poteau où sont rappelés les faits et la sentence; lecture encore une fois de l'arrêt au pied de l'échafaud; qu'il s'agisse simplement du pilori ou du bûcher et de la roue, le condamné publie son crime et la justice qu'on lui fait rendre, en les portant physiquement sur son corps.

2. Poursuivre une fois encore la scène de l'aveu. Doubler la proclamation contrainte de l'amende honorable par une reconnaissance spontanée et publique. Instaurer le supplice comme moment de vérité. Faire que ces derniers instants où le coupable n'a plus rien à perdre soient gagnés pour la pleine lumière du vrai. Déjà le tribunal pouvait décider, après condamnation, une nouvelle torture pour arracher le nom des complices éventuels. Il était prévu également qu'au moment de monter sur l'échafaud le condamné pouvait demander un répit pour faire de nouvelles révélations. Le public attendait cette nouvelle péripétie de la vérité. Beaucoup en profitaient pour gagner un peu de temps, comme ce Michel Barbier, coupable d'attaque à main armée : « Il regarda effrontément l'échafaud en disant que ce n'était certainement pas pour lui qu'on l'avait élevé, attendu qu'il était innocent; il demanda d'abord à monter à la chambre où il ne fit que battre la campagne pendant une demi-heure, cherchant toujours à vouloir se justifier; puis envoyé au supplice, il monte sur l'échafaud d'un air décidé, mais lorsqu'il se voit dépouillé de ses habits et attaché sur la croix prêt à recevoir les coups de barre, il demande à remonter une seconde fois à la chambre et y fait enfin l'aveu de son crime et déclare même qu'il était coupable d'un autre assassinat[1]. » Le vrai supplice a pour fonction de faire éclater la vérité; et en cela il poursuit, jusque

1. S.P. Hardy, *Mes loisirs*, B.N. ms. 6680-87, t. IV, p. 80, 1778.

sous les yeux du public, le travail de la question. Il apporte à la condamnation la signature de celui qui la subit. Un supplice bien réussi justifie la justice, dans la mesure où il publie la vérité du crime dans le corps même du supplicié. Exemple du bon condamné, François Billiard qui avait été caissier général des postes et qui avait en 1772 assassiné sa femme ; le bourreau voulait lui cacher le visage pour le faire échapper aux insultes : « On ne m'a point, dit-il, infligé cette peine que j'ai méritée pour que je ne sois pas vu du public... Il était encore vêtu de l'habit de deuil de son épouse... portait aux pieds des escarpins tout neufs, était frisé et poudré à blanc, avait une contenance si modeste et si imposante que les personnes qui s'étaient trouvées le contempler de plus près disaient qu'il fallait qu'il fût ou le chrétien le plus parfait ou le plus grand de tous les hypocrites. L'écriteau qu'il portait sur la poitrine s'étant dérangé, on a remarqué qu'il le rectifiait lui-même, sans doute pour qu'on pût le lire plus facilement[1]. » La cérémonie pénale, si chacun de ses acteurs y joue bien son rôle, a l'efficacité d'un long aveu public.

3. Épingler le supplice sur le crime lui-même ; établir de l'un à l'autre une série de relations déchiffrables. Exposition du cadavre du condamné sur les lieux de son crime, ou à l'un des carrefours les plus proches. Exécution à l'endroit même où le crime avait été accompli — comme cet étudiant qui en 1723 avait tué plusieurs personnes et pour lequel le président de Nantes décide de dresser un échafaud devant la porte de l'auberge où il avait commis ses assassinats[2]. Utilisation de supplices « symboliques » où la forme de l'exécution renvoie à la nature du crime : on perce la langue des blasphémateurs, on brûle les impurs, on coupe le poing qui a tué ; on fait parfois arborer au condamné l'instrument de son méfait — ainsi à Damiens le fameux petit couteau qu'on avait enduit de soufre et attaché à la main coupable pour qu'il brûle en même temps que lui. Comme le disait Vico, cette vieille jurisprudence fut « toute une poétique ».

A la limite, on trouve quelques cas de reproduction quasi théâtrale du crime dans l'exécution du coupable : mêmes

1. S.P. Hardy, *Mes loisirs*, t. I, p. 327 (seul le tome I est imprimé).

2. Archives municipales de Nantes, F. F. 124. Cf. P. Parfouru, *Mémoires de la société archéologique d'Ille-et-Vilaine*, 1896, t. XXV.

instruments, mêmes gestes. Aux yeux de tous, la justice fait répéter le crime par les supplices, le publiant dans sa vérité et l'annulant en même temps dans la mort du coupable. Tard encore dans le XVIIIe siècle, en 1772, on trouve des sentences comme celle-ci : une servante de Cambrai, ayant tué sa maîtresse, est condamnée à être conduite au lieu de son supplice dans un tombereau « servant à enlever les immondices à tous les carrefours » ; il y aura là « une potence au pied de laquelle sera mis le même fauteuil dans lequel était assise la dite de Laleu, sa maîtresse, lorsqu'elle l'a assassinée ; et y étant placée, l'exécuteur de la haute justice lui coupera le poing droit et le jettera en sa présence au feu, et lui portera, immédiatement après, quatre coups du couperet dont elle s'est servie pour assassiner la dite de Laleu, dont le premier et le second sur la tête, le troisième sur l'avant-bras gauche, et le quatrième sur la poitrine ; ce fait être pendue et étranglée à ladite potence jusqu'à ce que mort s'ensuive ; et à deux heures d'intervalle son corps mort sera décroché, et la tête séparée de celui-ci au pied de la dite potence sur le dit échafaud, avec le même couperet dont elle s'est servie pour assassiner sa maîtresse, et icelle tête exposée sur une figure de vingt pieds hors la porte du dit Cambrai, à portée du chemin qui conduit à Douai, et le reste du corps mis dans un sac, et enfoui près de la dite pique, à dix pieds de profondeur[1] ».

4. Enfin la lenteur du supplice, ses péripéties, les cris et les souffrances du condamné jouent au terme du rituel judiciaire le rôle d'une épreuve ultime. Comme toute agonie, celle qui se déroule sur l'échafaud dit une certaine vérité : mais avec plus d'intensité, dans la mesure où la douleur la presse ; avec plus de rigueur puisqu'elle est exactement au point de jonction entre le jugement des hommes et celui de Dieu ; avec plus d'éclat puisqu'elle se déroule en public. Les souffrances du supplice prolongent celles de la question préparatoire ; dans celle-ci cependant le jeu n'était pas joué et on pouvait sauver sa vie ; maintenant on meurt à coup sûr, il s'agit de sauver son âme. Le jeu éternel a déjà commencé : le supplice anticipe sur les peines de l'au-delà ; il montre ce qu'elles sont ; il est le théâtre de l'enfer ; les cris du condamné, sa révolte, ses

1. Cité *in* P. Dautricourt, *op. cit.*, p. 269-270.

blasphèmes signifient déjà son irrémédiable destin. Mais les douleurs d'ici-bas peuvent valoir aussi comme pénitence pour alléger les châtiments de l'au-delà : d'un tel martyre, s'il est supporté avec résignation, Dieu ne manquera pas de tenir compte. La cruauté de la punition terrestre s'inscrit en déduction de la peine future : la promesse du pardon s'y dessine. Mais on peut dire encore : des souffrances si vives ne sont-elles pas le signe que Dieu a abandonné le coupable aux mains des hommes? Et loin de gager une absolution future, elles figurent la damnation imminente; alors que, si le condamné meurt vite, sans agonie prolongée, n'est-ce pas la preuve que Dieu a voulu le protéger et empêcher qu'il ne tombe dans le désespoir? Ambiguïté donc de cette souffrance qui peut aussi bien signifier la vérité du crime ou l'erreur des juges, la bonté ou la méchanceté du criminel, la coïncidence ou la divergence entre le jugement des hommes et celui de Dieu. De là cette formidable curiosité qui presse les spectateurs autour de l'échafaud et des souffrances, le passé et le futur, l'ici-bas et l'éternel. Moment de vérité que tous les spectateurs interrogent : chaque parole, chaque cri, la durée de l'agonie, le corps qui résiste, la vie qui ne veut pas s'en arracher, tout cela fait signe : il y a celui qui a vécu « six heures sur la roue, ne voulant pas que l'exécuteur, qui le consolait et l'encourageait sans doute à son gré, le quittât un seul instant »; il y a celui qui meurt « dans des sentiments fort chrétiens, et qui témoigne le repentir le plus sincère »; celui qui « expire sur la roue une heure après y avoir été placé; on dit que les spectateurs de son supplice ont été attendris par les témoignages extérieurs de religion et de repentir qu'il avait donnés »; celui qui avait donné les signes les plus vifs de contrition tout au long du trajet jusqu'à l'échafaud, mais qui, placé vivant sur la roue, ne cesse de « pousser des hurlements épouvantables »; ou encore cette femme qui « avait conservé son sang-froid jusqu'au moment de la lecture du jugement, mais dont la tête avait alors commencé à se déranger; elle est dans la plus totale folie lorsqu'on la pend[1] ».

Le cycle est bouclé : de la question à l'exécution, le corps a

1. S.P. Hardy, *Mes loisirs*, t. I, p. 13; t. IV, p. 42; t. V, p. 134.

produit et reproduit la vérité du crime. Ou plutôt il constitue l'élément qui à travers tout un jeu de rituels et d'épreuves avoue que le crime a eu lieu, profère qu'il l'a lui-même commis, montre qu'il le porte inscrit en soi et sur soi, supporte l'opération du châtiment et manifeste, de la manière la plus éclatante, ses effets. Le corps plusieurs fois supplicié assure la synthèse de la réalité des faits et de la vérité de l'information, des actes de procédure et du discours du criminel, du crime et de la punition. Pièce essentielle par conséquent dans une liturgie pénale, où il doit constituer le partenaire d'une procédure ordonnée autour des droits formidables du souverain, de la poursuite et du secret.

*

Le supplice judiciaire est à comprendre aussi comme un rituel politique. Il fait partie, même sur un mode mineur, des cérémonies par lesquelles le pouvoir se manifeste.

L'infraction, selon le droit de l'âge classique, au-delà du dommage qu'elle peut éventuellement produire, au-delà même de la règle qu'elle enfreint, porte tort au droit de celui qui fait valoir la loi : « Supposé même qu'il n'y ait ni tort ni injure à l'individu, si l'on a commis quelque chose que la loi ait défendu, c'est un délit qui demande réparation, parce que le droit du supérieur est violé et que c'est faire injure à la dignité de son caractère[1]. » Le crime, outre sa victime immédiate, attaque le souverain; il l'attaque personnellement puisque la loi vaut comme la volonté du souverain; il l'attaque physiquement puisque la force de la loi, c'est la force du prince. Car « pour qu'une loi puisse être en vigueur dans ce royaume, il fallait nécessairement qu'elle fût émanée directement du souverain, ou du moins qu'elle fût confirmée par le sceau de son autorité[2] ». L'intervention du souverain n'est donc pas un arbitrage entre deux adversaires; c'est même beaucoup plus qu'une action pour faire respecter les

1. P. Risi, *Observations sur les matières de jurisprudence criminelle*, 1768, p. 9, avec référence à Cocceius, *Dissertationes ad Grotium*, XII, § 545.
2. P.F. Muyart de Vouglans, *Les Lois criminelles de France*, 1780, p. XXXIV.

droits de chacun; c'est une réplique directe à celui qui l'a offensé. « L'exercice de la puissance souveraine dans la punition des crimes fait sans doute une des parties les plus essentielles de l'administration de la justice[1]. » Le châtiment ne peut donc pas s'identifier ni même se mesurer à la réparation du dommage; il doit toujours y avoir dans la punition au moins une part, qui est celle du prince : et même lorsqu'elle se combine avec la réparation prévue, elle constitue l'élément le plus important de la liquidation pénale du crime. Or cette part du prince en elle-même n'est pas simple : d'un côté, elle implique la réparation du tort qu'on a fait à son royaume (désordre instauré, l'exemple donné, ce tort considérable est sans commune mesure avec celui qui a été commis à l'égard d'un particulier); mais elle implique aussi que le roi poursuive la vengeance d'un affront qui a été porté à sa personne.

Le droit de punir sera donc comme un aspect du droit que le souverain détient de faire la guerre à ses ennemis : châtier relève de ce « droit de glaive, de ce pouvoir absolu de vie ou de mort dont il est parlé dans le droit romain sous le nom de *merum imperium*, droit en vertu duquel le prince fait exécuter sa loi en ordonnant la punition du crime[2] ». Mais le châtiment est une manière aussi de poursuivre une vengeance qui est à la fois personnelle et publique, puisque dans la loi la force physico-politique du souverain se trouve en quelque sorte présente : « On voit par la définition de la loi même qu'elle ne tend pas seulement à défendre mais encore à venger le mépris de son autorité par la punition de ceux qui viennent à violer ses défenses[3]. » Dans l'exécution de la peine la plus régulière, dans le respect le plus exact des formes juridiques, règnent les forces actives de la vindicte.

Le supplice a donc une fonction juridico-politique. Il s'agit d'un cérémonial pour reconstituer la souveraineté un instant blessée. Il la restaure en la manifestant dans tout son éclat. L'exécution publique, aussi hâtive et quotidienne qu'elle soit, s'insère dans toute la série des grands rituels du pouvoir éclipsé et restauré (couronnement, entrée du roi dans une ville conquise, soumission des sujets révoltés); par-dessus le

1. D. Jousse, *Traité de la justice criminelle*, 1777, p. VII.
2. P.F. Muyart de Vouglans, *Les Lois criminelles de France*, 1780, p. XXXIV.
3. *Ibid.*

crime qui a méprisé le souverain, elle déploie aux yeux de tous une force invincible. Son but est moins de rétablir un équilibre que de faire jouer, jusqu'à son point extrême, la dissymétrie entre le sujet qui a osé violer la loi, et le souverain tout-puissant qui fait valoir sa force. Si la réparation du dommage privé occasionné par le délit doit être bien proportionnée, si la sentence doit être équitable, l'exécution de la peine est faite pour donner non pas le spectacle de la mesure, mais celui du déséquilibre et de l'excès; il doit y avoir, dans cette liturgie de la peine, une affirmation emphatique du pouvoir et de sa supériorité intrinsèque. Et cette supériorité, ce n'est pas simplement celle du droit, mais celle de la force physique du souverain s'abattant sur le corps de son adversaire et le maîtrisant : en brisant la loi, l'infracteur a atteint la personne même du prince; c'est elle — ou du moins ceux à qui il a commis sa force — qui s'empare du corps du condamné pour le montrer marqué, vaincu, brisé. La cérémonie punitive est donc au total « terrorisante ». Les juristes du XVIIIe siècle, quand commencera leur polémique avec les réformateurs, donneront de la cruauté physique des peines une interprétation restrictive et « moderniste » : s'il faut des peines sévères, c'est que l'exemple doit s'inscrire profondément dans le cœur des hommes. En fait, pourtant, ce qui avait sous-tendu jusque-là cette pratique des supplices, ce n'était pas une économie de l'exemple, au sens où on l'entendra à l'époque des idéologues (que la représentation de la peine l'emporte sur l'intérêt du crime), mais une politique de l'effroi : rendre sensible à tous, sur le corps du criminel, la présence déchaînée du souverain. Le supplice ne rétablissait pas la justice; il réactivait le pouvoir. Au XVIIe siècle, au début du XVIIIe encore, il n'était donc pas, avec tout son théâtre de terreur, le résidu non encore effacé d'un autre âge. Ses acharnements, son éclat, la violence corporelle, un jeu démesuré de forces, un cérémonial soigneux, bref tout son appareil s'inscrivait dans le fonctionnement politique de la pénalité.

On peut comprendre à partir de là certains caractères de la liturgie des supplices. Et avant tout l'importance d'un rituel qui devait déployer son faste en public. Rien ne devait être caché de ce triomphe de la loi. Les épisodes en étaient traditionnellement les mêmes et pourtant les arrêts de condamnation ne manquaient pas de les énumérer, tant ils étaient importants dans le mécanisme pénal : défilés, haltes aux carrefours, station à la porte des églises, lecture publique de la sentence, agenouillement, déclarations à haute voix de repentir pour l'offense faite à Dieu et au roi. Il arrivait que les questions de préséance et d'étiquette soient réglées par le tribunal lui-même : « Les officiers monteront à cheval suivant l'ordre ci-après : savoir, en tête les deux sergents de police; ensuite le patient; après le patient, Bonfort et Le Corre à sa gauche marcheront ensemble, lesquels feront place au greffier qui les suivra et de cette manière iront en place publique du grand marché auquel lieu sera le jugement exécuté[1]. » Or ce cérémonial méticuleux est, d'une façon très explicite, non seulement judiciaire mais militaire. La justice du roi se montre comme une justice armée. Le glaive qui punit le coupable est aussi celui qui détruit les ennemis. Tout un appareil militaire entoure le supplice : cavaliers du guet, archers, exempts, soldats. C'est qu'il s'agit bien sûr d'empêcher toute évasion ou coup de force; il s'agit aussi de prévenir, de la part du peuple, un mouvement de sympathie pour sauver les condamnés, ou un élan de rage pour les mettre immédiatement à mort; mais il s'agit aussi de rappeler que dans tout crime il y a comme un soulèvement contre la loi et que le criminel est un ennemi de prince. Toutes ces raisons — qu'elles soient de précaution dans une conjoncture déterminée, ou de fonction dans le déroulement d'un rituel — font de l'exécution publique plus qu'une œuvre de justice, une manifestation de force; ou plutôt, c'est la justice comme force physique, matérielle et redoutable du souverain qui s'y déploie. La cérémonie du supplice fait éclater en plein jour le rapport de force qui donne son pouvoir à la loi.

Comme rituel de la loi armée, où le prince se montre à la fois, et de façon indissociable, sous le double aspect de chef de justice et de chef de guerre, l'exécution publique a deux faces : l'une de victoire, l'autre de lutte. D'un côté, elle clôt solennellement entre le criminel et le souverain une guerre, dont l'issue était jouée d'avance; elle doit manifester le

1. Cité *in* A. Corre, *Documents pour servir à l'histoire de la torture judiciaire en Bretagne*, 1896, p. 7.

pouvoir démesuré du souverain sur ceux qu'il a réduits à l'impuissance. La dissymétrie, l'irréversible déséquilibre de forces faisaient partie des fonctions du supplice. Un corps effacé, réduit en poussière et jeté au vent, un corps détruit pièce à pièce par l'infini du pouvoir souverain constitue la limite non seulement idéale mais réelle du châtiment. Témoin le fameux supplice de la Massola qui était appliqué à Avignon et qui fut un des premiers à exciter l'indignation des contemporains ; supplice apparemment paradoxal puisqu'il se déroule presque entièrement après la mort, et que la justice n'y fait pas autre chose que de déployer sur un cadavre son magnifique théâtre, la louange rituelle de sa force : le condamné est attaché à un poteau, les yeux bandés ; tout autour, sur l'échafaud, des pieux avec des crochets de fer. « Le confesseur parle au patient à l'oreille, et après qu'il lui a donné la bénédiction, aussitôt l'exécuteur qui a une massue de fer, telle qu'on s'en sert dans les échaudoirs, en donne un coup de toute sa force sur la tempe du malheureux, qui tombe mort : à l'instant, *mortis exactor* qui a un grand couteau, lui coupe la gorge, qui le remplit de sang ; ce qui fait un spectacle horrible à regarder ; il lui fend les nerfs vers les deux talons, et ensuite lui ouvre le ventre d'où il tire le cœur, le foie, la rate, les poumons qu'il attache à un crochet de fer, et le coupe et le dissecte par morceaux qu'il met aux autres crochets à mesure qu'il les coupe, ainsi qu'on fait ceux d'une bête. Regarde qui peut regarder une chose semblable[1]. » Dans la forme explicitement rappelée de la boucherie, la destruction infinitésimale du corps rejoint ici le spectacle : chaque morceau est placé à l'étal.

Le supplice s'accomplit dans tout un cérémonial de triomphe ; mais il comporte aussi, comme noyau dramatique dans son déroulement monotone, une scène d'affrontement : c'est l'action immédiate et directe du bourreau sur le corps du « patient ». Action codée, bien sûr, puisque la coutume et, souvent d'une manière explicite, l'arrêt de condamnation en prescrivent les principaux épisodes. Et qui pourtant a gardé quelque chose de la bataille. L'exécuteur n'est pas simple-

1. A. Bruneau, *Observations et maximes sur les matières criminelles*, 1715 p. 259.

ment celui qui applique la loi, mais celui qui déploie la force; il est l'agent d'une violence qui s'applique, pour la maîtriser, à la violence du crime. De ce crime, il est matériellement, physiquement, l'adversaire. Adversaire parfois pitoyable et parfois acharné. Damhoudère se plaignait, avec beaucoup de ses contemporains, que les bourreaux exercent « toutes cruautés à l'égard des patients malfaiteurs, les traitant, ruant et tuant comme s'ils avaient une bête entre les mains[1] ». Et pendant bien longtemps l'habitude ne s'en perdra pas[2]. Il y a encore du défi et de la joute dans la cérémonie du supplice. Si le bourreau triomphe, s'il parvient à faire sauter d'un coup la tête qu'on lui a demandé d'abattre, il « la montre au peuple, la remet à terre et salue ensuite le public qui applaudit beaucoup à son adresse par des battements de mains[3] ». Inversement, s'il échoue, s'il ne parvient pas à tuer comme il faut, il est passible d'une punition. Ce fut le cas du bourreau de Damiens qui, pour n'avoir pas su écarteler son patient selon les règles, avait dû le découper au couteau; on confisqua, au profit des pauvres, les chevaux du supplice qu'on lui avait promis. Quelques années après, le bourreau d'Avignon avait trop fait souffrir les trois bandits, pourtant redoutables, qu'il devait pendre; les spectateurs se fâchent; ils le dénoncent; pour le punir et aussi pour le soustraire à la vindicte populaire, on le met en prison[4]. Et derrière cette punition du bourreau malhabile, se profile une tradition, toute proche encore : elle voulait que le condamné soit gracié si l'exécution venait à échouer. C'était une coutume clairement établie dans certains pays[5]. Le peuple attendait souvent qu'on l'applique, et il lui arrivait de protéger un condamné qui venait ainsi d'échapper à la mort. Pour faire disparaître et cette coutume et cette attente, il avait fallu faire valoir

1. J. de Damhoudère, *Pratique judiciaire ès causes civiles*, 1572, p. 219.

2. *La Gazette des tribunaux*, 6 juillet 1837, rapporte, d'après le *Journal de Gloucester*, la conduite « atroce et dégoûtante » d'un exécuteur qui après avoir pendu un condamné « prit le cadavre par les épaules, le fit tourner sur lui-même avec violence et le frappa à plusieurs reprises en disant : "Vieux drôle, es-tu assez mort comme cela?" Puis se tournant vers la multitude il tint sur un ton goguenard les propos les plus indécents ».

3. Scène notée par T.S. Gueulette, lors de l'exécution de l'exempt Montigny en 1737. Cf. R. Anchel, *Crimes et châtiments au XVIIIe siècle*, 1933, p. 62-69.

4. Cf. L. Duhamel, *Les Exécutions capitales à Avignon*, 1890, p. 25.

5. En Bourgogne, par exemple, cf. Chassanée, *Consuetudo Burgundi*, fol. 55.

l'adage « le gibet ne perd pas sa proie » ; il avait fallu veiller à introduire dans les sentences capitales des consignes explicites : « pendu et étranglé jusqu'à ce que mort s'ensuive », « jusqu'à l'extinction de la vie ». Et des juristes comme Serpillon ou Blackstone insistent en plein XVIIIe siècle sur le fait que l'échec du bourreau ne doit pas signifier pour le condamné la vie sauve[1]. Il y avait quelque chose de l'épreuve et du jugement de Dieu qui était encore déchiffrable dans la cérémonie de l'exécution. Dans son affrontement avec le condamné, l'exécuteur était un peu comme le champion du roi. Champion cependant inavouable et désavoué : la tradition voulait, paraît-il, quand on avait scellé les lettres du bourreau, qu'on ne les pose pas sur la table, mais qu'on les jette à terre. On connaît tous les interdits qui entouraient cet « office très nécessaire » et pourtant « contre nature[2] ». Il avait beau, en un sens, être le glaive du roi, le bourreau partageait avec son adversaire son infamie. La puissance souveraine qui lui enjoignait de tuer, et qui à travers lui frappait, n'était pas présente en lui ; elle ne s'identifiait pas à son acharnement. Et jamais justement elle n'apparaissait avec plus d'éclat que si elle interrompait le geste de l'exécuteur par une lettre de grâce. Le peu de temps qui séparait d'ordinaire la sentence de l'exécution (quelques heures souvent) faisait que la rémission intervenait en général au tout dernier moment. Mais sans doute la cérémonie dans la lenteur de son déroulement était-elle aménagée pour faire place à cette éventualité[3]. Les condamnés l'espèrent, et, pour faire durer les choses, ils prétendaient encore, au pied de

1. F. Serpillon, *Code criminel*, 1767, t. III, p. 1100. Blackstone : « Il est clair que si un criminel condamné à être pendu jusqu'à ce que mort s'ensuive échappe à la mort par la maladresse de l'exécuteur en quelqu'autres mains, le sheriff est tenu de renouveler l'exécution parce que la sentence n'a pas été exécutée ; et que si on se laissait aller à cette fausse compassion, on ouvrirait la porte à une infinité de collusions » (*Commentaire sur le Code criminel d'Angleterre*, trad. française, 1776, p. 201).

2. Ch. Loyseau, Cinq livres du droit des offices, éd. de 1613, p. 80-81.

3. Cf. S.P. Hardy, 30 janvier 1769, p. 125 du volume imprimé ; 14 déc. 1779, IV, p. 229 ; R. Anchel, *Crimes et châtiments au XVIIIe siècle*, p. 162-163, rapporte l'histoire d'Antoine Boulleteix qui est déjà au pied de l'échafaud lorsqu'un cavalier arrive portant le fameux parchemin. On crie « vive le Roi » ; on emmène Boulleteix au cabaret, pendant que le greffier quête pour lui dans son chapeau.

l'échafaud, avoir des révélations à faire. Le peuple, quand il la souhaitait, l'appelait en criant, tâchait de faire retarder le dernier moment, guettait le messager qui portait la lettre au cachet de cire verte, et au besoin faisait croire qu'il était en train d'arriver (c'est ce qui se passa au moment où on exécutait les condamnés pour l'émeute des enlèvements d'enfants, le 3 août 1750). Présent, le souverain l'est dans l'exécution non seulement comme la puissance qui venge la loi, mais comme le pouvoir qui peut suspendre et la loi et la vengeance. Lui seul doit rester maître de laver les offenses qu'on lui a faites; s'il est vrai qu'il a commis à ces tribunaux le soin d'exercer son pouvoir de justicier, il ne l'a pas aliéné; il le conserve intégralement pour lever la peine aussi bien que pour la laisser s'appesantir.

Il faut concevoir le supplice, tel qu'il est ritualisé encore au XVIIIe siècle, comme un opérateur politique. Il s'inscrit logiquement dans un système punitif, où le souverain, de manière directe ou indirecte, demande, décide, et fait exécuter les châtiments, dans la mesure où c'est lui qui, à travers la loi, a été atteint par le crime. Dans toute infraction, il y a un *crimen majestatis*, et dans le moindre des criminels un petit régicide en puissance. Et le régicide, à son tour, n'est ni plus ni moins que le criminel total et absolu, puisque au lieu d'attaquer, comme n'importe quel délinquant, une décision ou une volonté particulière du pouvoir souverain, il en attaque le principe dans la personne physique du prince. La punition idéale du régicide devrait former la somme de tous les supplices possibles. Ce serait la vengeance infinie : les lois françaises en tout cas ne prévoyaient pas de peine fixe pour cette sorte de monstruosité. Il avait fallu inventer celle de Ravaillac en composant les unes avec les autres les plus cruelles qu'on ait pratiquées en France. On voulait en imaginer de plus atroces encore pour Damiens. Il y eut des projets, mais on les jugea moins parfaits. On reprit donc la scène de Ravaillac. Et il faut reconnaître qu'on fut modéré si on songe comment en 1584 l'assassin de Guillaume d'Orange fut abandonné, lui, à l'infini de la vengeance. « Le premier jour, il fut mené sur la place où il trouva une chaudière d'eau toute bouillante, en laquelle fut enfoncé le bras dont il avait fait le coup. Le lendemain le bras lui fut coupé, lequel, étant tombé à ses pieds tout constamment, le poussa du pied, du haut en bas de l'échafaud; le troisième il fut tenaillé par devant aux mamelles et devant du bras; le quatrième il fut de même tenaillé par derrière aux bras et aux fesses; et ainsi consécutivement cet homme fut martyrisé l'espace de dix-huit jours. » Le dernier, il fut roué et « mailloté ». Au bout de six heures, il demandait encore de l'eau, qu'on ne lui donna pas. « Enfin le lieutenant criminel fut prié de le faire parachever et étrangler, afin que son âme ne désespérât pas, et ne se perdît [1]. »

*

Il n'y pas de doute que l'existence des supplices se rattachait à bien autre chose qu'à cette organisation interne. Rusche et Kirchheimer ont raison d'y voir l'effet d'un régime de production où les forces de travail, et donc le corps humain, n'ont pas l'utilité ni la valeur marchande qui leur seront conférées dans une économie de type industriel. Il est certain aussi que le « mépris » du corps se réfère à une attitude générale à l'égard de la mort; et dans cette attitude, on déchiffrerait aussi bien les valeurs propres au christianisme qu'une situation démographique et en quelque sorte biologique : les ravages de la maladie et de la faim, les massacres périodiques des épidémies, la formidable mortalité des enfants, la précarité des équilibres bio-économiques — tout cela rendait la mort familière et suscitait autour d'elle des rituels pour l'intégrer, la rendre acceptable et donner un sens à sa permanente agression. Il faudrait aussi pour analyser ce long maintien des supplices se référer à des faits de conjoncture; on ne doit pas oublier que l'ordonnance de 1670 qui a régi la justice criminelle jusqu'à la veille de la Révolution avait aggravé encore sur certains points la rigueur des anciens édits; Pussort, qui, parmi les commissaires chargés de préparer les textes, représentait les intentions du roi,

1. Brantôme, *Mémoires. La vie des hommes illustres*, éd. de 1722, t. II, p. 191-192.

l'avait imposée ainsi, malgré certains magistrats comme Lamoignon; la multiplicité des soulèvements au milieu encore de l'âge classique, le grondement proche des guerres civiles, la volonté du roi de faire valoir son pouvoir aux dépens des parlements expliquent pour une bonne part la persistance d'un régime pénal « dur ».

On a là, pour rendre compte d'une pénalité suppliciante, des raisons générales et en quelque sorte externes; elles expliquent la possibilité et la longue persistance des peines physiques, la faiblesse et le caractère assez isolé des protestations qu'on leur oppose. Mais sur ce fond, il faut en faire apparaître la fonction précise. Si le supplice est si fortement incrusté dans la pratique judiciaire, c'est qu'il est révélateur de vérité et opérateur de pouvoir. Il assure l'articulation de l'écrit sur l'oral, du secret sur le public, de la procédure d'enquête sur l'opération de l'aveu; il permet qu'on reproduise et retourne le crime sur le corps visible du criminel; il fait que le crime, dans la même horreur, se manifeste et s'annule. Il fait aussi du corps du condamné le lieu d'application de la vindicte souveraine, le point d'ancrage pour une manifestation du pouvoir, l'occasion d'affirmer la dissymétrie des forces. On verra plus loin que le rapport vérité-pouvoir reste au cœur de tous les mécanismes punitifs, et qu'il se retrouve dans les pratiques contemporaines de la pénalité — mais sous une tout autre forme et avec des effets très différents. Les Lumières ne tarderont pas à disqualifier les supplices en leur reprochant leur « atrocité ». Terme par lequel ils étaient souvent caractérisés, mais sans intention critique, par les juristes eux-mêmes. Peut-être la notion d'« atrocité » est-elle une de celles qui désigne le mieux l'économie du supplice dans l'ancienne pratique pénale. L'atrocité, c'est d'abord un caractère propre à certains des grands crimes : elle se réfère au nombre de lois naturelles ou positives, divines ou humaines qu'ils attaquent, à l'éclat scandaleux ou au contraire à la ruse secrète avec lesquels ils ont été commis, au rang et au statut de ceux qui en sont les auteurs et les victimes, au désordre qu'ils supposent ou qu'ils entraînent, à l'horreur qu'ils suscitent. Or la punition, dans la mesure où elle doit faire éclater aux yeux de chacun le crime dans toute sa sévérité, doit prendre en charge cette atrocité :

elle doit la porter à la lumière par des aveux, des discours, des inscriptions qui la rendent publique; elle doit la reproduire dans des cérémonies qui l'appliquent au corps du coupable sous la forme de l'humiliation et de la souffrance. L'atrocité, c'est cette part du crime que le châtiment retourne en supplice pour la faire éclater en pleine lumière : figure inhérente au mécanisme qui produit, au cœur de la punition elle-même, la vérité visible du crime. Le supplice fait partie de la procédure qui établit la réalité de ce qu'on punit. Mais il y a plus : l'atrocité d'un crime, c'est aussi la violence du défi lancé au souverain; c'est ce qui va déclencher de sa part une réplique qui a pour fonction de renchérir sur cette atrocité, de la maîtriser, de l'emporter sur elle par un excès qui l'annule. L'atrocité qui hante le supplice joue donc un double rôle : principe de la communication du crime avec la peine, elle est d'autre part l'exaspération du châtiment par rapport au crime. Elle assure d'un même coup l'éclat de la vérité et celui du pouvoir; elle est le rituel de l'enquête qui s'achève et la cérémonie où triomphe le souverain. Et elle les joint tous deux dans le corps supplicié. La pratique punitive du XIXe siècle cherchera à mettre le plus de distance possible entre la recherche « sereine » de la vérité et la violence qu'on ne peut pas effacer tout à fait de la punition. On veillera à marquer l'hétérogénéité qui sépare le crime qu'il faut sanctionner et le châtiment imposé par le pouvoir public. Entre la vérité et la punition, il ne devra plus y avoir qu'un rapport de conséquence légitime. Que le pouvoir qui sanctionne ne se souille plus par un crime plus grand que celui qu'il a voulu châtier. Qu'il demeure innocent de la peine qu'il inflige. « Hâtons-nous de proscrire des supplices pareils. Ils n'étaient dignes que des monstres couronnés qui gouvernèrent les Romains[1]. » Mais selon la pratique pénale de l'époque précédente, la proximité dans le supplice du souverain et du crime, le mélange qui s'y produisait entre la « démonstration » et le châtiment, ne relevaient pas d'une confusion barbare; ce qui s'y jouait, c'était le mécanisme de l'atrocité et ses enchaînements nécessaires. L'atrocité de l'expiation orga-

1. C. E. de Pastoret, à propos de la peine des régicides, *Des lois pénales*, 1790, II, p. 61.

nisait la réduction rituelle de l'infamie par la toute-puissance.

Que la faute et la punition communiquent entre elles et se lient dans la forme de l'atrocité, ce n'était pas la conséquence d'une loi de talion obscurément admise. C'était l'effet, dans les rites punitifs, d'une certaine mécanique du pouvoir : d'un pouvoir qui non seulement ne se cache pas de s'exercer directement sur les corps, mais s'exalte et se renforce de ses manifestations physiques ; d'un pouvoir qui s'affirme comme pouvoir armé, et dont les fonctions d'ordre ne sont pas entièrement dégagées des fonctions de guerre ; d'un pouvoir qui fait valoir les règles et les obligations comme des liens personnels dont la rupture constitue une offense et appelle une vengeance ; d'un pouvoir pour qui la désobéissance est un acte d'hostilité, un début de soulèvement, qui n'est pas dans son principe très différent de la guerre civile ; d'un pouvoir qui n'a pas à démontrer pourquoi il applique ses lois, mais à montrer qui sont ses ennemis, et quel déchaînement de force les menace ; d'un pouvoir qui, à défaut d'une surveillance ininterrompue, cherche le renouvellement de son effet dans l'éclat de ses manifestations singulières ; d'un pouvoir qui se retrempe de faire éclater rituellement sa réalité de surpouvoir.

*

Or parmi toutes les raisons pour lesquelles on substituera à des peines qui n'avaient pas honte d'être « atroces » des châtiments qui revendiqueront l'honneur d'être « humains », il en est une qu'il faut analyser tout de suite, car elle est interne au supplice lui-même : à la fois élément de son fonctionnement et principe de son perpétuel désordre.

Dans les cérémonies du supplice, le personnage principal, c'est le peuple, dont la présence réelle et immédiate est requise pour leur accomplissement. Un supplice qui aurait été connu, mais dont le déroulement aurait été secret n'aurait guère eu de sens. L'exemple était recherché non seulement en suscitant la conscience que la moindre infraction risquait fort d'être punie; mais en provoquant un effet de terreur par le spectacle du pouvoir faisant rage sur le coupable : « En matière criminelle, le point le plus difficile est l'imposition de la peine : c'est le but et la fin de la procédure, et le seul fruit, par l'exemple et la terreur, quand elle est bien appliquée au coupable[1]. »

Mais en cette scène de terreur, le rôle du peuple est ambigu. Il est appelé comme spectateur : on le convoque pour assister aux expositions, aux amendes honorables; les piloris, les potences et les échafauds sont dressés sur les places publiques ou au bord des chemins; il arrive qu'on dépose pour plusieurs jours les cadavres des suppliciés bien en évidence près des lieux de leurs crimes. Il faut non seulement que les gens sachent, mais qu'ils voient de leurs yeux. Parce qu'il faut qu'ils aient peur; mais aussi parce qu'ils doivent être les témoins, comme les garants de la punition, et parce qu'ils doivent jusqu'à un certain point y prendre part. Être témoins, c'est un droit qu'ils ont et qu'ils revendiquent; un supplice caché est un supplice de privilégié, et on soupçonne souvent qu'il n'a pas lieu alors dans toute sa sévérité. On proteste lorsque au dernier moment la victime est dérobée aux regards. Le caissier général des postes qu'on avait exposé pour avoir tué sa femme est ensuite soustrait à la foule; « on le fait monter dans un carrosse de place; s'il n'avait été bien escorté, on pense qu'il eût été difficile de le garantir des mauvais traitements de la populace qui criait haro contre lui[2] ». Lorsque la femme Lescombat est pendue, on a pris soin de lui cacher le visage avec une « espèce de bagnolette »; elle a « un mouchoir sur le col et la tête, ce qui fait beaucoup murmurer le public et dire que ce n'était pas la Lescombat[3] ». Le peuple revendique son droit à constater les supplices, et qui on supplicie[4]. Il a droit aussi à y prendre

1. A. Bruneau, *Observations et maximes sur les affaires criminelles*, 1715, Préface non paginée de la première partie.

2. S.P. Hardy, *Mes loisirs*, I, vol. imprimé, p. 328.

3. T.S. Gueulette, cité par R. Anchel, *Crimes et châtiments au XVIIIe siècle*, p. 70-71.

4. La première fois que la guillotine fut utilisée, la *Chronique de Paris* rapporte que le peuple se plaignait de ne rien voir et chantait « Rendez-nous nos gibets » (cf. J. Laurence, *A history of capital punishment*, 1432, p. 71 et suiv.).

part. Le condamné, longuement promené, exposé, humilié, avec l'horreur de son crime plusieurs fois rappelée, est offert aux insultes, parfois aux assauts des spectateurs. Dans la vengeance du souverain, celle du peuple était appelée à se glisser. Non point qu'elle en soit le fondement et que le roi ait à traduire à sa manière la vindicte du peuple ; c'est plutôt que le peuple a à apporter son concours au roi quand celui-ci entreprend de se « venger de ses ennemis », même et surtout lorsque ces ennemis sont au milieu du peuple. Il y a un peu comme un « service d'échafaud » que le peuple doit à la vengeance du roi. « Service » qui avait été prévu par les vieilles ordonnances ; l'Édit de 1347 sur les blasphémateurs prévoyait qu'ils seraient exposés au pilori « depuis l'heure de prime, jusqu'à celle de mort. Et leur pourra-t-on jeter aux yeux boue et autres ordures, sans pierre ni autre chose qui blesse... A la seconde fois, en cas de rechute, voulons qu'il soit mis en pilori un jour de marché solennel, et qu'on lui fende la lèvre supérieure, et que les dents apparaissent ». Sans doute, à l'époque classique, cette forme de participation au supplice n'est plus qu'une tolérance, qu'on cherche à limiter : à cause des barbaries qu'elle suscite et de l'usurpation qu'elle fait du pouvoir de punir. Mais elle appartenait de trop près à l'économie générale des supplices pour qu'on la réprime absolument. On voit encore au XVIIIe siècle des scènes comme celle qui accompagne le supplice de Montigny ; pendant que le bourreau exécutait le condamné, les poissonnières de la Halle promenaient un mannequin dont elles coupèrent la tête[1]. Et bien des fois on dut « protéger » contre la foule les criminels qu'on faisait défiler lentement au milieu d'elle — à titre à la fois d'exemple et de cible, de menace éventuelle et de proie promise en même temps qu'interdite. Le souverain, en appelant la foule à la manifestation de son pouvoir, tolérait un instant des violences qu'il faisait valoir comme signe d'allégeance mais auxquelles il opposait aussitôt les limites de ses propres privilèges.

Or c'est en ce point que le peuple, attiré à un spectacle fait pour le terroriser, peut précipiter son refus du pouvoir punitif, et parfois sa révolte. Empêcher une exécution qu'on

1. T.S. Gueulette, cité par R. Anchel, p. 63. La scène se passe en 1737.

estime injuste, arracher un condamné aux mains du bourreau, obtenir de force sa grâce, poursuivre éventuellement et assaillir les exécuteurs, maudire en tout cas les juges et mener tapage contre la sentence, tout cela fait partie des pratiques populaires qui investissent, traversent et bousculent souvent le rituel des supplices. La chose, bien sûr, est fréquente lorsque les condamnations sanctionnent des émeutes : ce fut le cas après l'affaire des enlèvements d'enfants où la foule voulait empêcher l'exécution de trois émeutiers supposés, qu'on fit pendre au cimetière Saint-Jean, « à cause qu'il y a moins d'issue et de défilés à garder[1] ; le bourreau apeuré détacha un des condamnés; les archers tirèrent. Ce fut le cas après le soulèvement des blés en 1775; ou encore en 1786, lorsque les gagne-deniers, après avoir marché sur Versailles, entreprirent de libérer ceux des leurs qui avaient été arrêtés. Mais en dehors de ces cas, où le processus d'agitation est déclenché antérieurement et pour des raisons qui ne touchent pas à une mesure de justice pénale, on trouve beaucoup d'exemples où l'agitation est provoquée directement par un verdict et une exécution. Petites mais innombrables « émotions d'échafaud ».

Sous leurs formes les plus élémentaires, ces agitations commencent avec les encouragements, les acclamations parfois, qui accompagnent le condamné jusqu'à l'exécution. Pendant toute sa longue promenade, il est soutenu par « la compassion de ceux qui ont le cœur tendre, et les applau-

1. Marquis d'Argenson, *Journal et Mémoires*, VI, p. 241. Cf. le *Journal* de Barbier, t. IV, p. 455. Un des premiers épisodes de cette affaire est d'ailleurs très caractéristique de l'agitation populaire au XVIIIe siècle autour de la justice pénale. Le lieutenant général de police, Berryer, avait fait enlever les « enfants libertins et sans aveu » ; les exempts ne consentent à les rendre à leurs parents « qu'à force d'argent » ; on murmure qu'il s'agit de fournir aux plaisirs du roi. La foule, ayant repéré un mouchard, le massacre « avec une inhumanité portée au dernier excès », et le « traîne après sa mort, la corde au cou, jusqu'à la porte de M. Berryer ». Or ce mouchard était un voleur qui aurait dû être roué avec son complice Raffiat, s'il n'avait accepté le rôle d'indicateur; sa connaissance des fils de toute l'intrigue l'avait fait apprécier de la police; et il était « très estimé » dans son nouveau métier. On a là un exemple fort surchargé : un mouvement de révolte, déclenché par un moyen de répressions relativement nouveau, et qui n'est pas la justice pénale, mais la police; un cas de cette collaboration technique entre délinquants et policiers, qui devient systématique à partir du XVIIIe siècle; une émeute où le peuple prend sur lui de supplicier un condamné qui a indûment échappé à l'échafaud.

dissements, l'admiration, l'envie de ceux qui sont farouches et endurcis[1] ». Si la foule se presse autour de l'échafaud, ce n'est pas simplement pour assister aux souffrances du condamné ou exciter la rage du bourreau : c'est aussi pour entendre celui qui n'a plus rien à perdre maudire les juges, les lois, le pouvoir, la religion. Le supplice permet au condamné ces saturnales d'un instant, où plus rien n'est défendu ni punissable. A l'abri de la mort qui va arriver, le criminel peut tout dire, et les assistants l'acclamer. « S'il existait des annales où l'on consignât scrupuleusement les derniers mots des suppliciés, et qu'on eût le courage de les parcourir, si l'on interrogeait seulement cette vile populace qu'une curiosité cruelle rassemble autour des échafauds, elle répondrait qu'il n'est pas de coupable attaché sur la roue qui ne meure en accusant le ciel de la misère qui l'a conduit au crime, en reprochant à ses juges leur barbarie, en maudissant le ministère des autels qui les accompagne et en blasphémant contre le Dieu dont il est l'organe[2]. » Il y a dans ces exécutions, qui ne devraient montrer que le pouvoir terrorisant du prince, tout un aspect de Carnaval où les rôles sont inversés, les puissances bafouées, et les criminels transformés en héros. L'infamie se retourne; leur courage, comme leurs pleurs ou leurs cris ne portent ombrage qu'à la loi. Fielding le note avec regret : « Quand on voit un condamné trembler, on ne pense pas à la honte. Et encore moins s'il est arrogant[3]. » Pour le peuple qui est là et regarde, il y a toujours, même dans la plus extrême vengeance du souverain, prétexte à une revanche.

A plus forte raison si la condamnation est considérée comme injuste. Et si on voit mettre à mort un homme du peuple, pour un crime qui aurait valu, à quelqu'un de mieux né ou de plus riche, une peine comparativement légère. Il semble que certaines pratiques de la justice pénale n'étaient plus supportées au XVIIIe siècle — et depuis longtemps peut-être — par les couches profondes de la population. Ce qui facilement donnait lieu au moins à des débuts d'agitation.

1. H. Fielding, *An inquiry*, in *The Causes of the late increase of Robbers*, 751, p. 61.

2. A. Boucher d'Argis, *Observations sur les lois criminelles*, 1781, p. 128-129. Boucher d'Argis était conseiller au Châtelet.

3. H. Fielding, *loc. cit.*, p. 41.

Puisque les plus pauvres — c'est un magistrat qui le remarque — n'ont pas la possibilité de se faire entendre en justice[1], c'est là où elle se manifeste publiquement, là où ils sont appelés à titre de témoins et presque de coadjuteurs de cette justice, qu'ils peuvent intervenir, et physiquement : entrer de vive force dans le mécanisme punitif et en redistribuer les effets; reprendre dans un autre sens la violence des rituels punitifs. Agitation contre la différence des peines selon les classes sociales : en 1781, le curé de Champré avait été tué par le seigneur du lieu, qu'on essaye de faire passer pour fou; « les paysans en fureur, parce qu'ils étaient extrêmement attachés à leur pasteur, avaient d'abord paru disposés à se porter aux derniers excès envers leur seigneur, dont ils avaient fait mine d'incendier le château... Tout le monde se récriait avec raison contre l'indulgence du ministère qui ôtait à la justice des moyens de punir un crime si abominable[2] ». Agitation aussi contre les peines trop lourdes qui frappent des délits fréquents et considérés comme peu graves (le vol avec effraction); ou contre des châtiments qui punissent certaines infractions liées à des conditions sociales comme le larcin domestique; la peine de mort pour ce crime suscitait beaucoup de mécontentements, parce que les domestiques étaient nombreux, qu'il leur était difficile, en pareille matière, de prouver leur innocence, qu'ils pouvaient facilement être victimes de la malveillance de leurs patrons et que l'indulgence de certains maîtres qui fermaient les yeux rendait plus inique le sort des serviteurs accusés, condamnés et pendus. L'exécution de ces domestiques donnait lieu souvent à des protestations[3]. Il y eut une petite émeute à Paris en 1761 pour une servante qui avait volé une pièce de tissu à son maître. Malgré la restitution, malgré les prières, celui-ci n'avait pas voulu retirer sa plainte : le jour de l'exécution, les gens du quartier empêchent la pendaison, envahissent la boutique du marchand, la pillent; la servante finalement est graciée; mais une femme, qui avait manqué larder à coups d'aiguilles le mauvais maître, est bannie pour trois ans[4].

1. C. Dupaty, *Mémoire pour trois hommes condamnés à la roue*, 1786, p. 247.
2. S.P. Hardy, *Mes loisirs*, 14 janvier 1781, t. IV, p. 394.
3. Sur le mécontentement provoqué par ces types de condamnation, cf. Hardy, *Mes loisirs*, t. I, p. 319, p. 367; t. III, p. 227-228; t. IV, p. 180.
4. Rapporté par R. Anchel, *Crimes et châtiments au XVIIIe siècle*, 1937, p. 226.

On a retenu du XVIIIe siècle les grandes affaires judiciaires où l'opinion éclairée intervient avec les philosophes et certains magistrats : Calas, Sirven, le chevalier de La Barre. Mais on parle moins de toutes ces agitations populaires autour de la pratique punitive. Rarement, en effet, elles ont dépassé l'échelle d'une ville, parfois d'un quartier. Elles ont eu cependant une importance réelle. Soit que ces mouvements, partis d'en bas se soient propagés, aient attiré l'attention des gens mieux placés qui, en leur faisant écho, leur ont donné une dimension nouvelle (ainsi, dans les années qui ont précédé la Révolution, les affaires de Catherine Espinas faussement convaincue de parricide en 1785 ; des trois roués de Chaumont pour lesquels Dupaty, en 1786, avait écrit son fameux mémoire, ou de cette Marie Françoise Salmon que le parlement de Rouen en 1782 avait condamnée au bûcher, comme empoisonneuse, mais qui en 1786 n'avait toujours pas été exécutée). Soit que surtout ces agitations aient entretenu autour de la justice pénale, et de ses manifestations qui auraient dû être exemplaires, une inquiétude permanente. Combien de fois, pour assurer le calme autour des échafauds, avait-il fallu prendre des mesures « chagrinantes pour le peuple » et des précautions « humiliantes pour l'autorité[1] » ? On voyait bien que le grand spectacle des peines risquait d'être retourné par ceux-là mêmes auxquels il était adressé. L'épouvante des supplices allumait en fait des foyers d'illégalisme : les jours d'exécution, le travail s'interrompait, les cabarets étaient remplis, on insultait les autorités, on lançait des injures ou des pierres au bourreau, aux exempts et aux soldats ; on cherchait à s'emparer du condamné, que ce soit pour le sauver ou pour le tuer mieux ; on se battait, et les voleurs n'avaient pas de meilleures occasions que la bousculade et la curiosité autour de l'échafaud[2]. Mais surtout — et c'est là que ces inconvénients devenaient un danger politique — jamais plus que dans ces rituels qui auraient dû montrer le crime abominable et le pouvoir invincible, le peuple ne se sentait proche de ceux qui subissaient la peine ; jamais il ne se

1. Marquis d'Argenson, *Journal et Mémoires*, t. VI, p. 241.
2. Hardy en rapporte de nombreux cas : ainsi ce vol important qui fut commis dans la maison même où le lieutenant criminel était installé pour assister à une exécution. *Mes loisirs*, t. IV, p. 56.

sentait plus menacé, comme eux, par une violence légale qui était sans équilibre ni mesure. La solidarité de toute une couche de la population avec ceux que nous appellerions les petits délinquants — vagabonds, faux mendiants, mauvais pauvres, voleurs à la tire, receleurs et revendeurs — s'était manifestée assez continûment : la résistance au quadrillage policier, la chasse aux mouchards, les attaques contre le guet ou les inspecteurs en portaient témoignage[1]. Or c'était la rupture de cette solidarité qui était en train de devenir l'objectif de la répression pénale et policière. Et voilà que de la cérémonie des supplices, de cette fête incertaine où la violence était instantanément réversible, c'était cette solidarité beaucoup plus que le pouvoir souverain qui risquait de sortir renforcée. Et les réformateurs du XVIIIe et du XIXe siècle n'oublieront pas que les exécutions, en fin de compte, ne faisaient pas peur, simplement, au peuple. Un de leurs premiers cris fut pour demander leur suppression.

Pour cerner le problème politique posé par l'intervention populaire dans le jeu du supplice, qu'il suffise de citer deux scènes. L'une date de la fin du XVIIe siècle; elle se situe à Avignon. On y retrouve les éléments principaux du théâtre de l'atroce : l'affrontement physique du bourreau et du condamné, le retournement de la joute, l'exécuteur poursuivi par le peuple, le condamné sauvé par l'émeute et l'inversion violente de la machinerie pénale. Il s'agissait de pendre un assassin du nom de Pierre du Fort; plusieurs fois il « s'était embarrassé les pieds dans les échelons » et n'avait pu être balancé dans le vide. « Ce que voyant le bourreau lui avait couvert la face de son justaucorps, et lui donnait par-dessous du genou sur l'estomac et sur le ventre. Ce que le peuple voyant qu'il le faisait trop souffrir, et croyant même qu'il l'égorgeait là-dessous avec une bayonnette... ému de compassion pour le patient et de furie contre le bourreau, lui jetèrent des pierres contre et en même temps le bourreau ouvrit les deux échelles et jeta le patient en bas, et lui sauta sur les épaules et le foula, pendant que la femme dudit bourreau le tirait par les pieds de dessous la potence. Ils lui firent en même temps sortir le sang de la bouche. Mais la grêle de

1. Cf. D. Richet, *La France moderne*, 1974, p. 118-119.

pierres renforça sur lui, il y en eut même qui atteignirent le pendu à la tête, ce qui contraignit le bourreau de gagner sur l'échelle de laquelle il descendit avec une si grande précipitation qu'il tomba du milieu d'icelle, et donna la tête la première à terre. Voilà une foule de peuple sur lui. Il se relève avec sa bayonnette à la main, menaçant de tuer ceux qui l'approcheront; mais après diverses chutes et s'être relevé, il est bien battu, tout barbouillé et étouffé dans le ruisseau et traîné avec une grande émotion et furie du peuple jusqu'à l'Université et de là jusqu'au cimetière des Cordeliers. Son valet bien battu aussi, la tête et le corps meurtris fut porté à l'hôpital où il est mort quelques jours après. Cependant quelques étrangers et inconnus montèrent à l'échelle et coupèrent la corde du pendu, pendant que d'autres le recevaient en dessous après avoir demeuré pendu plus d'un grand Miserere. Et en même temps, l'on rompit la potence, et le peuple mit en pièces l'échelle du bourreau... Les enfants emportèrent avec grande précipitation la potence dans le Rhône. » Quant au supplicié, on le transporta dans un cimetière « afin que la justice ne le prît et de là à l'église Saint-Antoine ». L'archevêque lui accorda sa grâce, le fit transporter à l'hôpital, et recommanda aux officiers d'en prendre un soin tout particulier. Enfin, ajoute le rédacteur du procès-verbal, « nous y avons fait faire un habit neuf, deux paires de bas, des souliers, nous l'avons habillé de neuf des pieds à la tête. Nos confrères y ont donné qui des chemises, des grantes, des gants et une perruque[1] ».

L'autre scène se situe à Paris, un siècle plus tard. C'était en 1775, au lendemain de l'émeute sur les blés. La tension, extrême dans le peuple, fait qu'on souhaite une exécution « propre ». Entre l'échafaud et le public, soigneusement tenu à distance, un double rang de soldats veille, d'un côté sur l'exécution imminente, de l'autre sur l'émeute possible. Le contact est rompu : supplice public, mais dans lequel la part du spectacle est neutralisée, ou plutôt réduite à l'intimidation abstraite. A l'abri des armes, sur une place vide, la justice sobrement exécute. Si elle montre la mort qu'elle donne, c'est

1. L. Duhamel, *Les Exécutions capitales à Avignon au XVIIIe siècle*, 1890, p. 5-6. Des scènes de ce genre se sont passées encore au XIXe siècle; J. Laurence en cite dans *A history of capital punishment*, 1932, p. 195-198 et p. 56.

de haut et de loin : « On n'avait posé qu'à trois heures de l'après-midi les deux potences, hautes de 18 pieds et sans doute pour plus grand exemple. Dès deux heures, la place de Grève et tous les environs avaient été garnis par des détachements des différentes troupes tant à pied qu'à cheval; les suisses et les gardes françaises continuaient leurs patrouilles dans les rues adjacentes. On ne souffrit personne à la Grève pendant l'exécution, et l'on voyait dans tout le pourtour un double rang de soldats, la bayonnette au fusil, rangés dos à dos, de manière que les uns regardent l'extérieur, et les autres l'intérieur de la place; les deux malheureux... criaient le long du chemin qu'ils étaient innocents, et continuaient la même protestation en montant à l'échelle[1]. » Dans l'abandon de la liturgie des supplices, quel rôle eurent les sentiments d'humanité pour les condamnés? Il y eut en tout cas du côté du pouvoir une peur politique devant l'effet de ces rituels ambigus.

*

Une telle équivoque apparaissait clairement dans ce qu'on pourrait appeler le « discours d'échafaud ». Le rite de l'exécution voulait donc que le condamné proclame lui-même sa culpabilité par l'amende honorable qu'il prononçait, par l'écriteau qu'il arborait, par les déclarations aussi qu'on le poussait sans doute à faire. Au moment de l'exécution, il semble qu'on lui laissait en outre l'occasion de prendre la parole, non pour clamer son innocence, mais pour attester son crime et la justice de sa condamnation. Les chroniques rapportent bon nombre de discours de ce genre. Discours réels? A coup sûr, dans un certain nombre de cas. Discours fictifs qu'on faisait ensuite circuler à titre d'exemple et d'exhortation? Ce fut sans doute plus fréquent encore. Quel crédit accorder à ce qu'on rapporte, par exemple, de la mort de Marion Le Goff, qui avait été chef de bande célèbre en Bretagne au milieu du XVIIIe siècle? Elle aurait crié du haut

1. S.P. Hardy, *Mes loisirs*, t. III, 11 mai 1775, p. 67.

de l'échafaud : « Père et mère qui m'entendez, gardez et enseignez bien vos enfants; j'ai été dans mon enfance menteuse et fainéante; j'ai commencé par voler un petit couteau de six liards... Après, j'ai volé des colporteurs, des marchands de bœufs; enfin j'ai commandé une bande de voleurs et voici pourquoi je suis ici. Redites cela à vos enfants et que ceci au moins leur serve d'exemple[1]. » Un tel discours est trop proche, dans ses termes mêmes, de la morale qu'on trouve traditionnellement dans les feuilles volantes, les canards et la littérature de colportage pour qu'il ne soit pas apocryphe. Mais l'existence du genre « dernières paroles d'un condamné » est en elle-même significative. La justice avait besoin que sa victime authentifie en quelque sorte le supplice qu'elle subissait. On demandait au criminel de consacrer lui-même sa propre punition en proclamant la noirceur de ses crimes; on lui faisait dire, comme à Jean-Dominique Langlade, trois fois assassin : « Écoutez tous mon action horrible, infâme et lamentable, faite en la ville d'Avignon, où ma mémoire est exécrable, en violant sans humanité, les droits sacrés de l'amitié[2]. » D'un certain point de vue, la feuille volante et le chant du mort sont la suite du procès; ou plutôt ils poursuivent ce mécanisme par lequel le supplice faisait passer la vérité secrète et écrite de la procédure dans le corps, le geste et le discours du criminel. La justice avait besoin de ces apocryphes pour se fonder en vérité. Ses décisions étaient ainsi entourées de toutes ces « preuves » posthumes. Il arrivait aussi que des récits de crimes et de vies infâmes soient publiés, à titre de pure propagande, avant tout procès et pour forcer la main à une justice qu'on soupçonnait d'être trop tolérante. Afin de discréditer les contrebandiers, la Compagnie des Fermes publiait des « bulletins » racontant leurs crimes : en 1768, contre un certain Montagne qui était à la tête d'une troupe, elle distribue des feuilles dont le rédacteur dit lui-même : « On a mis sur son compte quelques vols dont la vérité est assez incertaine...; on a représenté Montagne comme une bête féroce, une seconde hyène à laquelle il fallait donner la chasse; les têtes d'Auvergne étant chaudes, cette idée a pris[3]. »

1. Corre, *Documents de criminologie rétrospective*, 1896, p. 257.
2. Cité *in* L. Duhamel, p. 32.
3. Archives du Puy-de-Dôme. Cité in M. Juillard, *Brigandage et contrebande en haute Auvergne au XVIIIe siècle*, 1937, p. 24.

Mais l'effet, comme l'usage, de cette littérature était équivoque. Le condamné se trouvait héroïsé par l'ampleur de ses crimes largement étalés, et parfois l'affirmation de son tardif repentir. Contre la loi, contre les riches, les puissants, les magistrats, la maréchaussée ou le guet, contre la ferme et ses agents, il apparaissait avoir mené un combat dans lequel on se reconnaissait facilement. Les crimes proclamés amplifiaient jusqu'à l'épopée des luttes minuscules que l'ombre protégeait tous les jours. Si le condamné était montré repentant, acceptant le verdict, demandant pardon à Dieu et aux hommes de ses crimes, on le voyait purifié : il mourait, à sa façon, comme un saint. Mais son irréductibilité même faisait sa grandeur : à ne pas céder dans les supplices, il montrait une force qu'aucun pouvoir ne parvenait à plier : « Le jour de l'exécution, ce qui paraîtra peu croyable, on me vit sans émotion, en faisant amende honorable, je m'assis enfin sur la croix sans témoigner aucun effroi [1]. » Héros noir ou criminel réconcilié, défenseur du vrai droit ou force impossible à soumettre, le criminel des feuilles volantes, des nouvelles à la main, des almanachs, des bibliothèques bleues, porte avec lui, sous la morale apparente de l'exemple à ne pas suivre, toute une mémoire de luttes et d'affrontements. On a vu des condamnés devenir après leur mort des sortes de saints, dont on honorait la mémoire et respectait la tombe [2]. On en a vu pour lesquels la gloire et l'abomination n'étaient pas dissociées, mais coexistaient cependant longtemps encore dans une figure réversible. Dans toute cette littérature de crimes, qui prolifère autour de quelques hautes silhouettes [3], il ne faut voir sans doute ni une « expression populaire » à l'état pur, ni non plus une entreprise concertée de propagande et de moralisation, venue d'en haut; c'était un lieu où se rencontraient

1. Complainte de J.D. Langlade, exécuté à Avignon le 12 avril 1768.

2. Ce fut le cas de Tanguy exécuté en Bretagne vers 1740. Il est vrai qu'avant d'être condamné, il avait commencé une longue pénitence ordonnée par son confesseur. Conflit entre la justice civile et la pénitence religieuse? Cf. à ce sujet A. Corre, *Documents de criminologie rétrospective*, 1895, p. 21. Corre se réfère à Trevedy, *Une promenade à la montagne de justice et à la tombe Tanguy*.

3. Ceux que R. Mandrou appelle les deux grands : Cartouche et Mandrin, auxquels il faut ajouter Guilleri (*De la culture populaire aux* XVII*e et* XVIII*e siècles*, 1964, p. 112). En Angleterre, Jonathan Wild, Jack Sheppard, Claude Duval jouaient un rôle assez semblable.

deux investissements de la pratique pénale — une sorte de front de lutte autour du crime, de sa punition et de sa mémoire. Si ces récits peuvent être imprimés et mis en circulation, c'est bien qu'on attend d'eux des effets de contrôle idéologique[1], fables véridiques de la petite histoire. Mais s'ils sont reçus avec tant d'attention, s'ils font partie des lectures de base pour les classes populaires, c'est qu'elles y trouvent non seulement des souvenirs mais des points d'appui ; l'intérêt de « curiosité » est aussi un intérêt politique. De sorte que ces textes peuvent être lus comme discours à double face, dans les faits qu'ils rapportent, dans le retentissement qu'ils leur donnent et la gloire qu'ils confèrent à ces criminels désignés comme « illustres », et sans doute dans les mots mêmes qu'ils emploient (il faudrait étudier l'usage de catégories comme celles de « malheur », d'« abominations », ou les qualificatifs de « fameux », « lamentable » dans des récits comme : « Histoire de la vie, grandes voleries et subtilités de Guilleri et de ses compagnons et de leur fin lamentable et malheureuse[2] »).

Il faut rapprocher sans doute de cette littérature les « émotions d'échafaud » où s'affrontaient à travers le corps du suplicité le pouvoir qui condamnait et le peuple qui était le témoin, le participant, la victime éventuelle et « éminente » de cette exécution. Dans le sillage d'une cérémonie qui canalisait mal les rapports de pouvoir qu'elle cherchait à ritualiser, toute une masse de discours s'est précipitée, poursuivant le même affrontement ; la proclamation posthume des crimes justifiait la justice, mais glorifiait aussi le criminel. De là, le fait que bientôt les réformateurs du système pénal ont demandé la suppression de ces feuilles volantes[3]. De là le fait qu'on portait, dans le peuple, un si vif intérêt à ce qui jouait un peu le rôle de l'épopée mineure et quotidienne des illéga-

1. L'impression et la diffusion des almanachs, feuilles volantes, etc., était en principe soumise à un contrôle strict.

2. On trouve ce titre aussi bien dans la Bibliothèque bleue de Normandie que dans celle de Troyes (cf. R. Helot, *La Bibliothèque bleue en Normandie*, 1928).

3. Cf. par ex. Lacretelle : « Pour satisfaire ce besoin d'émotions fortes qui nous travaille, pour approfondir l'impression d'un grand exemple, on laisse circuler ces épouvantables histoires, les poètes du peuple s'en emparent, et ils en étendent partout la renommée. Cette famille entend un jour chanter à sa porte le crime et le supplice de ses fils. » (*Discours sur les peines infamantes*, 1784, p. 106.)

lismes. De là le fait qu'elles ont perdu de leur importance à mesure que s'est modifiée la fonction politique de l'illégalisme populaire.

Et elles ont disparu à mesure que se developpait une tout autre littérature du crime : une littérature où le crime est glorifié, mais parce qu'il est un des beaux-arts, parce qu'il ne peut être l'œuvre que de natures d'exception, parce qu'il révèle la monstruosité des forts et des puissants, parce que la scélératesse est encore une façon d'être un privilégié : du roman noir à Quincey, ou du *Château d'Otrante* à Baudelaire, il y a toute une réécriture esthétique du crime, qui est aussi l'appropriation de la criminalité sous des formes recevables. C'est, en apparence, la découverte de la beauté et de la grandeur du crime; de fait c'est l'affirmation que la grandeur aussi a droit au crime et qu'il devient même le privilège exclusif de ceux qui sont réellement grands. Les beaux meurtres ne sont pas pour les gagne-petit de l'illégalisme. Quant à la littérature policière, à partir de Gaboriau, elle fait suite à ce premier déplacement : par ses ruses, ses subtilités, l'acuité extrême de son intelligence, le criminel qu'elle représente s'est rendu insoupçonnable; et la lutte entre deux purs esprits — celui de meurtrier, celui de détective — constituera la forme essentielle de l'affrontement. On est au plus loin de ces récits qui détaillaient la vie et les méfaits du criminel, qui lui faisaient avouer lui-même ses crimes, et qui racontaient par le menu le supplice enduré : on est passé de l'exposé des faits ou de l'aveu au lent processus de la découverte; du moment du supplice à la phase de l'enquête; de l'affrontement physique avec le pouvoir à la lutte intellectuelle entre le criminel et l'enquêteur. Ce ne sont pas simplement les feuilles volantes qui disparaissent quand naît la littérature policière; c'est la gloire du malfaiteur rustique, et c'est la sombre héroïsation par le supplice. L'homme du peuple est trop simple maintenant pour être le protagoniste des vérités subtiles. Dans ce genre nouveau, il n'y a plus ni héros populaires ni grandes exécutions; on y est méchant, mais intelligent; et si on est puni, on n'a pas à souffrir. La littérature policière transpose à une autre classe sociale cet éclat dont le criminel avait été entouré. Les journaux, eux, reprendront dans leurs faits divers quotidiens la grisaille sans épopée des délits et de leurs punitions. Le partage est fait ; que le peuple se dépouille de l'ancien orgueil de ses crimes ; les grands assassinats sont devenus le jeu silencieux des sages.

II

PUNITION

CHAPITRE PREMIER

La punition généralisée

« Que les peines soient modérées et proportionnées aux délits, que celle de mort ne soit plus décernée que contre les coupables assassins, et que les supplices qui révoltent l'humanité soient abolis[1]. » La protestation contre les supplices, on la trouve partout dans la seconde moitié du XVIIIe siècle : chez les philosophes et les théoriciens du droit; chez des juristes, des hommes de loi, des parlementaires; dans les cahiers de doléances et chez les législateurs des assemblées. Il faut punir autrement : défaire cet affrontement physique du souverain avec le condamné; dénouer ce corps à corps, qui se déroule entre la vengeance du prince et la colère contenue du peuple, par l'intermédiaire du supplicié et du bourreau. Très vite le supplice est devenu intolérable. Révoltant, si on regarde du côté du pouvoir, où il trahit la tyrannie, l'excès, la soif de revanche, et « le cruel plaisir de punir[2] ». Honteux, quand on regarde du côté de la victime, qu'on réduit au désespoir et dont on voudrait encore qu'elle bénisse « le ciel et ses juges dont elle paraît abandonnée[3] ». Dangereux de toute façon, par l'appui qu'y trouvent, l'une contre l'autre, la violence du roi et celle du peuple. Comme si le pouvoir souverain ne voyait pas, dans cette émulation d'atro-

1. C'est ainsi que la chancellerie en 1789 résume la position générale des cahiers de doléances, quant aux supplices. Cf. E. Seligman, *La Justice sous la Révolution*, t. I, 1901, et A. Desjardin, *Les Cahiers des États généraux et la justice criminelle*, 1883, p. 13-20.

2. J. Petion de Villeneuve, Discours à la Constituante, *Archives parlementaires*, t. XXVI, p. 641.

3. A. Boucher d'Argis, *Observations sur les lois criminelles*, 1781, p. 125.

cité, un défi qu'il lance lui-même et qui pourra bien être relevé un jour : accoutumé « à voir ruisseler le sang », le peuple apprend vite « qu'il ne peut se venger qu'avec du sang[1] ». Dans ces cérémonies qui font l'objet de tant d'investissements adverses, on perçoit l'entrecroisement entre la démesure de la justice armée et la colère du peuple qu'on menace. Ce rapport, Joseph de Maistre y reconnaîtra un des mécanismes fondamentaux du pouvoir absolu : entre le prince et le peuple, le bourreau forme rouage; la mort qu'il porte est comme celle des paysans asservis qui bâtissaient Saint-Pétersbourg au-dessus des marécages et des pestes : elle est principe d'université; de la volonté singulière du despote, elle fait une loi pour tous, et de chacun de ces corps détruits, une pierre pour l'État; qu'importe qu'elle frappe des innocents! Dans cette même violence, hasardeuse et rituelle, les réformateurs du XVIIIe siècle ont au contraire dénoncé ce qui excède, de part et d'autre, l'exercice légitime du pouvoir : la tyrannie, selon eux, y fait face à la révolte; elles s'appellent l'une l'autre. Double péril. Il faut que la justice criminelle, au lieu de se venger, enfin punisse.

Cette nécessité d'un châtiment sans supplice se formule d'abord comme un cri du cœur ou de la nature indignée : dans le pire des assassins, une chose, au moins, est à respecter quand on punit : son « humanité ». Un jour viendra, au XIXe siècle, où cet « homme », découvert dans le criminel, deviendra la cible de l'intervention pénale, l'objet qu'elle prétend corriger et transformer, le domaine de toute une série de sciences et de pratiques étranges — « pénitentiaires », « criminologiques ». Mais en cette époque des Lumières, ce n'est point comme thème d'un savoir positif que l'homme est objecté à la barbarie des supplices, mais comme limite de droit : frontière légitime du pouvoir de punir. Non pas ce qu'il lui faut atteindre si elle veut le modifier, mais ce qu'elle doit laisser intact pour être à même de le respecter. *Noli me tangere*. L'« homme » que les réformateurs ont fait valoir contre le despotisme d'échafaud est lui aussi un homme-mesure : non pas des choses cependant, mais du pouvoir.

1. Lachèze, Discours à la Constituante, 3 juin 1791, *Archives parlementaires*, t. XXVI.

Problème, donc : comment cet homme-limite a-t-il été objecté à la pratique traditionnelle des châtiments ? De quelle manière est-il devenu la grande justification morale du mouvement de réforme ? Pourquoi cette horreur si unanime pour les supplices et une telle insistance lyrique pour des châtiments qui seraient « humains » ? Ou, ce qui revient au même, comment s'articulent l'un sur l'autre, en une stratégie unique, ces deux éléments partout présents dans la revendication pour une pénalité adoucie : « mesure » et « humanité » ? Éléments si nécessaires et pourtant si incertains que ce sont eux, aussi troubles et encore associés dans la même relation douteuse, qu'on retrouve aujourd'hui où se pose à nouveau, et toujours, le problème d'une économie des châtiments. Tout se passe comme si le XVIIIe siècle avait ouvert la crise de cette économie, proposé pour la résoudre la loi fondamentale que le châtiment doit avoir l'« humanité » pour « mesure », sans qu'un sens définitif ait pu être donné à ce principe considéré pourtant comme incontournable. Il faut donc raconter la naissance et la première histoire de cette énigmatique « douceur ».

*

On fait gloire aux grands « réformateurs » — à Beccaria, Servan, Dupaty ou Lacretelle, à Duport, Pastoret, Target, Bergasse, aux rédacteurs des Cahiers ou aux Constituants — d'avoir imposé cette douceur à un appareil judiciaire et à des théoriciens « classiques » qui, tard encore dans le XVIIIe siècle, la refusaient, et avec une rigueur argumentée[1].

Il faut pourtant replacer cette réforme dans un processus que les historiens récemment ont dégagé par l'étude des archives judiciaires : la détente de la pénalité au cours du XVIIIe siècle ou, de façon plus précise, le double mouvement par lequel, pendant cette période, les crimes semblent perdre

1. Cf. en particulier la polémique de Muyart de Vouglans contre Beccaria. *Réfutation du Traité des délits et des peines*, 1766.

de leur violence, tandis que les punitions, réciproquement, s'allègent d'une part de leur intensité, mais au prix d'interventions multipliées. Depuis la fin du XVIIe siècle, en effet, on note une diminution considérable des crimes de sang et, d'une façon générale, des agressions physiques; les délits contre la propriété paraissent prendre la relève des crimes violents; le vol et l'escroquerie, celle des meurtres, des blessures et des coups; la délinquance diffuse, occasionnelle, mais fréquente des classes les plus pauvres est relayée par une délinquance limitée et « habile »; les criminels du XVIIe siècle sont « des hommes harassés, mal nourris, tout à l'instant, tout à la colère, des criminels d'été »; ceux du XVIIIe siècle, « des finauds, des rusés, des matois qui calculent », criminalité de « marginaux[1] »; enfin l'organisation interne de la délinquance se modifie : les grandes bandes de malfaiteurs (pillards formés en petites unités armées, troupes de contrebandiers faisant feu contre les commis de la Ferme, soldats licenciés ou déserteurs qui vagabondent ensemble) tendent à se dissocier; mieux pourchassées, sans doute, obligées de se faire plus petites pour passer inaperçues — guère plus d'une poignée d'hommes, souvent — elles se contentent d'opérations plus furtives, avec un moindre déploiement de forces et de moindres risques de massacres : « La liquidation physique ou la dislocation institutionnelle de grandes bandes... laisse après 1755 le champ libre à une délinquance anti-propriété qui s'avère désormais individualiste ou qui devient le fait de tout petits groupes composés de tire-laine ou de vide-goussets : leur effectif ne dépassant pas quatre personnes[2]. » Un mouvement global fait dériver l'illégalisme de l'attaque des corps vers le détournement plus ou moins direct des biens; et de la « criminalité de masse » vers une « criminalité de franges et de marges », réservée pour une part à des professionnels. Tout se passe donc comme s'il y avait eu une progressive baisse d'étiage — « un désamorcement des tensions qui règnent dans les rapports humains, ... un meilleur

1. P. Chaunu, *Annales de Normandie*, 1962, p. 236, et 1966, p. 107-108.
2. E. Le Roy-Ladurie, in *Contrepoint*, 1973.

contrôle des impulsions violentes[1] » — et comme si les pratiques illégalistes avaient elles-mêmes desserré leur étreinte sur le corps et s'étaient adressées à d'autres cibles. Adoucissement des crimes avant l'adoucissement des lois. Or cette transformation ne peut être séparée de plusieurs processus qui la sous-tendent; et d'abord, comme le note P. Chaunu, d'une modification dans le jeu des pressions économiques, d'une élévation générale du niveau de vie, d'une forte croissance démographique, d'une multiplication des richesses et des propriétés et du « besoin de sécurité qui en est une conséquence[2] ». En outre on constate, au long du XVIIIe siècle, un certain alourdissement de la justice, dont les textes, sur plusieurs points, aggravent la sévérité : en Angleterre sur les 223 crimes capitaux qui étaient définis, au début du XIXe siècle, 156 l'avaient été au cours des cent dernières années[3]; en France la législation sur le vagabondage avait été renouvelée et aggravée à plusieurs reprises depuis le XVIIe siècle; un exercice plus serré et plus méticuleux de la justice tend à prendre en compte toute une petite délinquance qu'elle laissait autrefois plus facilement échapper : « elle devient au XVIIIe siècle plus lente, plus lourde, plus sévère au vol, dont la fréquence relative a augmenté, et envers lequel elle prend désormais des allures bourgeoises de justice de classe[4] »; la croissance en France surtout, mais plus encore à Paris, d'un appareil policier empêchant le développement

1. N. W. Mogensen : *Aspects de la société augeronne aux XVIIe et XVIIIe siècles*, 1971. Thèse dactylographiée, p. 326. L'auteur montre que dans le pays d'Auge les crimes de violence sont à la veille de la Révolution quatre fois moins nombreux qu'à la fin du règne de Louis XIV. D'une façon générale les travaux dirigés par Pierre Chaunu sur la criminalité en Normandie manifestent cette montée de la fraude aux dépens de la violence. Cf. articles de B. Boutelet, de J. Cl. Gégot et V. Boucheron dans les *Annales de Normandie* de 1962, 1966 et 1971. Pour Paris, cf. P. Petrovitch in *Crime et criminalité en France aux XVIIe et XVIIIe siècles*, 1971. Même phénomène, semble-t-il, en Angleterre; cf. Ch. Hibbert, *The Roots of evil*, 1966, p. 72; et J. Tobias, *Crime and industrial society*, 1967, p. 37 sq.

2. P. Chaunu, *Annales de Normandie*, 1971, p. 56.

3. Thomas Fowell Buxton, *Parliamentary Debate*, 1819, XXXIX.

4. E. Le Roy-Ladurie, *Contrepoint*, 1973. L'étude de A. Farge, sur *Le Vol d'aliments à Paris au XVIIIe siècle*, 1974, confirme cette tendance : de 1750 à 1755, 5 % des sentences de ce fait portent les galères, mais 15 % de 1775 à 1790 : « la sévérité des tribunaux s'accentue avec le temps... une menace pèse sur des valeurs utiles à la société qui se veut ordonnée et respectueuse de la propriété » (p. 130-142).

d'une criminalité organisée et à ciel ouvert, la décale vers des formes plus discrètes. Et à cet ensemble de précautions, il faut ajouter la croyance, assez généralement partagée, en une montée incessante et dangereuse des crimes. Alors que les historiens d'aujourd'hui constatent une diminution des grandes bandes de malfaiteurs, Le Trosne, lui, les voyait s'abattre, comme nuées de sauterelles, sur toute la campagne française : « Ce sont des insectes voraces qui désolent journellement la subsistance des cultivateurs. Ce sont, pour parler sans figure, des troupes ennemies répandues sur la surface du territoire, qui y vivent à discrétion comme dans un pays conquis et qui y lèvent de véritables contributions sous le titre d'aumône » : ils coûteraient, aux paysans les plus pauvres, plus que la taille : un tiers au moins là où l'imposition est la plus élevée[1]. La plupart des observateurs soutiennent que la délinquance augmente; l'affirment, bien sûr, ceux qui sont partisans d'une plus grande rigueur; l'affirment aussi ceux qui pensent qu'une justice plus mesurée dans ses violences serait plus efficace, moins disposée à reculer d'elle-même devant ses propres conséquences[2]; l'affirment les magistrats qui se prétendent débordés par le nombre de procès : « la misère des peuples et la corruption des mœurs ont multiplié les crimes et les coupables[3] »; le montre en tout cas la pratique réelle des tribunaux. « C'est bien déjà l'ère révolutionnaire et impériale qu'annoncent les dernières années de l'Ancien Régime. On sera frappé, dans les procès de 1782-1789, de la montée des périls. Sévérité à l'égard des pauvres, refus concerté de témoignage, montée réciproque des méfiances, des haines et des peurs[4]. »

En fait, la dérive d'une criminalité de sang à une criminalité de fraude fait partie de tout un mécanisme complexe, où figurent le développement de la production, l'augmentation des richesses, une valorisation juridique et morale plus intense des rapports de propriété, des méthodes de surveil-

1. G. Le Trosne, *Mémoires sur les vagabonds*, 1764, p. 4.
2. Cf. par exemple C. Dupaty, *Mémoire justificatif vour trois hommes condamnés à la roue*, 1786, p. 247.
3. Un des présidents de la Chambre de la Tournelle dans une adresse au roi, 2 août 1768, cité *in* Arlette Farge, p. 66.
4. P. Chaunu, *Annales de Normandie*, 1966, p. 108.

lance plus rigoureuses, un quadrillage plus serré de la population, des techniques mieux ajustées de repérage, de capture, d'information : le déplacement des pratiques illégalistes est corrélatif d'une extension et d'un affinement des pratiques punitives.

Une transformation générale d'attitude, un « changement qui appartient au domaine de l'esprit et de la subconscience[1] »? Peut-être, mais plus certainement et plus immédiatement, un effort pour ajuster les mécanismes de pouvoir qui encadrent l'existence des individus; une adaptation et un affinement des appareils qui prennent en charge et mettent sous surveillance leur conduite quotidienne, leur identité, leur activité, leurs gestes apparemment sans importance; une autre politique à propos de cette multiplicité de corps et de forces que constitue une population. Ce qui se dessine, c'est sans doute moins un respect nouveau pour l'humanité des condamnés — les supplices sont encore fréquents même pour les crimes légers — qu'une tendance vers une justice plus déliée et plus fine, vers un quadrillage pénal plus serré du corps social. Selon un processus circulaire le seuil de passage aux crimes violents s'élève, l'intolérance aux délits économiques augmente, les contrôles se font plus denses, les interventions pénales à la fois plus précoces et plus nombreuses.

Or si on confronte ce processus au discours critique des réformateurs, on peut noter une coïncidence stratégique remarquable. Ce qu'ils attaquent en effet dans la justice traditionnelle, avant d'établir les principes d'une nouvelle pénalité, c'est bien l'excès des châtiments; mais un excès qui est lié à une irrégularité plus encore qu'à un abus du pouvoir de punir. Le 24 mars 1790, Thouret ouvre à la Constituante la discussion sur la nouvelle organisation du pouvoir judiciaire. Pouvoir qui selon lui est « dénaturé » en France de trois manières. Par une appropriation privée : les offices du juge se vendent; ils se transmettent par héritage; ils ont une valeur marchande et la justice qu'on rend est, du fait même, onéreuse. Par une confusion entre deux types de pouvoir : celui qui rend la justice et formule une sentence en appliquant la

1. L'expression est de N. W. Mogensen, *loc. cit.*

loi, et celui qui fait la loi elle-même. Enfin par l'existence de toute une série de privilèges qui rendent l'exercice de la justice incertain : il y a des tribunaux, des procédures, des plaideurs, des délits même qui sont « privilégiés » et qui tombent hors du droit commun[1]. Ce n'est là qu'une des innombrables formulations de critiques vieilles d'un demi-siècle au moins, et qui, toutes, dénoncent dans cette dénaturation le principe d'une justice irrégulière. La justice pénale est irrégulière d'abord par la multiplicité des instances qui sont chargées de l'assurer, sans jamais constituer une pyramide unique et continue[2]. Même en laissant de côté les juridictions religieuses, il faut tenir compte des discontinuités, des chevauchements et des conflits entre les différentes justices : celles des seigneurs qui sont encore importantes pour la répression des petits délits ; celles du roi qui sont elles-mêmes nombreuses et mal coordonnées (les cours souveraines sont en conflit fréquent avec les bailliages et surtout avec les présidiaux récemment créés comme instances intermédiaires) ; celles qui, de droit ou de fait, sont assurées par des instances administratives (comme les intendants) ou policières (comme les prévôts et les lieutenants de police) ; à quoi il faudrait ajouter encore le droit que possède le roi ou ses représentants de prendre des décisions d'internement ou d'exil en dehors de toute procédure régulière. Ces instances multiples, par leur pléthore même, se neutralisent et sont incapables de recouvrir le corps social dans toute son étendue. Leur enchevêtrement rend cette justice pénale paradoxalement lacunaire. Lacunaire à cause des différences de coutumes et de procédures, malgré l'Ordonnance générale de 1670 ; lacunaire par les conflits internes de compétence ; lacunaire par les intérêts particuliers — politiques ou économiques — que chaque instance est amenée à défendre ; lacunaire enfin à cause des interventions du pouvoir royal qui peut empêcher, par les grâces, les commutations, les évocations en conseil ou les pressions directes sur les magistrats, le cours régulier et austère de la justice.

1. *Archives parlementaires*, t. XII, p. 344.

2. Sur ce sujet on peut se reporter, entre autres, à S. Linguet, *Nécessité d'une réforme dans l'administration de la justice*, 1764, ou A. Boucher d'Argis, *Cahier d'un magistrat*, 1789.

Plutôt que de faiblesse ou de cruauté, c'est d'une mauvaise économie du pouvoir qu'il s'agit dans la critique des réformateurs. Trop de pouvoir dans les juridictions inférieures qui peuvent — l'ignorance et la pauvreté des condamnés aidant — négliger les appels de droit et faire exécuter sans contrôle des sentences arbitraires; trop de pouvoir du côté d'une accusation à laquelle sont donnés presque sans limite des moyens de poursuivre alors que l'accusé en face d'elle est désarmé, ce qui amène les juges à être tantôt trop sévères, tantôt, par réaction, trop indulgents; trop de pouvoir aux juges qui peuvent se contenter de preuves futiles si elles sont « légales » et qui disposent d'une assez grande liberté dans le choix de la peine; trop de pouvoir accordé aux « gens du roi » non seulement à l'égard des accusés, mais aussi des autres magistrats; trop de pouvoir enfin exercé par le roi puisqu'il peut suspendre le cours de la justice, modifier ses décisions, dessaisir les magistrats, les révoquer ou les exiler, leur substituer des juges par commission royale. La paralysie de la justice est moins liée à un affaiblissement qu'à une distribution mal réglée du pouvoir, à sa concentration en un certain nombre de points, et aux conflits, aux discontinuités qui en résultent.

Or ce dysfonctionnement du pouvoir renvoie à un excès central : ce qu'on pourrait appeler le « surpouvoir » monarchique qui identifie le droit de punir, avec le pouvoir personnel du souverain. Identification théorique qui fait du roi la *fons justitiae*; mais dont les conséquences pratiques sont déchiffrables jusque dans ce qui paraît s'opposer à lui et limiter son absolutisme. C'est parce que le roi, pour des raisons de trésorerie, se donne le droit de vendre des offices de justice qui lui « appartiennent », qu'il a en face de lui des magistrats, propriétaires de leurs charges, non seulement indociles, mais ignorants, intéressés, prêts à la compromission. C'est parce qu'il crée sans cesse de nouveaux offices qu'il multiplie les conflits de pouvoir et d'attribution. C'est parce qu'il exerce un pouvoir trop serré sur ses « gens » et qu'il leur confère un pouvoir presque discrétionnaire qu'il intensifie les conflits dans la magistrature. C'est parce qu'il a mis la justice en concurrence avec trop de procédures hâtives (juridictions des prévôts ou des lieutenants de police) ou avec des mesures administratives, qu'il paralyse la justice réglée, qu'il la rend parfois indulgente et incertaine, mais parfois précipitée et sévère[1].

Ce ne sont pas tellement, ou pas seulement les privilèges de la justice, son arbitraire, son arrogance archaïque, ses droits sans contrôle qui sont critiqués; mais plutôt le mélange entre ses faiblesses et ses excès, entre ses exagérations et ses lacunes, et surtout le principe même de ce mélange, le surpouvoir monarchique. Le véritable objectif de la réforme, et cela dès ses formulations les plus générales, ce n'est pas tellement de fonder un nouveau droit de punir à partir de principes plus équitables; mais d'établir une nouvelle « économie » du pouvoir de châtier, d'en assurer une meilleure distribution, de faire qu'il ne soit ni trop concentré en quelques points privilégiés, ni trop partagé entre des instances qui s'opposent; qu'il soit réparti en circuits homogènes susceptibles de s'exercer partout, de façon continue et jusqu'au grain le plus fin du corps social[2]. La réforme du droit criminel doit être lue comme une stratégie pour le réaménagement du pouvoir de punir, selon des modalités qui le rendent plus régulier, plus efficace, plus constant et mieux détaillé dans ses effets; bref qui majorent ses effets en diminuant son coût économique (c'est-à-dire en le dissociant du système de la propriété, des achats et des ventes, de la vénalité tant des offices que des décisions mêmes) et son coût politique (en le dissociant de l'arbitraire du pouvoir monarchique). La nouvelle théorie juridique de la pénalité recouvre en fait une nouvelle « économie politique » du pouvoir de punir. On comprend alors pourquoi cette « réforme » n'a pas eu un point d'origine unique. Ce ne sont pas les justiciables

1. Sur cette critique du « trop de pouvoir » et de sa mauvaise distribution dans l'appareil judiciaire, cf. en particulier C. Dupaty, *Lettres sur la procédure criminelle*, 1788. P.L. de Lacretelle, *Dissertation sur le ministère public*, in *Discours sur le préjugé des peines infamantes*, 1784. G. Target, *L'Esprit des cahiers présentés aux États généraux*, 1789.

2. Cf. N. Bergasse, à propos du pouvoir judiciaire : « Il faut que dénué de toute espèce d'activité contre le régime politique de l'État et n'ayant aucune influence sur les volontés qui concourent à former ce régime ou à le maintenir, il dispose pour protéger tous les individus et tous les droits, d'une force telle que, toute-puissante pour défendre et pour secourir elle devienne absolument nulle sitôt que changeant sa destination, on tentera d'en faire usage pour opprimer. » (*Rapport à la Constituante sur le pouvoir judiciaire*, 1789, p. 11-12.)

les plus éclairés, ni les philosophes ennemis du despotisme et amis de l'humanité, ce ne sont même pas les groupes sociaux opposés aux parlementaires qui ont été au point de départ de la réforme. Ou plutôt ce ne sont pas eux seulement ; dans le même projet global d'une nouvelle distribution du pouvoir de punir et d'une nouvelle répartition de ses effets, bien des intérêts différents viennent se recouper. La réforme n'a pas été préparée à l'extérieur de l'appareil judiciaire et contre tous ses représentants ; elle a été préparée, et pour l'essentiel, de l'intérieur, par un très grand nombre de magistrats et à partir d'objectifs qui leur étaient communs et des conflits de pouvoir qui les opposaient entre eux. Certes, les réformateurs n'étaient pas la majorité parmi les magistrats ; mais ce sont bien des hommes de loi qui en ont dessiné les principes généraux : un pouvoir de juger sur lequel ne pèserait pas l'exercice immédiat de la souveraineté du prince ; qui serait affranchi de la prétention à légiférer ; qui serait détaché des rapports de propriété ; et qui, n'ayant d'autres fonctions que de juger, en exercerait pleinement le pouvoir. En un mot faire que le pouvoir de juger ne relève plus des privilèges multiples, discontinus, contradictoires parfois de la souveraineté, mais des effets continûment distribués de la puissance publique. Ce principe général définit une stratégie d'ensemble qui a abrité bien des combats différents. Ceux de philosophes comme Voltaire et de publicistes comme Brissot ou Marat ; mais ceux aussi de magistrats dont les intérêts pourtant étaient fort divers : Le Trosne, conseiller au présidial d'Orléans, et Lacretelle, avocat général au parlement ; Target qui avec les parlements s'oppose à la réforme de Maupeou ; mais aussi J. N. Moreau qui soutient le pouvoir royal contre les parlementaires ; Servan et Dupaty, magistrats l'un et l'autre mais en conflit avec leurs collègues, etc.

Tout au long du XVIIIe siècle, à l'intérieur et à l'extérieur de l'appareil judiciaire, dans la pratique pénale quotidienne comme dans la critique des institutions, on voit se former une nouvelle stratégie pour l'exercice du pouvoir de châtier. Et la « réforme » proprement dite, telle qu'elle se formule dans les théories du droit ou telle qu'elle se schématise dans les projets, est la reprise politique ou philosophique de cette stratégie, avec ses objectifs premiers : faire de la punition et de la répression des illégalismes une fonction régulière, coextensive à la société; non pas moins punir, mais punir mieux; punir avec une sévérité atténuée peut-être, mais pour punir avec plus d'universalité et de nécessité; insérer le pouvoir de punir plus profondément dans le corps social.

*

La conjoncture qui a vu naître la réforme, ce n'est donc pas celle d'une nouvelle sensibilité; mais celle d'une autre politique à l'égard des illégalismes.

On peut dire schématiquement que, sous l'Ancien Régime, les différentes strates sociales avaient chacune sa marge d'illégalisme toléré : la non-application de la règle, l'inobservation des innombrables édits ou ordonnances étaient une condition du fonctionnement politique et économique de la société. Trait qui n'est pas particulier à l'Ancien Régime? Sans doute. Mais cet illégalisme était alors si profondément ancré et il était si nécessaire à la vie de chaque couche sociale, qu'il avait en quelque sorte sa cohérence et son économie propres. Tantôt il revêtait une forme absolument statutaire — qui en faisait moins un illégalisme qu'une exemption régulière : c'étaient les privilèges accordés aux individus et aux communautés. Tantôt il avait la forme d'une inobservation massive et générale qui faisait que pendant des dizaines d'années, des siècles parfois, des ordonnances pouvaient être publiées et renouvelées incessamment sans venir jamais à application. Tantôt il s'agissait de désuétude progressive qui laissait place parfois à des réactivations soudaines. Tantôt d'un consentement muet du pouvoir, d'une négligence, ou tout simplement de l'impossibilité effective d'imposer la loi et de réprimer les infracteurs. Les couches les plus défavorisées de la population n'avaient pas, en principe, de privilèges : mais elles bénéficiaient, dans les marges de ce qui leur était imposé par les lois et les coutumes, d'un espace de tolérance, conquis par la force ou l'obstination; et cet espace était pour elle une condition si indispensable d'existence qu'elles étaient prêtes souvent à se soulever pour le défendre;

les essais qui étaient faits périodiquement pour le réduire, en faisant valoir de vieilles règles ou en affinant les procédés de répression, provoquaient en tout cas des agitations populaires, tout comme les tentatives pour réduire certains privilèges agitaient la noblesse, le clergé et la bourgeoisie.

Or cet illégalisme nécessaire et dont chaque couche sociale portait avec elle les formes spécifiques se trouvait pris dans une série de paradoxes. Dans ses régions inférieures, il rejoignait la criminalité dont il lui était difficile de se distinguer juridiquement sinon moralement : de l'illégalisme fiscal à l'illégalisme douanier, à la contrebande, au pillage, à la lutte armée contre les commis de finances puis contre les soldats eux-mêmes, à la révolte enfin, il y avait une continuité, où les frontières étaient difficiles à marquer; ou encore le vagabondage (sévèrement puni aux termes d'ordonnances presque jamais appliquées) avec tout ce qu'il comportait de rapines, de vols qualifiés, d'assassinats parfois, servait de milieu d'accueil aux chômeurs, aux ouvriers qui avaient quitté irrégulièrement leurs patrons, aux domestiques qui avaient quelque raison de fuir leurs maîtres, aux apprentis maltraités, aux soldats déserteurs, à tous ceux qui voulaient échapper à l'enrôlement forcé. De sorte que la criminalité se fondait dans un illégalisme plus large, auquel les couches populaires étaient attachées comme à des conditions d'existence; et inversement, cet illégalisme était un facteur perpétuel d'augmentation de la criminalité. De là une ambiguïté dans les attitudes populaires : d'un côté le criminel — surtout lorsqu'il s'agissait d'un contrebandier ou d'un paysan chassé par les exactions d'un maître — bénéficiait d'une valorisation spontanée : on retrouvait, dans ses violences, le droit fil des vieilles luttes; mais d'autre part celui qui, à l'abri d'un illégalisme accepté par la population, commettait des crimes aux dépens de celle-ci, le mendiant vagabond, par exemple, qui volait et assassinait, devenait facilement l'objet d'une haine particulière : il avait retourné contre les plus défavorisés un illégalisme qui était intégré à leurs conditions d'existence. Ainsi se nouaient autour des crimes la glorification et le blâme; l'aide effective et la peur alternaient à l'égard de cette population mouvante, dont on se savait si proche, mais d'où on sentait bien que le crime pouvait naître. L'illégalisme populaire enveloppait tout un noyau de criminalité qui en était à la fois la forme extrême et le danger interne.

Or entre cet illégalisme d'en bas et ceux des autres castes sociales, il n'y avait ni tout à fait convergence, ni opposition foncière. D'une façon générale les différents illégalismes propres à chaque groupe entretenaient les uns avec les autres des rapports qui étaient à la fois de rivalité, de concurrence, de conflits d'intérêts, et d'appui réciproque, de complicité : le refus par les paysans de payer certaines redevances étatiques ou ecclésiastiques n'était pas forcément mal vu par les propriétaires fonciers; la non-application par les artisans des règlements de fabrique était encouragée souvent par les nouveaux entrepreneurs; la contrebande — l'histoire de Mandrin accueilli par toute la population, reçu dans les châteaux et protégé par des parlementaires le prouve — était très largement soutenue. A la limite, on avait vu au XVIIe siècle les différents refus fiscaux coaliser dans des révoltes graves des couches de population bien éloignées les unes des autres. Bref le jeu réciproque des illégalismes faisait partie de la vie politique et économique de la société. Mieux encore : un certain nombre de transformations (la désuétude par exemple des règlements de Colbert, les inobservations des entraves douanières dans le royaume, la dislocation des pratiques corporatives) s'étaient opérées dans la brèche quotidiennement élargie par l'illégalisme populaire; or de ces transformations la bourgeoisie avait eu besoin; et sur elles elle avait fondé une part de la croissance économique. La tolérance devenait alors encouragement.

Mais dans la seconde moitié du XVIIIe siècle, le processus tend à s'inverser. D'abord avec l'augmentation générale de la richesse, mais aussi avec la grosse poussée démographique, la cible principale de l'illégalisme populaire tend à n'être plus en première ligne les droits, mais les biens : le chapardage, le vol tendent à remplacer la contrebande et la lutte armée contre les gens de finances. Et dans cette mesure les paysans, les fermiers, les artisans se trouvent souvent en être la principale victime. Le Trosne ne faisait sans doute qu'exagérer une tendance réelle quand il décrivait les paysans souffrant sous les exactions des vagabonds, plus encore qu'autrefois sous les exigences des féodaux : les voleurs aujourd'hui se seraient abattus sur eux comme une nuée d'insectes malfaisants, dévorant les récoltes, anéantissant les greniers[1]. On peut dire que s'est ouverte progressivement au XVIIIe siècle une crise de l'illégalisme populaire; et ni les mouvements du début de la Révolution (autour du refus des droits seigneuriaux) ni ceux plus tardifs où venaient se rejoindre la lutte contre les droits des propriétaires, la protestation politique et religieuse, le refus de la conscription ne l'ont en fait ressoudé sous sa forme ancienne et accueillante. De plus, si une bonne part de la bourgeoisie avait accepté, sans trop de problèmes, l'illégalisme des droits, elle le supportait mal lorsqu'il s'agissait de ce qu'elle considérait comme ses droits de propriété. Rien n'est plus caractéristique à ce sujet que le problème de la délinquance paysanne à la fin du XVIIIe siècle et surtout à partir de la Révolution[2]. Le passage à une agriculture intensive exerce sur les droits d'usage, sur les tolérances, sur les petits illégalismes acceptés, une pression de plus en plus contraignante. De plus, acquise en partie par la bourgeoisie, dépouillée des charges féodales qui pesaient sur elle, la propriété terrienne est devenue une propriété absolue : toutes les tolérances que la paysannerie avait acquises ou conservées (abandon d'anciennes obligations ou consolidation de pratiques irrégulières : droit de vaine pâture, ramassage de bois, etc.) sont maintenant pourchassées par les nouveaux propriétaires qui leur donnent le statut de l'infraction pure et simple (entraînant par là, dans la population, une série de réactions en chaîne, de plus en plus illégales ou si on veut de plus en plus criminelles : bris de clôtures, vol ou massacre de bétail, incendies, violences, assassinats[3]). L'illégalisme des droits qui assurait souvent la survie des plus démunis tend, avec le nouveau statut de la propriété, à devenir un illégalisme de biens. Il faudra alors le punir.

Et cet illégalisme, s'il est mal supporté par la bourgeoisie dans la propriété foncière, est intolérable dans la propriété commerciale et industrielle : le développement des ports,

1. G. Le Trosne, *Mémoire sur les vagabonds*, 1764, p. 4.
2. Y.-M. Bercé, *Croquants et nu-pieds*, 1974, p. 161.
3. Cf. O. Festy, *Les Délits ruraux et leur répression sous la Révolution et le Consulat*, 1956. M. Agulhon, *La vie sociale en Provence* (1970).

l'apparition des grands entrepôts où s'accumulent les marchandises, l'organisation des ateliers de vastes dimensions (avec une masse considérable de matière première, d'outils, d'objets fabriqués, qui appartiennent à l'entrepreneur et qui sont difficiles à surveiller) nécessitent aussi une répression rigoureuse de l'illégalisme. La manière dont la richesse tend à s'investir, selon des échelles quantitatives toutes nouvelles, dans les marchandises et les machines suppose une intolérance systématique et armée à l'illégalisme. Le phénomène est évidemment très sensible là où le développement économique est le plus intense. De cette urgence à réprimer les innombrables pratiques d'illégalité, Colquhoun avait entrepris de donner pour la seule ville de Londres des preuves chiffrées : d'après les estimations des entrepreneurs et des assurances, le vol des produits importés d'Amérique et entreposés sur les rives de la Tamise s'élevait, bon an mal an, à 250 000 livres; au total, on dérobait à peu près pour 500 000 livres chaque année dans le seul port de Londres (et cela sans tenir compte des arsenaux); à quoi il fallait ajouter 700 000 livres pour la ville elle-même. Et dans ce pillage permanent, trois phénomènes, selon Colquhoun, seraient à prendre en considération : la complicité et souvent la participation active des employés, des surveillants, des contremaîtres et des ouvriers : « toutes les fois qu'une grande quantité d'ouvriers sera rassemblée dans un même lieu, il s'y trouvera nécessairement beaucoup de mauvais sujets »; l'existence de toute une organisation de commerce illicite qui commence dans les ateliers ou sur les docks, qui passe ensuite par les receleurs — receleurs en gros qui sont spécialisés dans certains types de marchandises et receleurs de détail dont les étalages n'offrent qu'un « misérable déballage de vieux fers, de haillons, de mauvais habits » alors que l'arrière-boutique cache « des munitions navales de la plus grande valeur, des boulons et des clous de cuivre, des morceaux de fonte et de métaux précieux, de production des Indes occidentales, de meubles et de hardes achetés des ouvriers de toute espèce » — puis par des revendeurs et des colporteurs qui diffusent loin dans la campagne le produit des vols[1] ; enfin la fabrication de

1. P. Colquhoun, *Traité sur la police de Londres*, traduction 1807, t. I. Aux pages 153-182 et 292-339 Colquhoun donne un exposé très détaillé de ces filières.

fausse monnaie (il y aurait, disséminées à travers toute l'Angleterre, 40 à 50 fabriques de fausse monnaie travaillant en permanence). Or ce qui facilite cette immense entreprise à la fois de déprédation et de concurrence, c'est tout un ensemble de tolérances : les unes valent comme des sortes de droits acquis (droit, par exemple, de ramasser autour des bateaux les morceaux de fer et les bouts de cordage ou de revendre les balayures de sucre); d'autres sont de l'ordre de l'acceptation morale : l'analogie que ce pillage entretient, dans l'esprit de ses auteurs, avec la contrebande les « familiarise avec cette espèce de délits dont ils ne sentent point l'énormité[1] ».

Il est donc nécessaire de contrôler et de recoder toutes ces pratiques illicites. Il faut que les infractions soient bien définies et sûrement punies, que dans cette masse d'irrégularités tolérées et sanctionnées de manière discontinue avec un éclat sans proportion, on détermine ce qui est infraction intolérable, et qu'on lui fasse subir un châtiment auquel elle ne pourra échapper. Avec les nouvelles formes d'accumulation du capital, des rapports de production et de statut juridique de la propriété, toutes les pratiques populaires qui relevaient soit sous une forme silencieuse, quotidienne, tolérée, soit sous une forme violente, de l'illégalisme des droits, sont rabattues de force sur l'illégalisme des biens. Le vol tend à devenir la première des grandes échappatoires à la légalité, dans ce mouvement qui fait passer d'une société du prélèvement juridico-politique à une société de l'appropriation des moyens et des produits du travail. Ou pour dire les choses d'une autre manière : l'économie des illégalismes s'est restructurée avec le développement de la société capitaliste. L'illégalisme des biens a été séparé de celui des droits. Partage qui recouvre une opposition de classes, puisque, d'un côté, l'illégalisme qui sera le plus accessible aux classes populaires sera celui des biens — transfert violent des propriétés; que d'un autre la bourgeoisie se réservera, elle, l'illégalisme des droits : la possibilité de tourner ses propres règlements et ses propres lois; de faire assurer tout un immense secteur de la circulation économique par un jeu qui

1. *Ibid.*, p. 297-298.

se déploie dans les marges de la législation — marges prévues par ses silences, ou libérées par une tolérance de fait. Et cette grande redistribution des illégalismes se traduira même par une spécialisation des circuits judiciaires : pour les illégalismes de biens — pour le vol —, les tribunaux ordinaires et châtiments; pour les illégalismes de droits — fraudes, évasions fiscales, opérations commerciales irrégulières —, des juridictions spéciales avec transactions, accommodements, amendes atténuées, etc. La bourgeoisie s'est réservé le domaine fécond de l'illégalisme des droits. Et en même temps que s'opère ce clivage, s'affirme la nécessité d'un quadrillage constant qui porte essentiellement sur cet illégalisme des biens. S'affirme la nécessité de donner congé à l'ancienne économie du pouvoir de punir qui avait pour principes la multiplicité confuse et lacunaire des instances, une répartition et une concentration de puissance corrélatives d'une inertie de fait et d'une inévitable tolérance, des châtiments éclatants dans leurs manifestations et hasardeux dans leur application. S'affirme la nécessité de définir une stratégie et des techniques de punition où une économie de la continuité et de la permanence remplacera celle de la dépense et de l'excès. En somme, la réforme pénale est née au point de jonction entre la lutte contre le surpouvoir du souverain et celle contre l'infra-pouvoir des illégalismes conquis et tolérés. Et si elle a été autre chose que le résultat provisoire d'une rencontre de pure circonstance, c'est qu'entre ce surpouvoir et cet infra-pouvoir, tout un réseau de rapports était noué. La forme de la souveraineté monarchique tout en plaçant du côté du souverain la surcharge d'un pouvoir éclatant, illimité, personnel, irrégulier et discontinu, laissait du côté des sujets la place libre pour un illégalisme constant; celui-ci était comme le corrélatif de ce type de pouvoir. Si bien que s'en prendre aux diverses prérogatives du souverain, c'était bien attaquer en même temps le fonctionnement des illégalismes. Les deux objectifs étaient en continuité. Et selon les circonstances ou les tactiques particulières, les réformateurs faisaient passer l'un avant l'autre. Le Trosne, ce physiocrate qui fut conseiller au présidial d'Orléans, peut ici servir d'exemple. En 1764, il publie un mémoire sur le vagabondage : pépinière de voleurs et d'assassins « qui vivent au milieu de la société sans en être membres », qui mènent « une véritable guerre à tous les citoyens », et qui sont au milieu de nous « dans cet état que l'on suppose avoir eu lieu avant l'établissement de la société civile ». Contre eux, il demande les peines les plus sévères (d'une manière bien caractéristique, il s'étonne qu'on leur soit plus indulgent qu'aux contrebandiers); il veut que la police soit renforcée, que la maréchaussée les poursuive avec l'aide de la population qui souffre de leurs vols; il demande que ces gens inutiles et dangereux « soient acquis à l'État et qu'ils lui appartiennent comme des esclaves à leurs maîtres »; et le cas échéant qu'on organise des battues collectives dans les bois pour les débusquer, chacun de ceux qui feront une capture recevant salaire : « On donne bien une récompense de 10 livres pour une tête de loup. Un vagabond est infiniment plus dangereux pour la société[1]. » En 1777, dans les *Vues sur la justice criminelle*, le même Le Trosne demande que soient réduites les prérogatives de la partie publique, que les accusés soient considérés comme innocents jusqu'à leur condamnation éventuelle, que le juge soit un juste arbitre entre eux et la société, que les lois soient « fixes, constantes, déterminées de la manière la plus précise », de sorte que les sujets sachent « à quoi ils s'exposent » et que les magistrats ne soient rien de plus que l'« organe de la loi[2] ». Chez Le Trosne, comme chez tant d'autres à la même époque, la lutte pour la délimitation du pouvoir de punir s'articule directement sur l'exigence de soumettre l'illégalisme populaire à un contrôle plus strict et plus constant. On comprend que la critique des supplices ait eu une telle importance dans la réforme pénale : car c'était la figure où venaient se rejoindre, de façon visible, le pouvoir illimité du souverain et l'illégalisme toujours en éveil du peuple. L'humanité des peines, c'est la règle qu'on donne à un régime des punitions qui doit fixer leurs bornes à l'un et à l'autre. L'« homme » qu'on veut faire respecter dans la peine, c'est la forme juridique et morale qu'on donne à cette double délimitation.

Mais s'il est vrai que la réforme, comme théorie pénale et

1. G. Le Trosne, *Mémoire sur les vagabonds*, 1764, p. 8, 50, 54, 61-62.
2. G. Le Trosne, *Vues sur la justice criminelle*, 1777, p. 31, 37, 103-106.

comme stratégie du pouvoir de punir, a été dessinée au point de coïncidence de ces deux objectifs, sa stabilité dans l'avenir a été due au fait que le second a pris, pour longtemps, une place prioritaire. C'est parce que la pression sur les illégalismes populaires est devenue à l'époque de la Révolution, puis sous l'Empire, enfin pendant tout le XIXe siècle, un impératif essentiel, que la réforme a pu passer de l'état de projet à celui d'institution et d'ensemble pratique. C'est dire que si, en apparence, la nouvelle législation criminelle se caractérise par un adoucissement des peines, une codification plus nette, une diminution notable de l'arbitraire, un consensus mieux établi à propos du pouvoir de punir (à défaut d'un partage plus réel de son exercice), elle est soustendue par un bouleversement dans l'économie traditionnelle des illégalismes et une contrainte rigoureuse pour maintenir leur ajustement nouveau. Il faut concevoir un système pénal comme un appareil pour gérer différentiellement les illégalismes, et non point pour les supprimer tous.

*

Déplacer l'objectif et en changer l'échelle. Définir de nouvelles tactiques pour atteindre une cible qui est maintenant plus ténue mais aussi plus largement répandue dans le corps social. Trouver de nouvelles techniques pour y ajuster les punitions et en adapter les effets. Poser de nouveaux principes pour régulariser, affiner, universaliser l'art de châtier. Homogénéiser son exercice. Diminuer son coût économique et politique en augmentant son efficacité et en multipliant ses circuits. Bref, constituer une nouvelle économie et une nouvelle technologie du pouvoir de punir : telles sont sans doute les raisons d'être essentielles de la réforme pénale au XVIIIe siècle.

Au niveau des principes, cette stratégie nouvelle se formule aisément dans la théorie générale du contrat. Le citoyen est censé avoir accepté une fois pour toutes, avec les lois de la société, celle-là même qui risque de le punir. Le criminel apparaît alors comme un être juridiquement paradoxal. Il a rompu le pacte, il est donc l'ennemi de la société tout entière, mais il participe à la punition qui s'exerce sur lui. Le moindre crime attaque toute la société; et toute la société — y compris le criminel — est présente dans la moindre punition. Le châtiment pénal est donc une fonction généralisée, coextensive au corps social et à chacun de ses éléments. Se pose alors le problème de la « mesure », et de l'économie du pouvoir de punir.

L'infraction oppose en effet un individu au corps social tout entier; contre lui, pour le punir, la société a le droit de se dresser tout entière. Lutte inégale : d'un seul côté, toutes les forces, toute la puissance, tous les droits. Et il faut bien qu'il en soit ainsi puisqu'il y va de la défense de chacun. Un formidable droit de punir se constitue ainsi puisque l'infracteur devient l'ennemi commun. Pire qu'un ennemi, même, car c'est de l'intérieur de la société qu'il lui porte ses coups — un traître. Un « monstre ». Sur lui, comment la société n'aurait-elle pas un droit absolu? Comment ne demanderait-elle pas sa suppression pure et simple? Et s'il est vrai que le principe des châtiments doit être souscrit dans le pacte, ne faut-il pas en toute logique que chaque citoyen accepte la peine extrême pour ceux d'entre eux qui les attaquent en corps . « Tout malfaiteur, attaquant le droit social, devient, par ses forfaits, rebelle et traître à la patrie; alors la conservation de l'État est incompatible avec la sienne; il faut qu'un des deux périsse, et quand on fait périr le coupable, c'est moins comme citoyen que comme ennemi[1]. » Le droit de punir a été déplacé de la vengeance du souverain à la défense de la société. Mais il se trouve alors recomposé avec des éléments si forts, qu'il devient presque plus redoutable. On a arraché le malfaiteur à une menace, par nature, excessive, mais on l'expose à une peine dont on ne voit pas ce qui

1. J.-J. Rousseau, *Contrat social*, livre II, chap. v. Il faut noter que ces idées de Rousseau ont été utilisées à la Constituante par certains députés qui voulaient maintenir un système de peines très rigoureux. Et curieusement les principes du *Contrat* ont pu servir à soutenir la vieille correspondance d'atrocité entre crime et châtiment. « La protection due aux citoyens exige de mesurer les peines à l'atrocité des crimes et de ne pas sacrifier, au nom de l'humanité, l'humanité même. » (Mougins de Roquefort, qui cite le passage en question du *Contrat social*, « Discours à la Constituante », *Archives parlementaires*, t. XXVI, p. 637.)

pourrait la limiter. Retour d'un surpouvoir terrible. Et nécessité de poser à la puissance du châtiment un principe de modération.

« Qui ne frissonne d'horreur en voyant dans l'histoire tant de tourments affreux et inutiles, inventés et employés froidement par des monstres qui se donnaient le nom de sages[1] ? » Ou encore : « Les lois m'appellent au châtiment du plus grand des crimes. J'y vais avec toutes les fureurs qu'il m'a inspirées. Mais quoi ? Elles le surpassent encore... Dieu qui as imprimé dans nos cœurs l'aversion de la douleur pour nous-même et nos semblables, sont-ce donc ces êtres que tu as créés si faibles et si sensibles qui ont inventé des supplices si barbares, si raffinés[2] ? » Le principe de la modération des peines, même lorsqu'il s'agit de châtier l'ennemi du corps social, s'articule d'abord comme un discours du cœur. Mieux, il jaillit comme un cri du corps qui se révolte à la vue ou à l'imagination de trop de cruautés. La formulation du principe que la pénalité doit rester « humaine » se fait chez les réformateurs en première personne. Comme si s'exprimait immédiatement la sensibilité de celui qui parle ; comme si le corps du philosophe ou du théoricien venait, entre l'acharnement du bourreau et le supplicié, affirmer sa propre loi et l'imposer finalement à toute l'économie des peines. Lyrisme qui manifeste l'impuissance à trouver le fondement rationnel d'un calcul pénal ? Entre le principe contractuel qui rejette le criminel hors de la société et l'image du monstre « vomi » par la nature, où trouver une limite, sinon dans une nature humaine qui se manifeste — non pas dans la rigueur de la loi, non pas dans la férocité du délinquant — mais dans la sensibilité de l'homme raisonnable qui fait la loi et ne commet pas de crime ?

Mais ce recours à la « sensibilité » ne traduit pas exactement une impossibilité théorique. Il porte en fait avec lui un principe de calcul. Le corps, l'imagination, la souffrance, le cœur à respecter ne sont pas, en effet, ceux du criminel qu'on a à punir, mais ceux des hommes qui, ayant souscrit au pacte, ont le droit d'exercer contre lui le pouvoir de s'unir. Les

1. Beccaria, *Des délits et des peines*, éd. 1856, p. 87.

2. P.L. de Lacretelle, *Discours sur le préjugé des peines infamantes*, 1784, p. 129.

souffrances que doit exclure l'adoucissement des peines sont celles des juges ou des spectateurs avec tout ce qu'elles peuvent entraîner d'endurcissement, de férocité induite par l'accoutumance, ou au contraire de pitié indue, d'indulgence peu fondée : « Grâce pour ces âmes douces et sensibles sur qui ces horribles supplices exercent une espèce de torture[1]. » Ce qu'il faut ménager et calculer, ce sont les effets en retour du châtiment sur l'instance qui punit et le pouvoir qu'elle prétend exercer.

Là s'enracine le principe qu'il ne faut jamais appliquer que des punitions « humaines », à un criminel qui peut bien être pourtant un traître et un monstre. Si la loi maintenant doit traiter « humainement » celui qui est « hors nature » (alors que la justice d'autrefois traitait de façon inhumaine le « hors-la-loi »), la raison n'en est pas dans une humanité profonde que le criminel cacherait en lui, mais dans la régulation nécessaire des effets de pouvoir. C'est cette rationalité « économique » qui doit mesurer la peine et en prescrire les techniques ajustées. « Humanité » est le nom respectueux donné à cette économie et à ses calculs minutieux. « En fait de peine le minimum est ordonné par l'humanité et conseillé par la politique[2]. »

Soit, pour comprendre cette techno-politique de la punition, le cas limite, le dernier des crimes : un forfait énorme, qui violerait toutes ensemble les lois les plus respectées. Il se serait produit dans des circonstances si extraordinaires, au milieu d'un secret si profond, avec une telle démesure, et comme à la limite si extrême de toute possibilité, qu'il ne pourrait être que le seul et en tout cas le dernier de son

1. *Ibid.*, p. 131.

2. A. Duport, Discours à la Constituante, 22 décembre 1789, *Archives parlementaires*, t. X, p. 744. On pourrait dans le même sens citer les différents concours proposés à la fin du XVIIIe siècle par les sociétés et académies savantes : comment faire « en sorte que la douceur de l'instruction et des peines soit conciliée avec la certitude d'un châtiment prompt et exemplaire et que la société civile trouve la plus grande sûreté possible, pour la liberté et l'humanité » (*Société économique de Berne*, 1777). Marat répondit par *son Plan de Législation criminelle*. Quels sont les « moyens d'adoucir la rigueur des lois pénales en France sans nuire à la sûreté publique » (*Académie de Châlons-sur-Marne*, 1780 ; les lauréats furent Brissot et Bernardi) ; « l'extrême sévérité des lois tend-elle à diminuer le nombre et l'énormité des crimes chez une nation dépravée ? » (*Académie de Marseille*, 1786 ; le lauréat fut Eymar).

espèce : nul ne pourrait jamais l'imiter; nul ne pourrait en prendre exemple, ni même se scandaliser qu'il ait été commis. Il serait voué à disparaître sans laisser de trace. Cet apologue[1] de l'« extrémité du crime » est un peu, dans la nouvelle pénalité, ce qu'était la faute originelle dans l'ancienne : la forme pure où apparaît la raison des peines.

Un tel crime devrait-il être puni? Suivant quelle mesure? De quelle utilité son châtiment pourrait-il être dans l'économie du pouvoir de punir? Il serait utile dans la mesure où il pourrait réparer le « mal fait à la société[2] ». Or si on met à part le dommage proprement matériel — qui même irréparable comme dans un assassinat, est de peu d'étendue à l'échelle d'une société entière — le tort qu'un crime fait au corps social, c'est le désordre qu'il y introduit : le scandale qu'il suscite, l'exemple qu'il donne, l'incitation à recommencer s'il n'est pas puni, la possibilité de généralisation qu'il porte en lui. Pour être utile, le châtiment doit avoir pour objectif les conséquences du crime, entendues comme la série des désordres qu'il est capable d'ouvrir. « La proportion entre la peine et la qualité du délit est déterminée par l'influence qu'a sur l'ordre social le pacte qu'on viole[3]. » Or cette influence d'un crime n'est pas forcément en proportion directe de son atrocité; un crime qui épouvante la conscience est d'un moindre effet souvent qu'un méfait que tout le monde tolère et se sent prêt à imiter pour son compte. Rareté des grands crimes; danger en revanche des petits forfaits familiers qui se multiplient. Ne pas chercher par conséquent une relation qualitative entre le crime et sa punition, une équivalence d'horreur : « Les cris d'un malheureux dans les tourments peuvent-ils retirer du sein du passé qui ne revient plus, une action déjà commise[4]? » Calculer une peine en fonction non du crime, mais de sa répétition possible. Ne pas viser l'offense passée mais le désordre futur. Faire en sorte que le malfaiteur ne puisse avoir ni l'envie de recommencer,

1. G. Target, *Observations sur le projet du Code pénal, in* Locré, *La Législation de la France*, t. XXIX, p. 7-8. On le retrouve sous une forme inversée chez Kant.
2. C.E. de Pastoret, *Des lois pénales*, 1790, II, p. 21.
3. G. Filangieri, *La Science de la législation*, trad. 1786, t. IV, p. 214.
4. Beccaria, *Des délits et des peines*, 1856, p. 87.

ni la possibilité d'avoir des imitateurs[1]. Punir sera donc un art des effets; plutôt que d'opposer l'énormité de la peine à l'énormité de la faute, il faut ajuster l'une à l'autre les deux séries qui suivent le crime : ses effets propres et ceux de la peine. Un crime sans dynastie n'appelle pas de châtiment. Pas plus — selon une autre version du même apologue — qu'à la veille de se dissoudre et de disparaître une société n'aurait le droit de dresser des échafauds. Le dernier des crimes ne peut que rester impuni.

Vieille conception. Il n'était pas nécessaire d'attendre la réforme du XVIIIe siècle pour dégager cette fonction exemplaire du châtiment. Que la punition regarde vers l'avenir, et qu'une au moins de ses fonctions majeures soit de prévenir, c'était, depuis des siècles, une des justifications courantes du droit de punir. Mais la différence, c'est que la prévention qu'on attendait comme un effet du châtiment et de son éclat, — donc de sa démesure —, tend à devenir maintenant le principe de son économie, et la mesure de ses justes proportions. Il faut punir exactement assez pour empêcher. Déplacement donc dans la mécanique de l'exemple : dans une pénalité de supplice, l'exemple était la réplique du crime; il avait, par une sorte de manifestation jumelée, à le montrer et à montrer en même temps le pouvoir souverain qui le maîtrisait; dans une pénalité calculée d'après ses propres effets, l'exemple doit renvoyer au crime, mais de la manière la plus discrète possible, indiquer l'intervention du pouvoir mais avec la plus grande économie, et dans le cas idéal empêcher toute réapparition ultérieure de l'un et de l'autre. L'exemple n'est plus un rituel qui manifeste, c'est un signe qui fait obstacle. A travers cette technique des signes punitifs, qui tend à inverser tout le champ temporal de l'action pénale, les réformateurs pensent donner au pouvoir de punir un instrument économique, efficace, généralisable à travers tout le corps social, susceptible de coder tous les comportements et par conséquent de réduire tout le domaine diffus des illéga-

1. A. Barnave, « Discours à la Constituante » : « La société ne voit pas dans les punitions qu'elle inflige la barbare jouissance de faire souffrir un être humain; elle y voit la précaution nécessaire pour prévenir des crimes semblables, pour écarter de la société les maux dont un attentat la menace. (*Archives parlementaires*, t. XXVII, 6 juin 1791, p. 9.)

lismes. La sémio-technique dont on essaie d'armer le pouvoir de punir repose sur cinq ou six règles majeures.

Règle de la quantité minimale. Un crime est commis parce qu'il procure des avantages. Si on liait, à l'idée du crime, l'idée d'un désavantage un peu plus grand, il cesserait d'être désirable. « Pour que le châtiment produise l'effet que l'on doit en attendre il suffit que le mal qu'il cause surpasse le bien que le coupable a retiré du crime[1]. » On peut, il faut admettre une proximité de la peine et du crime; mais non plus sous la forme ancienne, où le supplice devait équivaloir au crime en intensité, avec un supplément qui marquait le « plus de pouvoir » du souverain accomplissant sa vengeance légitime; c'est une quasi-équivalence au niveau des intérêts : un petit plus d'intérêt à éviter la peine qu'à risquer le crime.

Règle de l'idéalité suffisante. Si le motif d'un crime, c'est l'avantage qu'on se représente, l'efficacité de la peine est dans le désavantage qu'on en attend. Ce qui fait la « peine » au cœur de la punition, ce n'est pas la sensation de souffrance, mais l'idée d'une douleur, d'un déplaisir, d'un inconvénient — la « peine » de l'idée de la « peine ». Donc la punition n'a pas à mettre en œuvre le corps, mais la représentation. Ou plutôt, si elle doit mettre en œuvre le corps, c'est dans la mesure où il est moins le sujet d'une souffrance, que l'objet d'une représentation : le souvenir d'une douleur peut empêcher la récidive, tout comme le spectacle, fût-il artificiel, d'une peine physique peut prévenir la contagion d'un crime. Mais ce n'est pas la douleur en elle-même qui sera l'instrument de la technique punitive. Donc, aussi longtemps que possible, et sauf dans les cas où il s'agit de susciter une représentation efficace, inutile de déployer la grande panoplie des échafauds. Élision du corps comme sujet de la peine, mais non pas forcément comme élément dans un spectacle. Le refus des supplices qui, au seuil de la théorie, n'avait trouvé qu'une formulation lyrique, rencontre ici la possibilité de s'articuler rationnellement : ce qui doit être maximalisé, c'est la représentation de la peine, non sa réalité corporelle.

Règle des effets latéraux. La peine doit prendre ses effets les plus intenses chez ceux qui n'ont pas commis la faute; à la

1. Beccaria, *Traité des délits et des peines*, p. 89.

limite, si on pouvait être sûr que le coupable ne puisse pas recommencer, il suffirait de faire croire aux autres qu'il a été puni. Intensification centrifuge des effets, qui conduit à ce paradoxe que, dans le calcul des peines, l'élément le moins intéressant, c'est encore le coupable (sauf s'il est susceptible de récidive). Ce paradoxe, Beccaria l'a illustré dans le châtiment qu'il proposait à la place de la peine de mort : l'esclavage à perpétuité. Peine physiquement plus cruelle que la mort ? Pas du tout, disait-il : car la douleur de l'esclavage est pour le condamné divisée en autant de parcelles qu'il lui reste d'instants à vivre; peine indéfiniment divisible, peine éléatique, beaucoup moins sévère que le châtiment capital qui d'un bond rejoint le supplice. En revanche, pour ceux qui voient, ou se représentent ces esclaves, les souffrances qu'ils supportent sont ramassées en une seule idée; tous les instants de l'esclavage se contractent en une représentation qui devient alors plus effrayante que l'idée de la mort. C'est la peine économiquement idéale : elle est minimale pour celui qui la subit (et qui, réduit à l'esclavage, ne peut récidiver) et elle est maximale pour celui qui se la représente. « Parmi les peines, et dans la manière de les appliquer en proportion des délits, il faut choisir les moyens qui feront sur l'esprit du peuple l'impression la plus efficace et la plus durable, et en même temps la moins cruelle sur le corps du coupable[1]. »

Règle de la certitude parfaite. Il faut qu'à l'idée de chaque crime et des avantages qu'on en attend, soit associée l'idée d'un châtiment déterminé avec les inconvénients précis qui en résultent; il faut que de l'un à l'autre, le lien soit considéré comme nécessaire et que rien ne puisse le rompre. Cet élément général de la certitude qui doit donner son efficacité au système punitif implique un certain nombre de mesures précises. Que les lois définissant les crimes et prescrivant les peines soient parfaitement claires, « afin que chaque membre de la société puisse distinguer les actions criminelles des actions vertueuses[2] ». Que ces lois soient publiées, que chacun puisse avoir accès à elles; finies les traditions orales et les coutumes, mais une législation écrite, qui soit « le monument

1. Beccaria, *Des délits et des peines*, p. 87.
2. J.P. Brissot, *Théorie des lois criminelles*, 1781, t. I, p. 24.

stable du pacte social », des textes imprimés, placés à la connaissance de tous : « L'imprimerie seule peut rendre tout le public et non quelques particuliers dépositaires du code sacré des lois[1]. » Que le monarque renonce à son droit de grâce, pour que la force qui est présente dans l'idée de la peine ne soit pas atténuée par l'espoir de cette intervention : « Si on laisse voir aux hommes que le crime peut se pardonner et que le châtiment n'en est pas la suite nécessaire, on nourrit en eux l'espérance de l'impunité... que les lois soient inexorables, les exécuteurs inflexibles[2]. » Et surtout qu'aucun crime commis n'échappe au regard de ceux qui ont à rendre la justice ; rien ne rend plus fragile l'appareil des lois que l'espoir de l'impunité ; comment pourrait-on établir dans l'esprit des justiciables un lien strict entre un méfait et une peine, si un certain coefficient d'improbabilité venait l'affecter ? Ne faudrait-il pas rendre la peine d'autant plus redoutable par sa violence, qu'elle est moins à craindre par son peu de certitude ? Plutôt que d'imiter ainsi l'ancien système et d'être « plus sévère, il faut être plus vigilant[3] ». De là l'idée que l'appareil de justice doit se doubler d'un organe de surveillance qui lui soit directement ordonné, et qui permette soit d'empêcher les crimes, soit, s'ils sont commis, d'arrêter leurs auteurs ; police et justice doivent marcher ensemble comme les deux actions complémentaires d'un même processus — la police assurant « l'action de la société sur chaque individu », la justice, « les droits des individus contre la société[4] » ; ainsi chaque crime viendra à la lumière du jour, et sera puni en toute certitude. Mais il faut en outre que les procédures ne restent pas secrètes, que les raisons pour lesquelles on a condamné ou acquitté un inculpé soient connues de tous, et que chacun puisse reconnaître les raisons de punir : « Que le magistrat prononce son avis à haute voix,

1. Beccaria, *Des délits et des peines*, p. 26.

2. Beccaria, *ibid.* Cf. aussi Brissot : « Si la grâce est équitable, la loi est mauvaise ; là où la législation est bonne, les grâces ne sont que des crimes contre la loi » (*Théorie des lois criminelles*, 1781, t. I, p. 200).

3. G. de Mably, *De la législation, Œuvres complètes*, 1789, t. IX, p. 327. Cf. aussi Vattel : « C'est moins l'atrocité des peines que l'exactitude à les exiger qui retient tout le monde dans le devoir » (*Le Droit des gens*, 1768, p. 163).

4. A. Duport, « Discours à la Constituante », *Archives parlementaires*, p. 45, t. XXI.

qu'il soit obligé de rapporter dans son jugement le texte de la loi qui condamne le coupable... que les procédures qui sont ensevelies mystérieusement dans l'obscurité des greffes soient ouvertes à tous les citoyens qui s'intéressent au sort des condamnés[1]. »

Règle de la vérité commune. Sous ce principe d'une grande banalité se cache une transformation d'importance. L'ancien système des preuves légales, l'usage de la torture, l'extorsion de l'aveu, l'utilisation du supplice, du corps et du spectacle pour la reproduction de la vérité avaient pendant longtemps isolé la pratique pénale des formes communes de la démonstration : les demi-preuves faisaient des demi-vérités et des demi-coupables, des phrases arrachées par la souffrance avaient valeur d'authentification, une présomption entraînait un degré de peine. Système dont l'hétérogénéité au régime ordinaire de la preuve n'a constitué vraiment un scandale que du jour où le pouvoir de punir a eu besoin, pour son économie propre, d'un climat de certitude irréfutable. Comment lier absolument dans l'esprit des hommes l'idée du crime et celle du châtiment, si la réalité du châtiment ne suit pas, dans tous les cas, la réalité du méfait ? Établir celle-ci, en toute évidence, et selon des moyens valables pour tous, devient une tâche première. La vérification du crime doit obéir aux critères généraux de toute vérité. Le jugement judiciaire, dans les arguments qu'il emploie, dans les preuves qu'il apporte, doit être homogène au jugement tout court. Donc, abandon des preuves légales ; rejet de la torture, nécessité d'une démonstration complète pour faire une vérité juste, effacement de toute corrélation entre les degrés du soupçon et ceux de la peine. Comme une vérité mathématique, la vérité du crime ne pourra être admise qu'une fois entièrement prouvée. Suit que, jusqu'à la démonstration finale de son crime, l'inculpé doit être réputé innocent ; et que pour faire démonstration, le juge doit utiliser non des formes rituelles, mais des instruments communs, cette raison de tout le monde, qui est aussi bien celle des philosophes et des savants : « En théorie, je considère le magistrat comme un philosophe qui se propose de découvrir une vérité intéres-

1. G. de Mably, *De la législation, Œuvres complètes*, 1789, t. IX, p. 348.

sante... Sa sagacité lui fera saisir toutes les circonstances et tous les rapports, rapprocher ou séparer ce qui doit l'être pour juger sainement[1]. » L'enquête, exercice de la raison commune, dépouille l'ancien modèle inquisitorial, pour accueillir celui beaucoup plus souple (et doublement validé par la science et le sens commun) de la recherche empirique. Le juge sera comme un « pilote qui navigue entre les rochers » : « Quelles seront les preuves ou de quels indices pourra-t-on se contenter? C'est ce que ni moi ni personne n'a encore osé déterminer en général; les circonstances étant sujettes à varier à l'infini, les preuves et les indices devant se déduire de ces circonstances, il faut nécessairement que les indices et les preuves les plus claires varient en proportion[2]. » Désormais la pratique pénale va se trouver soumise à un régime commun de la vérité, ou plutôt à un régime complexe où s'enchevêtrent pour former l'« intime conviction » du juge des éléments hétérogènes de démonstration scientifique, d'évidences sensibles, et de sens commun. La justice pénale, si elle garde des formes qui garantissent son équité, peut s'ouvrir maintenant aux vérités de tous vents, pourvu qu'elles soient évidentes, bien établies, acceptables pour tous. Le rituel judiciaire n'est plus en lui-même formateur d'une vérité partagée. Il est replacé dans le champ de référence des preuves communes. Se noue alors, avec la multiplicité des discours scientifiques, un rapport difficile et infini, que la justice pénale n'est pas prête aujourd'hui de contrôler. Le maître de justice n'est plus le maître de sa vérité.

Règle de la spécification optimale. Pour que la sémiotique pénale recouvre bien tout le champ des illégalismes qu'on veut réduire, il faut que soient qualifiées toutes les infractions; il faut qu'elles soient classées et réunies en espèces qui ne laissent échapper aucun d'eux. Un code est donc nécessaire et qui soit suffisamment précis pour que chaque type d'infraction puisse y être clairement présent. Dans le silence de la loi, il ne faut pas que se précipite l'espoir de l'impunité. Il faut un code exhaustif et explicite, définissant les crimes,

1. G. Seigneux de Correvon, *Essai sur l'usage de la torture*, 1768, p. 49.
2. P. Risi, *Observations de jurisprudence criminelle*, trad. 1758, p. 53.

fixant les peines[1]. Mais le même impératif de recouvrement intégral par les effets-signes de la punition oblige à aller plus loin. L'idée d'un même châtiment n'a pas la même force pour tout le monde; l'amende n'est pas redoutable au riche, ni l'infamie à qui a déjà été exposé. La nocivité d'un délit et sa valeur d'induction ne sont pas les mêmes selon le statut de l'infracteur; le crime d'un noble est plus nocif pour la société que celui d'un homme du peuple[2]. Enfin puisque le châtiment doit empêcher la récidive, il faut bien qu'il tienne compte de ce qu'est en sa nature profonde le criminel, le degré présumable de sa méchanceté, la qualité intrinsèque de sa volonté : « De deux hommes qui ont commis le même vol, combien celui qui avait à peine le nécessaire est-il moins coupable que celui qui regorgeait du superflu? De deux parjures, combien celui auquel on travailla, dès l'enfance, à imprimer des sentiments d'honneur est-il plus criminel que celui qui, abandonné à la nature ne reçut jamais d'éducation[3]. » On voit poindre en même temps que la nécessité d'une classification parallèle des crimes et des châtiments, la nécessité d'une individualisation des peines, conforme aux caractères singuliers de chaque criminel. Cette individualisation va peser d'un poids très lourd dans toute l'histoire du droit pénal moderne; elle a là son point d'enracinement; sans doute en termes de théorie du droit et selon les exigences de la pratique quotidienne, elle est en opposition radicale avec le principe de la codification; mais du point de vue d'une économie du pouvoir de punir, et des techniques par lesquelles on veut mettre en circulation, dans tout le corps social, des signes de punition exactement ajustés, sans excès ni lacunes, sans « dépense » inutile de pouvoir mais sans timidité, on voit bien que la codification du système délits-châtiments et la modulation du couple criminel-punition vont de pair et s'appellent l'une l'autre. L'individualisation apparaît comme la visée ultime d'un code exactement adapté.

Or cette individualisation est très différente dans sa nature

1. Sur ce thème voir entre autres, S. Linguet, *Nécessité d'une réforme de l'administration de la justice criminelle*, 1764, p. 8.
2. P.L. de Lacretelle, *Discours sur les peines infamantes*, 1784, p. 144.
3. J.-P. Marat, *Plan de législation criminelle*, 1780, p. 34.

des modulations de la peine qu'on trouvait dans la jurisprudence ancienne. Celle-ci — et sur ce point elle était conforme à la pratique pénitentiaire chrétienne — utilisait pour ajuster le châtiment, deux séries de variables, celles de la « circonstance » et celles de l'« intention ». C'est-à-dire des éléments permettant de qualifier l'acte lui-même. La modulation de la peine relevait d'une « casuistique » au sens large [1]. Mais ce qui commence à s'esquisser maintenant, c'est une modulation qui se réfère à l'infracteur lui-même, à sa nature, à son mode de vie et de penser, à son passé, à la « qualité » et non plus à l'intention de sa volonté. On perçoit, mais comme une place laissée encore vide, le lieu où, dans la pratique pénale, le savoir psychologique viendra relever la jurisprudence casuistique. Bien sûr, en cette fin de XVIIIe siècle, on est loin encore de ce moment. Le lien code-individualisation est cherché dans les modèles scientifiques de l'époque. L'histoire naturelle offrait sans doute le schéma le plus adéquat : la taxinomie des espèces selon une gradation ininterrompue. On cherche à constituer un Linné des crimes et des peines, de manière que chaque infraction particulière, et chaque individu punissable, puissent tomber sans aucun arbitraire sous le coup d'une loi générale. « Il faut composer une table de tous les genres de crimes que l'on remarque dans différents pays. D'après le dénombrement des crimes, il faudra faire une division en espèces. La meilleure règle pour cette division est, ce me semble, de séparer les crimes pour les différences de leurs objets. Cette division doit être telle que chaque espèce soit bien distincte d'une autre, et que chaque crime particulier, considéré dans tous ses rapports soit placé entre celui qui doit le précéder et celui qui doit le suivre, et dans la plus juste gradation ; il faut que cette table soit telle enfin qu'elle puisse se rapprocher d'une autre table qui sera faite pour les peines et de manière qu'elles puissent répondre exactement l'une à l'autre [2]. » En théorie, ou en rêve plutôt, la double taxinomie des châtiments et des crimes peut résoudre le problème : comment appliquer des lois fixes à des individus singuliers ?

1. Sur le caractère non individualisant de la casuistique, cf. P. Cariou, *Les Idéalités casuistiques* (thèse dactyl.).
2. P.L. de Lacretelle, *Réflexions sur la législation pénale*, in *Discours sur les peines infamantes*, 1784, p. 351-352.

Mais loin de ce modèle spéculatif, des formes d'individualisation anthropologique étaient à la même époque en train de se constituer de manière encore très fruste. D'abord avec la notion de récidive. Non point que celle-ci ait été méconnue dans les anciennes lois criminelles[1]. Mais elle tend à devenir une qualification du délinquant lui-même susceptible de modifier la peine prononcée : d'après la législation de 1791, les récidivistes étaient passibles dans presque tous les cas d'un doublement de la peine; selon la loi de Floréal an X, ils devaient être marqués de la lettre R; et le Code pénal de 1810 leur infligeait soit le maximum de la peine, soit la peine immédiatement supérieure. Or, à travers la récidive, ce qu'on vise ce n'est pas l'auteur d'un acte défini par la loi, c'est le sujet délinquant, c'est une certaine volonté qui manifeste son caractère intrinsèquement criminel. Peu à peu, à mesure que la criminalité devient, à la place du crime, l'objet de l'intervention pénale, l'opposition entre primaire et récidiviste tendra à devenir plus importante. Et à partir de cette opposition, la renforçant sur bien des points, on voit à la même époque se former la notion de crime « passionnel » — crime involontaire, irréfléchi, lié à des circonstances extraordinaires, qui n'a pas certes l'excuse de la folie, mais qui promet de n'être jamais un crime d'habitude. Déjà Le Peletier faisait remarquer, en 1791, que la subtile gradation des peines qu'il présentait à la Constituante pouvait détourner du crime « le méchant qui de sang-froid médite une mauvaise action », et qui peut être retenu par l'appréhension de la peine; qu'elle est en revanche impuissante contre les crimes dus aux « violentes passions qui ne calculent pas »; mais que cela est de peu d'importance, de tels crimes ne trahissant chez leurs auteurs « aucune méchanceté raisonnée[2] ».

1. Contrairement à ce qu'ont dit Carnot ou F. Helie et Chauveau la récidive était très clairement sanctionnée dans bon nombre de lois de l'Ancien Régime. L'ordonnance de 1549 déclare que le malfaiteur qui recommence est un « être exécrable, infâme, éminemment pernicieux, à la chose publique »; les récidives de blasphème, de vol, de vagabondage, etc., étaient passibles de peines spéciales.

2. Le Peletier de Saint-Fargeau, *Archives parlementaires*, t. XXVI, p. 321-322. L'année suivante, Bellart prononce ce qu'on peut considérer comme la première plaidoirie pour un crime passionnel. C'est l'affaire Gras. Cf. *Annales du barreau moderne*, 1823, t. III, p. 34.

Sous l'humanisation des peines, ce qu'on trouve, ce sont toutes ces règles qui autorisent, mieux, qui exigent la « douceur », comme une économie calculée du pouvoir de punir. Mais elles appellent aussi un déplacement dans le point d'application de ce pouvoir : que ce ne soit plus le corps, avec le jeu rituel des souffrances excessives, des marques éclatantes dans le rituel des supplices; que ce soit l'esprit ou plutôt un jeu de représentations et de signes circulant avec discrétion mais nécessité et évidence dans l'esprit de tous. Non plus le corps, mais l'âme, disait Mably. Et on voit bien ce qu'il faut entendre par ce terme : le corrélatif d'une technique de pouvoir. On donne congé aux vieilles « anatomies » punitives. Mais est-on entré pour autant, et réellement, dans l'âge des châtiments incorporels?

*

Au point de départ, on peut donc placer le projet politique de quadriller exactement les illégalismes, de généraliser la fonction punitive, et de délimiter, pour le contrôle, le pouvoir de punir. Or, de là se dégagent deux lignes d'objectivation du crime et du criminel. D'un côté, le criminel désigné comme l'ennemi de tous, que tous ont intérêt à poursuivre, tombe hors du pacte, se disqualifie comme citoyen, et surgit, portant en lui comme un fragment sauvage de nature; il apparaît comme le scélérat, le monstre, le fou peut-être, le malade et bientôt l'« anormal ». C'est à ce titre qu'il relèvera un jour d'une objectivation scientifique, et du « traitement » qui lui est corrélatif. D'un autre côté, la nécessité de mesurer, de l'intérieur, les effets du pouvoir punitif prescrit des tactiques d'intervention sur tous les criminels, actuels ou éventuels : l'organisation d'un champ de prévention, le calcul des intérêts, la mise en circulation de représentations et de signes, la constitution d'un horizon de certitude et de vérité, l'ajustement des peines à des variables de plus en plus fines; tout cela conduit également à une objectivation des criminels et des crimes. Dans les deux cas, on voit que le rapport de pouvoir qui sous-tend l'exercice de la punition commence à se doubler d'une relation d'objet dans laquelle se trouvent pris non seulement le crime comme fait à établir selon des normes communes, mais le criminel comme individu à connaître selon des critères spécifiques. On voit aussi que cette relation d'objet ne vient pas se superposer, de l'extérieur, à la pratique punitive, comme ferait un interdit posé à la rage des supplices par les limites de la sensibilité, ou comme ferait une interrogation, rationnelle ou « scientifique » sur ce qu'est cet homme qu'on punit. Les processus d'objectivation naissent dans les tactiques mêmes du pouvoir et dans l'aménagement de son exercice.

Cependant ces deux types d'objectivation qui se dessinent avec les projets de réforme pénale sont très différents l'un de l'autre : par leur chronologie et par leurs effets. L'objectivation du criminel hors la loi, homme de nature, n'est encore qu'une virtualité, une ligne de fuite, où s'entrecroisent les thèmes de la critique politique et les figures de l'imaginaire. Il faudra attendre longtemps pour que l'*homo criminalis* devienne un objet défini dans un champ de connaissance. L'autre au contraire a eu des effets beaucoup plus rapides et décisifs dans la mesure où elle était liée plus directement à la réorganisation du pouvoir de punir : codification, définition des délits, tarification des peines, règles de procédure, définition du rôle des magistrats. Et aussi parce qu'il prenait appui sur le discours déjà constitué des Idéologues. Celui-ci donnait en effet, par la théorie des intérêts, des représentations et des signes, par les séries et les genèses qu'il reconstituait, une sorte de recette générale pour l'exercice du pouvoir sur les hommes : l'« esprit » comme surface d'inscription pour le pouvoir, avec la sémiologie pour instrument; la soumission des corps par le contrôle des idées; l'analyse des représentations, comme principe dans une politique des corps bien plus efficace que l'anatomie rituelle des supplices. La pensée des idéologues n'a pas été seulement une théorie de l'individu et de la société; elle s'est développée comme une technologie des pouvoirs subtils, efficaces et économiques, en opposition aux dépenses somptuaires du pouvoir des souverains. Écoutons encore une fois Servan : il faut que les idées de crime et de châtiment soient fortement liées et « se succèdent sans intervalle... Quand vous aurez ainsi formé la chaîne des idées dans la tête de vos citoyens, vous pourrez alors vous vanter de les conduire et d'être leurs maîtres. Un despote imbécile peut contraindre des esclaves avec des chaînes de fer ; mais un vrai politique les lie bien plus fortement par la chaîne de leurs propres idées ; c'est au plan fixe de la raison qu'il en attache le premier bout ; lien d'autant plus fort que nous en ignorons la texture et que nous le croyons notre ouvrage ; le désespoir et le temps rongent les liens de fer et d'acier, mais il ne peut rien contre l'union habituelle des idées, il ne fait que la resserrer davantage ; et sur les molles fibres du cerveau est fondée la base inébranlable des plus fermes Empires[1] ».

C'est cette sémiotechnique des punitions, ce « pouvoir idéologique » qui, pour une part au moins, va rester en suspens et sera relayé par une nouvelle anatomie politique où le corps, à nouveau, mais sous une forme inédite, sera le personnage principal. Et cette nouvelle anatomie politique permettra de recroiser les deux lignes d'objectivation divergentes qu'on voit se former au XVIIIe siècle : celle qui rejette le criminel « de l'autre côté » — du côté d'une nature contre nature ; et celle qui cherche à contrôler la délinquance par une économie calculée des punitions. Un coup d'œil sur le nouvel art de punir montre bien la relève de la sémiotechnique punitive par une nouvelle politique du corps.

1. J.M. Servan, *Discours sur l'administration de la justice criminelle*, 1767, p. 35.

CHAPITRE II

La douceur des peines

L'art de punir doit donc reposer sur toute une technologie de la représentation. L'entreprise ne peut réussir que si elle s'inscrit dans une mécanique naturelle. « Semblable à la gravitation des corps, une force secrète nous pousse toujours vers notre bien-être. Cette impulsion n'est affectée que par les obstacles que les lois lui opposent. Toutes les actions diverses de l'homme sont les effets de cette tendance intérieure. » Trouver pour un crime le châtiment qui convient, c'est trouver le désavantage dont l'idée soit telle qu'elle rende définitivement sans attrait l'idée d'un méfait. Art des énergies qui se combattent, art des images qui s'associent, fabrication de liaisons stables qui défient le temps : il s'agit de constituer des couples de représentation à valeurs opposées, d'instaurer des différences quantitatives entre les forces en présence, d'établir un jeu de signes-obstacles qui puissent soumettre le mouvement des forces à un rapport de pouvoir. « Que l'idée du supplice soit toujours présente au cœur de l'homme faible et domine le sentiment qui le pousse au crime[1]. » Ces signes-obstacles doivent constituer le nouvel arsenal des peines, comme les marques-vindictes organisaient les anciens supplices. Mais pour fonctionner, ils doivent obéir à plusieurs conditions.

1. Être aussi peu arbitraires que possible. Il est vrai que c'est la société qui définit, en fonction de ses intérêts propres, ce qui doit être considéré comme crime : celui-ci n'est donc

1. Beccaria, *Des délits et des peines*, éd. de 1856, p. 119.

pas naturel. Mais si on veut que la punition puisse sans difficulté se présenter à l'esprit dès qu'on pense au crime, il faut que de l'un à l'autre, le lien soit le plus immédiat possible : de ressemblance, d'analogie, de proximité. Il faut donner « à la peine toute la conformité possible avec la nature du délit, afin que la crainte d'un châtiment éloigne l'esprit de la route où la conduisait la perspective d'un crime avantageux[1] ». La punition idéale sera transparente au crime qu'elle sanctionne; ainsi pour celui qui la contemple, elle sera infailliblement le signe du crime qu'elle châtie; et pour celui qui rêve au crime, la seule idée du méfait réveillera le signe punitif. Avantage pour la stabilité de la liaison, avantage pour le calcul des proportions entre crime et châtiment et pour la lecture quantitative des intérêts; avantage aussi puisqu'en prenant la forme d'une suite naturelle, la punition n'apparaît pas comme l'effet arbitraire d'un pouvoir humain : « Tirer le délit du châtiment, c'est le meilleur moyen de proportionner la punition au crime. Si c'est là le triomphe de la justice, c'est aussi le triomphe de la liberté, puisque alors les peines ne venant plus de la volonté du législateur, mais de la nature des choses, on ne voit plus l'homme faire violence à l'homme[2]. » Dans la punition analogique, le pouvoir qui punit se cache.

Des peines qui soient naturelles par institution, et qui reprennent dans leur forme le contenu du crime, les réformateurs en ont proposé toute une panoplie. Vermeil par exemple : ceux qui abusent de la liberté publique, on les privera de la leur; on retirera leurs droits civils à ceux qui ont abusé des bienfaits de la loi et des privilèges des fonctions publiques; l'amende punira la concussion et l'usure; la confiscation punira le vol; l'humiliation, les délits de « vaine gloire »; la mort, l'assassinat; le bûcher, l'incendie. Quant à l'empoisonneur, « le bourreau lui présentera une coupe dont il lui jettera la liqueur sur la face, pour l'accabler de l'horreur de son forfait en lui en offrant l'image, et le renversera ensuite dans une chaudière d'eau bouillante[3] ». Simple rêverie?

1. *Ibid.*
2. J.-P. Marat, *Plan de législation criminelle*, 1780, p. 33.
3. F.M. Vermeil, *Essai sur les réformes à faire dans notre législation criminelle*, 1781, p. 68-145. Cf. également Ch.E. Dufriche de Valazé, *Des lois pénales*, 1784, p. 349.

Peut-être. Mais le principe d'une communication symbolique est clairement formulé encore par Le Peletier, lorsqu'il présente en 1791 la nouvelle législation criminelle : « Il faut des rapports exacts entre la nature du délit et la nature de la punition »; celui qui a été féroce dans son crime subira des douleurs physiques; celui qui aura été fainéant sera contraint à un travail pénible; celui qui a été abject subira une peine d'infamie[1].

Malgré des cruautés qui rappellent fort les supplices de l'Ancien Régime, c'est tout un autre mécanisme qui est à l'œuvre dans ces peines analogiques. On n'oppose plus l'atroce à l'atroce dans une joute de pouvoir; ce n'est plus la symétrie de la vengeance, c'est la transparence du signe à ce qu'il signifie; on veut, sur le théâtre des châtiments, établir un rapport immédiatement intelligible aux sens et qui puisse donner lieu à un calcul simple. Une sorte d'esthétique raisonnable de la peine. « Ce n'est pas seulement dans les beaux-arts qu'il faut suivre fidèlement la nature; les institutions politiques, du moins celles qui ont un caractère de sagesse et des éléments de durée sont fondées sur la nature[2]. » Que le châtiment découle du crime; que la loi ait l'air d'être une nécessité des choses, et que le pouvoir agisse en se masquant sous la force douce de la nature.

2. Ce jeu de signes doit mordre sur la mécanique des forces : diminuer le désir qui rend le crime attrayant, accroître l'intérêt qui fait que la peine est redoutable; inverser le rapport des intensités, faire en sorte que la représentation de la peine et de ses désavantages soit plus vive que celle du crime avec ses plaisirs. Toute une mécanique donc, de l'intérêt, de son mouvement, de la manière dont on se le représente et de la vivacité de cette représentation. « Le législateur doit être un architecte habile qui sache en même temps employer toutes les forces qui peuvent contribuer à la solidité de l'édifice et amortir toutes celles qui pourraient le ruiner[3]. »

Plusieurs moyens. « Aller droit à la source du mal[4]. »

1. Le Peletier de Saint-Fargeau, *Archives parlementaires*, t. XXVI, p. 321-322.
2. Beccaria, *Des délits et des peines*, 1856, p. 114.
3. *Ibid.*, p. 135.
4. Mably, *De la législation. Œuvres complètes*, IX, p. 246.

Briser le ressort qui anime la représentation du crime. Rendre sans force l'intérêt qui l'a fait naître. Derrière les délits de vagabondage, il y a la paresse; c'est elle qu'il faut combattre. « On ne réussira pas en enfermant les mendiants dans des prisons infectes qui sont plutôt des cloaques », il faudra les contraindre au travail. « Les employer, c'est le meilleur moyen de les punir[1]. » Contre une mauvaise passion, une bonne habitude; contre une force, une autre force, mais il s'agit de celle de la sensibilité et de la passion, non de celles du pouvoir avec ses armes. « Ne doit-on pas déduire toutes les peines de ce principe si simple, si heureux et déjà connu de les choisir dans ce qu'il y a de plus déprimant pour la passion qui a conduit au crime commis[2]? »

Faire jouer contre elle-même la force qui a porté vers le délit. Diviser l'intérêt, se servir de lui pour rendre la peine redoutable. Que le châtiment l'irrite et le stimule plus que la faute n'avait pu le flatter. Si l'orgueil a fait commettre un forfait, qu'on le blesse, qu'on le révolte par la punition. L'efficacité des peines infamantes, c'est de s'appuyer sur la vanité qui était à la racine du crime. Les fanatiques se font gloire et de leurs opinions et des supplices qu'ils endurent pour elles. Faisons donc jouer contre le fanatisme l'entêtement orgueilleux qui le soutient : « Le comprimer par le ridicule et par la honte; si on humilie l'orgueilleuse vanité des fanatiques devant une grande foule de spectateurs, on doit attendre d'heureux effets de cette peine. » Il ne servirait à rien, au contraire, de leur imposer des douleurs physiques[3].

Ranimer un intérêt utile et vertueux, dont le crime prouve combien il s'est affaibli. Le sentiment de respect pour la propriété — celle des richesses, mais aussi celle de l'honneur, de la liberté, de la vie — le malfaiteur l'a perdu quand il vole, calomnie, enlève ou tue. Il faut donc le lui réapprendre. Et on commencera à le lui enseigner pour lui-même : on lui fera éprouver ce que c'est que perdre la libre disposition de ses biens, de son honneur, de son temps et de son corps, pour qu'il la respecte à son tour chez les autres[4]. La peine qui

1. J.-P. Brissot, *Théorie des lois criminelles*, 1781, I, p. 258.

2. P.L. de Lacretelle, *Réflexions sur la législation pénale*, in *Discours sur les peines infamantes*, 1784, p. 361.

3. Beccaria, *Des délits et des peines*, p. 113.

4. G.E. Pastoret, *Des lois pénales*, 1790, I, p. 49.

forme des signes stables et facilement lisibles doit aussi recomposer l'économie des intérêts et la dynamique des passions.

3. Utilité par conséquent d'une modulation temporelle. La peine transforme, modifie, établit des signes, aménage des obstacles. Quelle serait son utilité si elle devait être définitive? Une peine qui n'aurait pas de terme serait contradictoire : toutes les contraintes qu'elle impose au condamné et dont, redevenu vertueux, il ne pourrait jamais profiter, ne seraient plus que des supplices; et l'effort fait pour le réformer serait peine et coût perdus du côté de la société. S'il y a des incorrigibles, il faut se résoudre à les éliminer. Mais pour tous les autres les peines ne peuvent fonctionner que si elles s'achèvent. Analyse acceptée par les Constituants : le Code de 1791 prévoit la mort pour les traîtres et les assassins; toutes les autres peines doivent avoir un terme (le maximum est de vingt ans).

Mais surtout le rôle de la durée doit être intégré à l'économie de la peine. Les supplices dans leur violence risquaient d'avoir ce résultat : plus le crime était grave, moins son châtiment était long. La durée intervenait bien dans l'ancien système des peines : journées de pilori, années de bannissement, heures passées à expirer sur la roue. Mais c'était un temps d'épreuve, non de transformation concertée. La durée doit permettre maintenant l'action propre du châtiment : « Une suite prolongée de privations pénibles en épargnant à l'humanité l'horreur des tortures affecte beaucoup plus le coupable qu'un instant passager de douleur... Elle renouvelle sans cesse aux yeux du peuple qui en est témoin le souvenir des lois vengeresses et fait revivre à tous les moments une terreur salutaire[1]. » Le temps, opérateur de la peine.

Or la fragile mécanique des passions ne veut pas qu'on les contraigne de la même façon ni avec la même insistance à mesure qu'elles se redressent; il est bon que la peine s'atténue avec les effets qu'elle produit. Elle peut bien être fixe, en ce

1. Le Peletier de Saint-Fargeau, *Archives parlementaires*, t. XXVI. Les auteurs qui renoncent à la peine de mort prévoient quelques peines définitives : J.-P. Brissot, *Théorie des lois criminelles*, 1781, p. 29-30. Ch.E. Dufriche de Valazé, *Des lois pénales*, 1784, p. 344 : prison perpétuelle pour ceux qui ont été jugés « irrémédiablement méchants ».

sens qu'elle est déterminée pour tous, de la même façon, par la loi ; son mécanisme interne doit être variable. Dans son projet à la Constituante, Le Peletier proposait des peines à intensité dégressive : un condamné à la peine la plus grave ne subira le cachot (chaîne aux pieds et aux mains, obscurité, solitude, pain et eau) que pendant une première phase ; il aura la possibilité de travailler deux puis trois jours par semaine. Aux deux tiers de sa peine, il pourra passer au régime de la « gêne » (cachot éclairé, chaîne autour de la taille, travail solitaire pendant cinq jours par semaine, mais en commun les deux autres jours ; ce travail lui sera payé et lui permettra d'améliorer son ordinaire). Enfin quand il approchera de la fin de sa condamnation il pourra passer au régime de la prison : « Il pourra tous les jours se réunir avec tous les autres prisonniers pour un travail commun. S'il le préfère, il pourra travailler seul. Sa nourriture sera ce que la rendra son travail[1]. »

4. Du côté du condamné, la peine, c'est une mécanique des signes, des intérêts et de la durée. Mais le coupable n'est qu'une des cibles du châtiment. Celui-ci regarde surtout les autres : tous les coupables possibles. Que ces signes-obstacles qu'on grave peu à peu dans la représentation du condamné circulent donc rapidement et largement ; qu'ils soient acceptés et redistribués par tous ; qu'ils forment le discours que chacun tient à tout le monde et par lequel tous s'interdisent le crime — la bonne monnaie qui se substitue, dans les esprits, au faux profit du crime.

Pour cela, il faut que le châtiment soit trouvé non seulement naturel, mais intéressant ; il faut que chacun puisse y lire son propre avantage. Plus de ces peines éclatantes, mais inutiles. Plus de peines secrètes, non plus ; mais que les châtiments puissent être regardés comme une rétribution que le coupable fait à chacun de ses concitoyens, pour le crime qui les a tous lésés : des peines « qui se remettent sans cesse sous les yeux des citoyens », et qui fassent « ressortir l'utilité publique des mouvements communs et particuliers[2] ». L'idéal serait que le condamné apparaisse comme une sorte

1. Le Peletier de Saint-Fargeau, *Archives parlementaires*, t. XXVI, p. 329-330.
2. Ch.E. Dufriche de Valazé, *Des lois pénales*, 1784, p. 346.

de propriété rentable : un esclave mis au service de tous. Pourquoi la société supprimerait-elle une vie et un corps qu'elle pourrait s'approprier? Il serait plus utile de le faire « servir l'État dans un esclavage qui serait plus ou moins étendu selon la nature de son crime » ; la France n'a que trop de chemins impraticables qui gênent le commerce; les voleurs qui eux aussi font obstacle à la libre circulation des marchandises n'auront qu'à reconstruire les routes. Plus que la mort, serait éloquent « l'exemple d'un homme qu'on a toujours sous les yeux, auquel on a ôté la liberté et qui est obligé d'employer le reste de sa vie pour réparer la perte qu'il a causée à la société[1] ».

Dans l'ancien système, le corps des condamnés devenait la chose du roi, sur laquelle le souverain imprimait sa marque et abattait les effets de son pouvoir. Maintenant, il sera plutôt bien social, objet d'une appropriation collective et utile. De là le fait que les réformateurs ont presque toujours proposé les travaux publics comme une des meilleures peines possibles; les Cahiers de doléances, d'ailleurs, les ont suivis : « Que les condamnés à quelque peine au-dessous de la mort, le soient aux travaux publics du pays, un temps proportionné à leur crime[2]. » Travail public voulant dire deux choses : intérêt collectif à la peine du condamné et caractère visible, contrôlable du châtiment. Le coupable, ainsi, paye deux fois : par le labeur qu'il fournit et par les signes qu'il produit. Au cœur de la société, sur les places publiques ou les grands chemins, le condamné est un foyer de profits et de significations. Visiblement, il sert à chacun; mais en même temps, il glisse dans l'esprit de tous le signe crime-châtiment : utilité seconde, purement morale celle-là, mais combien plus réelle.

5. D'où toute une économie savante de la publicité. Dans le supplice corporel, la terreur était le support de l'exemple : effroi physique, épouvante collective, images qui doivent se graver dans la mémoire des spectateurs, comme la marquer

1. A. Boucher d'Argis, *Observations sur les lois criminelles*, 1781, p. 139.

2. Cf. L. Masson, *La Révolution pénale en 1791*, p. 139. Contre le travail pénal on objectait cependant qu'il impliquait le recours à la violence (Le Peletier) ou la profanation du caractère sacré du travail (Duport). Rabaud Saint-Étienne fait adopter l'expression « travaux forcés » par opposition aux « travaux libres » qui appartiennent exclusivement aux hommes libres, *Archives parlementaires*, t. XXVI, p. 710 et suiv.

sur la joue ou l'épaule du condamné. Le support de l'exemple, maintenant, c'est la leçon, le discours, le signe déchiffrable, la mise en scène et en tableau de la moralité publique. Ce n'est plus la restauration terrifiante de la souveraineté qui va soutenir la cérémonie du châtiment, c'est la réactivation du Code, le renforcement collectif du lien entre l'idée du crime et l'idée de la peine. Dans la punition, plutôt que de voir la présence du souverain, on lira les lois elles-mêmes. Celles-ci avaient associé à tel crime tel châtiment. Aussitôt le crime commis et sans qu'on perde de temps, la punition viendra, mettant en acte le discours de la loi et montrant que le Code, qui lie les idées, lie aussi les réalités. La jonction, immédiate dans le texte, doit l'être dans les actes. « Considérez ces premiers moments où la nouvelle de quelque action atroce se répand dans nos villes et dans nos campagnes; les citoyens ressemblent à des hommes qui voient la foudre tomber auprès d'eux; chacun est pénétré d'indignation et d'horreur... Voilà le moment de châtier le crime : ne le laissez pas échapper; hâtez-vous de le convaincre et de le juger. Dressez des échafauds, des bûchers, traînez le coupable sur les places publiques, appelez le peuple à grands cris; vous l'entendrez alors applaudir à la proclamation de vos jugements, comme à celle de la paix et de la liberté; vous les verrez accourir à ces terribles spectacles comme au triomphe des lois[1]. » La punition publique est la cérémonie du recodage immédiat.

La loi se reforme, elle vient reprendre place à côté du forfait qui l'avait violée. Le malfaiteur en revanche est détaché de la société. Il la quitte. Mais non pas dans ces fêtes ambiguës d'Ancien Régime où le peuple fatalement prenait sa part ou du crime ou de l'exécution, mais dans une cérémonie de deuil. La société qui a retrouvé ses lois a perdu celui des citoyens qui les avait violées. La punition publique doit manifester cette double affliction : qu'on ait pu ignorer la loi, et qu'on soit obligé de se séparer d'un citoyen. « Liez au supplice l'appareil le plus lugubre et le plus touchant; que ce jour terrible soit pour la patrie un jour de deuil; que la douleur générale se peigne partout en grands caractères...

1. J.M. Servan, *Discours sur l'administration de la justice criminelle*, 1767, p. 35-36.

Que le magistrat couvert du crêpe funèbre annonce au peuple l'attentat et la triste nécessité d'une vengeance légale. Que les différentes scènes de cette tragédie frappent tous les sens, remuent toutes les affections douces et honnêtes[1]. »

Deuil dont le sens doit être clair pour tous ; chaque élément de son rituel doit parler, dire le crime, rappeler la loi, montrer la nécessité de la punition, justifier sa mesure. Affiches, écriteaux, signes, symboles doivent être multipliés, pour que chacun puisse apprendre les significations. La publicité de la punition ne doit pas répandre un effet physique de terreur; elle doit ouvrir un livre de lecture. Le Peletier proposait que le peuple, une fois par mois, puisse visiter les condamnés « dans leur douloureux réduit : il lira tracé en gros caractères, au-dessus de la porte du cachot, le nom du coupable, le crime et le jugement[2] ». Et dans le style naïf et militaire des cérémonies impériales, Bexon imaginera quelques années plus tard tout un tableau des armoiries pénales : « Le condamné à mort sera acheminé à l'échafaud dans une voiture "tendue ou peinte en noir entremêlé de rouge"; s'il a trahi, il aura une chemise rouge sur laquelle sera inscrit, devant et derrière, le mot "traître"; s'il est parricide, il aura la tête recouverte d'un voile noir et sur sa chemise seront brodés des poignards ou les instruments de mort dont il se sera servi ; s'il a empoisonné, sa chemise rouge sera ornée de serpents et d'autres animaux venimeux[3]. »

Cette lisible leçon, ce recodage rituel, il faut les répéter aussi souvent que possible; que les châtiments soient une école plutôt qu'une fête; un livre toujours ouvert plutôt qu'une cérémonie. La durée qui rend le châtiment efficace pour le coupable est utile aussi pour les spectateurs. Ils doivent pouvoir consulter à chaque instant le lexique permanent du crime et du châtiment. Peine secrète, peine à demi perdue. Il faudrait que dans les lieux où elle s'exécute les enfants puissent venir; ils y feraient leurs classes civiques. Et les hommes faits y réapprendraient périodiquement les lois.

1. Dufau, « Discours à la Constituante », *Archives parlementaires*, t. XXVI, p. 688.
2. *Ibid.*, p. 329-330.
3. S. Bexon, *Code de sûreté publique*, 1807, 2e partie, p. 24-25. Il s'agissait d'un projet présenté au roi de Bavière.

Concevons les lieux de châtiments comme un Jardin des Lois que les familles visiteraient le dimanche. « Je voudrais que de temps en temps, après avoir préparé les esprits par un discours raisonné sur la conservation de l'ordre social, sur l'utilité des châtiments, on conduisît les jeunes gens, les hommes mêmes aux mines, aux travaux, pour contempler le sort affreux des proscrits. Ces pèlerinages seraient plus utiles que ceux que font les Turcs à La Mecque[1]. » Et Le Peletier considérait que cette visibilité des châtiments était un des principes fondamentaux du nouveau Code pénal : « Souvent et à des temps marqués, la présence du peuple doit porter la honte sur le front du coupable; et la présence du coupable dans l'état pénible où l'a réduit son crime doit porter dans l'âme du peuple une instruction utile[2]. » Bien avant d'être conçu comme un objet de science, le criminel est rêvé comme élément d'instruction. Après la visite de charité pour partager la souffrance des prisonniers — le XVIIe siècle l'avait inventée ou reprise — on a rêvé de ces visites d'enfants venus apprendre comment le bienfait de la loi vient s'appliquer au crime : vivante leçon au museum de l'ordre.

6. Alors pourra s'inverser dans la société le traditionnel discours du crime. Grave souci pour les faiseurs de lois au XVIIIe siècle : comment éteindre la gloire douteuse des criminels? Comment faire taire l'épopée des grands malfaiteurs que chantent les almanachs, les feuilles volantes, les récits populaires? Si le recodage punitif est bien fait, si la cérémonie de deuil se déroule comme il faut, le crime ne pourra plus apparaître que comme un malheur et le malfaiteur comme un ennemi à qui on réapprend la vie sociale. Au lieu de ces louanges qui héroïsent le criminel, ne circuleront plus dans le discours des hommes que ces signes-obstacles qui arrêtent le désir du crime par la crainte calculée du châtiment. La mécanique positive jouera à plein dans le langage de tous les jours, et celui-ci la fortifiera sans cesse par des récits nouveaux. Le discours deviendra le véhicule de la loi : principe constant du recodage universel. Les poètes du peuple rejoindront enfin ceux qui s'appellent eux-mêmes les « mission-

1. J.-P. Brissot, *Théorie des lois criminelles*, 1781.
2. *Archives parlementaires*, t. XXVI, p. 322.

naires de l'éternelle raison »; ils se feront moralistes. « Tout rempli de ces terribles images et de ces idées salutaires, chaque citoyen viendra les répandre dans sa famille, et là par des longs récits faits avec autant de chaleur qu'avidement écoutés, ses enfants rangés autour de lui ouvriront leur jeune mémoire pour recevoir, en traits inaltérables, l'idée du crime et du châtiment, l'amour des lois et de la patrie, le respect et la confiance pour la magistrature. Les habitants des campagnes, témoins aussi de ces exemples, les sèmeront autour de leurs cabanes, le goût de la vertu s'enracinera dans ces âmes grossières tandis que le méchant consterné de la publique joie, effrayé de se voir tant d'ennemis, renoncera peut-être à des projets dont l'issue n'est pas moins prompte que funeste[1]. »

Voici donc comment il faut imaginer la cité punitive. Aux carrefours, dans les jardins, au bord des routes qu'on refait ou des ponts qu'on construit, dans des ateliers ouverts à tous, au fond des mines qu'on va visiter, mille petits théâtres de châtiments. A chaque crime, sa loi; à chaque criminel, sa peine. Peine visible, peine bavarde qui dit tout, qui explique, se justifie, convainc : écriteaux, bonnets, affiches, placards, symboles, textes lus ou imprimés, tout cela répète inlassablement le Code. Des décors, des perspectives, des effets d'optique, des trompe-l'œil parfois grossissent la scène, la rendent plus redoutable qu'elle n'est, mais plus claire aussi. D'où le public est placé, on peut croire à certaines cruautés qui, de fait, n'ont pas lieu. Mais l'essentiel, pour ces sévérités réelles ou amplifiées, c'est que, selon une stricte économie, elles fassent toutes leçon : que chaque châtiment soit un apologue. Et qu'en contrepoint de tous les exemples directs de vertu, on puisse à chaque instant rencontrer, comme une scène vivante, les malheurs du vice. Autour de chacune de ces « représentations » morales, les écoliers se presseront avec leurs maîtres et les adultes apprendront quelles leçons enseigner à leurs enfants. Non plus le grand rituel terrifiant des supplices, mais au fil des jours et des rues, ce théâtre sérieux, avec ses scènes multiples et persuasives. Et la mémoire

1. J.M. Servan, *Discours sur l'administration de la justice criminelle*, 1767, p. 37.

populaire reproduira dans ses rumeurs le discours austère de la loi. Mais peut-être sera-t-il besoin, au-dessus de ces mille spectacles et récits, de placer le signe majeur de la punition pour le plus terrible des crimes : la clef de voûte de l'édifice pénal. Vermeil en tout cas avait imaginé la scène de l'absolue punition qui devait dominer tous les théâtres du châtiment quotidien : le seul cas où on devait chercher à atteindre l'infini punitif. Un peu l'équivalent dans la nouvelle pénalité de ce qu'avait été le régicide dans l'ancienne. Le coupable aurait les yeux crevés; on le placerait dans une cage de fer, suspendue en plein air, au-dessus d'une place publique; il serait complètement nu; une ceinture de fer autour de la taille, il serait attaché aux barreaux; jusqu'à la fin de ses jours, on le nourrirait au pain et à l'eau. « Il serait ainsi exposé à toutes les rigueurs des saisons, tantôt le front couvert de neige, tantôt calciné par un soleil brûlant. C'est dans ce supplice énergique, présentant plutôt la prolongation d'une mort douloureuse que celle d'une vie pénible qu'on pourrait vraiment reconnaître un scélérat dévoué à l'horreur de la nature entière, condamné à ne plus voir le ciel qu'il a outragé et à ne plus habiter la terre qu'il a souillée[1]. » Au-dessus de la cité punitive, cette araignée de fer; et celui que doit crucifier ainsi la nouvelle loi, c'est le parricide.

*

Tout un arsenal de châtiments pittoresques. « Gardez-vous d'infliger les mêmes punitions », disait Mably. Est bannie l'idée d'une peine uniforme, modulée seulement d'après la gravité de la faute. Plus précisément : l'utilisation de la prison comme forme générale de châtiment n'est jamais présentée dans ces projets de peines spécifiques, visibles et parlantes. Sans doute, l'emprisonnement est prévu, mais parmi les autres peines; il est alors le châtiment spécifique de certains délits, ceux qui attentent à la liberté des individus

1. F.M. Vermeil, *Essai sur les réformes à faire dans notre législation criminelle*, 1781, p. 148-149.

(comme le rapt) ou ceux qui résultent de l'abus de la liberté (le désordre, la violence). Il est prévu aussi comme condition pour que certaines peines puissent être exécutées (le travail forcé, par exemple). Mais il ne recouvre pas tout le champ de la pénalité avec sa durée comme seul principe de variation. Mieux, l'idée d'un enfermement pénal est explicitement critiquée par beaucoup de réformateurs. Parce qu'il est incapable de répondre à la spécificité des crimes. Parce qu'il est dépourvu d'effets sur le public. Parce qu'il est inutile à la société, nuisible même : il est coûteux, il entretient les condamnés dans l'oisiveté, il multiplie leurs vices[1]. Parce que l'accomplissement d'une telle peine est difficile à contrôler et qu'on risque d'exposer les détenus à l'arbitraire de leurs gardiens. Parce que le métier de priver un homme de sa liberté et de le surveiller en prison est un exercice de tyrannie. « Vous exigez qu'il y ait parmi vous des monstres; et ces hommes odieux, s'ils existaient, le législateur devrait peut-être les traiter comme des assassins[2]. » La prison au total est incompatible avec toute cette technique de la peine-effet, de la peine-représentation, de la peine-fonction générale, de la peine-signe et discours. Elle est l'obscurité, la violence et le soupçon. « C'est un lieu de ténèbres où l'œil du citoyen ne peut compter les victimes, où par conséquent leur nombre est perdu pour l'exemple... Alors que si, sans multiplier les crimes, on peut multiplier l'exemple des châtiments, on parvient enfin à les rendre moins nécessaires; d'ailleurs l'obscurité des prisons devient un sujet de défiance pour les citoyens; ils supposent facilement qu'il s'y commet de grandes injustices... Il y a certainement quelque chose qui va mal, quand la loi qui est faite pour le bien de la multitude, au lieu d'exciter sa reconnaissance, excite continuellement ses murmures[3]. »

Que l'emprisonnement puisse comme aujourd'hui, entre la mort et les peines légères, recouvrir tout l'espace médian de la punition, c'est une idée que les réformateurs ne pouvaient pas avoir immédiatement.

Or, voici le problème : au bout de bien peu de temps, la

1. Cf. *Archives parlementaires*, t. XXVI, p. 712.
2. G. de Mably, *De la législation, Œuvres complètes*, 1789, t. IX, p. 338.
3. Ch.E. Dufriche de Valazé, *Des lois pénales*, 1784, p. 344-345.

détention est devenue la forme essentielle du châtiment. Dans le Code pénal de 1810, entre la mort et les amendes, il occupe, sous un certain nombre de formes, presque tout le champ des punitions possibles. « Qu'est-ce que le système de pénalité admis par la nouvelle loi ? C'est l'incarcération sous toutes ses formes. Comparez en effet les quatre peines principales qui restent dans le Code pénal. Les travaux forcés sont une forme de l'incarcération. Le bagne est une prison en plein air. La détention, la réclusion, l'emprisonnement correctionnel ne sont en quelque sorte que les noms divers d'un seul et même châtiment[1]. » Et cet emprisonnement, voulu par la loi, l'Empire avait décidé aussitôt de le transcrire dans la réalité, selon toute une hiérarchie pénale, administrative, géographique : au plus bas degré, associée à chaque justice de paix, des maisons de police municipale ; dans chaque arrondissement, des maisons d'arrêt ; dans tous les départements, une maison de correction ; au sommet, plusieurs maisons centrales pour les condamnés criminels ou ceux des correctionnels qui sont condamnés à plus d'un an ; enfin, dans quelques ports, les bagnes. Un grand édifice carcéral est programmé, dont les différents niveaux doivent s'ajuster exactement aux étages de la centralisation administrative. A l'échafaud où le corps du supplicié était exposé à la force rituellement manifestée du souverain, au théâtre punitif où la représentation du châtiment aurait été donnée en permanence au corps social, s'est substituée une grande architecture fermée, complexe et hiérarchisée qui s'intègre au corps même de l'appareil étatique. Une tout autre matérialité, une tout autre physique du pouvoir, une tout autre manière d'investir le corps des hommes. A partir de la Restauration et sous la monarchie de Juillet, c'est, à quelques écarts près, entre 40 et 43 000 détenus qu'on trouvera dans les prisons françaises (un prisonnier à peu près pour 600 habitants). Le haut mur, non plus celui qui entoure et protège, non plus celui qui manifeste, par son prestige, la puissance et la richesse, mais le mur soigneusement clos, infranchissable dans un sens et dans l'autre, et refermé sur le travail maintenant mystérieux de la punition,

1. Cf. M. de Rémusat, *Archives parlementaires*, t. LXXII, 1er décembre 1831, p. 185.

sera, tout près et parfois même au milieu des villes du XIXe siècle, la figure monotone, à la fois matérielle et symbolique, du pouvoir de punir. Déjà sous le Consulat, le ministre de l'Intérieur avait été chargé d'enquêter sur les différents lieux de sûreté qui fonctionnaient déjà ou qui pouvaient être utilisés dans les différentes villes. Quelques années plus tard, des crédits avaient été prévus pour construire, à hauteur du pouvoir qu'ils devaient représenter et servir, ces nouveaux châteaux de l'ordre civil. L'Empire les utilisa, en fait, pour une autre guerre[1]. Une économie moins somptuaire mais plus obstinée finit par les bâtir peu à peu au XIXe siècle.

En moins de vingt ans en tout cas, le principe si clairement formulé à la Constituante, de peines spécifiques, ajustées, efficaces, formant, dans chaque cas, leçon pour tous, est devenu la loi de détention pour toute infraction un peu importante, si du moins elle ne mérite pas la mort. A ce théâtre punitif, dont on rêvait au XVIIIe siècle, et qui aurait agi essentiellement sur l'esprit des justiciables, s'est substitué le grand appareil uniforme des prisons dont le réseau d'édifices immenses va s'étendre sur toute la France et l'Europe. Mais donner vingt ans comme chronologie à ce tour de passe-passe, c'est encore trop, peut-être. On peut dire qu'il a été presque instantané. Il suffit de regarder d'un peu près le projet de Code criminel présenté à la Constituante par Le Peletier. Le principe formulé au départ, c'est qu'il faut « des rapports exacts entre la nature du délit et la nature de la punition » : douleurs pour ceux qui ont été féroces, travail pour ceux qui ont été paresseux, infamie pour ceux dont l'âme est dégradée. Or, les peines afflictives qui sont effectivement proposées sont trois formes de détention : le cachot où la peine d'enfermement est aggravée de mesures diverses (concernant la solitude, la privation de lumière, les restrictions de nourriture); la « gêne » où ces mesures annexes sont atténuées, enfin la prison proprement dite, qui est réduite à l'enfermement pur et simple. La diversité, si solennellement promise, se réduit finalement à cette pénalité uniforme et grise. Il y eut d'ailleurs, sur le moment, des députés pour s'étonner qu'au lieu d'avoir établi un rapport de nature entre

1. Cf. E. Decazes, Rapport au roi sur les prisons, *Le Moniteur*, 11 avril 1819.

délits et peines, on ait suivi un tout autre plan : « De manière que si j'ai trahi mon pays, on m'enferme; si j'ai tué mon père, on m'enferme; tous les délits imaginables sont punis de la manière la plus uniforme. Il me semble voir un médecin qui pour tous les maux a le même remède[1]. »

Prompte substitution qui n'a pas été le privilège de la France. On la retrouve, toutes choses égales, dans les pays étrangers. Lorsque Catherine II, dans les années qui ont suivi immédiatement le traité *Des délits et des peines*, fait rédiger un projet pour un « nouveau code des lois », la leçon de Beccaria sur la spécificité et la variété des peines n'a pas été oubliée; elle est reprise presque mot à mot : « C'est le triomphe de la liberté civile lorsque les lois criminelles tirent chaque peine de la nature particulière de chaque crime. Alors tout l'arbitraire cesse; la peine ne dépend point du caprice du législateur, mais de la nature de la chose; ce n'est point l'homme qui fait violence à l'homme, mais la propre action de l'homme[2]. » Quelques années plus tard, ce sont bien toujours les principes généraux de Beccaria qui servent de fondement au nouveau code toscan et à celui donné par Joseph II à l'Autriche; et pourtant ces deux législations font de l'emprisonnement — modulé selon sa durée et aggravé dans certains cas par la marque ou les fers, une peine presque uniforme : trente ans au moins de détention pour attentat contre le souverain, pour fausse monnaie et pour assassinat compliqué de vol; de quinze à trente ans pour homicide volontaire ou pour vol à main armée; de un mois à cinq ans pour vol simple, etc.[3].

Mais si cette colonisation de la pénalité par la prison a de quoi surprendre, c'est que celle-ci n'était pas comme on l'imagine un châtiment qui aurait déjà été solidement installé dans le système pénal, juste au-dessous de la peine de mort, et qui tout naturellement aurait occupé la place laissée vide par la disparition des supplices. En fait la prison — et beaucoup de pays sur ce point étaient dans la même situation

1. Ch. Chabroud, *Archives parlementaires*, t. XXVI, p. 618.

2. Catherine II. *Instructions pour la commission chargée de dresser le projet du nouveau code des lois*, art. 67.

3. Une partie de ce Code a été traduite dans l'introduction à P. Colquhoun, *Traité sur la police de Londres*, traduction française, 1807, I, p. 84.

que la France — n'avait qu'une position restreinte et marginale dans le système des peines. Les textes le prouvent. L'ordonnance de 1670, parmi les peines afflictives, ne cite pas la détention. Sans doute, la prison perpétuelle ou temporaire avait-elle figuré parmi les peines dans certaines coutumes[1]. Mais on tient qu'elle tombe en désuétude comme d'autres supplices : « Il y avait autrefois des peines qui ne se pratiquent plus en France, comme d'écrire sur le visage ou le front d'un condamné sa peine, et la prison perpétuelle, comme aussi on ne doit pas condamner un criminel à être exposé aux bêtes féroces ni aux mines[2]. » Dans les faits, il est certain que la prison avait subsisté d'une manière tenace, pour sanctionner les fautes sans gravités, et cela au gré des coutumes ou habitudes locales. En ce sens Soulatges parlait des « peines légères » que l'ordonnance de 1670 n'avait pas mentionnées : le blâme, l'admonition, l'abstention de lieu, la satisfaction à personne offensée, et la prison à temps. Dans certaines régions, surtout celles qui avaient le mieux conservé leur particularisme judiciaire, la peine de prison avait encore une grande extension, mais la chose n'allait pas sans quelque difficulté, comme dans le Roussillon, récemment annexé.

Mais à travers ces divergences, les juristes tiennent fermement au principe que « la prison n'est pas regardée comme une peine dans notre droit civil[3] ». Son rôle, c'est d'être une prise de gage sur la personne et sur son corps : *ad continendos homines, non ad puniendos*, dit l'adage; en ce sens, l'emprisonnement d'un suspect a un peu le même rôle que celui d'un débiteur. Par la prison, on s'assure de quelqu'un, on ne le punit pas[4]. Tel est le principe général. Et si la prison joue bien parfois le rôle de peine, et dans des cas importants, c'est essentiellement à titre de substitut : elle remplace les galères

1. Cf. par exemple Coquille, *Coutume du Nivernais*.

2. G. du Rousseaud de la Combe, *Traité des matières criminelles*, 1741, p. 3.

3. F. Serpillon, *Code criminel*, 1767, t. III, p. 1095. On trouve cependant chez Serpillon l'idée que la rigueur de la prison est un début de peine.

4. C'est ainsi qu'il faut comprendre les nombreux règlements concernant les prisons, et qui portent sur les exactions des geôliers, la sûreté des locaux et l'impossibilité pour les prisonniers de communiquer. Par exemple, l'arrêt du parlement de Dijon du 21 septembre 1706. Cf. également F. Serpillon, *Code criminel*, 1767, t. III, p. 601-647.

pour ceux — femmes, enfants invalides — qui n'y peuvent servir : « La condamnation à être renfermé à temps ou à toujours dans une maison de force est équivalente à celle des galères[1]. » Dans cette équivalence, on voit bien se dessiner une relève possible. Mais pour qu'elle se fasse, il a fallu que la prison change de statut judirique.

Et il a fallu aussi que soit surmonté un second obstacle, qui, pour la France au moins, était considérable. La prison s'y trouvait en effet d'autant plus disqualifiée qu'elle était, dans la pratique, directement liée à l'arbitraire royal et aux excès du pouvoir souverain. Les « maisons de force », les hôpitaux généraux, les « ordres du roi » ou ceux du lieutenant de police, les lettres de cachet obtenues par les notables ou par les familles avaient constitué toute une pratique répressive, juxtaposée à la « justice régulière » et plus souvent encore opposée à elle. Et cet enfermement extra-judiciaire se trouvait rejeté aussi bien par les juristes classiques que par les réformateurs. Prison, fait du prince, disait un traditionaliste comme Serpillon qui s'abritait derrière l'autorité du président Bouhier : « Quoique les princes pour des raisons d'État se portent quelquefois à infliger cette peine, la justice ordinaire ne fait pas usage de ces sortes de condamnation[2]. » Détention, figure et instrument privilégié du despotisme, disent les réformateurs, dans d'innombrables déclamations : « Que dira-t-on de ces prisons secrètes imaginées par l'esprit fatal du monarchisme, réservées principalement ou pour les philosophes dans les mains desquels la nature a mis son flambeau et qui osent éclairer leur siècle, ou pour ces âmes fières et indépendantes qui n'ont pas la lâcheté de taire les maux de leur patrie; prisons dont de mystérieuses lettres ouvrent les funestes portes pour y ensevelir à jamais ses malheureuses victimes? Que dira-t-on même de ces lettres, chefs-d'œuvre d'une ingénieuse tyrannie, qui renversent le privilège qu'a tout citoyen d'être entendu avant d'être jugé, et

1. C'est ce que précise la déclaration du 4 mars 1724 sur les récidives de vol ou celle du 18 juillet 1724 à propos du vagabondage. Un jeune garçon, qui n'était pas en âge d'aller aux galères, restait dans une maison de force jusqu'au moment où on pouvait l'y envoyer, parfois pour y purger la totalité de sa peine. Cf. *Crime et criminalité en France sous l'Ancien Régime*, 1971, p. 266 et suiv.

2. F. Serpillon, *Code criminel*, 1767, t. III, p. 1095.

qui sont mille fois plus dangereuses pour les hommes que l'invention des Phalaris[1]... »

Sans doute ces protestations venues d'horizons si divers concernent non pas l'emprisonnement comme peine légale, mais l'utilisation « hors la loi » de la détention arbitraire et indéterminée. Il n'en demeure pas moins que la prison apparaissait, d'une façon générale, comme marquée par les abus du pouvoir. Et beaucoup de cahiers de doléances la rejettent comme incompatible avec une bonne justice. Tantôt au nom des principes juridiques classiques : « Les prisons, dans l'intention de la loi, étant destinées non pas à punir mais à s'assurer de leurs personnes[2]... » Tantôt au nom des effets de la prison qui punit déjà ceux qui ne sont pas encore condamnés, qui communique et généralise le mal qu'elle devrait prévenir et qui va contre le principe de l'individualité des peines en sanctionnant toute une famille; on dit que « la prison n'est pas une peine. L'humanité se soulève contre cette affreuse pensée que ce n'est pas une punition de priver un citoyen du plus précieux des biens, de le plonger ignominieusement dans le séjour du crime, de l'arracher à tout ce qu'il a de cher, de le précipiter peut-être dans la ruine et d'enlever non seulement à lui mais à sa malheureuse famille tous les moyens de subsistance[3] ». Et les cahiers, à plusieurs reprises, demandent la suppression de ces maisons d'internement : « Nous croyons que les maisons de force doivent être rasées[4]... » Et en effet le décret du 13 mars 1790 ordonne qu'on remette en liberté « toutes les personnes détenues dans les châteaux, maisons religieuses, maisons de force, maisons de police ou autres prisons quelconques, par lettres de cachet ou par ordre des agents du pouvoir exécutif ».

Comment la détention, si visiblement liée avec cet illégalisme qu'on dénonce jusque dans le pouvoir du prince, a-t-elle pu et en si peu de temps devenir une des formes les plus générales des châtiments légaux?

1. J.-P. Brissot, *Théorie des lois criminelles*, 1781, t. I, p. 173.

2. *Paris intra muros* (Noblesse), cité *in* A. Desjardin, *Les Cahiers de doléance et la justice criminelle*, p. 477.

3. Langres, « Trois Ordres », cité, *ibid.*, p. 483.

4. Briey, « Tiers État », cité, *ibid.*, p. 484. Cf. P. Goubert et M. Denis, *Les Français ont la parole*, 1964, p. 203. On trouve aussi dans les Cahiers des demandes pour le maintien de maisons de détention que les familles pourraient utiliser.

*

L'explication le plus souvent donnée, c'est la formation pendant l'âge classique de quelques grands modèles d'emprisonnement punitif. Leur prestige, d'autant plus grand que les plus récents venaient d'Angleterre et surtout d'Amérique, aurait permis de surmonter le double obstacle constitué par les règles séculaires du droit et le fonctionnement despotique de la prison. Très vite, ils auraient balayé les merveilles punitives imaginées par les réformateurs, et imposé la réalité sérieuse de la détention. L'importance de ces modèles a été grande, à n'en pas douter. Mais ce sont eux justement qui avant même de fournir la solution posent les problèmes : celui de leur existence et celui de leur diffusion. Comment ont-ils pu naître et surtout comment ont-ils pu être acceptés d'une façon si générale ? Car il est facile de montrer que s'ils présentent avec les principes généraux de la réforme pénale un certain nombre de conformité, ils leur sont sur beaucoup de points tout à fait hétérogènes, et parfois même incompatibles.

Le plus ancien de ces modèles, celui qui passe pour avoir de près ou de loin inspiré tous les autres, c'est le Rasphuis d'Amsterdam ouvert en 1596 [1]. Il était destiné en principe à des mendiants ou à de jeunes malfaiteurs. Son fonctionnement obéissait à trois grands principes : la durée des peines pouvait, du moins dans certaines limites, être déterminée par l'administration elle-même, selon la conduite du prisonnier (cette latitude pouvait d'ailleurs être prévue dans la sen-

1. Cf. Thorsten Sellin, *Pioneering in Penology*, 1944, qui donne une étude exhaustive du Rasphuis et du Spinhuis d'Amsterdam. On peut laisser de côté un autre « modèle » souvent cité au XVIIIe siècle. C'est celui proposé par Mabillon dans les *Réflexions sur les prisons des ordres religieux*, réédité en 1845. Il semble que ce texte ait été exhumé au XIXe siècle au moment où les catholiques disputaient aux protestants la place qu'ils avaient prise dans le mouvement de la philanthropie et dans certaines administrations. L'opuscule de Mabillon, qui semble être resté peu connu et sans influence, montrerait que « la première pensée du système pénitentiaire américain » est une « pensée toute monastique et française, quoi qu'on ait pu dire pour lui donner une origine genevoise ou pennsylvanienne » (L. Faucher).

tence : en 1597 un détenu était condamné à douze ans de prison, qui pouvaient être ramenés à huit, si son comportement donnait satisfaction). Le travail y était obligatoire, il se faisait en commun (d'ailleurs la cellule individuelle n'était utilisée qu'à titre de punition supplémentaire; les détenus dormaient 2 ou 3 par lit, dans les cellules contenant de 4 à 12 personnes); et pour le travail fait, les prisonniers recevaient un salaire. Enfin un emploi du temps strict, un système d'interdits et d'obligations, une surveillance continuelle, des exhortations, des lectures spirituelles, tout un jeu de moyens pour « attirer vers le bien » et « détourner du mal », encadrait les détenus au jour le jour. On peut prendre le Rasphuis d'Amsterdam comme une figure de base. Historiquement, il fait le lien entre la théorie, caractéristique du XVIe siècle, d'une transformation pédagogique et spirituelle des individus par un exercice continu, et les techniques pénitentiaires imaginées dans la seconde moitié du XVIIIe siècle. Et il a donné aux trois institutions qui sont alors mises en place les principes fondamentaux que chacune développera dans une direction particulière.

La maison de force de Gand a surtout organisé le travail pénal autour d'impératifs économiques. La raison donnée, c'est que l'oisiveté est la cause générale de la plupart des crimes. Une enquête — une des premières sans doute — faite sur les condamnés dans la juridiction d'Alost, en 1749, montre que les malfaiteurs n'étaient pas « des artisans ou des laboureurs (les ouvriers pensent uniquement au travail qui les nourrit), mais des fainéants voués à la mendicité [1] ». De là, l'idée d'une maison qui assurerait en quelque sorte la pédagogie universelle du travail pour ceux qui s'y montrent réfractaires. Quatre avantages : diminuer le nombre des poursuites

1. Vilan XIV, *Mémoire sur les moyens de corriger les malfaiteurs*, 1773, p. 64; ce mémoire, qui est lié à la fondation de la maison de force de Gand, est resté inédit jusqu'en 1841. La fréquence des peines de bannissement accentuait encore les rapports entre crime et vagabondage. En 1771, les États de Flandre constataient que « les peines de bannissement édictées contre les mendiants restent sans effet, attendu que les États se renvoient réciproquement les sujets qu'ils trouvent pernicieux chez eux. Il en résulte qu'un mendiant ainsi chassé d'endroit en endroit finira à se faire pendre alors que si on l'avait habitué au travail, il n'arriverait pas sur cette mauvaise voie » (L. Stoobant, in *Annales de la Société d'histoire de Gand*, t. III, 1898, p. 228. Cf. planche nº 15).

criminelles qui sont coûteuses à l'État (on pourrait ainsi économiser plus de 100 000 livres en Flandre); n'être plus obligé de faire des remises d'impôts aux propriétaires de bois ruinés par les vagabonds; former une foule d'ouvriers nouveaux, ce qui « contribuerait, par la concurrence à diminuer la main-d'œuvre »; enfin permettre aux vrais pauvres de bénéficier, sans partage, de la charité nécessaire[1]. Cette si utile pédagogie reconstituera chez le sujet paresseux le goût du travail, le replacera de force dans un système d'intérêts où le labeur sera plus avantageux que la paresse, formera autour de lui une petite société réduite, simplifiée et coercitive où apparaîtra clairement la maxime : qui veut vivre doit travailler. Obligation du travail, mais aussi rétribution qui permet au détenu d'améliorer son sort pendant et après la détention. « L'homme qui ne trouve point sa subsistance doit absolument se porter au désir de se la procurer par le travail; on la lui offre par la police et la discipline; on le force en quelque sorte à s'y livrer; l'appât du gain l'excite ensuite; corrigé dans ses mœurs, habitué à travailler, nourri sans inquiétude avec quelques profits qu'il préserve pour sa sortie », il a appris un métier « qui lui assure une subsistance sans danger[2] ». Reconstruction de l'*homo œconomicus*, qui exclut l'usage de peines trop brèves — ce qui empêcherait l'acquisition des techniques et du goût du travail, ou définitives — ce qui rendrait inutile tout apprentissage. « Le terme de six mois est trop court pour corriger les criminels, et les porter à l'esprit de travail »; en revanche, « le terme de la vie les désespère; ils sont indifférents à la correction des mœurs et à l'esprit de travail; ils ne sont occupés que des projets d'évasion et de révolte; et puisqu'on n'a pas jugé à propos de les priver de la vie, pourquoi chercherait-on à la leur rendre insupportable[3]? » La durée de la peine n'a de sens que par rapport à une correction possible, et à une utilisation économique des criminels corrigés.

Au principe du travail, le modèle anglais ajoute, comme condition essentielle à la correction, l'isolement. Le schéma en avait été donné en 1775, par Hanway, qui le justifiait

1. Vilan XIV, *Mémoire*, p. 68.
2. *Ibid.*, p. 107.
3. *Ibid.*, p. 102-103.

d'abord par des raisons négatives : la promiscuité dans la prison fournit de mauvais exemples et des possibilités d'évasion dans l'immédiat, de chantage ou de complicité pour l'avenir. La prison ressemblerait trop à une manufacture si on laissait les détenus travailler en commun. Les raisons positives ensuite : l'isolement constitue un « choc terrible » à partir duquel le condamné, échappant aux mauvaises influences, peut faire un retour sur soi et redécouvrir au fond de sa conscience la voix du bien ; le travail solitaire deviendra alors un exercice autant de conversion que d'apprentissage ; il ne reformera pas simplement le jeu d'intérêts propre à l'*homo œconomicus*, mais aussi les impératifs du sujet moral. La cellule, cette technique du monachisme chrétien et qui ne subsistait plus qu'en pays catholique, devient dans cette société protestante l'instrument par lequel on peut reconstituer à la fois l'*homo œconomicus* et la conscience religieuse. Entre le crime et le retour au droit et à la vertu, la prison constituera un « espace entre deux mondes », un lieu pour les transformations individuelles qui restitueront à l'État les sujets qu'il avait perdus. Appareil à modifier les individus que Hanway appelle un « réformatoire[1] ». Ce sont ces principes généraux que Howard et Blackstone mettent en œuvre en 1779 lorsque l'indépendance des États-Unis empêche les déportations et qu'on prépare une loi pour modifier le système des peines. L'incarcération, à des fins de transformation de l'âme et de la conduite, fait son entrée dans le système des lois civiles. Le préambule de la loi, rédigé par Blackstone et Howard, décrit l'emprisonnement individuel dans sa triple fonction d'exemple redoutable, d'instrument de conversion, et de condition pour un apprentissage : soumis « à une détention isolée, à un travail régulier et à l'influence de l'instruction religieuse » certains criminels pourraient « non seulement inspirer l'effroi à ceux qui seraient tentés de les imiter, mais encore se corriger eux-mêmes et contracter l'habitude du travail[2] ». D'où la décision de construire deux pénitenciers, un pour les hommes, un pour les femmes, où les détenus isolés seraient astreints « aux travaux les plus serviles et les

1. J. Hanway, *The Defects of Police*, 1775.
2. Préambule du Bill de 1779, cité par Julius, *Leçons sur les prisons*, trad. française 1831, I, p. 299.

plus compatibles avec l'ignorance, la négligence et l'obstination des criminels » : marcher dans une roue pour mouvoir une machine, fixer un cabestan, polir du marbre, battre du chanvre, râper du bois de campêche, hacher des chiffons, faire des cordages et des sacs. De fait un seul pénitencier fut construit, celui de Gloucester et qui ne répondait que partiellement au schéma initial : confinement total pour les criminels les plus dangereux; pour les autres, travail de jour en commun et séparation la nuit.

Enfin, le modèle de Philadelphie. Le plus célèbre sans doute parce qu'il apparaissait lié aux innovations politiques du système américain et aussi parce qu'il ne fut pas voué comme les autres à l'échec immédiat et à l'abandon; il fut continûment repris et transformé jusqu'aux grandes discussions des années 1830 sur la réforme pénitentiaire. Sur bien des points, la prison de Walnut Street, ouverte en 1790, sous l'influence directe des milieux quaker, reprenait le modèle de Gand et de Gloucester[1]. Travail obligatoire en ateliers, occupation constante des détenus, financement de la prison par ce travail, mais aussi rétribution individuelle des prisonniers pour assurer leur réinsertion morale et matérielle dans le monde strict de l'économie; les condamnés sont donc « constamment employés à des travaux productifs pour leur faire supporter les frais de la prison, pour ne pas les laisser dans l'inaction et pour leur préparer quelques ressources au moment où leur captivité devra cesser[2] ». La vie est donc quadrillée selon un emploi du temps absolument strict, sous une surveillance ininterrompue; chaque instant de la journée reçoit son affectation, prescrit un type d'activité, et porte avec soi ses obligations et ses interdictions : « Tous les prisonniers se lèvent à la pointe du jour, de manière qu'après avoir fait leurs lits, s'être nettoyés, et lavés, et avoir vaqué à d'autres nécessités, ils commencent généralement leur travail au lever du soleil. Dès ce moment, aucun ne peut aller dans les salles

1. Les quakers connaissaient également à coup sûr le Rasphuis et le Spinhuis d'Amsterdam. Cf. T. Sellin, *Pioneering in Penology*, p. 109-110. De toute façon la prison de Walnut Street était dans la continuité de l'Almhouse ouverte en 1767 et de la législation pénale que les quakers avaient voulu imposer malgré l'administration anglaise.

2. G. de La Rochefoucauld-Liancourt, *Des prisons de Philadelphie*, 1796, p. 9.

ou autres endroits, si ce n'est aux ateliers et lieux assignés à leurs travaux... A la chute du jour, on sonne une cloche qui les avertit de quitter leur travail... On leur donne une demi-heure pour arranger leurs lits, après quoi on ne leur permet plus de converser haut et de faire le moindre bruit[1]. » Comme à Gloucester, le confinement solitaire n'est pas total; il l'est pour certains condamnés qui autrefois auraient encouru la mort, et pour ceux qui à l'intérieur de la prison méritent une punition spéciale : « Là, sans occupation, sans rien pour le distraire, dans l'attente et l'incertitude du moment où il est délivré », le prisonnier passe « de longues heures anxieuses, enfermé dans les réflexions qui sont présentes à l'esprit de tous les coupables[2] ». Comme à Gand enfin la durée de l'emprisonnement peut varier avec la conduite du détenu : les inspecteurs de la prison, après consultation du dossier, obtiennent des autorités — et cela sans difficulté jusque vers les années 1820 — la grâce des détenus qui se sont bien comportés.

Walnut Street comporte en outre un certain nombre de traits qui lui sont spécifiques, ou qui du moins développent ce qui était virtuellement présent dans les autres modèles. D'abord le principe de la non-publicité de la peine. Si la condamnation et ce qui l'a motivée doivent être connus de tous, l'exécution de la peine, en revanche, doit se faire dans le secret; le public n'a pas à intervenir ni comme témoin, ni comme garant de la punition; la certitude que, derrière les murs, le détenu accomplit sa peine doit suffire à constituer un exemple : plus de ces spectacles de rues auxquels la loi de 1786 avait donné lieu en imposant à certains condamnés des travaux publics à exécuter dans les villes ou sur les routes[3]. Le châtiment et la correction qu'il doit opérer sont des

1. J. Turnbull, *Visite à la prison de Philadelphie*, trad. française, 1797, p. 15-16.

2. Caleb Lownes, *in* N. K. Teeters, *Gradle of penitentiary*, 1955 p. 49.

3. Sur les désordres provoqués par cette loi, cf. B. Rush, *An inquiry into the effects of public punishments*, 1787, p. 5-9, et Roberts Vaux, *Notices*, p. 45. Il faut noter que dans le rapport de J.-L. Siegel qui avait inspiré le Rasphuis d'Amsterdam, il était prévu que les peines ne seraient pas proclamées publiquement, que les prisonniers seraient amenés la nuit à la maison de correction, que les gardiens s'engageraient sous serment à ne pas révéler leur identité et qu'aucune visite ne serait permise (T. Sellin, *Pioneering in Penology*, p. 27-28).

processus qui se déroulent entre le prisonnier et ceux qui le surveillent. Processus qui imposent une transformation de l'individu tout entier — de son corps et de ses habitudes par le travail quotidien auquel il est contraint, de son esprit et de sa volonté, par les soins spirituels dont il est l'objet : « Des Bibles, et d'autres livres de religion pratique sont fournis; le clergé des différentes obédiences qu'on trouve dans la ville et les faubourgs, assure le service une fois par semaine et toute autre personne édifiante peut avoir tout le temps accès aux prisonniers[1]. » Mais l'administration elle-même a pour rôle d'entreprendre cette transformation. La solitude et le retour sur soi ne suffisent pas; non plus que les exhortations purement religieuses. Un travail sur l'âme du détenu doit être fait aussi souvent que possible. La prison, appareil administratif, sera en même temps une machine à modifier les esprits. Quand le détenu entre, on lui lit le règlement; « en même temps, les inspecteurs cherchent à fortifier en lui les obligations morales où il est; ils lui représentent l'infraction où il est tombé à leur égard, le mal qui en est conséquemment résulté pour la société qui le protégeait et la nécessité de faire une compensation par son exemple et son amendement. Ils l'engagent ensuite à faire son devoir avec gaieté, à se conduire décemment, en lui promettant ou en lui faisant espérer qu'avant l'expiration du terme de la sentence, il pourra obtenir son élargissement, s'il se comporte bien... De temps à autre les inspecteurs se font un devoir de converser avec les criminels l'un après l'autre, relativement à leurs devoirs comme hommes et comme membres de la société[2] ».

Mais le plus important sans doute, c'est que ce contrôle et cette transformation du comportement s'accompagnent — à la fois condition et conséquence — de la formation d'un savoir des individus. En même temps que le condamné lui-même, l'administration de Walnut Street reçoit un rapport sur son crime, sur les circonstances dans lesquelles il a été commis, un résumé de l'interrogatoire de l'inculpé, des notes sur la manière dont il s'est conduit avant et après la sentence. Autant d'éléments indispensables si on veut

1. Premier rapport des inspecteurs de Walnut Street, cité par Teeters, p. 53-54.

2. J. Turnbull, *Visite à la prison de Philadelphie*, trad. 1797, p. 27.

« déterminer quels seront les soins nécessaires pour détruire ses anciennes habitudes[1] ». Et pendant tout le temps de la détention il sera observé; on notera sa conduite au jour le jour, et les inspecteurs — douze notables de la ville désignés en 1795 — qui, deux par deux, visitent la prison chaque semaine, doivent s'informer de ce qui s'est passé, prendre connaissance de la conduite de chaque condamné et désigner ceux dont on demandera la grâce. Cette connaissance des individus, continuellement mise à jour, permet de les répartir dans la prison moins en fonction de leurs crimes que des dispositions dont ils font preuve. La prison devient une sorte d'observatoire permanent qui permet de distribuer les variétés du vice ou de la faiblesse. A partir de 1797, les prisonniers étaient divisés en quatre classes : la première pour ceux qui ont été explicitement condamnés au confinement solitaire, ou qui ont commis dans la prison des fautes graves; une autre est réservée à ceux qui sont « bien connus pour être de vieux délinquants... ou dont la morale dépravée, le caractère dangereux, les dispositions irrégulières ou la conduite désordonnée » se sont manifestés pendant le temps où ils étaient en prison; une autre pour ceux « dont le caractère et les circonstances, avant et après la condamnation font croire que ce ne sont pas des délinquants habituels ». Enfin il existe une section spéciale, une classe de probation pour ceux dont le caractère n'est pas encore connu, ou qui, s'ils sont mieux connus, ne méritent pas d'entrer dans la catégorie précédente[2]. Tout un savoir individualisant s'organise qui prend pour domaine de référence non pas tellement le crime commis (du moins à l'état isolé) mais la virtualité de dangers que recèle un individu et qui se manifeste dans la conduite quotidiennement observée. La prison fonctionne là comme un appareil de savoir.

1. B. Rush, qui fut un des inspecteurs, note ceci après une visite à Walnut Street : « Soins moraux : prêche, lecture de bons livres, propreté des vêtements et des chambres, bains; on n'élève pas la voix, peu de vin, aussi peu de tabac que possible, peu de conversation obscène ou profane. Travail constant; on s'occupe du jardin; il est beau : 1 200 têtes de choux. » In N.K. Teeters, *The cradle of penitentiary*, 1935, p. 50.

2. Minutes of the Board, 16 juin 1797, cité *in* N.K. Teeters, *loc. cit.*, p. 59.

*

Entre cet appareil punitif que proposent les modèles flamand, anglais, américain — entre ces « réformatoires » et tous les châtiments imaginés par les réformateurs, on peut établir les points de convergence et les disparités.

Points de convergence. En premier lieu, le retournement temporel de la punition. Les « réformatoires » se donnent pour fonction, eux aussi, non pas d'effacer un crime, mais d'éviter qu'il recommence. Ce sont des dispositifs tournés vers l'avenir, et qui sont aménagés pour bloquer la répétition du méfait. « L'objet des peines n'est pas l'expiation du crime dont il faut laisser la détermination à l'Être suprême; mais de prévenir les délits de la même espèce[1]. » Et en Pennsylvanie Buxton affirmait que les principes de Montesquieu et de Beccaria devaient avoir maintenant « force d'axiomes », « la prévention des crimes est la seule fin du châtiment[2] ». On ne punit donc pas pour effacer un crime, mais pour transformer un coupable (actuel ou virtuel); le châtiment doit porter avec lui une certaine technique corrective. Là encore, Rush est tout proche des juristes réformateurs — n'était, peut-être, la métaphore qu'il emploie — lorsqu'il dit : on a bien inventé des machines qui facilitent le travail; combien davantage devrait-on louer celui qui inventerait « les méthodes les plus rapides et les plus efficaces pour ramener à la vertu et au bonheur la part la plus vicieuse de l'humanité et pour extirper une partie du vice qui est dans le monde[3] ». Enfin les modèles anglo-saxons, comme les projets des législateurs et des théoriciens, appellent des procédés pour singulariser la

1. W. Blackstone, *Commentaire sur le Code criminel d'Angleterre*, trad. française, 1776, p. 19.

2. W. Bradford, *An inquiry how far the punishment of death is necessary in Pennsylvania*, 1793, p. 3.

3. B. Rush, *An inquiry into the effects of public punishments*, 1787, p. 14. Cette idée d'un appareil à transformer se trouve déjà chez Hanway dans le projet d'un « réformatoire » : « L'idée d'hôpital et celle de malfaiteur sont incompatibles; mais essayons de faire de la prison un réformatoire *(reformatory)* authentique et efficace, au lieu qu'elle soit comme les autres une école de vice. » (*Defects of police*, p. 52.)

peine : dans sa durée, sa nature, son intensité, la manière dont il se déroule, le châtiment doit être ajusté au caractère individuel, et à ce qu'il porte avec lui de danger pour les autres. Le système des peines doit être ouvert aux variables individuelles. Dans leur schéma général, les modèles plus ou moins dérivés du Rasphuis d'Amsterdam n'étaient pas en contradiction avec ce que proposaient les réformateurs. On pourrait même penser au premier regard qu'ils n'en étaient que le développement — ou l'esquisse — au niveau des institutions concrètes.

Et pourtant la disparité éclate dès qu'il s'agit de définir les techniques de cette correction individualisante. Là où se fait la différence, c'est dans la procédure d'accès à l'individu, la manière dont le pouvoir punitif se donne prise sur lui, les instruments qu'il met en œuvre pour assurer cette transformation; c'est dans la technologie de la peine, non pas dans son fondement théorique; dans le rapport qu'elle établit au corps et à l'âme, et non pas dans la manière dont elle s'insère à l'intérieur du système du droit.

Soit la méthode des réformateurs. Le point sur lequel porte la peine, ce par quoi elle a prise sur l'individu? Les représentations : représentation de ses intérêts, représentation de ses avantages, des désavantages, de son plaisir, et de son déplaisir; et s'il arrive au châtiment de s'emparer du corps, de lui appliquer des techniques qui n'ont rien à envier aux supplices, c'est dans la mesure où il est — pour le condamné et pour les spectateurs — un objet de représentation. L'instrument par lequel on agit sur les représentations? D'autres représentations, ou plutôt des couplages d'idées (crime-punition, avantage imaginé du crime-désavantage perçu des châtiments); ces appariements ne peuvent fonctionner que dans l'élément de la publicité : scènes punitives qui les établissent ou les renforcent aux yeux de tous, discours qui les font circuler et revalorisent à chaque instant le jeu des signes. Le rôle du criminel dans la punition, c'est de réintroduire, en face du code et des crimes, la présence réelle du signifié — c'est-à-dire de cette peine qui selon les termes du code doit être infailliblement associée à l'infraction. Produire en abondance et à l'évidence ce signifié, réactiver par là le système signifiant du code, faire fonctionner l'idée de crime comme un signe de punition, c'est de cette monnaie-là que le malfaiteur paie sa dette à la société. La correction individuelle doit donc assurer le processus de requalification de l'individu comme sujet de droit, par le renforcement des systèmes de signes et des représentations qu'ils font circuler.

L'appareil de la pénalité corrective agit de façon tout autre. Le point d'application de la peine, ce n'est pas la représentation, c'est le corps, c'est le temps, ce sont les gestes et les activités de tous les jours; l'âme aussi, mais dans la mesure où elle est le siège d'habitudes. Le corps et l'âme, comme principes des comportements, forment l'élément qui est maintenant proposé à l'intervention punitive. Plutôt que sur un art de représentations, celle-ci doit reposer sur une manipulation réfléchie de l'individu : « Tout crime a sa guérison dans l'influence physique et morale »; il faut donc pour déterminer les châtiments « connaître le principe des sensations et des sympathies qui se produisent dans le système nerveux[1] ». Quant aux instruments utilisés, ce ne sont plus des jeux de représentation qu'on renforce et qu'on fait circuler; mais des formes de coercition, des schémas de contrainte appliqués et répétés. Des exercices, non des signes : horaires, emplois du temps, mouvements obligatoires, activités régulières, méditation solitaire, travail en commun, silence, application, respect, bonnes habitudes. Et finalement ce qu'on essaie de reconstituer dans cette technique de correction, ce n'est pas tellement le sujet de droit, qui se trouve pris dans les intérêts fondamentaux du pacte social; c'est le sujet obéissant, l'individu, assujetti à des habitudes, des règles, des ordres, une autorité qui s'exerce continûment autour de lui et sur lui, et qu'il doit laisser fonctionner automatiquement en lui. Deux manières, donc, bien distinctes de réagir à l'infraction : reconstituer le sujet juridique du pacte social — ou former un sujet d'obéissance plié à la forme à la fois générale et méticuleuse d'un pouvoir quelconque.

Tout cela ne ferait peut-être qu'une différence bien spéculative — puisque au total il s'agit dans les deux cas de former des individus soumis — si la pénalité « de coercition »

1. B. Rush, *An inquiry into the effects of public punishments*, 1787, p. 13.

n'emportait avec elle quelques conséquences capitales. Le dressage de la conduite par le plein emploi du temps, l'acquisition des habitudes, les contraintes du corps impliquent entre celui qui est puni et celui qui le punit un rapport bien particulier. Rapport qui ne rend pas simplement inutile la dimension du spectacle : il l'exclut[1]. L'agent de punition doit exercer un pouvoir total, qu'aucun tiers ne peut venir perturber; l'individu à corriger doit être entièrement enveloppé dans le pouvoir qui s'exerce sur lui. Impératif du secret. Et donc aussi autonomie au moins relative de cette technique de punition : elle devra avoir son fonctionnement, ses règles, ses techniques, son savoir; elle devra fixer ses normes, décider de ses résultats : discontinuité, ou en tout cas spécificité par rapport au pouvoir judiciaire qui déclare la culpabilité et fixe les limites générales de la punition. Or ces deux conséquences — secret et autonomie dans l'exercice du pouvoir de punir — sont exorbitantes pour une théorie et une politique de la pénalité qui se proposaient deux buts : faire participer tous les citoyens au châtiment de l'ennemi social; rendre l'exercice du pouvoir de punir entièrement adéquat et transparent aux lois qui publiquement le délimitent. Des châtiments secrets et non codés par la législation, un pouvoir de punir s'exerçant dans l'ombre selon des critères et avec des instruments qui échappent au contrôle — c'est toute la stratégie de la réforme qui risque d'être compromise. Après la sentence se constitue un pouvoir qui fait penser à celui qui s'exerçait dans l'ancien système. Le pouvoir qui applique les peines menace d'être aussi arbitraire, aussi despotique que celui qui autrefois en décidait.

Au total, la divergence est celle-ci : cité punitive ou institution coercitive? D'un côté, un fonctionnement du pouvoir pénal, réparti dans tout l'espace social; présent partout comme scène, spectacle, signe, discours; lisible comme à livre ouvert; opérant par une recodification permanente de l'esprit des citoyens; assurant la répression du crime par ces obstacles mis à l'idée du crime; agissant de manière invisible et inutile sur les « fibres molles du cerveau », comme disait

1. Cf. les critiques que Rush adressait aux spectacles punitifs, en particulier à ceux qu'avait imaginés Dufriche de Valazé, *An Inquiry into the effects of public punishments*, 1787, p. 5-9.

Servan. Un pouvoir de punir qui courrait tout au long du réseau social, agirait en chacun de ses points, et finirait par ne plus être perçu comme pouvoir de certains sur certains, mais comme réaction immédiate de tous à l'égard de chacun. De l'autre, un fonctionnement compact du pouvoir de punir : une prise en charge méticuleuse du corps et du temps du coupable, un encadrement de ses gestes, de ses conduites par un système d'autorité et de savoir; une orthopédie concertée qu'on applique aux coupables afin de les redresser individuellement; une gestion autonome de ce pouvoir qui s'isole aussi bien du corps social que du pouvoir judiciaire proprement dit. Ce qui est engagé dans l'émergence de la prison, c'est l'institutionnalisation du pouvoir de punir, ou plus précisément : le pouvoir de punir (avec l'objectif stratégique qu'il s'est donné à la fin du XVIIIe siècle, la réduction des illégalismes populaires) sera-t-il mieux assuré en se cachant sous une fonction sociale générale, dans la « cité punitive », ou en s'investissant dans une institution coercitive, dans le lieu clos du « réformatoire »?

En tout cas, on peut dire qu'on se trouve à la fin du XVIIIe siècle devant trois manières d'organiser le pouvoir de punir. La première, c'est celle qui fonctionnait encore et qui prenait appui sur le vieux droit monarchique. Les autres se réfèrent toutes deux à une conception préventive, utilitaire, corrective d'un droit de punir qui appartiendrait à la société tout entière; mais elles sont très différentes l'une de l'autre, au niveau des dispositifs qu'elles dessinent. En schématisant beaucoup, on peut dire que, dans le droit monarchique, la punition est un cérémonial de souveraineté; elle utilise les marques rituelles de la vengeance qu'elle applique sur le corps du condamné; et elle déploie aux yeux des spectateurs un effet de terreur d'autant plus intense qu'est discontinue, irrégulière et toujours au-dessus de ses propres lois, la présence physique du souverain et de son pouvoir. Dans le projet des juristes réformateurs, la punition est une procédure pour requalifier les individus comme sujets, de droit; elle utilise non des marques, mais des signes, des ensembles codés de représentations, dont la scène de châtiment doit assurer la circulation la plus rapide, et l'acceptation la plus universelle possible. Enfin dans le projet d'institution carcérale qui s'élabore, la punition est une technique de coercition des individus; elle met en œuvre des procédés de dressage du corps — non des signes — avec les traces qu'il laisse, sous forme d'habitudes, dans le comportement; et elle suppose la mise en place d'un pouvoir spécifique de gestion de la peine. Le souverain et sa force, le corps social, l'appareil administratif. La marque, le signe, la trace. La cérémonie, la représentation, l'exercice. L'ennemi vaincu, le sujet de droit en voie de requalification, l'individu assujetti à une coercition immédiate. Le corps qu'on supplicie, l'âme dont on manipule les représentations, le corps qu'on dresse : on a là trois séries d'éléments qui caractérisent les trois dispositifs affrontés les uns aux autres dans la dernière moitié du XVIIIe siècle. On ne peut les réduire ni à des théories du droit (bien qu'ils les recoupent) ni les identifier à des appareils ou à des institutions (bien qu'ils prennent appui sur eux) ni les faire dériver de choix moraux (bien qu'ils y trouvent leur justification). Ce sont des modalités selon lesquelles s'exerce le pouvoir de punir. Trois technologies de pouvoir.

Le problème est alors celui-ci : comment se fait-il que le troisième se soit finalement imposé? Comment le modèle coercitif, corporel, solitaire, secret, du pouvoir de punir s'est-il substitué au modèle représentatif, scénique, signifiant, public, collectif? Pourquoi l'exercice physique de la punition (et qui n'est pas le supplice) s'est-il substitué, avec la prison qui en est le support institutionnel, au jeu social des signes de châtiment, et de la fête bavarde qui les faisait circuler?

III

DISCIPLINE

CHAPITRE PREMIER

Les corps dociles

Voici la figure idéale du soldat telle qu'elle était décrite encore au début du XVIIe siècle. Le soldat, c'est d'abord quelqu'un qui se reconnaît de loin; il porte des signess : les signes naturels de sa vigueur et de son courage, les marques aussi de sa fierté; son corps, c'est le blason de sa force et de sa vaillance; et s'il est vrai qu'il doit apprendre peu à peu le métier des armes — essentiellement en se battant —, des manœuvres comme la marche, des attitudes comme le port de tête relèvent pour une bonne part d'une rhétorique corporelle de l'honneur : « Les signes pour reconnaître les plus idoines à ce métier sont les gens vifs et éveillés, la tête droite, l'estomac élevé, les épaules larges, les bras longs, les doigts forts, le ventre petit, les cuisses grosses, les jambes grêles et les pieds secs, pour ce que l'homme d'une telle taille ne pourrait faillir d'être agile et fort »; devenu piquier, le soldat « devra en marchant prendre la cadence du pas pour avoir le plus de grâce et de gravité qu'il sera possible, car la Pique est une arme honorable et qui mérite d'être portée avec un geste grave et audacieux[1] ». Seconde moitié du XVIIIe siècle : le soldat est devenu quelque chose qui se fabrique; d'une pâte informe, d'un corps inapte, on a fait la machine dont on a besoin; on a redressé peu à peu les postures; lentement une contrainte calculée parcourt chaque partie du corps, s'en rend maître, plie l'ensemble, le rend perpétuellement disponible, et se prolonge, en silence, dans l'automatisme des

1. L. de Montgommery, *La Milice française*, édition de 1636, p. 6 et 7.

habitudes; bref, on a « chassé le paysan » et on lui a donné l'« air du soldat[1] ». On habitue les recrues « à porter la tête droite et haute; à se tenir droit sans courber le dos, à faire avancer le ventre, à faire saillir la poitrine, et rentrer le dos; et afin qu'ils en contractent l'habitude, on leur donnera cette position en les appuyant contre une muraille, de manière que les talons, le gras de la jambe, les épaules et la taille y touchent, ainsi que le dos des mains, en tournant les bras au-dehors, sans les éloigner du corps... on leur enseignera pareillement à ne jamais fixer les yeux à terre, mais à envisager hardiment ceux devant qui ils passent... à rester immobiles en attendant le commandement, sans remuer la tête, les mains ni les pieds... enfin à marcher d'un pas ferme, le genou et le jarret tendus, la pointe basse et en dehors[2] ».

Il y a eu, au cours de l'âge classique, toute une découverte du corps comme objet et cible de pouvoir. On trouverait facilement des signes de cette grande attention portée alors au corps — au corps qu'on manipule, qu'on façonne, qu'on dresse, qui obéit, qui répond, qui devient habile ou dont les forces se multiplient. Le grand livre de l'Homme-machine a été écrit simultanément sur deux registres : celui anatomo-métaphysique, dont Descartes avait écrit les premières pages et que les médecins, les philosophes ont continué; celui, technico-politique, qui fut constitué par tout un ensemble de règlements militaires, scolaires, hospitaliers et par des procédés empiriques et réfléchis pour contrôler ou corriger les opérations du corps. Deux registres bien distincts puisqu'il s'agissait ici de soumission et d'utilisation, là de fonctionnement et d'explication : corps utile, corps intelligible. Et pourtant de l'un à l'autre, des points de croisement. *L'Homme-machine* de La Mettrie est à la fois une réduction matérialiste de l'âme et une théorie générale du dressage, au centre desquelles règne la notion de « docilité » qui joint au corps analysable le corps manipulable. Est docile un corps qui peut être soumis, qui peut être utilisé, qui peut être transformé et perfectionné. Les fameux automates, de leur côté, n'étaient pas seulement une manière d'illustrer l'organisme; c'étaient

1. Ordonnance du 20 mars 1764.
2. *Ibid.*

aussi des poupées politiques, des modèles réduits de pouvoir : obsession de Frédéric II, roi minutieux des petites machines, des régiments bien dressés et des longs exercices.

Dans ces schémas de docilité, auxquels le XVIIIe siècle a porté tant d'intérêt, quoi de si nouveau? Ce n'est pas la première fois, à coup sûr, que le corps fait l'objet d'investissements si impérieux et si pressants; dans toute société, le corps est pris à l'intérieur de pouvoirs très serrés, qui lui imposent des contraintes, des interdits ou des obligations. Plusieurs choses cependant sont nouvelles dans ces techniques. L'échelle, d'abord, du contrôle : il ne s'agit pas de traiter le corps, par masse, en gros, comme s'il était une unité indissociable, mais de le travailler dans le détail; d'exercer sur lui une coercition ténue, d'assurer des prises au niveau même de la mécanique — mouvements, gestes, attitudes, rapidité : pouvoir infinitésimal sur le corps actif. L'objet, ensuite, du contrôle : non pas ou non plus les éléments signifiants de la conduite ou le langage du corps, mais l'économie, l'efficacité des mouvements, leur organisation interne; la contrainte porte sur les forces plutôt que sur les signes; la seule cérémonie qui importe vraiment, c'est celle de l'exercice. La modalité enfin : elle implique une coercition ininterrompue, constante, qui veille sur les processus de l'activité plutôt que sur son résultat et elle s'exerce selon une codification qui quadrille au plus près le temps, l'espace, les mouvements. Ces méthodes qui permettent le contrôle minutieux des opérations du corps, qui assurent l'assujettissement constant de ses forces et leur imposent un rapport de docilité-utilité, c'est cela qu'on peut appeler les « disciplines ». Beaucoup des procédés disciplinaires existaient depuis longtemps — dans les couvents, dans les armées, dans les ateliers aussi. Mais les disciplines sont devenues au cours du XVIIe et du XVIIIe siècles des formules générales de domination. Différentes de l'esclavage puisqu'elles ne se fondent pas sur un rapport d'appropriation des corps; c'est même l'élégance de la discipline de se dispenser de ce rapport coûteux et violent en obtenant des effets d'utilité au moins aussi grands. Différentes aussi de la domesticité, qui est un rapport de domination constant, global, massif, non analytique, illimité et établi sous la forme de la volonté singulière du maître, son

« caprice ». Différentes de la vassalité qui est un rapport de soumission hautement codé, mais lointain et qui porte moins sur les opérations du corps que sur les produits du travail et les marques rituelles de l'allégeance. Différentes encore de l'ascétisme et des « disciplines » de type monastique, qui ont pour fonction d'assurer des renoncements plutôt que des majorations d'utilité et qui, s'ils impliquent l'obéissance à autrui, ont pour fin principale une augmentation de la maîtrise de chacun sur son propre corps. Le moment historique des disciplines, c'est le moment où naît un art du corps humain, qui ne vise pas seulement la croissance de ses habiletés, ni non plus l'alourdissement de sa sujétion, mais la formation d'un rapport qui dans le même mécanisme le rend d'autant plus obéissant qu'il est plus utile, et inversement. Se forme alors une politique des coercitions qui sont un travail sur le corps, une manipulation calculée de ses éléments, de ses gestes, de ses comportements. Le corps humain entre dans une machinerie de pouvoir qui le fouille, le désarticule et le recompose. Une « anatomie politique », qui est aussi bien une « mécanique du pouvoir », est en train de naître; elle définit comment on peut avoir prise sur le corps des autres, non pas simplement pour qu'ils fassent ce qu'on désire, mais pour qu'ils opèrent comme on veut, avec les techniques, selon la rapidité et l'efficacité qu'on détermine. La discipline fabrique ainsi des corps soumis et exercés, des corps « dociles ». La discipline majore les forces du corps (en termes économiques d'utilité) et diminue ces mêmes forces (en termes politiques d'obéissance). D'un mot : elle dissocie le pouvoir du corps; elle en fait d'une part une « aptitude », une « capacité » qu'elle cherche à augmenter; et elle inverse d'autre part l'énergie, la puissance qui pourrait en résulter, et elle en fait un rapport de sujétion stricte. Si l'exploitation économique sépare la force et le produit du travail, disons que la coercition disciplinaire établit dans le corps le lien contraignant entre une aptitude majorée et une domination accrue.

L'« invention » de cette nouvelle anatomie politique, il ne faut pas l'entendre comme une soudaine découverte. Mais comme une multiplicité de processus souvent mineurs, d'origine différente, de localisation éparse, qui se recoupent, se répètent, ou s'imitent, prennent appui les uns sur les autres, se distinguent selon leur domaine d'application, entrent en convergence et dessinent peu à peu l'épure d'une méthode générale. On les trouve à l'œuvre dans les collèges, très tôt; plus tard dans les écoles élémentaires; ils sont investi lentement l'espace hospitalier; et en quelques dizaines d'années, ils ont restructuré l'organisation militaire. Ils ont circulé parfois très vite d'un point à un autre (entre l'armée et les écoles techniques ou les collèges et lycées), parfois lentement et de façon plus discrète (militarisation insidieuse des grands ateliers). Chaque fois, ou presque, ils se sont imposés pour répondre à des exigences de conjoncture : ici une innovation industrielle, là la recrudescence de certaines maladies épidémiques, ailleurs l'invention du fusil ou les victoires de la Prusse. Ce qui n'empêche pas qu'ils s'inscrivent au total dans des transformations générales et essentielles qu'il faudra essayer de dégager.

Pas question de faire ici l'histoire des différentes institutions disciplinaires, dans ce qu'elles peuvent avoir chacune de singulier. Mais de repérer seulement sur une série d'exemples quelques-unes des techniques essentielles qui se sont, de l'une à l'autre, généralisées le plus facilement. Techniques minutieuses toujours, souvent infimes, mais qui ont leur importance : puisqu'elles définissent un certain mode d'investissement politique et détaillé du corps, une nouvelle « microphysique » du pouvoir; et puisqu'elles n'ont pas cessé, depuis le XVIIe siècle, de gagner des domaines de plus en plus larges, comme si elles tendaient à couvrir le corps social tout entier. Petites ruses dotées d'un grand pouvoir de diffusion, aménagements subtils, d'apparence innocente, mais profondément soupçonneux, dispositifs qui obéissent à d'inavouables économies, ou qui poursuivent des coercitions sans grandeur, ce sont eux pourtant qui ont porté la mutation du régime punitif, au seuil de l'époque contemporaine. Les décrire impliquera le piétinement du détail et l'attention aux minuties : sous les moindres figures, chercher non pas un sens, mais une précaution; les replacer non seulement dans la solidarité d'un fonctionnement, mais dans la cohérence d'une tactique. Ruses, moins de la grande raison qui travaille jusque dans son sommeil et donne du sens à l'insignifiant, que de l'attentive « malveillance » qui fait son grain de tout. La discipline est une anatomie politique du détail.

Pour avertir les impatiences, rappelons le maréchal de Saxe : « Quoique ceux qui s'occupent des détails passent pour des gens bornés, il me paraît pourtant que cette partie est essentielle, parce qu'elle est le fondement, et qu'il est impossible de faire aucun édifice ni d'établir aucune méthode sans en avoir les principes. Il ne suffit pas d'avoir le goût de l'architecture. Il faut savoir la coupe des pierres[1]. » De cette « coupe des pierres », il y aurait toute une histoire à écrire — histoire de la rationalisation utilitaire du détail dans la comptabilité morale et le contrôle politique. L'âge classique ne l'a pas inaugurée ; il l'a accélérée, en a changé l'échelle, lui a donné des instruments précis, et peut-être lui a-t-il trouvé quelques échos dans le calcul de l'infiniment petit ou dans la description des caractères les plus émus des êtres naturels. En tout cas, le « détail » était depuis longtemps déjà une catégorie de la théologie et de l'ascétisme : tout détail est important, puisque au regard de Dieu, nulle immensité n'est plus grande qu'un détail, mais qu'il n'est rien d'assez petit pour n'avoir pas été voulu par une des ses volontés singulières. Dans cette grande tradition de l'éminence du détail viendront se loger, sans difficulté, toutes les méticulosités de l'éducation chrétienne, de la pédagogie scolaire ou militaire, de toutes les formes finalement de dressage. Pour l'homme discipliné, comme pour le vrai croyant, nul détail n'est indifférent, mais moins par le sens qui s'y cache que par la prise qu'y trouve le pouvoir qui veut le saisir. Caractéristique, ce grand hymne aux « petites choses » et à leur éternelle importance, chanté par Jean-Baptiste de La Salle, dans son *Traité sur les obligations des frères des Écoles chrétiennes*. La mystique du quotidien y rejoint la discipline du minuscule. « Combien il est dangereux de négliger les petites choses. C'est une réflexion bien consolante pour une âme comme la mienne, peu propre aux grandes actions, de penser que la fidélité aux petites choses peut, par un progrès insensible, nous élever à la sainteté la plus éminente : parce que les petites choses disposent aux grandes... Petites choses, dira-t-on, hélas, mon Dieu, que pouvons-nous faire de grand pour vous, créatures faibles et mortelles que nous sommes. Petites

1. Maréchal de Saxe, *Mes rêveries*, t. I, *Avant-propos*, p. 5.

choses; si les grandes se présentent, les pratiquerions-nous? Ne les croirions-nous pas au-dessus de nos forces? Petites choses; et si Dieu les agrée et veut bien les recevoir comme grandes? Petites choses; l'a-t-on éprouvé? en juge-t-on d'après l'expérience? Petites choses; on est donc bien coupable, si les regardant comme telles, on s'y refuse? Petites choses; ce sont elles cependant, qui à la longue ont formé de grands saints! Oui, petites choses; mais grands mobiles, grands sentiments, grande ferveur, grande ardeur, et en conséquence grands mérites, grands trésors, grandes récompenses[1]. » La minutie des règlements, le regard vétilleux des inspections, la mise sous contrôle des moindres parcelles de la vie et du corps donneront bientôt, dans le cadre de l'école, de la caserne, de l'hôpital ou de l'atelier, un contenu laïcisé, une rationalité économique ou technique à ce calcul mystique de l'infime et de l'infini. Et une Histoire du Détail au XVIIIe siècle, placée sous le signe de Jean-Baptiste de La Salle, frôlant Leibniz et Buffon, passant par Frédéric II, traversant la pédagogie, la médecine, la tactique militaire, et l'économie, devrait aboutir à l'homme qui avait rêvé, à la fin du siècle, d'être un nouveau Newton, non plus celui des immensités du ciel ou des masses planétaires, mais des « petits corps », des petits mouvements, des petites actions; à l'homme qui répondit à Monge (« Il n'y avait qu'un monde à découvrir ») : « Qu'ai-je là entendu? Mais le monde des détails, qui a jamais songé à cet autre, à celui-là? Moi, dès l'âge de quinze ans, j'y croyais. Je m'en suis occupé alors, et ce souvenir vit en moi, comme une idée fixe à ne m'abandonner jamais... Cet autre monde, c'est le plus important de tous que je m'étais flatté de découvrir : d'y penser, j'en ai mal à l'âme[2]. » Il ne l'a pas découvert; mais on sait bien qu'il a entrepris de l'organiser; et qu'il a voulu aménager tout autour de lui un dispositif de pouvoir qui lui permette de percevoir jusqu'au plus petit événement de l'État qu'il gouvernait; il entendait, par la rigoureuse discipline qu'il faisait régner, « embrasser l'ensemble de cette vaste machine sans néanmoins que le moindre détail puisse lui échapper[3] ».

1. J.-B. de La Salle, *Traité sur les obligations des frères des Écoles chrétiennes*, édition de 1783, p. 238-239.
2. E. Geoffroy Saint-Hilaire prête cette déclaration à Bonaparte, sur l'Introduction aux *Notions synthétiques et historiques de philosophie naturelle*..
3. J.B. Treilhard, *Motifs du code d'instruction criminelle*, 1808, p. 14.

Une observation minutieuse du détail, et en même temps une prise en compte politique de ces petites choses, pour le contrôle et l'utilisation des hommes, montent à travers l'âge classique, portant avec elles tout un ensemble de techniques, tout un corpus de procédés et de savoir, de descriptions, de recettes et de données. Et de ces vétilles, sans doute, est né l'homme de l'humanisme moderne[1].

L'ART DES RÉPARTITIONS

La discipline procède d'abord à la répartition des individus dans l'espace. Pour cela, elle met en œuvre plusieurs techniques.

1. La discipline parfois exige la *clôture*, la spécification d'un lieu hétérogène à tous les autres et fermé sur lui-même. Lieu protégé de la monotonie disciplinaire. Il y a eu le grand « renfermement » des vagabonds et des misérables; il y en a eu d'autres plus discrets, mais insidieux et efficaces. Collèges : le modèle du couvent peu à peu s'impose; l'internat apparaît comme le régime d'éducation sinon le plus fréquent, du moins le plus parfait; il devient obligatoire à Louis-le-Grand quand, après le départ des Jésuites, on en fait un collège modèle[2]. Casernes : il faut fixer l'armée, cette masse vagabonde; empêcher le pillage et les violences; apaiser les habitants qui supportent mal les troupes de passage; éviter les conflits avec les autorités civiles; arrêter les désertions; contrôler les dépenses. L'ordonnance de 1719 prescrit la construction de plusieurs centaines de casernes, à l'imitation de celles déjà aménagées dans le Midi; l'enfermement y sera strict : « Le tout sera clos et fermé par une enceinte de muraille de dix pieds de hauteur qui environnera les dits pavillons, à trente pieds de distance de tous les côtés » — et cela pour maintenir les troupes « dans l'ordre et la discipline

1. Je choisirai les exemples dans les institutions militaires, médicales, scolaires et industrielles. D'autres exemples auraient pu être pris dans la colonisation, l'esclavage, les soins à la première enfance.

2. Cf. Ph. Ariès, *L'Enfant et la famille*, 1960, p. 308-313, et G. Synders, *La Pédagogie en France aux XVIIe et XVIIIe siècles*, 1965, p. 35-41.

et que l'officier soit en état d'y répondre[1] ». En 1745, il y avait des casernes dans 320 villes environ; et on estimait à 200 000 hommes à peu près la capacité totale des casernes en 1775[2]. A côté des ateliers disséminés se développent aussi de grands espaces manufacturiers, à la fois homogènes et bien délimités : les manufactures réunies d'abord, puis, les usines, dans la seconde moitié du XVIIIe siècle (les forges de la Chaussade occupent toute la presqu'île de Médine, entre Nièvre et Loire; pour installer l'usine d'Indret en 1777, Wilkinson, à coups de remblais et de digues, aménage une île sur la Loire; Toufait construit Le Creusot dans la vallée de la Charbonnière qu'il a remodelée et il installe dans l'usine même des logements ouvriers); c'est un changement d'échelle, c'est aussi un nouveau type de contrôle. L'usine explicitement s'apparente au couvent, à la forteresse, à une ville close; le gardien « n'ouvrira les portes qu'à la rentrée des ouvriers, et après que la cloche qui annonce la reprise des travaux aura été sonnée »; un quart d'heure après plus personne n'aura le droit d'entrer; à la fin de la journée, les chefs d'atelier sont tenus de remettre les clefs au suisse de la manufacture qui rouvre alors les portes[3]. C'est qu'il s'agit, à mesure que se concentrent les forces de production, d'en tirer le maximum d'avantages et d'en neutraliser les inconvénients (vols, interruptions du travail, agitations et « cabales »); de protéger les matériaux et outils et de maîtriser les forces de travail : « L'ordre et la police qu'on doit tenir exigent que tous les ouvriers soient réunis sous le même toit, afin que celui des associés qui est chargé de la direction de la manufacture puisse prévenir et remédier aux abus qui pourraient s'introduire parmi les ouvriers et en arrêter le progrès en son principe[4]. »

2. Mais le principe de « clôture » n'est ni constant, ni

1. *L'ordonnance militaire*, t. XIL, 25 septembre 1719. Cf. Pl. n° 5.

2. Daisy, *Le Royaume de France*, 1745, p. 201-209; Mémoire anonyme de 1775 (Dépôt de la guerre, 3689 f. 156). A. Navereau, *Le Logement et les ustensiles des gens de guerre de 1439 à 1789*, 1924, p. 132-135. Cf. planches n°s 5 et 6.

3. *Projet de règlement pour l'aciérie d'Amboise*, Archives nationales, f. 12 1301.

4. Mémoire au roi, à propos de la fabrique de toile à voiles d'Angers, *in* V. Dauphin, *Recherches sur l'industrie textile en Anjou*, 1913, p. 199.

indispensable, ni suffisant dans les appareils disciplinaires. Ceux-ci travaillent l'espace d'une manière beaucoup plus souple et plus fine. Et d'abord selon le principe de la localisation élémentaire ou du *quadrillage*. A chaque individu, sa place ; et en chaque emplacement, un individu. Éviter les distributions par groupes ; décomposer les implantations collectives ; analyser les pluralités confuses, massives ou fuyantes. L'espace disciplinaire tend à se diviser en autant de parcelles qu'il y a de corps ou d'éléments à répartir. Il faut annuler les effets des répartitions indécises, la disparition incontrôlée des individus, leur circulation diffuse, leur coagulation inutilisable et dangereuse ; tactique d'antidésertion, d'antivagabondage, d'antiagglomération. Il s'agit d'établir les présences et les absences, de savoir où et comment retrouver les individus, d'instaurer les communications utiles, d'interrompre les autres, de pouvoir à chaque instant surveiller la conduite de chacun, l'apprécier, la sanctionner, mesurer les qualités ou les mérites. Procédure donc, pour connaître, pour maîtriser et pour utiliser. La discipline organise un espace analytique.

Et là encore, elle rencontre un vieux procédé architectural et religieux : la cellule des couvents. Même si les cases qu'il assigne deviennent purement idéales, l'espace des disciplines est toujours, au fond, cellulaire. Solitude nécessaire du corps et de l'âme disait un certain ascétisme : ils doivent par moments au moins affronter seuls la tentation et peut-être la sévérité de Dieu. « Le sommeil est l'image de la mort, le dortoir est l'image du sépulcre... quoique les dortoirs soient communs, les lits sont cependant rangés de telle manière et se ferment si exactement par le moyen des rideaux que les filles peuvent se lever et se coucher sans se voir[1]. » Mais ce n'est là encore qu'une forme très fruste.

3. La règle des *emplacements fonctionnels* va peu à peu, dans les institutions disciplinaires, coder un espace que l'architecture laissait en général disponible et prêt à plusieurs usages. Des places déterminées se définissent pour répondre non seulement à la nécessité de surveiller, de

1. *Règlement pour la communauté des filles du Bon Pasteur, in* Delamare, *Traité de Police*, livre III, titre V, p. 507. Cf. aussi pl. n° 9.

rompre les communications dangereuses, mais aussi de créer un espace utile. Le processus apparaît clairement dans les hôpitaux, surtout dans les hôpitaux militaires et maritimes. En France, il semble que Rochefort ait servi d'expérimentation et de modèle. Un port, et un port militaire, c'est, avec des circuits de marchandises, d'hommes enrôlés de gré ou de force, de marins s'embarquant et débarquant, de maladies et d'épidémies, un lieu de désertion, de contrebande, de contagion : carrefour de mélanges dangereux, croisement de circulations interdites. L'hôpital maritime doit donc soigner, mais pour cela même, il doit être un filtre, un dispositif qui épingle et quadrille; il faut qu'il assure une emprise sur toute cette mobilité et ce grouillement, en décomposant la confusion de l'illégalité et du mal. La surveillance médicale des maladies et des contagions y est solidaire de toute une série d'autres contrôles : militaire sur les déserteurs, fiscal sur les marchandises, administratif sur les remèdes, les rations, les disparitions, les guérisons, les morts, les simulations. D'où la nécessité de distribuer et de cloisonner l'espace avec rigueur. Les premières mesures prises à Rochefort concernaient les choses plutôt que les hommes, les marchandises précieuses plutôt que les malades. Les aménagements de la surveillance fiscale et économique précèdent les techniques de l'observation médicale : localisation des médicaments dans des coffres fermés, registre de leur utilisation; un peu plus tard, on met au point un système pour vérifier le nombre réel des malades, leur identité, les unités dont ils relèvent; puis on réglemente leurs allées et venues, on les contraint à rester dans leurs salles; à chaque lit est attaché le nom de qui s'y trouve; tout individu soigné est porté sur un registre que le médecin doit consulter pendant la visite; plus tard viendront l'isolement des contagieux, les lits séparés. Peu à peu un espace administratif et politique s'articule en espace thérapeutique; il tend à individualiser les corps, les maladies, les symptômes, les vies et les morts; il constitue un tableau réel de singularités juxtaposées et soigneusement distinctes. Naît de la discipline, un espace médicalement utile.

Dans les usines qui apparaissent à la fin du XVIIIe siècle, le principe du quadrillage individualisant se complique. Il s'agit à la fois de distribuer les individus dans un espace où on peut les isoler et les repérer; mais aussi d'articuler cette distribution sur un appareil de production qui a ses exigences propres. Il faut lier la répartition des corps, l'aménagement spatial de l'appareil de production, et les différentes formes d'activité dans la distribution des « postes ». A ce principe obéit la manufacture d'Oberkampf à Jouy. Elle est composée d'une série d'ateliers spécifiés selon chaque grand type d'opérations : pour les imprimeurs, les rentreurs, les coloristes, les pinceauteuses, les graveurs, les teinturiers. Le plus grand des bâtiments, construit en 1791, par Toussaint Barré, a cent dix mètres de long et trois étages. Le rez-de-chaussée est consacré, pour l'essentiel, à l'imprimerie au bloc; il contient 132 tables disposées en deux rangées le long de la salle qui est percée de 88 fenêtres; chaque imprimeur travaille à une table, avec son « tireur », chargé de préparer et d'étendre les couleurs. Au total 264 personnes. A l'extrémité de chaque table, une sorte de râtelier sur lequel l'ouvrier dépose, pour qu'elle sèche, la toile qu'il vient d'imprimer[1]. En parcourant l'allée centrale de l'atelier, il est possible d'assurer une surveillance à la fois générale et individuelle : constater la présence, l'application de l'ouvrier, la qualité de son travail; comparer les ouvriers entre eux, les classer selon leur habileté et leur rapidité; suivre les stades successifs de la fabrication. Toutes ces mises en série forment une grille permanente : les confusions s'y défont[2] : c'est-à-dire que la production se divise et que le processus de travail s'articule d'une part selon ses phases, ses stades ou ses opérations élémentaires, et de l'autre, selon les individus qui l'effectuent, les corps singuliers qui s'y appliquent : chaque variable de cette force — vigueur, promptitude, habileté, constance — peut être observée, donc caractérisée, appréciée, comptabilisée, et rapportée à celui qui en est l'agent particulier. Ainsi épinglée de façon parfaitement lisible à toute la série des corps singuliers, la force de travail peut s'analyser en unités

1. Règlement de la fabrique de Saint-Maur. B.N. Ms. coll. Delamare. *Manufactures* III.

2. Cf. ce que disait La Métherie, visitant Le Creusot : « Les bâtiments pour un si bel établissement et une si grande quantité d'ouvrages différents, devaient avoir une étendue suffisante, afin qu'il n'y ait point de confusion parmi les ouvriers pendant le temps de travail » (*Journal de physique*, t. XXX, 1787, p. 66).

individuelles. Sous la division du processus de production, en même temps qu'elle, on trouve, à la naissance de la grande industrie, la décomposition individualisante de la force de travail; les répartitions de l'espace disciplinaire ont assuré souvent l'une et l'autre.

4. Dans la discipline, les éléments sont interchangeables puisque chacun se définit par la place qu'il occupe dans une série, et par l'écart qui le sépare des autres. L'unité n'y est donc ni le territoire (unité de domination), ni le lieu (unité de résidence), mais le *rang* : la place qu'on occupe dans un classement, le point où se croisent une ligne et une colonne, l'intervalle dans une série d'intervalles qu'on peut parcourir les uns après les autres. La discipline, art du rang et technique pour la transformation des arrangements. Elle individualise les corps par une localisation qui ne les implante pas, mais les distribue et les fait circuler dans un réseau de relations.

Soit l'exemple de la « classe ». Dans les collèges des Jésuites, on trouvait encore une organisation à la fois binaire et massive; les classes, qui pouvaient compter jusqu'à deux ou trois cents élèves, étaient divisées en groupes de dix; chacun de ces groupes, avec son décurion, était placé dans un camp, le romain ou le carthaginois; à chaque décurie correspondait une décurie adverse. La forme générale était celle de la guerre et de la rivalité; le travail, l'apprentissage, le classement s'effectuaient sous la forme de la joute, à travers l'affrontement des deux armées; la prestation de chaque élève était inscrite dans ce duel général; elle assurait, pour sa part, la victoire ou les défaites d'un camp; et les élèves se voyaient assigner une place qui correspondait à la fonction de chacun et à sa valeur de combattant dans le groupe unitaire de sa décurie[1]. On peut noter d'ailleurs que cette comédie romaine permettait de lier, aux exercices binaires de la rivalité, une disposition spatiale inspirée de la légion, avec rang, hiérarchie, surveillance pyramidale. Ne pas oublier que d'une façon générale le modèle romain, à l'époque des Lumières, a joué un double rôle; sous son visage républicain,

1. Cf. C. de Rochemonteix, *Un collège au XVIIe siècle*, 1889, t. III, p. 51 et suiv.

c'était l'institution même de la liberté ; sous son visage militaire, c'était le schéma idéal de la discipline. La Rome du XVIIIe siècle et de la Révolution, c'est celle du Sénat, mais aussi de la légion, celle du Forum, mais celle des camps. Jusqu'à l'Empire, la référence romaine a véhiculé, d'une manière ambiguë, l'idéal juridique de la citoyenneté et la technique des procédés disciplinaires. En tout cas, ce qu'il y avait de strictement disciplinaire dans la fable antique que jouait en permanence les collèges des Jésuites l'a emporté sur ce qu'il y avait de joute et de guerre mimée. Peu à peu — mais surtout après 1762 — l'espace scolaire se déplie ; la classe devient homogène, elle n'est plus composée que d'éléments individuels qui viennent se disposer les uns à côté des autres sous le regard du maître. Le « rang », au XVIIIe siècle, commence à définir la grande forme de répartition des individus dans l'ordre scolaire : rangées d'élèves dans la classe, les couloirs, les cours ; rang attribué à chacun à propos de chaque tâche et de chaque épreuve ; rang qu'il obtient de semaine en semaine, de mois en mois, d'année en année ; alignement des classes d'âge les unes à la suite des autres, succession des matières enseignées, des questions traitées selon un ordre de difficulté croissante. Et dans cet ensemble d'alignements obligatoires, chaque élève selon son âge, ses performances, sa conduite, occupe tantôt un rang, tantôt un autre ; il se déplace sans cesse sur ces séries de cases — les unes, idéales, marquant une hiérarchie du savoir ou des capacités, les autres devant traduire matériellement dans l'espace de la classe ou du collège cette répartition des valeurs ou des mérites. Mouvement perpétuel où les individus se substituent les uns aux autres, dans un espace que scandent des intervalles alignés.

L'organisation d'un espace sériel fut une des grandes mutations techniques de l'enseignement élémentaire. Il a permis de dépasser le système traditionnel (un élève travaillant quelques minutes avec le maître, pendant que demeure oisif et sans surveillance, le groupe confus de ceux qui attendent). En assignant des places individuelles, il a rendu possible le contrôle de chacun et le travail simultané de tous. Il a organisé une nouvelle économie du temps d'apprentissage. Il a fait fonctionner l'espace scolaire comme une machine à apprendre, mais aussi à surveiller, à hiérarchiser, à récompenser. J.-B. de La Salle rêvait d'une classe dont la distribution spatiale pourrait assurer à la fois toute une série de distinctions : selon le degré d'avancement des élèves, selon la valeur de chacun, selon leur plus ou moins bon caractère, selon leur plus ou moins grande application, selon leur propreté, et selon la fortune de leurs parents. Alors, la salle de classe formerait un grand tableau unique, à entrées multiples, sous le regard soigneusement « classificateur » du maître : « Il y aura dans toutes les classes des places assignées pour tous les écoliers de toutes les leçons, en sorte que tous ceux de la même leçon soient tous placés en un même endroit et toujours fixe. Les écoliers des plus hautes leçons seront placés dans les bancs les plus proches de la muraille, et les autres ensuite selon l'ordre des leçons en avançant vers le milieu de la classe... Chacun des élèves aura sa place réglée et aucun d'eux ne quittera ni ne changera la sienne que par l'ordre et le consentement de l'inspecteur des écoles. » Il faudra faire en sorte que « ceux dont les parents sont négligents et ont de la vermine soient séparés de ceux qui sont propres et qui n'en ont point; qu'un écolier léger et éventé soit entre deux qui soient sages et posés, un libertin ou seul ou entre deux qui ont de la piété[1] ».

Les disciplines en organisant les « cellules », les « places » et les « rangs » fabriquent des espaces complexes : à la fois architecturaux, fonctionnels et hiérarchiques. Ce sont des espaces qui assurent la fixation et permettent la circulation; ils découpent des segments individuels et établissent des liaisons opératoires; ils marquent des places et indiquent des valeurs; ils garantissent l'obéissance des individus, mais aussi une meilleure économie du temps et des gestes. Ce sont

1. J.-B. de La Salle, *Conduite des Écoles chrétiennes*, B.N. Ms. 11759, p. 248-249. Un peu plus tôt Batencour proposait que les salles de classe soient divisées en trois parties : « La plus honorable pour ceux qui apprennent le latin... Il est à souhaiter qu'il se trouve autant de places aux tables qu'il y aura d'écrivains, pour éviter les confusions que font ordinairement les paresseux. » Dans une autre ceux qui apprennent à lire : un banc pour les riches, un banc pour les pauvres « afin que la vermine ne se communique pas ». Troisième emplacement, pour les nouveaux venus : « Quand on a reconnu leur capacité, on leur attribue une place » (M.I.D.B., *Instruction méthodique pour l'école paroissiale*, 1669, p. 56-57). Cf. planches n°s 10-11.

des espaces mixtes : réels puisqu'ils régissent la disposition de bâtiments, de salles, de mobiliers, mais idéaux, puisque se projettent sur cet aménagement des caractérisations, des estimations, des hiérarchies. La première des grandes opérations de la discipline, c'est donc la constitution de « tableaux vivants » qui transforment les multitudes confuses, inutiles ou dangereuses, en multiplicités ordonnées. La constitution de « tableaux » a été un des grands problèmes de la technologie scientifique, politique et économique du XVIIIe siècle : aménager des jardins de plantes et d'animaux, et bâtir en même temps des classifications rationnelles des êtres vivants; observer, contrôler, régulariser la circulation des marchandises et de la monnaie et construire par là même un tableau économique qui puisse valoir comme principe d'enrichissement; inspecter les hommes, constater leur présence et leur absence, et constituer un registre général et permanent des forces armées; répartir les malades, les séparer les uns des autres, diviser avec soin l'espace hospitalier et faire un classement systématique des maladies : autant d'opérations jumelles où les deux constituants — distribution et analyse, contrôle et intelligibilité — sont solidaires l'un de l'autre. Le tableau, au XVIIIe siècle, c'est à la fois une technique de pouvoir et une procédure de savoir. Il s'agit d'organiser le multiple, de se donner un instrument pour le parcourir et le maîtriser; il s'agit de lui imposer un « ordre ». Comme le chef d'armée dont parlait Guibert, le naturaliste, le médecin, l'économiste est « aveuglé par l'immensité, étourdi par la multiplicité des objets, tant d'attentions réunies forment un fardeau au-dessus de ses forces. La science de la guerre moderne en se perfectionnant, en se rapprochant des véritables principes pourrait devenir plus simple et moins difficile »; les armées « avec des tactiques simples, analogues, susceptibles de se plier à tous les mouvements... seraient plus faciles à remuer et à conduire[1] ». Tactique, ordonnancement spatial des hommes; taxinomie, espace disciplinaire des êtres naturels; tableau économique, mouvement réglé des richesses.

1. J.A. de Guibert, *Essai général de tactique*, 1772, I, Discours préliminaire, p. XXXVI.

Mais le tableau n'a pas la même fonction dans ces différents registres. Dans l'ordre de l'économie, il permet la mesure des quantités et l'analyse des mouvements. Sous la forme de la taxinomie, il a pour fonction de caractériser (et par conséquent de réduire les singularités individuelles), et de constituer des classes (donc d'exclure les considérations de nombre). Mais sous la forme de la répartition disciplinaire, la mise en tableau a pour fonction, au contraire, de traiter la multiplicité pour elle-même, de la distribuer et d'en tirer le plus d'effets possibles. Alors que la taxinomie naturelle se situe sur l'axe qui va du caractère à la catégorie, la tactique disciplinaire se situe sur l'axe qui lie le singulier et le multiple. Elle permet à la fois la caractérisation de l'individu comme l'individu, et la mise en ordre d'une multiplicité donnée. Elle est la condition première pour le contrôle et l'usage d'un ensemble d'éléments distincts : la base pour une microphysique d'un pouvoir qu'on pourrait appeler « cellulaire ».

LE CONTRÔLE DE L'ACTIVITÉ

1. L'*emploi du temps* est un vieil héritage. Les communautés monastiques en avaient sans doute suggéré le modèle strict. Il s'était vite diffusé. Ses trois grands procédés — établir des scansions, contraindre à des occupations déterminées, régler les cycles de répétition — se sont retrouvés très tôt dans les collèges, les ateliers, les hôpitaux. A l'intérieur des schémas anciens, les nouvelles disciplines n'ont pas eu de peine à se loger; les maisons d'éducation et les établissements d'assistance prolongeaient la vie et la régularité des couvents dont elles étaient souvent les annexes. La rigueur du temps industriel a gardé longtemps une allure religieuse; au XVIIe siècle, le règlement des grandes manufactures précisait les exercices qui devaient scander le travail : « Toutes les personnes..., arrivant le matin à leur métier avant que de travailler commenceront par laver leurs mains, offriront à Dieu leur travail, feront le signe de la croix et commenceront à travailler[1] »; mais au XIXe siècle encore, lorsqu'on voudra

1. Article 1er du règlement de la fabrique de Saint-Maur.

utiliser dans l'industrie des populations rurales, il arrive qu'on fasse appel, pour les habituer au travail en ateliers, à des congrégations ; on encadre les ouvriers dans des « usines-couvents ». La grande discipline militaire s'est formée, dans les armées protestantes de Maurice d'Orange et de Gustave Adolphe, à travers une rythmique du temps qui était scandée par les exercices de piété ; l'existence à l'armée doit avoir, disait Boussanelle, bien plus tard, certaines « des perfections du cloître même [1] ». Pendant des siècles, les ordres religieux ont été des maîtres de discipline : ils étaient les spécialises du temps, grands techniciens du rythme et des activités régulières. Mais ces procédés de régularisation temporelle dont elles héritent, les disciplines les modifient. En les affinant d'abord. C'est en quarts d'heure, en minutes, en secondes qu'on se met à compter. A l'armée, bien sûr : Guilbert fit procéder systématiquement à des chronométrages de tir dont Vauban avait eu l'idée. Dans les écoles élémentaires, la découpe du temps devient de plus en plus ténue ; les activités sont cernées au plus près par des ordres auxquels il faut répondre immédiatement : « au dernier coup de l'heure, un écolier sonnera la cloche et au premier coup tous les écoliers se mettront à genoux, les bras croisés et les yeux baissés. La prière étant finie, le maître frappera un coup de signal pour faire lever les élèves, un second pour leur faire signe de saluer le Christ, et le troisième pour les faire asseoir [2] ». Au début du XIXe siècle, on proposera pour l'école mutuelle des emplois du temps comme celui-ci : 8 h 45 entrée du moniteur, 8 h 52 appel du moniteur, 8 h 56 entrée des enfants et prière, 9 h entrée dans les bancs, 9 h 04 première ardoise, 9 h 08 fin de la dictée, 9 h 12 deuxième ardoise, etc. [3]. L'extension progressive du salariat entraîne de son côté un quadrillage resserré du temps : « S'il arrivait que les ouvriers se rendissent plus tard qu'un quart d'heure après que la cloche aura été son-

1. L. de Boussanelle, *Le Bon Militaire*, 1770, p. 2. Sur le caractère religieux de la discipline dans l'armée suédoise, cf. *The Swedish Discipline*, Londres, 1632.

2. J.-B. de La Salle, *Conduite des Écoles chrétiennes*, B.N. Ms 11759, p. 27-28.

3. Bally, cité par R.R. Tronchot, *L'Enseignement mutuel en France*, thèse dactylographiée, I, p. 221.

4. *Projet de règlement pour la fabrique d'Amboise*, art. 2, Archives nationales f 12 1301. Il est précisé que cela vaut aussi pour ceux qui travaillent aux pièces.

née[4]... » ; « celui des compagnons qui serait demandé pendant le travail et qui perdrait plus de cinq minutes... » ; « celui qui ne sera pas à son travail à l'heure précise[1]... ». Mais on cherche aussi à assurer la qualité du temps employé : contrôle ininterrompu, pression des surveillants, annulation de tout ce qui peut troubler et distraire ; il s'agit de constituer un temps intégralement utile : « Il est expressément défendu pendant le travail d'amuser les compagnons par des gestes ou autrement, de jouer à quelque jeu que ce soit, de manger, dormir, raconter des histoires et comédies[2] » ; et même pendant l'interruption du repas, « il ne sera fait aucun discours d'histoire, d'aventure ou d'autres entretiens qui détournent les ouvriers de leur travail » ; « il est expressément défendu à tout ouvrier et sous aucun prétexte que ce puisse être d'introduire du vin dans la manufacture et de boire dans les ateliers[3] ». Le temps mesuré et payé doit être aussi un temps sans impureté ni défaut, un temps de bonne qualité, tout au long duquel le corps reste appliqué à son exercice. L'exactitude et l'application sont, avec la régularité, les vertus fondamentales du temps disciplinaire. Mais là n'est pas le plus nouveau. D'autres procédés sont plus caractéristiques des disciplines.

2. *L'élaboration temporelle de l'acte*. Soit deux manières de contrôler la marche d'une troupe. Début du XVIIe siècle : « Accoutumer les soldats en marchant par file ou en bataillon, de marcher à la cadence du tambour. Et pour le faire, il faut commencer par le pied droit, afin que toute la troupe se rencontre à lever un même pied en même temps[4]. » Milieu du XVIIIe siècle, quatre sortes de pas : « La longueur du petit pas sera d'un pied, celle du pas ordinaire, du pas redoublé et du pas de route de deux pieds, le tout mesuré d'un talon à l'autre ; quant à la durée, celle du petit pas et du pas ordinaire sera d'une seconde, pendant laquelle on fera deux pas redoublés ; la durée du pas de route sera d'un peu plus d'une seconde. Le pas oblique se fera dans le même espace d'une

1. Règlement provisoire pour la fabrique de M. S. Oppenheim, 1809, art. 7-8, *in* Hayem, *Mémoires et documents pour revenir à l'histoire du commerce*.
2. Règlement pour la fabrique de M.S. Oppenheim, art. 16.
3. *Projet de règlement pour la fabrique d'Amboise*, art. 4.
4. L. de Montgommery, *La Milice française*, éd. de 1636, p. 86.

seconde; le pas au plus de 18 pouces d'un talon à l'autre... On exécutera le pas ordinaire en avant en tenant la tête haute et le corps droit, en se contenant en équilibre successivement sur une seule jambe, et portant l'autre en avant, le jarret tendu, la pointe du pied un peu tournée au dehors et basse pour raser sans affectation le terrain sur lequel on devra marcher et poser le pied à terre, de manière que chaque partie y appuie en même temps sans frapper contre terre[1]. » Entre ces deux prescriptions, un nouveau faisceau de contraintes a été mis en jeu, un autre degré de précision dans la décomposition des gestes et des mouvements, une autre manière d'ajuster le corps à des impératifs temporels.

Ce que définit l'ordonnance de 1766, ce n'est pas un emploi du temps — cadre général pour une activité; c'est plus qu'un rythme collectif et obligatoire, imposé de l'extérieur; c'est un « programme »; il assure l'élaboration de l'acte lui-même; il contrôle de l'intérieur son déroulement et ses phases. On est passé d'une forme d'injonction qui mesurait ou scandait les gestes à une trame qui les contraint et les soutient tout au long de leur enchaînement. Se définit une sorte de schéma anatomochronologique du comportement. L'acte est décomposé en ces éléments; la position du corps, des membres, des articulations est définie; à chaque mouvement sont assignées une direction, une amplitude, une durée; leur ordre de succession est prescrit. Le temps pénètre le corps, et avec lui tous les contrôles minutieux du pouvoir.

3. D'où la *mise en corrélation du corps et du geste*.. Le contrôle disciplinaire ne consiste pas simplement à enseigner ou à imposer une série de gestes définis; il impose la relation la meilleure entre un geste et l'attitude globale du corps, qui en est la condition d'efficacité et de rapidité. Dans le bon emploi du corps, qui permet un bon emploi du temps, rien ne doit rester oisif ou inutile : tout doit être appelé à former le support de l'acte requis. Un corps bien discipliné forme le contexte opératoire du moindre geste. Une bonne écriture par exemple suppose une gymnastique — toute une routine dont le code rigoureux investit le corps en son entier, de la pointe du pied au bout de l'index. Il faut « tenir le corps droit, un peu

1. *Ordonnance du 1er janvier 1766, pour régler l'exercice de l'infanterie.*

tourné et dégagé sur le côté gauche, et tant soit peu penché sur le devant, en sorte que le coude étant posé sur la table, le menton puisse être appuyé sur le poing, à moins que la portée de la vue ne le permette pas ; la jambe gauche doit être un peu plus avancée sous la table que la droite. Il faut laisser une distance de deux doigts du corps à la table ; car non seulement on écrit avec plus de promptitude, mais rien n'est plus nuisible à la santé que de contracter l'habitude d'appuyer l'estomac contre la table ; la partie du bras gauche, depuis le coude jusqu'à la main, doit être placée sur la table. Le bras droit doit être éloigné du corps d'environ trois doigts, et sortir un peu près de cinq doigts de la table, sur laquelle il doit porter légèrement. Le maître fera connaître aux écoliers la posture qu'ils doivent tenir en écrivant, et la redressera soit par signe ou autrement, lorsqu'ils s'en écarteront[1] ». Un corps discipliné est le soutien d'un geste efficace.

4. *L'articulation corps-objet*. La discipline définit chacun des rapports que le corps doit entretenir avec l'objet qu'il manipule. Entre l'un et l'autre, elle dessine un engrenage soigneux. « Portez l'arme en avant. En trois temps. On élèvera le fusil de la main droite, en le rapprochant du corps pour le tenir perpendiculairement vis-à-vis du genou droit, le bout du canon à hauteur de l'œil, le saisissant en frappant de la main gauche, le bras tendu serré au corps à la hauteur du ceinturon. Au deuxième, on ramènera le fusil de la main gauche devant soi, le canon en dedans entre les deux yeux, à plomb, la main droite le saisira à la poignée, le bras tendu, la sous-garde appuyée sur le premier doigt, la main gauche à hauteur de la crante, le pouce allongé le long du canon contre la moulure. Au troisième, on quittera le fusil de la main droite, la platine en dehors et vis-à-vis de la poitrine, le bras droit tendu à demi, le coude serré au corps, le pouce allongé contre la platine, appuyé à la première vis, le chien appuyé sur le premier doigt, le canon à plomb[2]. » On a là un exemple de ce qu'on pourrait appeler le codage instrumental du corps. Il consiste en une décomposition du geste global en deux

1. J.-B. de La Salle, *Conduite des Écoles chrétiennes*, éd. de 1828, p. 63-64. Cf. planche n° 8.
2. *Ordonnance du 1er janvier 1766*, titre XI, art. 2.

séries parallèles : celle des éléments du corps à mettre en jeu (main droite, main gauche, différents doigts de la main, genou, œil, coude, etc.), celle des éléments de l'objet qu'on manipule (canon, crante, chien, vis, etc.); puis il les met en corrélation les uns avec les autres selon un certain nombre de gestes simples (appuyer, plier); enfin il fixe la suite canonique où chacune de ces corrélations occupe une place déterminée. Cette syntaxe obligée, c'est cela que les théoriciens militaires du XVIIIe siècle appelaient la « manœuvre ». La recette traditionnelle fait place à des prescriptions explicites et contraignantes. Sur toute la surface de contact entre le corps et l'objet qu'il manipule, le pouvoir vient se glisser, il les amarre l'un à l'autre. Il constitue un complexe corps-arme, corps-instrument, corps-machine. On est au plus loin de ces formes d'assujettissement qui ne demandaient au corps que des signes ou des produits, des formes d'expression ou le résultat d'un travail. La réglementation imposée par le pouvoir est en même temps la loi de construction de l'opération. Et ainsi apparaît ce caractère du pouvoir disciplinaire : il a moins une fonction de prélèvement que de synthèse, moins d'extorsion du produit que de lien coercitif avec l'appareil de production.

5. *L'utilisation exhaustive*. Le principe qui était sous-jacent à l'emploi du temps dans sa forme traditionnelle était essentiellement négatif; principe de non-oisiveté : il est interdit de perdre un temps qui est compté par Dieu et payé par les hommes; l'emploi du temps devait conjurer le péril de le gaspiller — faute morale et malhonnêteté économique. La discipline, elle, aménage une économie positive; elle pose le principe d'une utilisation théoriquement toujours croissante du temps : exhaustion plutôt qu'emploi; il s'agit d'extraire, du temps, toujours davantage d'instants disponibles et de chaque instant, toujours davantage de forces utiles. Ce qui signifie qu'il faut chercher à intensifier l'usage du moindre instant, comme si le temps, dans son fractionnement même, était inépuisable; ou comme si, du moins, par un aménagement interne de plus en plus détaillé, on pouvait tendre vers un point idéal où le maximum de rapidité rejoint le maximum d'efficacité. C'était bien cette technique qui était mise en œuvre dans les fameux règlements de l'infanterie prus-

sienne que toute l'Europe a imités après les victoires de Frédéric II[1] : plus on décompose le temps, plus on multiplie ses subdivisions, mieux on le désarticule en déployant ses éléments internes sous un regard qui les contrôle, plus alors on peut accélérer une opération, ou du moins la régler selon un optimum de vitesse; de là cette réglementation du temps de l'action qui fut si importante dans l'armée et qui devait l'être par toute la technologique de l'activité humaine : 6 temps, prévoyait le règlement prussien de 1743, pour mettre l'arme au pied, 4 pour l'étendre, 13 pour la mettre à l'envers sur l'épaule, etc. Par d'autres moyens, l'école mutuelle a été elle aussi disposée comme un appareil pour intensifier l'utilisation du temps; son organisation permettait de tourner le caractère linéaire et successif de l'enseignement du maître : elle réglait le contrepoint d'opérations faites, au même moment, par différents groupes d'élèves sous la direction des moniteurs, et des adjoints, de sorte que chaque instant qui s'écoulait était peuplé d'activités multiples, mais ordonnées; et d'autre part le rythme imposé par des signaux, des sifflets, des commandements imposait à tous les normes temporelles qui devaient à la fois accélérer le processus d'apprentissage et enseigner la rapidité comme une vertu[2]; « l'unique but de ces commandements est... d'habituer les enfants à exécuter vite et bien les mêmes opérations, de diminuer autant que possible par la célérité la perte du temps qu'entraîne le passage d'une opération à l'autre[3] ».

Or à travers cette technique d'assujettissement, un nouvel

1. On ne peut attribuer le succès des troupes prussiennes « qu'à l'excellence de leur discipline et de leur exercice; ce n'est donc pas une chose indifférente que le choix de l'exercice; on y a travaillé en Prusse l'espace de quarante ans, avec une application sans relâche » (Maréchal de Saxe, Letre au comte d'Argenson, 25 février 1750. Arsenal, Ms. 2701 et *Mes rêveries*, t. II, p. 249). Cf. planches n^{os}3 et 4.

2. Exercice d'écriture :... « 9 : Mains sur les genoux. Ce commandement se fait par un coup de sonnette; 10 : mains sur la table, tête haute; 11 : nettoyez les ardoises : tous essuient les ardoises avec un peu de salive ou mieux avec un tampon de lisière; 12 : montrez les ardoises; 13 : moniteurs, inspectez. Ils vont visiter les ardoises de leurs adjoints et ensuite celles de leur banc. Les adjoints visitent celles de leur banc, et tous restent à leur place. »

3. Samuel Bernard, Rapport du 30 octobre 1816 à la société de l'enseignement mutuel.

objet est en train de se composer; lentement, il prend la relève du corps mécanique — du corps composé de solides et affecté de mouvements, dont l'image avait si longtemps hanté les rêveurs de la perfection disciplinaire. Cet objet nouveau, c'est le corps naturel, porteur de forces et siège d'une durée; c'est le corps susceptible d'opérations spécifiées, qui ont leur ordre, leur temps, leurs conditions internes, leurs éléments constituants. Le corps, en devenant cible pour de nouveaux mécanismes du pouvoir, s'offre à de nouvelles formes de savoir. Corps de l'exercice, plutôt que de la physique spéculative; corps manipulé par l'autorité, plutôt que traversé par les esprits animaux; corps du dressage utile et non de la mécanique rationnelle, mais dans lequel, par cela même, s'annoncera certain nombre d'exigences de nature et de contraintes fonctionnelles. C'est lui que découvre Guibert dans la critique qu'il fit des manœuvres trop artificielles. Dans l'exercice qu'on lui impose et auquel il résiste, le corps dessine ses corrélations essentielles, et rejette spontanément l'incompatible : « Qu'on entre dans la plupart de nos écoles d'exercice, on verra tous ces malheureux soldats dans des attitudes contraintes et forcées, on verra tous leurs muscles en contraction, la circulation de leur sang interrompue... Étudions l'intention de la nature et la construction du corps humain et nous trouverons la position et la contenance qu'elle prescrit clairement de donner au soldat. La tête doit être droite, dégagée hors des épaules, assise perpendiculairement au milieu d'elles. Elle doit n'être tournée ni à gauche ni à droite, parce que, vu la correspondance qu'il y a entre les vertèbres du col et l'omoplate à laquelle elles sont attachées, aucune d'elles ne peut agir circulairement sans entraîner légèrement du même côté qu'elle agit une des branches de l'épaule, et qu'alors le corps n'étant plus placé carrément, le soldat ne peut plus marcher droit devant lui ni servir de point d'alignement... L'os de la hanche que l'Ordonnance indique comme le point contre lequel le bec de la crosse doit appuyer n'étant pas situé de même chez tous les hommes, le fusil doit être chez les uns porté plus à droite, chez les autres plus à gauche. Pour la même raison d'inégalité de structure, la sous-garde se trouve être plus ou moins serrée contre le corps, suivant qu'un homme a la partie extérieure de l'épaule plus ou moins charnue, etc.[1]. »

On a vu comment les procédures de la répartition disciplinaire avaient leur place parmi les techniques contemporaines de classification et de mise en tableau, mais comment elles y introduisaient le problème spécifique des individus et de la multiplicité. De même, les contrôles disciplinaires de l'activité prennent place parmi toutes les recherches, théoriques ou pratiques, sur la machinerie naturelle des corps; mais elles commencent à y découvrir des processus spécifiques; le comportement et ses exigences organiques vont peu à peu se substituer à la simple physique du mouvement. Le corps, requis d'être docile jusque dans ses moindres opérations, oppose et montre les conditions de fonctionnement propres à un organisme. Le pouvoir disciplinaire a pour corrélatif une individualité non seulement analytique et « cellulaire » mais naturelle et « organique ».

L'ORGANISATION DES GENÈSES

En 1667, l'édit qui créait la manufacture des Gobelins prévoyait l'organisation d'une école. Soixante enfants boursiers devaient être choisis par le surintendant des bâtiments royaux, confiés pendant un temps à un maître qui devait assurer « leur éducation et leur instruction », puis mis en apprentissage chez les différents maîtres tapissiers de la manufacture (ceux-ci recevaient de ce fait un dédommagement pris sur la bourse des élèves); après six ans d'apprentissage, quatre ans de service, et une épreuve qualificatrice, ils avaient le droit de « lever et de tenir boutique » dans n'importe quelle ville du royaume. On retrouve là les caractères propres à l'apprentissage corporatif : rapport de dépendance à la fois individuelle et totale à l'égard du maître; durée statuaire de la formation qui est conclue par une épreuve qualificatrice; mais qui ne se décompose pas selon un programme précis; échange global entre le maître qui doit

1. J. A. de Gilbert, *Essai général de tactique*, 1772, I, p. 21-22.

donner son savoir et l'apprenti qui doit apporter ses services, son aide et souvent une rétribution. La forme de la domesticité se mêle à un transfert de connaissance[1]. En 1737, un édit organise une école de dessin pour les apprentis des Gobelins : elle n'est pas destinée à remplacer la formation chez les maîtres ouvriers, mais à la compléter. Or elle implique un tout autre aménagement du temps. Deux heures par jour sauf les dimanches et fêtes, les élèves se réunissent à l'école. On fait l'appel, d'après une liste affichée au mur ; les absents sont notés sur un registre. L'école est divisée en trois classes. La première pour ceux qui n'ont aucune notion de dessin ; on leur fait recopier des modèles, plus ou moins difficiles selon les aptitudes de chacun. La seconde « pour ceux qui ont déjà quelques principes », ou qui sont passés par la première classe ; ils doivent reproduire des tableaux « à vue et sans en prendre le trait », mais en ne considérant que le dessin. En troisième classe, ils apprennent les couleurs, font du pastel, s'initient à la théorie et à la pratique de la teinture. Régulièrement, les écoliers font des devoirs individuels ; chacun de ces exercices, marqué du nom de l'auteur et de la date d'exécution, est déposé entre les mains du professeur ; les meilleurs sont récompensés ; réunis à la fin de l'année et comparés entre eux, ils permettent d'établir les progrès, la valeur actuelle, la place relative de chaque élève ; on détermine alors ceux qui peuvent passer dans la classe supérieure. Un livre général, tenu par les professeurs et leurs adjoints doit enregistrer au jour le jour la conduite des élèves et tout ce qui se passe à l'école ; il est soumis périodiquement à un inspecteur[2].

L'école des Gobelins n'est que l'exemple d'un phénomène important : le développement, à l'époque classique, d'une nouvelle technique pour prendre en charge le temps des existences singulières ; pour régir les rapports du temps, des corps et des forces ; pour assurer un cumul de la durée ; et

1. Ce mélange apparaît clairement dans certaines clauses du contrat d'apprentissage : le maître est obligé de donner à son élève — moyennant son argent et son travail — tout son savoir, sans garder pour lui aucun secret ; sinon, il est passible d'amende. Cf., par exemple, F. Grosrenaud, *La Corporation ouvrière à Besançon*, 1907, p. 62.

2. Cf. E. Gerspach, *La Manufacture des Gobelins*, 1892.

pour inverser en profit ou en utilité toujours accrus le mouvement du temps qui passe. Comment capitaliser le temps des individus, le cumuler en chacun d'eux, dans leurs corps, dans leurs forces ou les capacités, et d'une manière qui soit susceptible d'utilisation et de contrôle? Comment organiser des durées profitables? Les disciplines, qui analysent l'espace, qui décomposent et recomposent les activités, doivent être aussi comprises comme des appareils pour additionner et capitaliser le temps. Et cela par quatre procédés, que l'organisation militaire montre en toute clarté.

1° Diviser la durée en segments, successifs ou parallèles, dont chacun doit parvenir à un terme spécifié. Par exemple, isoler le temps de formation et la période de la pratique; ne pas mêler l'instruction des recrues et l'exercice des vétérans; ouvrir des écoles militaires distinctes du service armé (en 1764, création de l'École de Paris, en 1776 création des douze écoles de province); recruter les soldats de métier dès le plus jeune âge, prendre des enfants, « les faire adopter par la patrie, les élever dans des écoles particulières[1] »; enseigner successivement la posture, puis la marche, puis le maniement des armes, puis le tir, et ne passer à une activité que si la précédente est entièrement acquise : « C'est une des principales fautes de montrer à un soldat tout l'exercice à la fois[2] »; bref décomposer le temps en filières, séparées et ajustées. 2° Organiser ces filières selon un schéma analytique — successions d'éléments aussi simples que possible, se combinant selon une complexité croissante. Ce qui suppose que l'instruction abandonne le principe de la répétition analogique. Au XVIe siècle, l'exercice militaire consistait surtout à mimer tout ou partie du combat, et à faire croître globalement l'habileté ou la force du soldat[3]; au XVIIIe siècle l'instruction du « manuel » suit le principe de l'« élémentaire »; et non plus de l'« exemplaire » : gestes simples — position des doigts, flexion de la jambe, mouvement des bras — qui

1. C'était le projet de J. Servan, *Le Soldat citoyen*, 1780, p. 456.
2. Règlement de 1743 pour l'infanterie prussienne, Arsenal, Ms. 4076.
3. F. de la Noue recommandait la création d'académies militaires à la fin du XVIe siècle, voulait qu'on y apprenne « à manier les chevaux, courir la dague en pourpoint et quelquefois armé, tirer des armes, voltiger, sauter; si on ajoutait le nager et le lutter, il ne rend que meilleur, car tout cela rend la personne plus robuste et plus adestre ». *Discours politiques et militaires*, éd. 1614, p. 181-182.

sont au plus les composants de base pour les conduites utiles, et qui assurent en outre un dressage général de la force, de l'habileté, de la docilité. 3° Finaliser ces segments temporels, leur fixer un terme marqué par une épreuve, qui a pour triple fonction d'indiquer si le sujet a atteint le niveau statutaire, de garantir la conformité de son apprentissage à celui des autres, et de différencier les capacités de chaque individu. Quand les sergents, caporaux, etc. « chargés d'instruire les autres, croiront avoir mis quelqu'un en état de passer à la première classe, ils le présenteront d'abord aux Officiers de leur compagnie qui l'examineront avec attention ; s'ils ne le trouvent pas encore assez exercé, ils refuseront de l'y admettre ; si au contraire l'homme présenté leur paraît dans le cas d'être reçu, les dits officiers le proposeront eux-mêmes au commandant du régiment, qui le verra s'il le juge à propos, et le fera examiner par les officiers majors. Les fautes les plus légères suffiront pour le refuser, et nul ne pourra passer de la seconde classe à la première sans avoir subi ce premier examen[1] ». 4° Mettre en place des séries ; prescrire à chacun, selon son niveau, son ancienneté, son grade, les exercices qui lui conviennent ; les exercices communs ont un rôle différenciateur et chaque différence comporte des exercices spécifiques. Au terme de chaque série, d'autres commencent, forment un branchement, et se subdivisent à leur tour. De sorte que chaque individu se trouve pris dans une série temporelle, qui définit spécifiquement son niveau ou son rang. Polyphonie disciplinaire des exercices : « Les soldats de la seconde classe seront exercés tous les matins par les sergents, caporaux, anspessades, soldats de la première classe... Les soldats de la première classe seront exercés tous les dimanches par le chef de l'escouade... ; les caporaux et les anspessades le seront tous les mardis après-midi par les sergents de leur compagnie et ceux-ci tous les 2, 12 et 22 de chaque mois après-midi aussi par les officiers majors[2]. »

C'est ce temps disciplinaire qui s'impose peu à peu à la pratique pédagogique — spécialisant le temps de formation et le détachant du temps adulte, du temps du métier acquis ;

1. *Instruction par l'exercice de l'infanterie,* 14 mai 1754.
2. *Ibid.*

1 N. Andry. *L'orthopédie ou l'art de prévenir et de corriger dans les enfants les difformités du corps*, 1749.

2 Médaille commémorative de la première revue militaire passée par Louis XIV en 1666. (B.N. Cabinet des médailles.) *Cf. p. 220.*

3/4 P. Giffart. *L'Art militaire français*, 1696. *Cf. p. 181.*

FIGURE LXVI.

Reposez-vous sur vos armes.

CE commandement s'execute en quatre temps : le premier, en étendant le bras droit vis-à-vis la cravatte, le mousquet planté droit sur sa crosse : le second temps, en laissant glisser le mousquet au dessous de la ceinture de la culotte, & en haussant la main gauche au bout du canon du mousquet : le troisiéme, en laissant tomber la crosse du mousquet : & le quatriéme, en glissant la main droite pour la joindre à la main gauche.

FIGURE LXVI.

Reposez vous sur vos armes.

FIGURE LXX.

Reprenez vos mesches.

CE commandement s'execute en quatre temps : le premier est, d'avancer la pointe du pied droit à quatre doigts de la mesche, ayant le bras droit étendu à la hauteur de la cravatte : le deuxiéme est, de baisser le corps en tenant le jarret roide, & le genouil droit un peu plié pour prendre la mesche dans les doigts de la main droite : le troisiéme temps est, de se relever droit en mettant le pied droit vis-à-vis du pied gauche, & en glissant la crosse du mousquet en dedans pour remettre la mesche dans les doigts de la main gauche : le quatriéme temps est, de repousser son mousquet sur l'épaule, & d'étendre le bras droit le long de la cuisse.

FIGURE LXX.

Reprenez vos méches

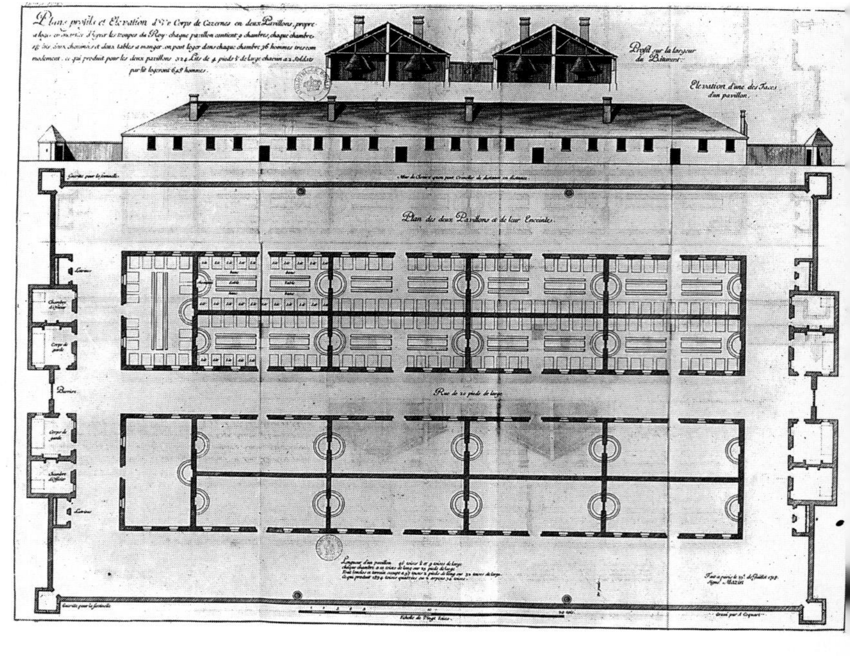

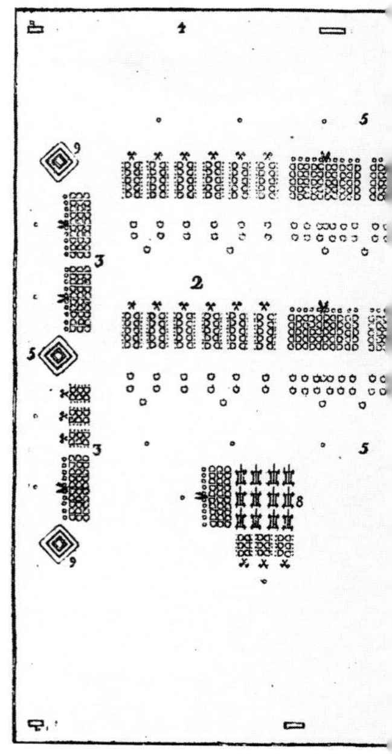

5/6 Plans joints à l'Ordonnance du 25 septembre 1719 sur la construction des casernes. *Cf. p. 166.*

7 P. G. Joly de Maizeroy. *Théorie de la guerre,* 1777. Camp pour 18 bataillons et 24 escadrons.
1. Campement de l'infanterie. *2.* De la cavalerie.
3. Des troupes légères. *4.* Grands gardes.
5. Alignement des gardes du camp.
6. Quartier général. *7.* Parc de l'artillerie.
8. Parc des vivres. *9.* Redoute. *Cf. p. 202.*

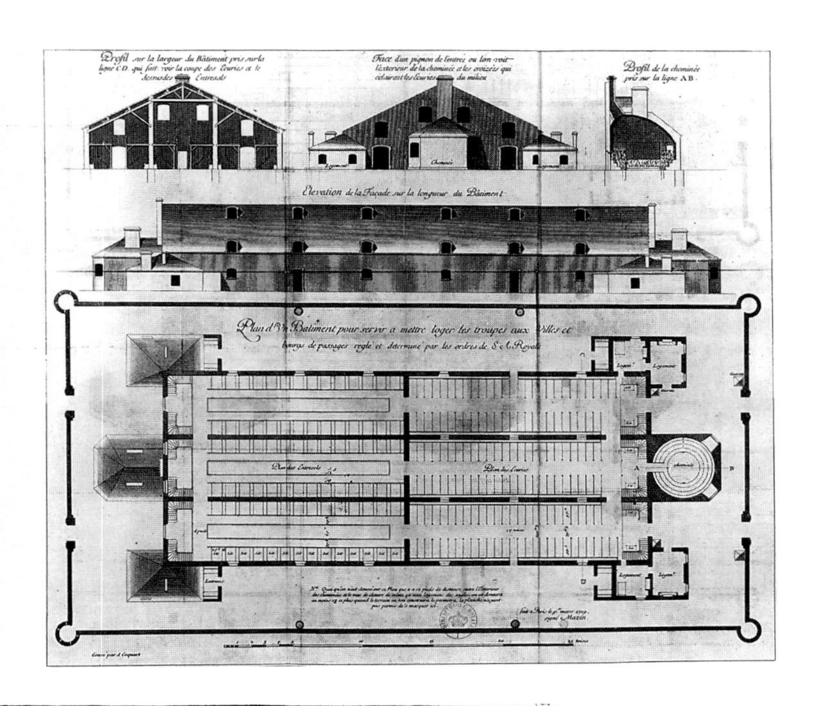
Profil sur la largeur du Bâtiment pris sur la ligne CD qui fait voir la coupe des Ecuries et le dessus des Entresols
Face d'un pignon de l'entrée ou l'on voit l'exterieur de la cheminée et les croizées qui éclairent les Ecuries du milieu
Profil de la cheminée pris sur la ligne AB.
Elevation de la Façade sur la longueur du Bâtiment
Plan d'Un Batiment pour servir a mettre loger les troupes aux Villes et bourgs de passages reglé et determiné par les ordres de S. A. Royale

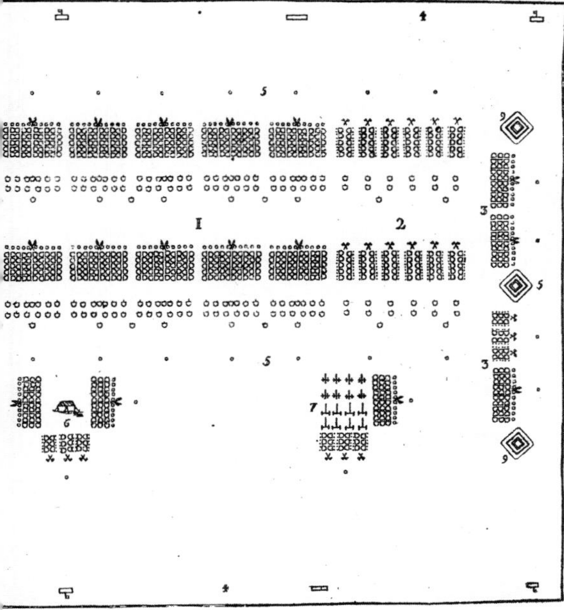
4
5
9
1
2
3
5
3
5
6
7
9
4

Art
d'Ecrire
par
Paillasson
B B B B
3
8
9 1 2 4 5 7 6
D
C
E

8 Modèle pour l'écriture. (Collections historiques de l'I.N.R.D.P.) *Cf. p. 179.*

9 Collège de Navarre. Dessiné et gravé par François Nicolas Martinet, vers 1760. (Collections historiques de l'I.N.R.D.P.) *Cf. p. 168.*

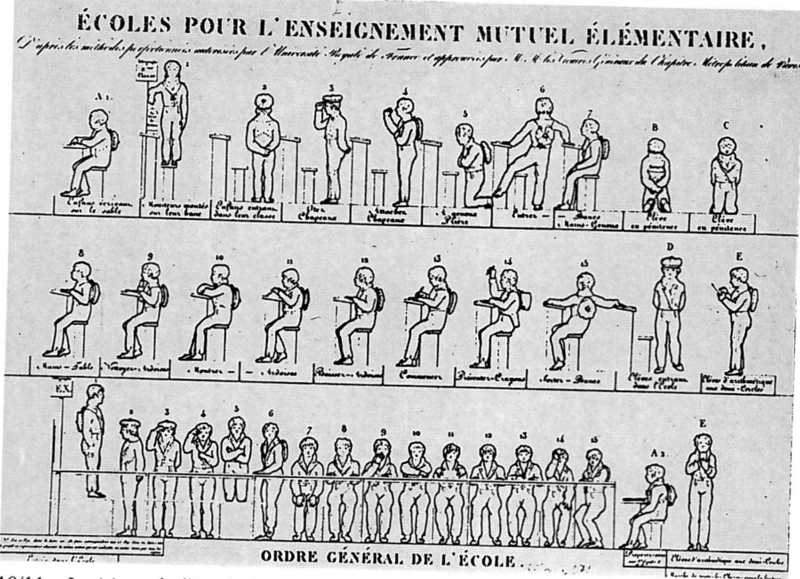

10/11 *Intérieur de l'Ecole d'enseignement mutuel, située rue du Port-Mahon, au moment de l'exercice d'écriture*. Lithographie de Hippolite Lecomte, 1818. (Collections historiques de l'I.N.R.D.P.) *Cf. p. 173*.

12 B. Poyet. Projet d'hôpital, 1786. *Cf. p. 205.*

13 J. F. de Neufforge. Projet d'hôpital. Recueil élémentaire d'architecture (1757-1780). *Cf. p. 205.*

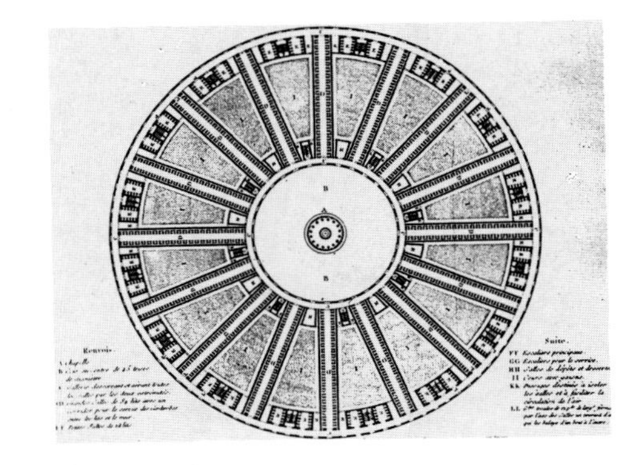

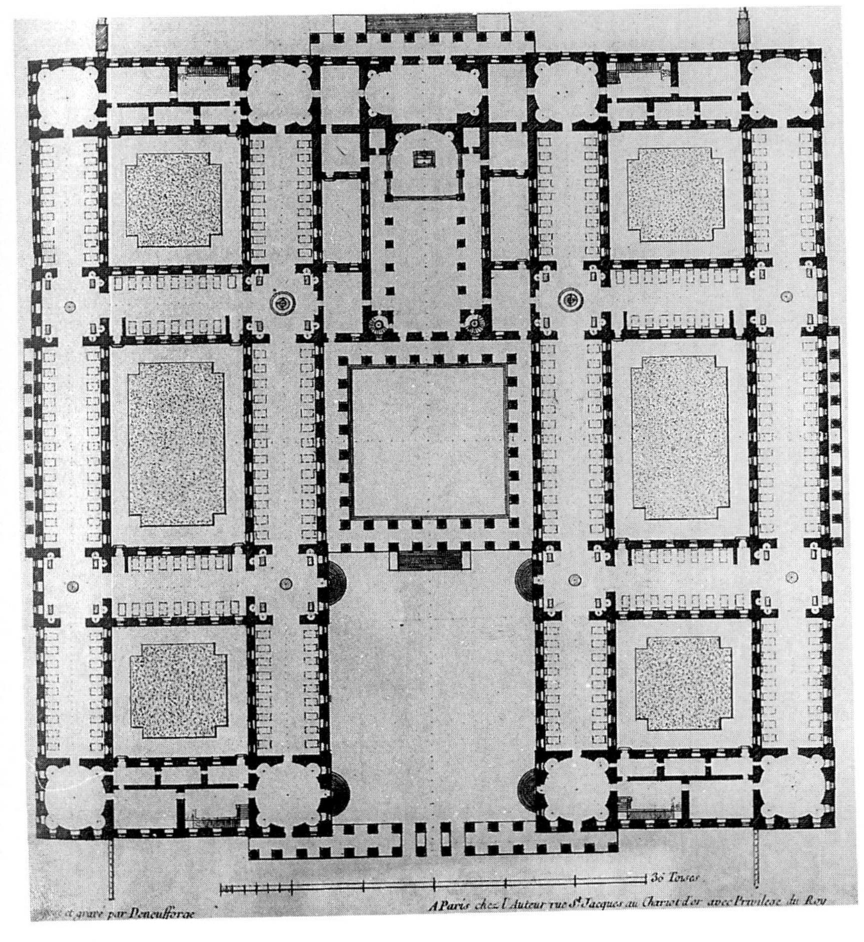

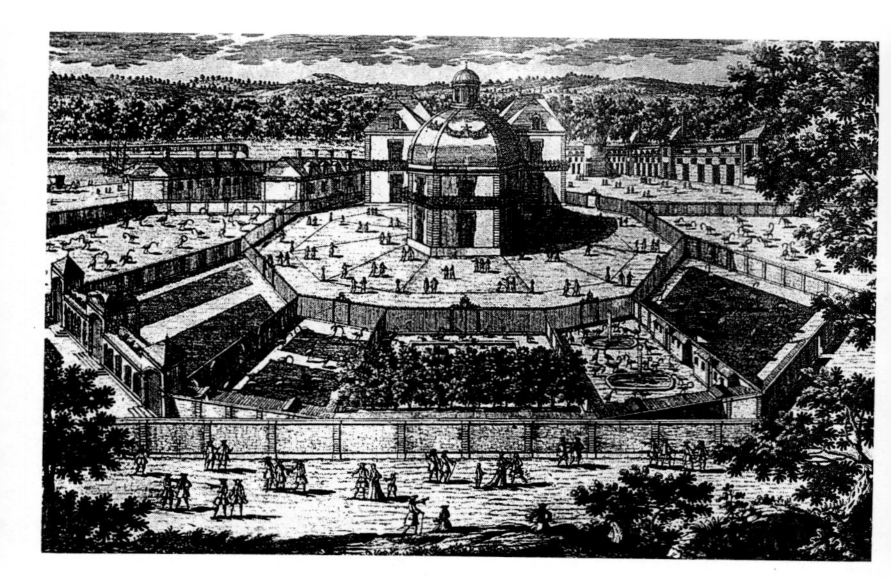

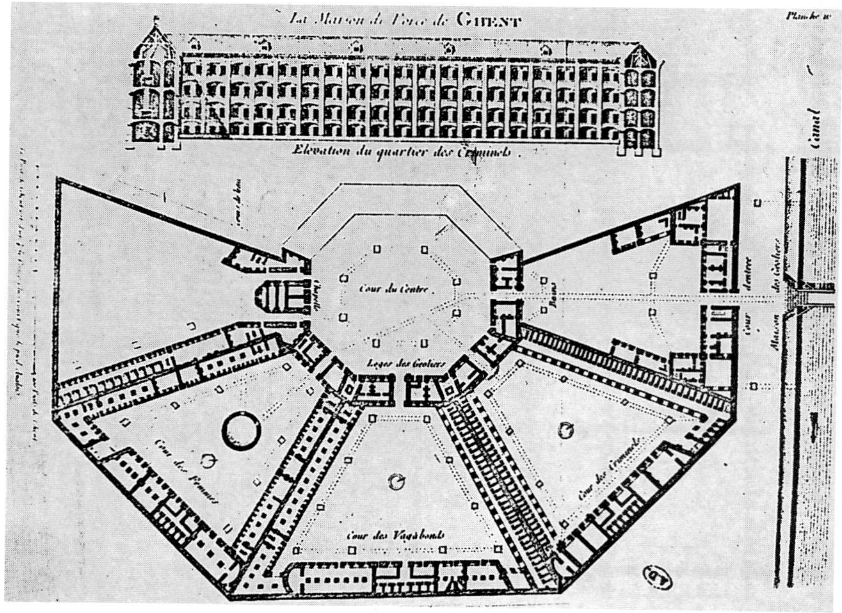

14 Ménagerie de Versailles à l'époque de Louis XIV, gravure d'Aveline. *Cf. p. 237.*

15 Plan de la Maison de force de Gand, 1773. *Cf. p. 143.*

16 J. F. de Neufforge. Projet de prison, *loc. cit. Cf. p. 205.*

Plan pour une grande Prison
30 Toises
Composé et gravé par Deneufforge
A Paris chez l'Auteur rue St Jacques au Chariot d'or avec Privilège du Roy

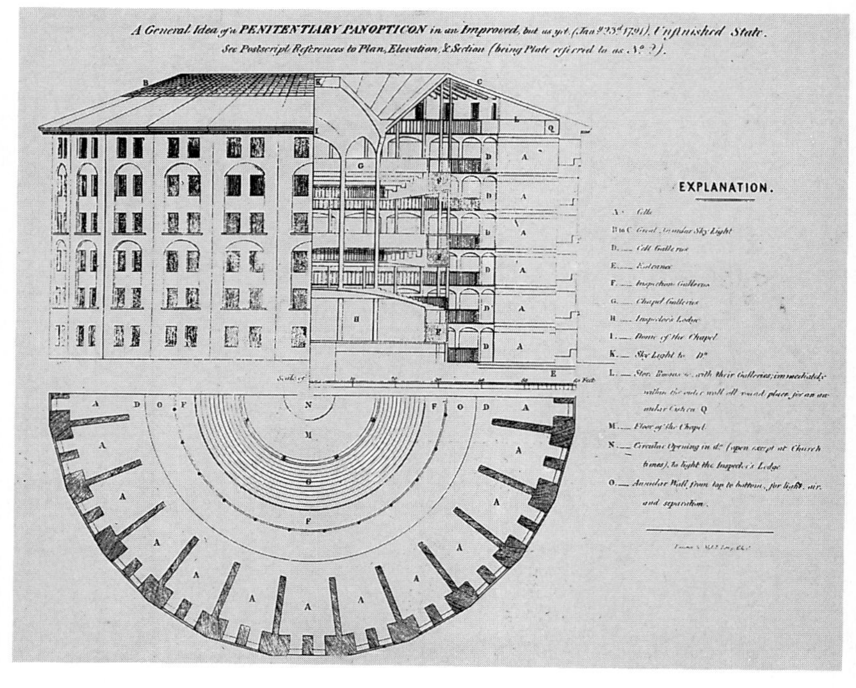

17 J. Bentham. Plan du Panopticon (*The Works of Jeremy Bentham*, éd. Bowring, t. IV, p. 172-173). *Cf. p. 234.*

18/19 N. Harou-Romain. Projets de pénitenciers, 1840. *Cf. p. 290.*

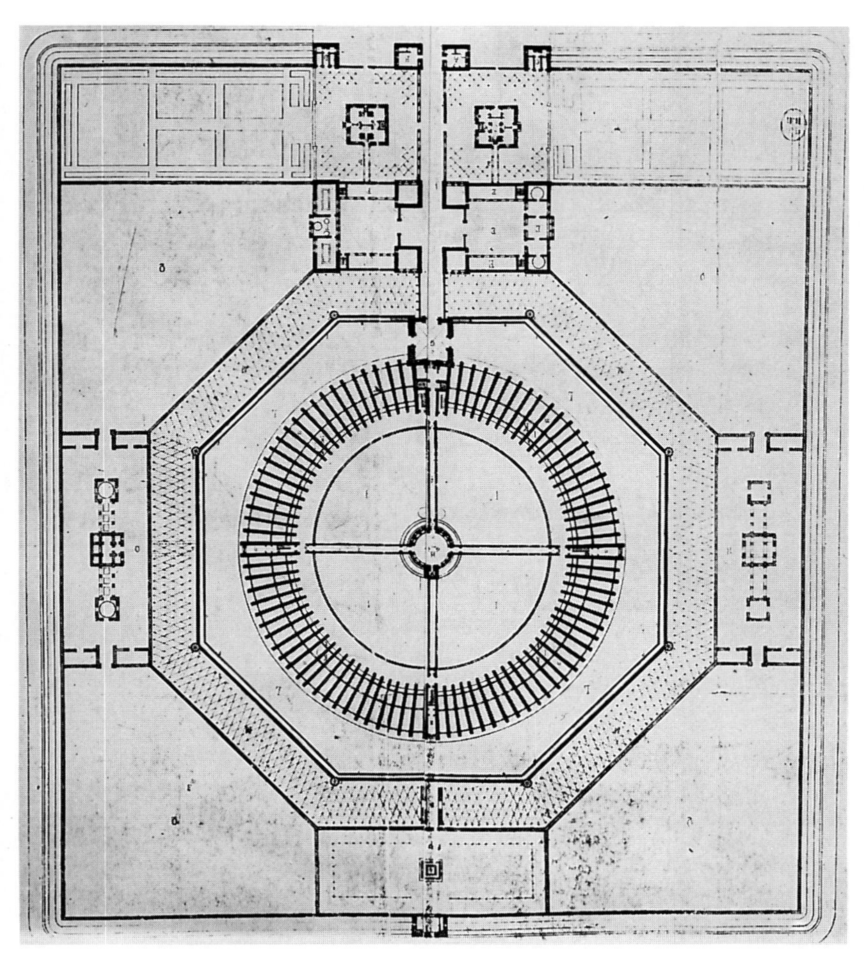

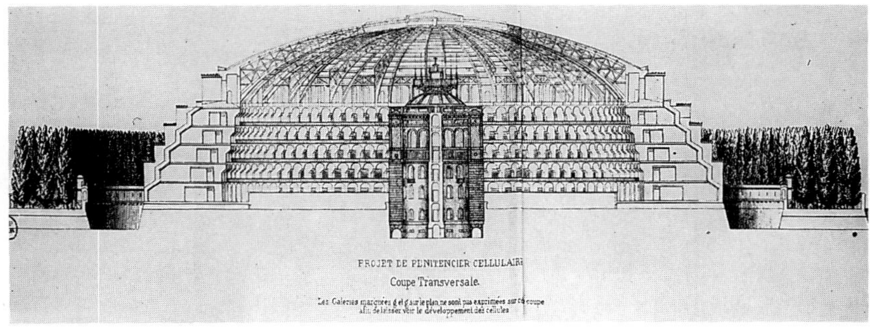
PROJET DE PENITENCIER CELLULAIRE
Coupe Transversale.
Les Galeries marquées g et g sur le plan ne sont pas exprimées sur ce coupe
afin de laisser voir le développement des cellules

20 N. Harou-Romain. Projet de pénitencier, 1840.
Plan et coupe des cellules. *Cf. p. 290.*
Chaque cellule comporte une entrée, une chambre, un atelier, un promenoir. Pendant la prière, la porte de l'entrée est ouverte, le prisonnier agenouillé (dessin central).

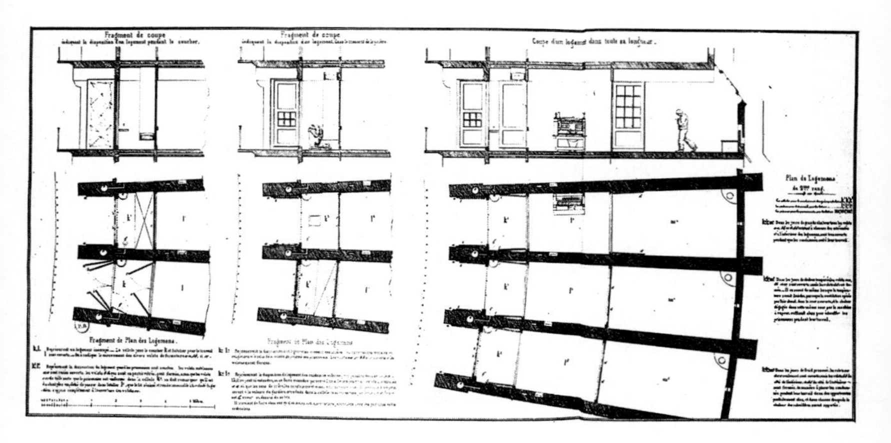

21 N. Harou-Romain. Projet de pénitencier, 1840.
Un détenu, dans sa cellule, fait sa prière
devant la tour centrale de surveillance. *Cf. p. 290.*

PRISON CELLULAIRE

Pour 585 Condamnés

Plan Général

Echelle de

22 A. Blouet. Projet de prison cellulaire pour 585 condamnés, 1843. *Cf. p. 290.*
23 Plan de la prison de Mazas. *Cf. p. 290.*
24 Prison de la Petite Roquette. *Cf. p. 290.*

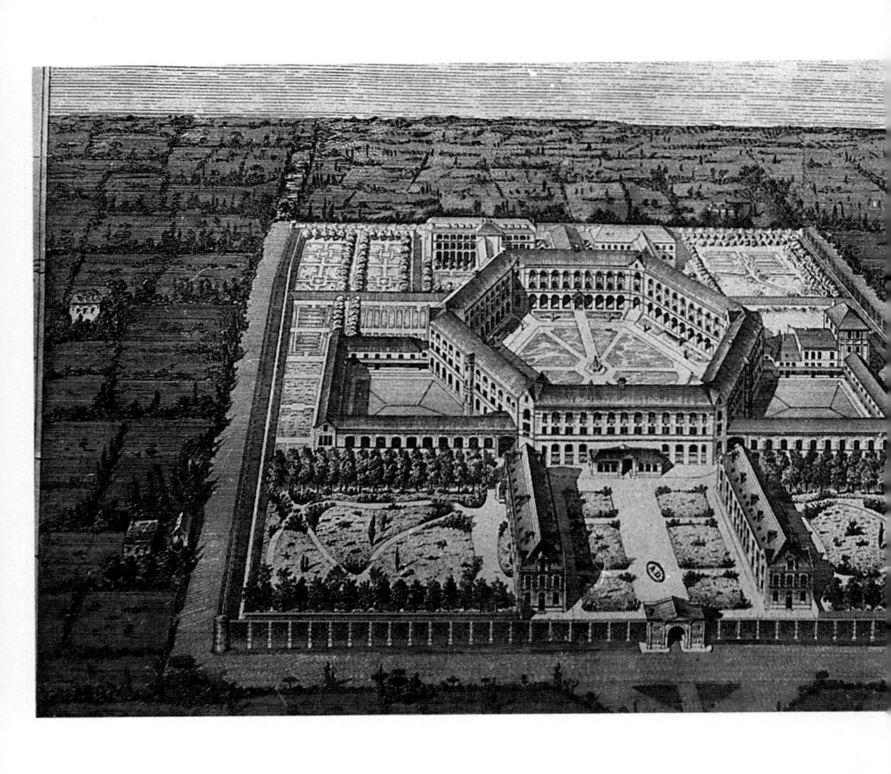

25 La Maison centrale de Rennes en 1877. *Cf. p. 290.*

26 Intérieur du pénitencier de Stateville, États-Unis, XXe siècle. *Cf. p. 290.*

27 Le coucher à la colonie de Mettray. *Cf. p. 344.*

28 Conférence sur les méfaits de l'alcoolisme dans l'auditorium de la prison de Fresnes.

29 *Machine à vapeur pour la correction célérifère des petites filles et des petits garçons.* Les Pères et Mères, Oncles, Tantes, Tuteurs, Tutrices, Maîtres et Maîtresses de Pensions et généralement toutes les personnes qui auraient des Enfans parresseux, gourmans, indociles, mutins, insolens, querelleurs, rapporteurs, bavards, irreligieux, ou ayant quelque autre défaut, sont prévenues que Mr Croquemitaine et Mme Briquabrac viennent d'établir dans chaque chef-lieux de mairie de la ville de Paris une machine semblable à celle représentée sur cette gravure et qu'on reçoit tous les jours dans leurs établissemens, depuis midi jusqu'à 2 heures, tous les méchans Enfans qui ont besoin d'être corrigés.

MM. Loupgarrou, le charbonnier Rotomago, Mange sans faim, et Mesdames Penthere furieuse, Ganache sans pitié et Bois sans soif, amis et parents de Mr Croquemitaine et de Mme Briquabrac, établiront sous peu de semblables Machines pour être envoyées dans les villes de provinces et s'y rendront eux mêmes incessamment pour en diriger l'éxécution. Le bon marché de la correction donnée par la Machine à vapeur et les surprenans effets qu'elle produit engageront les parents a sans servir aussi souvent que la mauvaise conduite de leurs enfans pourra le nécessiter. On prend aussi en pension les enfans incorrigibles, ils sont nourris au Pain et à l'Eau.
Gravure de la fin du XVIIIe siècle. (Collections historiques de l'I.N.R.D.P.)

30 N. Andry. *L'orthopédie ou l'art de prévenir et de corriger dans les enfants les difformités du corps*, 1749.

aménageant différents stades séparés les uns des autres par des épreuves graduées; déterminant des programmes, qui doivent se dérouler chacun pendant une phase déterminée, et qui comportent des exercices de difficulté croissante; qualifiant les individus selon la manière dont ils ont parcouru ces séries. Au temps « initiatique » de la formation traditionnelle (temps global, contrôlé par le seul maître, sanctionné par une épreuve unique), le temps disciplinaire a substitué ses séries multiples et progressives. Toute une pédagogie analytique se forme, très minutieuse dans son détail (elle décompose jusque dans ses éléments les plus simples la matière d'enseignement, elle hiérarchise en degrés serrés chaque phase du progrès) et très précoce aussi dans son histoire (elle anticipe largement sur les analyses génétiques des idéologues dont elle apparaît comme le modèle technique). Demia, au tout début du XVIIIe siècle, voulait qu'on divise l'apprentissage de la lecture en sept niveaux : le premier pour ceux qui apprennent à connaître les lettres, le second pour ceux qui apprennent à épeler, le troisième pour ceux qui apprennent à joindre les syllabes, pour en faire des mots, le quatrième pour ceux qui lisent le latin par phrase ou de ponctuation en ponctuation, le cinquième pour ceux qui commencent à lire le français, le sixième pour les plus capables dans la lecture, le septième pour ceux qui lisent les manuscrits. Mais dans le cas où les élèves seraient nombreux, il faudrait introduire encore des subdivisions; la première classe devrait comporter quatre bandes : l'une pour ceux qui apprennent « les lettres simples »; l'autre pour ceux qui apprennent les lettres mêlées; une troisième pour ceux qui apprennent les lettres abrégées (â, ê...); une dernière pour ceux qui apprennent les lettres doubles (ff, ss, tt, st). La seconde classe serait partagée en trois bandes : pour ceux qui « comptent chaque lettre tout haut avant d'épeler la syllabe D.O., DO »; pour ceux « qui épèlent les syllabes les plus difficiles, comme est bant, brand, spinx », etc.[1]. Chaque palier dans la combinatoire des éléments doit s'inscrire à l'intérieur d'une grande série temporelle, qui est à la fois une marche naturelle de l'esprit et un code pour les procédures éducatives.

1. Demia, *Règlement pour les écoles de la ville de Lyon*, 1716, p. 19-20.

La mise en « série » des activités successives permet tout un investissement de la durée par le pouvoir : possibilité d'un contrôle détaillé et d'une intervention ponctuelle (de différenciation, de correction, de châtiment, d'élimination) en chaque moment du temps ; possibilité de caractériser, donc d'utiliser les individus selon le niveau qui est le leur dans les séries qu'ils parcourent ; possibilité de cumuler le temps et l'activité, de les retrouver, totalisés et utilisables dans un résultat dernier, qui est la capacité finale d'un individu. On ramasse la dispersion temporelle pour en faire un profit et on garde la maîtrise d'une durée qui échappe. Le pouvoir s'articule directement sur le temps ; il en assure le contrôle et en garantit l'usage.

Les procédés disciplinaires font apparaître un temps linéaire dont les moments s'intègrent les uns aux autres, et qui s'oriente vers un point terminal et stable. En somme, un temps « évolutif ». Or, il faut se rappeler qu'au même moment, les techniques administratives et économiques de contrôle faisaient apparaître un temps social de type sériel, orienté et cumulatif : découverte d'une évolution en termes de « progrès ». Les techniques disciplinaires, elles, font émerger des séries individuelles : découverte d'une évolution en termes de « genèse ». Progrès des sociétés, genèse des individus, ces deux grandes « découvertes » du XVIIIe siècle sont peut-être corrélatives des nouvelles techniques de pouvoir, et, plus précisément, d'une nouvelle manière de gérer le temps et de le rendre utile, par découpe segmentaire, par sériation, par synthèse et totalisation. Une macro- et une microphysique de pouvoir ont permis, non pas certes l'invention de l'histoire (il y avait beau temps qu'elle n'avait plus besoin de l'être) mais l'intégration d'une dimension temporelle, unitaire, continue, cumulative dans l'exercice des contrôles et la pratique des dominations. L'historicité « évolutive », telle qu'elle se constitue alors — et si profondément qu'elle est encore aujourd'hui pour beaucoup une évidence — est liée à un mode de fonctionnement du pouvoir. Tout comme, sans doute, l'« histoire-remémoration » des chroniques, des généalogies, des exploits, des règnes et des actes avait été longtemps liée à une autre modalité du pouvoir. Avec les nouvelles techniques d'assujettissement, la « dynamique » des évolutions continues tend à remplacer la « dynastique » des événements solennels.

En tout cas, le petit continuum temporel de l'individualité-genèse semble bien être, comme l'individualité-cellule ou l'individualité-organisme, un effet et un objet de la discipline. Et au centre de cette sériation du temps, on trouve une procédure qui est, pour elle, ce qu'était la mise en « tableau » pour la répartition des individus et le découpage cellulaire; ou encore, ce qu'était la « manœuvre » pour l'économie des activités et le contrôle organique. Il s'agit de l'« exercice ». L'exercice, c'est cette technique par laquelle on impose aux corps des tâches à la fois répétitives et différentes, mais toujours graduées. En infléchissant le comportement vers un état terminal, l'exercice permet une perpétuelle caractérisation de l'individu soit par rapport à ce terme, soit par rapport aux autres individus, soit par rapport à un type de parcours. Ainsi, il assure, dans la forme de la continuité et de la contrainte, une croissance, une observation, une qualification. Avant de prendre cette forme strictement disciplinaire, l'exercice a eu une longue histoire : on le trouve dans les pratiques militaires, religieuses, universitaires — tantôt rituel d'initiation, cérémonie préparatoire, répétition théâtrale, épreuve. Son organisation linéaire, continûment progressive, son déroulement génétique le long du temps sont, au moins dans l'armée et à l'école, d'introduction tardive. Et sans doute d'origine religieuse. En tout cas, l'idée d'un « programme » scolaire qui suivrait l'enfant jusqu'au terme de son éducation et qui impliquerait d'année en année, de mois en mois, des exercices de complexité croissante, est apparue, semble-t-il, d'abord dans un groupe religieux, les Frères de la Vie commune[1]. Fortement inspirés par Ruysbroek et la mystique rhénane, ils ont transposé une part des techniques spirituelles à l'éducation — et à celle non pas seulement des clercs, mais des magistrats et des marchands : le thème d'une perfection vers laquelle guide le maître exemplaire, devient chez eux celui d'un perfectionnement autoritaire des élèves par le professeur; les exercices de plus en plus rigoureux que

1. Cf. G. Codina Meir, *Aux sources de la pédagogie des Jésuites*, 1968, p. 160 et suiv.

se propose la vie ascétique deviennent les tâches de complexité croissante qui marquent l'acquisition progressive du savoir et de la bonne conduite; l'effort de la communauté tout entière vers le salut devient le concours collectif et permanent des individus qui se classent les uns par rapport aux autres. Ce sont peut-être des procédures de vie et de salut communautaires qui ont été le premier noyau de méthodes destinées à produire des aptitudes individuellement caractérisées mais collectivement utiles [1]. Sous sa forme mystique ou ascétique, l'exercice était une manière d'ordonner le temps d'ici-bas à la conquête du salut. Il va peu à peu, dans l'histoire de l'Occident, inverser son sens en gardant certaines de ses caractéristiques : il sert à économiser le temps de la vie, à le cumuler sous une forme utile, et à exercer le pouvoir sur les hommes par l'intermédiaire du temps ainsi aménagé. L'exercice, devenu élément dans une technologie politique du corps et de la durée, ne culmine pas vers un au-delà; mais il tend vers un assujettissement qui n'a jamais fini de s'achever.

LA COMPOSITION DES FORCES

« Commençons par détruire l'ancien préjugé d'après lequel on croyait augmenter la force d'une troupe en augmentant sa profondeur. Toutes les lois physiques sur le mouvement deviennent des chimères quand on veut les adapter à la

1. Par l'intermédiaire des écoles de Liège, Devenport, Zwolle, Wesel; et grâce aussi à Jean Sturm, à son mémoire de 1538 pour l'organisation d'un gymnasium à Strasbourg. Cf. *Bulletin de la société d'histoire du protestantisme*, t. XXV, p. 499-505.

A noter que les rapports entre l'armée, l'organisation religieuse et la pédagogie sont fort complexes. La « décurie », unité de l'armée romaine, se retrouve dans les couvents bénédictins, comme unité de travail et sans doute de surveillance. Les Frères de la Vie commune la leur ont empruntée, et l'ont transposée à leur organisation pédagogique : les élèves étant groupés par 10. C'est cette unité que les Jésuites ont reprise dans la scénographie de leurs collèges, réintroduisant là un modèle militaire. Mais la décurie à son tour a été dissoute au profit d'un schéma encore plus militaire avec rang, colonnes, lignes.

tactique[1]. » Depuis la fin du XVIIe siècle, le problème technique de l'infanterie a été de s'affranchir du modèle physique de la masse. Armée de piques et de mousquets — lents, imprécis, ne permettant guère d'ajuster une cible et de viser — une troupe était utilisée soit comme un projectile, soit comme un mur ou une forteresse : « la redoutable infanterie de l'armée d'Espagne »; la répartition des soldats dans cette masse se faisait surtout d'après leur ancienneté et leur vaillance; au centre, chargés de faire poids et volume, de donner de la densité au corps, les plus novices; devant, aux angles et sur les côtés, les soldats les plus courageux ou réputés les plus habiles. On est passé au cours de l'époque classique à tout un jeu d'articulations fines. L'unité — régiment, bataillon, section, plus tard « division[2] » — devient une sorte de machine aux pièces multiples qui se déplacent les unes par rapport aux autres, pour arriver à une configuration et obtenir un résultat spécifique. Les raisons de cette mutation? Certaines sont économiques : rendre utile chaque individu et rentable la formation, l'entretien, l'armement des troupes; donner à chaque soldat, unité précieuse, un maximum d'efficacité. Mais ces raisons économiques n'ont pu devenir déterminantes qu'à partir d'une transformation technique : l'invention du fusil[3] : plus précis, plus rapide que le mousquet, il valorisait l'habileté du soldat; mieux capable d'atteindre une cible déterminée, il permettait d'exploiter la puissance de feu au niveau individuel; et inversement il faisait de tout soldat une cible possible, appelant du même coup une plus grande mobilité; il entraînait donc la disparition d'une technique des masses au profit d'un art qui distribuait les unités et les hommes le long de lignes étendues, relativement souples et mobiles. De là la nécessité de trouver toute une pratique calculée des emplacements individuels et collectifs, des déplacements de groupes ou d'éléments isolés, des change-

1. J.A. de Guibert, *Essai général de tactique*, 1772, I, 18. A vrai dire, ce très vieux problème avait repris actualité au XVIIIe siècle, pour les raisons économiques et techniques qu'on verra; et le « préjugé » en question avait été discuté bien souvent en dehors de Guibert lui-même (autour de Folard, de Pireh, de Mesnil-Durand).

2. Au sens où ce terme fut employé depuis 1759.

3. On peut dater en gros de la bataille de Steinkerque (1699) le mouvement qui généralisa le fusil.

ments de position, de passage d'une disposition à une autre; bref d'inventer une machinerie dont le principe n'est plus la masse mobile ou immobile, mais une géométrie de segments divisibles dont l'unité de base est le soldat mobile avec son fusil[1]; et sans doute, au-dessous du soldat lui-même, les gestes minimaux, les temps d'actions élémentaires, les fragments d'espaces occupés ou parcourus.

Mêmes problèmes lorsqu'il s'agit de constituer une force productive dont l'effet doit être supérieur à la somme des forces élémentaires qui la composent : « Que la journée de travail combinée acquière cette productivité supérieure en multipliant la puissance mécanique du travail, en étendant son action dans l'espace ou en resserrant le champ de production par rapport à son échelle, en mobilisant aux moments critiques de grandes quantités de travail... la force spécifique de la journée combinée est une force sociale du travail ou une force du travail social. Elle naît de la coopération elle-même[2]. »

Ainsi apparaît une exigence nouvelle à laquelle la discipline doit répondre : construire une machine dont l'effet sera maximalisé par l'articulation concertée des pièces élémentaires dont elle est composée. La discipline n'est plus simplement un art de répartir des corps, d'en extraire et d'en cumuler du temps, mais de composer des forces pour obtenir un appareil efficace. Cette exigence se traduit de plusieurs manières.

1. Le corps singulier devient un élément qu'on peut placer, mouvoir, articuler sur d'autres. Sa vaillance ou sa force ne sont plus les variables principales qui le définissent; mais la

1. Sur cette importance de la géométrie, voir J. de Beausobre : « La science de la guerre est essentiellement géométrique... L'arrangement d'un bataillon et d'un escadron sur tout un front et tant de hauteur est seul l'effet d'une géométrie profonde encore ignorée » (*Commentaires sur les défenses des places*, 1757, t. II, p. 307).

2. K. Marx, *Le Capital*, livre I, 4e section, chap. XIII. Marx insiste à plusieurs reprises sur l'analogie entre les problèmes de la division du travail et ceux de la tactique militaire. Par exemple : « De même que la force d'attaque d'un escadron de cavalerie ou la force de résistance d'un régiment de cavalerie diffèrent essentiellement de la force des sommes individuelles,... de même la somme des forces mécaniques d'ouvriers isolés diffère de la force mécanique qui se développe dès qu'ils fonctionnent conjointement et simultanément dans une seule opération indivise. » *(Ibid.)*

place qu'il occupe, l'intervalle qu'il couvre, la régularité, le bon ordre selon lesquels il opère ses déplacements. L'homme de troupe est avant tout un fragment d'espace mobile, avant d'être un courage ou un honneur. Caractérisation du soldat par Guibert : « Quand il est sous les armes, il occupe deux pieds dans son plus grand diamètre, c'est-à-dire à le prendre d'un bout à l'autre, et environ un pied dans sa plus grande épaisseur, prise de la poitrine aux épaules, à quoi il faut ajouter un pied d'intervalle réel entre lui et l'homme qui le suit; ce qui donne deux pieds en tous sens par soldat et indique qu'une troupe d'infanterie en bataille occupe, soit dans un front soit dans sa profondeur, autant de pas qu'elle a de files[1]. » Réduction fonctionnelle du corps. Mais aussi insertion de ce corps-segment dans tout un ensemble sur lequel il s'articule. Le soldat dont le corps a été dressé à fonctionner pièce à pièce pour des opérations déterminées doit à son tour former élément dans un mécanisme d'un autre niveau. On instruira d'abord les soldats « un à un, puis deux à deux, ensuite en plus grand nombre... On observera pour le maniement des armes, quand les soldats y auront été instruits séparément, de le leur faire exécuter deux à deux, et de leur faire changer de place alternativement pour que celui de la gauche apprenne à se régler sur celui de droite[2] ». Le corps se constitue comme pièce d'une machine multisegmentaire.

2. Pièces également, les diverses séries chronologiques que la discipline doit combiner pour former un temps composé. Le temps des uns doit s'ajuster au temps des autres de manière que la quantité maximale de forces puisse être extraite de chacun et combinée dans un résultat optimal. Servan rêvait ainsi d'un appareil militaire qui couvrirait tout le territoire de la nation et où chacun serait occupé sans interruption mais de manière différente selon le segment évolutif, la séquence génétique dans laquelle il se trouve. La vie militaire commencerait au plus jeune âge, quand on apprendrait aux enfants, dans des « manoirs militaires », le métier des armes; elle s'achèverait dans ces mêmes manoirs, lorsque les vétérans, jusqu'à leur dernier jour, enseigneraient

1. J.A. de Guibert, *Essai général de tactique*, 1772, t. I, p. 27.
2. Ordonnance sur l'exercice de l'infanterie, 6 mai 1755.

les enfants, feraient manœuvrer les recrues, présideraient aux exercices des soldats, les surveilleraient lorsqu'ils exécuteraient des travaux d'intérêt public, et enfin feraient régner l'ordre dans le pays, pendant que la troupe se battrait aux frontières. Il n'est pas un seul moment de la vie dont on ne puisse extraire des forces, pourvu qu'on sache le différencier et le combiner avec d'autres. De la même façon on fait appel dans les grands ateliers aux enfants et aux vieillards ; c'est qu'ils ont certaines capacités élémentaires pour lesquelles il n'est pas nécessaire d'utiliser des ouvriers qui ont bien d'autres aptitudes ; de plus ils constituent une main-d'œuvre à bon marché ; enfin s'ils travaillent, ils ne sont plus à charge à personne. « L'humanité laborieuse, disait un receveur des finances à propos d'une entreprise d'Angers, peut trouver dans cette manufacture, depuis l'âge de dix ans jusqu'à la vieillesse des ressources contre l'oisiveté et la misère qui en est la suite[1]. » Mais c'est sans doute dans l'enseignement primaire que cet ajustement des chronologies différentes sera le plus subtil. Du XVIIe siècle à l'introduction, au début du XIXe siècle, de la méthode de Lancaster, l'horlogerie complexe de l'école mutuelle se bâtira rouage après rouage : on a confié d'abord aux élèves les plus âgés des tâches de simple surveillance, puis de contrôle du travail, puis d'enseignement ; si bien qu'en fin de compte, tout le temps de tous les élèves s'est trouvé occupé soit à enseigner soit à être enseigné. L'école devient un appareil à apprendre où chaque élève, chaque niveau et chaque moment, si on les combine comme il faut, sont en permanence utilisés dans le processus général d'enseignement. Un des grands partisans de l'école mutuelle donne la mesure de ce progrès : « Dans une école de 360 enfants, le maître qui voudrait instruire chaque élève à son tour pendant une séance de trois heures ne pourrait donner à chacun qu'une demi-minute. Par la nouvelle méthode, tous les 360 élèves écrivent, lisent ou comptent pendant deux heures et demie chacun[2]. »

3. Cette combinaison soigneusement mesurée des forces

1. Harvouin, Rapport sur la généralité de Tours ; *in* P. Marchegay, *Archives d'Anjou*, t. II, 1850, p. 360.

2. Samuel Bernard, Rapport du 30 octobre 1816, à la société de l'Enseignement mutuel.

exige un système précis de commandement. Toute l'activité de l'individu discipliné doit être scandée et soutenue par des injonctions dont l'efficace repose sur la brièveté et la clarté ; l'ordre n'a pas à être expliqué, ni même formulé ; il faut et il suffit qu'il déclenche le comportement voulu. Du maître de discipline à celui qui lui est soumis, le rapport est de signalisation : il s'agit non de comprendre l'injonction, mais de percevoir le signal, d'y réagir aussitôt, selon un code plus ou moins artificiel établi à l'avance. Placer les corps dans un petit monde de signaux à chacun desquels est attachée une réponse obligée et une seule : technique du dressage qui « exclut despotiquement en tout la moindre représentation, et le plus petit murmure » ; le soldat discipliné « commence à obéir quoi qu'on lui commande ; son obéissance est prompte et aveugle ; l'air d'indocilité, le moindre délai serait un crime[1] ». Le dressage des écoliers doit se faire de la même façon : peu de mots, pas d'explication, à la limite un silence total qui ne serait interrompu que par des signaux — cloches, claquements de mains, gestes, simple regard du maître, ou encore ce petit appareil de bois dont se servaient les Frères des Écoles chrétiennes ; on l'appelait par excellence le « Signal » et il devait porter dans sa brièveté machinale à la fois la technique du commandement et la morale de l'obéissance. « Le premier et principal usage du signal est d'attirer d'un seul coup tous les regards des écoliers sur le maître et de les rendre attentifs à ce qu'il veut leur faire connaître. Ainsi toutes les fois qu'il voudra attirer l'attention des enfants, et faire cesser tout exercice, il frappera un seul coup. Un bon écolier, toutes les fois qu'il entendra le bruit du signal s'imaginera entendre la voix du maître ou plutôt la voix de Dieu même qui l'appelle par son nom. Il entrera alors dans les sentiments du jeune Samuel, disant avec lui dans le fond de son âme : Seigneur, me voici. » L'élève devra avoir appris le code des signaux et répondre automatiquement à chacun d'eux. « La prière étant faite, le maître frappera un coup de signal, et regardant l'enfant qu'il veut faire lire, il lui fera signe de commencer. Pour faire arrêter celui qui lit, il frappera un coup de signal... Pour faire signe à celui qui lit de se

1. L. de Boussanelle, *Le Bon Militaire*, 1770, p. 2.

reprendre, quand il a mal prononcé une lettre, une syllabe ou un mot, il frappera deux coups successivement et coup sur coup. Si après avoir été repris, il ne recommence pas le mot qu'il a mal prononcé, parce qu'il en a lu plusieurs après celui-là, le maître frappera trois coups successivement l'un sur l'autre pour lui faire signe de rétrograder de quelques mots et continuera de faire ce signe, jusqu'à ce que l'écolier arrive à la syllabe ou au mot qu'il a mal dit[1]. » L'école mutuelle fera encore surenchère sur ce contrôle des comportements par le système des signaux auxquels il faut réagir dans l'instant. Même les ordres verbaux doivent fonctionner comme des éléments de signalisation : « Entrez dans vos bancs. Au mot *Entrez*, les enfants posent avec bruit la main droite sur la table et en même temps passent la jambe dans le banc; aux mots *dans vos bancs*, ils passent l'autre jambe et s'asseyent face à leurs ardoises... *Prenez-ardoises* au mot *prenez*, les enfants portent la main droite à la ficelle qui sert à suspendre l'ardoise au clou qui est devant eux, et par la gauche, ils saisissent l'ardoise par le milieu; au mot *ardoises*, ils la détachent et la posent sur la table[2]. »

En résumé, on peut dire que la discipline fabrique à partir des corps qu'elle contrôle quatre types d'individualité, ou plutôt une individualité qui est dotée de quatre caractères : elle est cellulaire (par le jeu de la répartition spatiale), elle est organique (par le codage des activités), elle est génétique (par le cumul du temps), elle est combinatoire (par la composition des forces). Et pour ce faire, elle met en œuvre quatre grandes techniques : elle construit des tableaux; elle prescrit des manœuvres; elle impose des exercices; enfin, pour assurer la combinaison des forces, elle aménage des « tactiques ». La tactique, art de construire, avec les corps localisés, les activités codées et les aptitudes formées, des appareils où le produit des forces diverses se trouve majoré par leur combinaison

1. J.-B. de La Salle, *Conduite des Écoles chrétiennes*, 1828, p. 137-138. Cf. aussi Ch. Demia, *Règlements pour les écoles de la ville de Lyon*, 1716, p. 21.

2. *Journal pour l'instruction élémentaire*, avril 1816. Cf. R.R. Tronchot. *L'enseignement mutuel en France*, thèse dactylographiée, I, qui a calculé que les élèves devaient recevoir plus de 200 commandements par jour (sans compter les ordres exceptionnels); pour la seule matinée 26 commandements par la voix, 23 par signes, 37 coups de sonnette, et 24 par coups de sifflet, ce qui fait un coup de sifflet ou de sonnette toutes les 3 minutes.

calculée est sans doute la forme la plus élevée de la pratique disciplinaire. Dans ce savoir, les théoriciens du XVIIIe siècle voyaient le fondement général de toute la pratique militaire, depuis le contrôle et l'exercice des corps individuels, jusqu'à l'utilisation des forces spécifiques aux multiplicités les plus complexes. Architecture, anatomie, mécanique, économie du corps disciplinaire : « Aux yeux de la plupart des militaires, la tactique n'est qu'une branche de la vaste science de la guerre ; aux miens, elle est la base de cette science ; elle est cette science elle-même, puisqu'elle enseigne à constituer les troupes, à les ordonner, à les mouvoir, à les faire combattre ; puisqu'elle seule peut suppléer au nombre, et manier la multitude ; elle incluera enfin la connaissance des hommes, des armes, des tensions, des circonstances, puisque ce sont toutes ces connaissances réunies, qui doivent déterminer ces mouvements[1]. » Ou encore : « Ce terme [de tactique]... donne l'idée de la position respective des hommes, qui composent une troupe quelconque de celle des différentes troupes qui composent une armée, de leurs mouvements et de leurs actions, des rapports qu'elles ont entre elles[2]. »

Il se peut que la guerre comme stratégie soit la continuation de la politique. Mais il ne faut pas oublier que la « politique » a été conçue comme la continuation sinon exactement et directement de la guerre, du moins du modèle militaire comme moyen fondamental pour prévenir le trouble civil. La politique, comme technique de la paix et de l'ordre intérieurs, a cherché à mettre en œuvre le dispositif de l'armée parfaite, de la masse disciplinée, de la troupe docile et utile, du régiment au camp et aux champs, à la manœuvre et à l'exercice. Dans les grands États du XVIIIe siècle, l'armée garantit la paix civile sans doute parce qu'elle est une force réelle, un glaive toujours menaçant, mais aussi parce qu'elle est une technique et un savoir qui peuvent projeter leur schéma sur le corps social. S'il y a une série politique-guerre qui passe par la stratégie, il y a une série armée-politique qui passe par la tactique. C'est la stratégie qui permet de comprendre la guerre comme une manière de mener la

1. J.A. de Guibert, *Essai général de tactique*, 1772, p. 4.
2. P. Joly de Maizeroy, *Théorie de la guerre*, 1777, p. 2.

politique entre les États; c'est la tactique qui permet de comprendre l'armée comme un principe pour maintenir l'absence de guerre dans la société civile. L'âge classique a vu naître la grande stratégie politique et militaire selon laquelle les nations affrontent leurs forces économiques et démographiques; mais il a vu naître aussi la minutieuse tactique militaire et politique par laquelle s'exerce dans les États le contrôle des corps et des forces individuelles. « Le » militaire — l'institution militaire, le personnage du militaire, la science militaire, si différents de ce qui caractérisait autrefois l'« homme de guerre » — se spécifie, pendant cette période, au point de jonction entre la guerre et les bruits de bataille d'une part, l'ordre et le silence obéissant de la paix de l'autre. Le songe d'une société parfaite, les historiens des idées le prêtent volontiers aux philosophes et aux juristes du XVIIIe siècle; mais il y a eu aussi un rêve militaire de la société; sa référence fondamentale était non pas à l'état de nature, mais aux rouages soigneusement subordonnés d'une machine, non pas au contrat primitif, mais aux coercitions permanentes, non pas aux droits fondamentaux, mais aux dressages indéfiniment progressifs, non pas à la volonté générale mais à la docilité automatique.

« Il faudrait rendre la discipline nationale », disait Guibert. « L'État que je peins aura une administration simple, solide, facile à gouverner. Il ressemblera à ces vastes machines, qui par des ressorts peu compliqués produisent de grands effets; la force de cet État naîtra de sa force, sa prospérité de sa prospérité. Le temps qui détruit tout augmentera sa puissance. Il démentira ce préjugé vulgaire qui fait imaginer que les empires sont soumis à une loi impérieuse de décadence et de ruine[1]. » Le régime napoléonien n'est pas loin et avec lui cette forme d'État qui lui subsistera et dont il ne faut pas oublier qu'il a été préparé par des juristes mais aussi par des soldats, des conseillers d'État et des bas officiers, des hommes de loi et des hommes de camp. La référence romaine dont s'est accompagnée cette formation porte bien avec elle ce double index : les citoyens et les.

1. J.A. de Guibert, *Essai général de tactique*, 1772, Discours préliminaire, p. XXIII-XXIV. Cf. ce que disait Marx à propos de l'armée et des formes de la société bourgeoise (lettre à Engels, 25 septembre 1857).

légionnaires, la loi et la manœuvre. Pendant que les juristes ou les philosophes cherchaient dans le pacte un modèle primitif pour la construction ou la reconstruction du corps social, les militaires et avec eux les techniciens de la discipline élaboraient les procédures pour la coercition individuelle et collective des corps.

CHAPITRE II

Les moyens du bon dressement

Walhausen, au tout début du XVIIe siècle, parlait de la « droite discipline » comme un art du « bon dressement[1]. » Le pouvoir disciplinaire en effet est un pouvoir qui, au lieu de soutirer et de prélever, a pour fonction majeure de « dresser » ; ou sans doute, de dresser pour mieux prélever et soutirer davantage. Il n'enchaîne pas les forces pour les réduire ; il cherche à les lier de manière, tout ensemble, à les multiplier et à les utiliser. Au lieu de plier uniformément et par masse tout ce qui lui est soumis, il sépare, analyse, différencie, pousse ses procédés de décomposition jusqu'aux singularités nécessaires et suffisantes. Il « dresse » les multitudes mobiles, confuses, inutiles de corps et de forces en une multiplicité d'éléments individuels — petites cellules séparées, autonomies organiques, identités et continuités génétiques, segments combinatoires. La discipline « fabrique » des individus ; elle est la technique spécifique d'un pouvoir qui se donne les individus à la fois pour objets et pour instruments de son exercice. Ce n'est pas un pouvoir triomphant qui à partir de son propre excès peut se fier à sa surpuissance ; c'est un pouvoir modeste, soupçonneux, qui fonctionne sur le mode d'une économie calculée, mais permanente. Humbles modalités, procédés mineurs, si on les compare aux rituels majestueux de la souveraineté ou aux

1. J.J. Walhausen, *L'Art militaire pour l'infanterie*, 1615, p. 23.

grands appareils de l'État. Et ce sont eux justement qui vont peu à peu envahir ces formes majeures, modifier leurs mécanismes et imposer leurs procédures. L'appareil judiciaire n'échappera pas à cette invasion à peine secrète. Le succès du pouvoir disciplinaire tient sans doute à l'usage d'instruments simples : le regard hiérarchique, la sanction normalisatrice et leur combinaison dans une procédure qui lui est spécifique, l'examen.

*

LA SURVEILLANCE HIÉRARCHIQUE

L'exercice de la discipline suppose un dispositif qui contraigne par le jeu du regard; un appareil où les techniques qui permettent de voir induisent des effets de pouvoir, et où, en retour, les moyens de coercition rendent clairement visibles ceux sur qui ils s'appliquent. Lentement, au cours de l'âge classique, on voit se construire ces « observatoires » de la multiplicité humaine pour lesquels l'histoire des sciences a gardé si peu de louanges. A côté de la grande technologie des lunettes, des lentilles, des faisceaux lumineux qui a fait corps avec la fondation de la physique et de la cosmologie nouvelles, il y a eu les petites techniques des surveillances multiples et entrecroisées, des regards qui doivent voir sans être vus; un art obscur de la lumière et du visible a préparé en sourdine un savoir nouveau sur l'homme, à travers des techniques pour l'assujettir et des procédés pour l'utiliser.

Ces « observatoires » ont un modèle presque idéal : le camp militaire. C'est la cité hâtive et artificielle, qu'on bâtit et remodèle presque à volonté; c'est le haut lieu d'un pouvoir qui doit avoir d'autant plus d'intensité, mais aussi de discrétion, d'autant plus d'efficacité et de valeur préventive qu'il s'exerce sur des hommes armés. Dans le camp parfait, tout le pouvoir s'exercerait par le seul jeu d'une surveillance exacte; et chaque regard serait une pièce dans le fonctionnement global du pouvoir. Le vieux et traditionnel plan carré a été considérablement affiné selon d'innombrables schémas. On définit exactement la géométrie des allées, le nombre et la distribution des tentes, l'orientation de leurs entrées, la disposition des files et des rangées; on dessine le réseau des regards qui se contrôlent les uns les autres : « Dans la place d'armes, on tire cinq lignes, la première est à 16 pieds de la seconde; les autres sont à 8 pieds l'une de l'autre; et la dernière est à 8 pieds des manteaux d'armes. Les manteaux d'armes sont à 10 pieds des tentes des bas officiers, précisément vis-à-vis le premier bâton. Une rue de compagnie à 51 pieds de large... Toutes les tentes sont à deux pieds les unes des autres. Les tentes des subalternes sont vis-à-vis les ruelles de leurs compagnies. Le bâton de derrière est à 8 pieds de la dernière tentes des soldats et la porte regarde vers la tente des capitaines... Les tentes des capitaines sont dressées vis-à-vis les rues de leurs compagnies. La porte regarde vers les compagnies mêmes[1]. » Le camp, c'est le diagramme d'un pouvoir qui agit par l'effet d'une visibilité générale. Longtemps on retrouvera dans l'urbanisme, dans la construction des cités ouvrières, des hôpitaux, des asiles, des prisons, des maisons d'éducation, ce modèle du camp ou du moins le principe qui le sous-tend : l'emboîtement spatial des surveillances hiérarchisées. Principe de l'« encastrement ». Le camp a été à l'art peu avouable des surveillances ce que la chambre noire fut à la grande science de l'optique.

Toute une problématique se développe alors : celle d'une architecture qui n'est plus faite simplement pour être vue (faste de palais), ou pour surveiller l'espace extérieur (géométrie des forteresses), mais pour permettre un contrôle intérieur, articulé et détaillé — pour rendre visibles ceux qui s'y trouvent; plus généralement, celle d'une architecture qui serait un opérateur pour la transformation des individus : agir sur ceux qu'elle abrite, donner prise sur leur conduite, reconduire jusqu'à eux les effets du pouvoir, les offrir à une

1. *Règlement pour l'infanterie prussienne*, trad. franç., Arsenal, ms. 4067, f° 144. Pour les schémas anciens, voir Praissac, *Les Discours militaires*, 1623, p. 27-28. Montgommery, *La Milice française*, p. 77. Pour les nouveaux schémas, cf. Beneton de Morange, *Histoire de la guerre*, 1741, p. 61-64, et *Dissertations sur les Tentes*; cf. aussi de nombreux règlements comme l'*Instruction sur le service des règlements de Cavalerie dans les camps*, 29 juin 1753. Cf. planche n° 7.

connaissance, les modifier. Les pierres peuvent rendre docile et connaissable. Au vieux schéma simple de l'enfermement et de la clôture — du mur épais, de la porte solide qui empêchent d'entrer ou de sortir —, commence à se substituer le calcul des ouvertures, des pleins et des vides, des passages et des transparences. C'est ainsi que l'hôpital-édifice s'organise peu à peu comme instrument d'action médicale : il doit permettre de bien observer les malades, donc de mieux ajuster les soins; la forme des bâtiments, par la soigneuse séparation des malades, doit empêcher les contagions; la ventilation et l'air qu'on fait circuler autour de chaque lit doivent enfin éviter que les vapeurs délétères ne stagnent autour du patient, décomposant ses humeurs et multipliant la maladie par ses effets immédiats. L'hôpital — celui qu'on veut aménager dans la seconde moitié du siècle, et pour lequel on a fait tant de projets après le second incendie de l'Hôtel-Dieu — n'est plus simplement le toit où s'abritaient la misère et la mort prochaine; c'est, dans sa matérialité même, un opérateur thérapeutique.

Comme l'école-bâtiment doit être un opérateur de dresage. C'est une machine pédagogique que Pâris-Duverney avait conçue à l'École militaire et jusque dans les infimes détails qu'il avait imposés à Gabriel. Dresser des corps vigoureux, impératif de santé; obtenir des officiers compétents, impératif de qualification; former des militaires obéissants, impératif politique; prévenir la débauche et l'homosexualité, impératif de moralité. Quadruple raison d'établir des cloisons étanches entre les individus, mais aussi des percées de surveillance continue. Le bâtiment même de l'École devait être un appareil à surveiller; les chambres étaient réparties le long d'un couloir comme une série de petites cellules; à intervalles réguliers, on trouvait un logement d'officier, de façon que « chaque dizaine d'élèves ait un officier à droite et à gauche »; les élèves y étaient enfermés toute la durée de la nuit; et Pâris avait insisté pour qu'on vitre « la cloison de chaque chambre du côté du corridor depuis la hauteur d'appui jusqu'à un ou deux pieds du plafond. Outre que le coup d'œil de ces vitrages ne peut être qu'agréable, on ose dire qu'il est utile à bien des égards, sans parler des raisons de discipline qui peuvent déterminer à cette disposition[1] ».

1. Cité dans R. Laulan, *L'École militaire de Paris*, 1950, p. 117-118.

Dans les salles à manger, on avait aménagé « une estrade un peu élevée pour placer les tables des inspecteurs des études, afin qu'ils puissent voir toutes les tables des élèves de leurs divisions, pendant le repas »; on avait installé des latrines avec des demi-portes, pour que le surveillant qui y était préposé puisse apercevoir la tête et les jambes des élèves, mais avec des séparations latérales suffisamment élevées « pour que ceux qui y sont ne puissent pas se voir[1] ». Scrupules infinis de la surveillance que l'architecture reconduit par mille dispositifs sans honneur. On ne les trouvera dérisoires que si on oublie le rôle de cette instrumentation, mineure mais sans faille, dans l'objectivation progressive et le quadrillage de plus en plus fin des comportements individuels. Les institutions disciplinaires ont sécrété une machinerie de contrôle qui a fonctionné comme un microscope de la conduite; les divisions ténues et analytiques qu'elles ont réalisées ont formé, autour des hommes, un appareil d'observation, d'enregistrement et de dressage. Dans ces machines à observer, comment subdiviser les regards, comment établir entre eux des relais, des communications? Comment faire pour que, de leur multiplicité calculée, résulte un pouvoir homogène et continu?

L'appareil disciplinaire parfait permettrait à un seul regard de tout voir en permanence. Un point central serait à la fois source de lumière éclairant toutes choses, et lieu de convergence pour tout ce qui doit être su : œil parfait auquel rien n'échappe et centre vers lequel tous les regards sont tournés. C'est ce qu'avait imaginé Ledoux construisant Arc-et-Senans : au centre des bâtiments disposés en cercle et ouvrant tous vers l'intérieur, une haute construction devait cumuler les fonctions administratives de direction, policières de surveillance, économiques de contrôle et de vérification, religieuses d'encouragement à l'obéissance et au travail; de là viendraient tous les ordres, là seraient enregistrées toutes les activités, perçues et jugées toutes les fautes; et cela immédiatement sans presque aucun autre support qu'une géométrie exacte. Parmi toutes les raisons du prestige qui fut

1. Arch. nat. MM 666-669. J. Bentham raconte que c'est en visitant l'École militaire que son frère a eu l'idée première du *Panopticon*.

accordé, dans la seconde moitié du XVIIIe siècle, aux architectures circulaires [1], il faut sans doute compter celle-ci : elles exprimaient une certaine utopie politique.

Mais le regard disciplinaire a eu, de fait, besoin de relais. Mieux qu'un cercle la pyramide pouvait répondre à deux exigences : être assez complète pour former un réseau sans lacune — possibilité par conséquent de multiplier ses échelons, et de les répartir sur toute la surface à contrôler; et pourtant être assez discrète pour ne pas peser d'un poids inerte sur l'activité à discipliner, et ne pas être pour elle un frein ou un obstacle; s'intégrer au dispositif disciplinaire comme une fonction qui en accroît les effets possibles. Il lui faut décomposer ses instances, mais pour majorer sa fonction productrice. Spécifier la surveillance et la rendre fonctionnelle.

C'est le problème des grands ateliers et des usines, où s'organise un nouveau type de surveillance. Il est différent de celui qui dans les régimes des manufactures était assuré de l'extérieur par les inspecteurs, chargés de faire appliquer les règlements; il s'agit maintenant d'un contrôle intense, continu; il court tout le long du processus de travail; il ne porte pas — ou pas seulement — sur la production (nature, quantité de matières premières, type d'instruments utilisés, dimensions et qualités des produits), mais il prend en compte l'activité des hommes, leur savoir-faire, leur manière de s'y prendre, leur promptitude, leur zèle, leur conduite. Mais il est aussi autre chose que le contrôle domestique du maître, présent à côté des ouvriers et des apprentis; car il est effectué par des commis, des surveillants, des contrôleurs et des contremaîtres. A mesure que l'appareil de production devient plus important et plus complexe, à mesure qu'augmentent le nombre des ouvriers et la division du travail, les tâches de contrôle se font plus nécessaires et plus difficiles. Surveiller devient alors une fonction définie, mais qui doit faire partie intégrante du processus de production; elle doit le doubler sur toute sa longueur. Un personnel spécialisé devient indispensable, constamment présent, et distinct des ouvriers : « A la grande manufacture, tout se fait au coup de cloche, les

1. Cf. planches nos 12, 13, 16.

ouvriers sont contraints et gourmandés. Les commis, accoutumés avec eux à un air de supériorité et de commandement, qui véritablement est nécessaire avec la multitude, les traitent durement ou avec mépris; de là il arrive que ces ouvriers ou sont plus chers ou ne font que passer dans la manufacture[1] ». Mais si les ouvriers préfèrent l'encadrement de type corporatif à ce nouveau régime de surveillance, les patrons, eux, y reconnaissent un élément indissociable du système de la production industrielle, de la propriété privée et du profit. A l'échelle d'une usine, d'une grande forge ou d'une mine, « les objets de dépense sont si multipliés, que la plus modique infidélité sur chaque objet donnerait pour le total une fraude immense, qui non seulement absorberait les bénéfices, mais amènerait la fonte des capitaux; ... la moindre impéritie non aperçue et pour cela répétée chaque jour peut devenir funeste à l'entreprise au point de l'anéantir en très peu de temps »; d'où le fait que seuls des agents, dépendant directement du propriétaire, et affectés à cette seule tâche pourront veiller « à ce qu'il n'y ait pas un sou de dépensé inutilement, à ce qu'il n'y ait pas un moment de la journée de perdu »; leur rôle sera de « surveiller les ouvriers, visiter tous les travaux, instruire le comité de tous les événements[2] ». La surveillance devient un opérateur économique décisif, dans la mesure où elle est à la fois une pièce interne dans l'appareil de production, et un rouage spécifié dans le pouvoir disciplinaire[3].

Même mouvement dans la réorganisation de l'enseignement élémentaire : spécification de la surveillance, et intégration au rapport pédagogique. Le développement des écoles paroissiales, l'augmentation du nombre de leurs élèves, l'inexistence de méthodes permettant de régler simultanément l'activité de toute une classe, le désordre et la confusion qui s'ensuivaient rendaient nécessaire l'aménagement des contrôles. Pour aider le maître, Batencour choisit

1. *Encyclopédie*, article « Manufacture ».

2. Cournol, *Considérations d'intérêt public sur le droit d'exploiter les mines*, 1790, Arch. nat. A XIII[14].

3. Cf. K. Marx : « Cette fonction de surveillance, de direction, et de médiation devient la fonction du capital dès que le travail qui lui est subordonné devient coopératif, et comme fonction capitaliste elle acquiert des caractères spéciaux » (*Le Capital*, livre I, section quatrième, chap. XIII).

parmi les meilleurs élèves toute une série d'« officiers », intendants, observateurs, moniteurs, répétiteurs, récitateurs de prières, officiers d'écriture, receveurs d'encre, aumôniers et visiteurs. Les rôles ainsi définis sont de deux ordres : les uns correspondent à des tâches matérielles (distribuer l'encre et le papier, donner des surplus aux pauvres, lire des textes spirituels les jours de fête, etc.) ; les autres sont de l'ordre de la surveillance : les « observateurs » doivent noter qui a quitté son banc, qui bavarde, qui n'a pas de chapelet ni d'heures, qui se tient mal à la messe, qui commet quelque immodestie, causerie ou clameur dans la rue » ; les « admoniteurs » ont charge de « prendre garde à ceux qui parleront ou qui bourdonneront en étudiant leurs leçons, à ceux qui n'écriront pas ou qui badineront » ; les « visiteurs » vont s'enquérir, dans les familles, des élèves qui ont été absents ou qui ont commis des fautes graves. Quant aux « intendants », ils surveillent tous les autres officiers. Seuls les « répétiteurs » ont un rôle pédagogique : ils ont à faire lire les élèves deux par deux, à voix basse[1]. Or, quelques dizaines d'années plus tard, Demia reprend une hiérarchie du même type, mais les fonctions de surveillance sont maintenant doublées presque toutes d'un rôle pédagogique : un sous-maître enseigne à tenir la plume, guide la main, corrige les erreurs et en même temps « marque les fautes quand on dispute » ; un autre sous-maître a les mêmes tâches dans la classe de lecture ; l'intendant qui contrôle les autres officiers et veille à la tenue générale est aussi chargé de « styler les nouveaux venus aux exercices de l'école » ; les décurions font réciter les leçons et « marquent » ceux qui ne les savent pas[2]. On a là l'esquisse d'une institution de type « mutuel » où sont intégrées à l'intérieur d'un dispositif unique trois procédures : l'enseignement proprement dit, l'acquisition des connaissances par l'exercice même

1. M.I.D.B., *Instruction méthodique pour l'école paroissiale*, 1669, p. 68-83.

2. Ch. Demia, *Règlement pour les écoles de la ville de Lyon*, 1716, p. 27-29. On pourrait noter un phénomène du même genre dans l'organisation des collèges : pendant longtemps les « préfets » étaient, indépendamment des professeurs, chargés de la responsabilité morale des petits groupes d'élèves. Après 1762, surtout, on voit apparaître un type de contrôle à la fois plus administratif et plus intégré à la hiérarchie : surveillants, maîtres de quartier, maîtres subalternes. Cf. Dupont-Ferrier, *Du collège de Clermont au lycée Louis-le-Grand*, I, p. 254 et p. 476.

de l'activité pédagogique, enfin une observation réciproque et hiérarchisée. Une relation de surveillance, définie et réglée, est inscrite au cœur de la pratique d'enseignement : non point comme une pièce rapportée ou adjacente, mais comme un mécanisme qui lui est inhérent, et qui multiplie son efficacité.

La surveillance hiérarchisée, continue et fonctionnelle n'est pas, sans doute une des grandes « inventions » techniques du XVIIIe siècle, mais son insidieuse extension doit son importance aux nouvelles mécaniques de pouvoir qu'elle porte avec soi. Le pouvoir disciplinaire, grâce à elle, devient un système « intégré », lié de l'intérieur à l'économie et aux fins du dispositif où il s'exerce. Il s'organise aussi comme un pouvoir multiple, automatique et anonyme; car s'il est vrai que la surveillance repose sur des individus, son fonctionnement est celui d'un réseau de relations de haut en bas, mais aussi jusqu'à un certain point de bas en haut et latéralement; ce réseau fait « tenir » l'ensemble, et le traverse intégralement d'effets de pouvoir qui prennent appui les uns sur les autres : surveillants perpétuellement surveillés. Le pouvoir dans la surveillance hiérarchisée des disciplines ne se détient pas comme une chose, ne se transfère pas comme une propriété; il fonctionne comme une machinerie. Et s'il est vrai que son organisation pyramidale lui donne un « chef », c'est l'appareil tout entier qui produit du « pouvoir » et distribue les individus dans ce champ permanent et continu. Ce qui permet au pouvoir disciplinaire d'être à la fois absolument indiscret, puisqu'il est partout et toujours en éveil, qu'il ne laisse en principe aucune zone d'ombre et qu'il contrôle sans cesse ceux-là mêmes qui sont chargés de contrôler; et absolument « discret », car il fonctionne en permanence et pour une bonne part en silence. La discipline fait « marcher » un pouvoir relationnel qui se soutient lui-même par ses propres mécanismes et qui, à l'éclat des manifestations, substitue le jeu ininterrompu de regards calculés. Grâce aux techniques de surveillance, la « physique » du pouvoir, la prise sur le corps s'effectuent selon les lois de l'optique et de la mécanique, selon tout un jeu d'espaces, de lignes, d'écrans, de faisceaux, de degrés, et sans recours, en principe au moins, à l'excès, à la force, à la violence. Pouvoir qui est en apparence d'autant moins « corporel » qu'il est plus savamment « physique ».

LA SANCTION NORMALISATRICE

1. A l'orphelinat du chevalier Paulet, les séances du tribunal qui se réunissait chaque matin donnaient lieu à tout un cérémonial : « Nous trouvâmes tous les élèves en bataille, dans un alignement, une immobilité et un silence parfaits. Le major, jeune gentilhomme de seize ans, était hors du rang, l'épée à la main; à son commandement, la troupe s'ébranla au pas redoublé pour former le cercle. Le conseil se rassembla dans le centre; chaque officier fit le rapport de sa troupe pour les vingt-quatre heures. Les accusés furent admis à se justifier; on entendit les témoins; on délibéra et lorsqu'on fut d'accord, le major rendit compte à haute voix du nombre des coupables, de la nature des délits et des châtiments ordonnés. La troupe défila ensuite dans le plus grand ordre[1]. » Au cœur de tous les systèmes disciplinaires, fonctionne un petit mécanisme pénal. Il bénéficie d'une sorte de privilège de justice, avec ses lois propres, ses délits spécifiés, ses formes particulières de sanction, ses instances de jugement. Les disciplines établissent une « infra-pénalité »; elles quadrillent un espace que les lois laissent vide; elles qualifient et répriment un ensemble de conduites que leur relative indifférence faisait échapper aux grands systèmes de châtiment. « En entrant les compagnons devront se saluer réciproquement; ... en quittant ils devront serrer les marchandises et outils dont ils se sont servis et en temps de veillée éteindre leur lampe »; « il est expressément défendu d'amuser les compagnons par des gestes ou autrement »; ils devront « se comporter honnêtement et décemment »; celui qui se sera absenté plus de cinq minutes, sans prévenir M. Oppenheim sera « noté pour une demi-journée »; et pour être sûr que rien ne soit oublié dans cette menue justice criminelle, il est interdit de faire « tout ce qui peut nuire à M. Oppenheim et à ses compagnons[2] ». A l'atelier, à l'école, à l'armée sévit toute une

1. Pictet de Rochemont, *Journal de Genève*, 5 janvier 1788.
2. Règlement provisoire pour la fabrique de M. Oppenheim, 29 sept. 1809.

micropénalité du temps (retards, absences, interruptions des tâches), de l'activité (inattention, négligence, manque de zèle), de la manière d'être (impolitesse, désobéissance), des discours (bavardage, insolence), du corps (attitudes « incorrectes », gestes non conformes, malpropreté), de la sexualité (immodestie, indécence). En même temps est utilisée, à titre de punitions, toute une série de procédés subtils, allant du châtiment physique léger, à des privations mineures et à de petites humiliations. Il s'agit à la fois de rendre pénalisables les fractions les plus ténues de la conduite, et de donner une fonction punitive aux éléments en apparence indifférents de l'appareil disciplinaire : à la limite, que tout puisse servir à punir la moindre chose; que chaque sujet se trouve pris dans une universalité punissable-punissante. « Par le mot de punition, on doit comprendre tout ce qui est capable de faire sentir aux enfants la faute qu'ils ont faite, tout ce qui est capable de les humilier, de leur donner de la confusion :... un certain froid, une certaine indifférence, une question, une humiliation, une destitution de poste[1]. »

2. Mais la discipline porte avec elle une manière spécifique de punir, et qui n'est pas seulement un modèle réduit du tribunal. Ce qui relève de la pénalité disciplinaire, c'est l'inobservation, tout ce qui est inadéquat à la règle, tout ce qui s'en éloigne, les écarts. Est pénalisable le domaine indéfini du non-conforme : le soldat commet une « faute » chaque fois qu'il n'atteint pas le niveau requis; la « faute » de l'élève, c'est, aussi bien qu'un délit mineur, une inaptitude à remplir ses tâches. Le règlement de l'infanterie prussienne imposait de traiter avec « toute la rigueur possible » le soldat qui n'a pas appris correctement à manier son fusil. De même, « quand un écolier n'aura pas retenu le catéchisme du jour précédent, on pourra l'obliger d'apprendre celui de ce jour-là, sans y faire aucune faute, on le lui fera répéter le lendemain; ou on l'obligera de l'écouter debout ou à genoux, et les mains jointes, ou bien on lui enjoindra quelqu'autre pénitence. »

L'ordre que les châtiments disciplinaires doivent faire respecter est de nature mixte : c'est un ordre « artificiel », posé de manière explicite par une loi, un programme, un règle-

1. J.-B. de La Salle, *Conduite des Écoles chrétiennes* (1828), p. 204-205.

ment. Mais c'est aussi un ordre qui est défini par des processus naturels et observables : la durée d'un apprentissage, le temps d'un exercice, le niveau d'aptitude se réfèrent à une régularité, qui est aussi une règle. Les enfants des écoles chrétiennes ne doivent jamais être placés dans une « leçon » dont ils ne sont pas encore capables, car on les mettrait en danger de ne rien pouvoir apprendre; pourtant la durée de chaque stade est fixée réglementairement et celui qui au terme de trois examens n'a pu passer dans l'ordre supérieur doit être placé, bien en évidence, sur le banc des « ignorants ». La punition en régime disciplinaire comporte une double référence juridico-naturelle.

3. Le châtiment disciplinaire a pour fonction de réduire les écarts. Il doit donc être essentiellement *correctif*. A côté des punitions empruntées directement au modèle judiciaire (amendes, fouet, cachot), les systèmes disciplinaires donnent privilège aux punitions qui sont de l'ordre de l'exercice — de l'apprentissage intensifié, multiplié, plusieurs fois répété : le règlement de 1766 pour l'infanterie prévoyait que les soldats de première classe « qui montreront quelque négligence ou mauvaise volonté seront remis à la dernière classe », et ils ne pourront remonter à la première qu'après de nouveaux exercices et un nouvel examen. Comme le disait, de son côté, J.-B. de La Salle : « Les pensums sont de toutes les pénitences, celle qui est la plus honnête pour un maître, la plus avantageuse et la plus agréable aux parents »; ils permettent de « tirer, des fautes mêmes des enfants, de moyens d'avancer leurs progrès en corrigeant leurs défauts »; à ceux par exemple « qui n'auront pas écrit tout ce qu'ils devaient écrire, ou ne se seront pas appliqués à le bien faire, on pourra donner quelque pensum à écrire ou à apprendre par cœur[1] ». La punition disciplinaire est, pour une bonne part au moins, isomorphe à l'obligation elle-même; elle est moins la vengeance de la loi outragée que sa répétition, son insistance redoublée. Si bien que l'effet correctif qu'on en attend ne passe que d'une façon accessoire par l'expiation et le repentir; il est obtenu directement par la mécanique d'un dressage. Châtier, c'est exercer.

1. *Ibid.*

4. La punition, dans la discipline, n'est qu'un élément d'un système double : gratification-sanction. Et c'est ce système qui devient opérant dans le processus de dressage et de correction. Le maître « doit éviter, autant qu'il se peut, d'user de châtiments; au contraire il doit tâcher de rendre les récompenses plus fréquentes que les peines, les paresseux étant plus incités par le désir d'être récompensés comme les diligents que par la crainte des châtiments; c'est pourquoi il sera d'un très grand fruit lorsque le maître sera contraint d'user de châtiment, de gagner s'il peut le cœur de l'enfant, avant que de lui faire recevoir[1] ». Ce mécanisme à deux éléments permet un certain nombre d'opérations caractéristiques de la pénalité disciplinaire. D'abord la qualification des conduites et des performances à partir de deux valeurs opposées du bien et du mal; au lieu du partage simple de l'interdit, tel que le connaît la justice pénale, on a une distribution entre pôle positif et pôle négatif; toute la conduite tombe dans le champ des bonnes et des mauvaises notes, des bons et des mauvais points. Il est possible en outre d'établir une quantification et une économie chiffrée. Une comptabilité pénale, sans cesse mise à jour, permet d'obtenir le bilan punitif de chacun. La « justice » scolaire a poussé très loin ce système, dont on trouve au moins les rudiments à l'armée ou dans les ateliers. Les frères des Écoles chrétiennes, avaient organisé toute une micro-économie des privilèges et des pensums : « Les privilèges serviront aux écoliers pour s'exempter des pénitences qui leur seront imposées... Un écolier par exemple aura eu pour pensum quatre ou six demandes du catéchisme à copier; il pourra s'affranchir de cette pénitence moyennant quelques points de privilèges; le maître en assignera le nombre pour chaque demande... Les privilèges valant un nombre déterminé de points, le maître en a aussi d'autres de moindre valeur, qui serviront comme de monnaie aux premiers. Un enfant par exemple aura un pensum dont il ne peut se rédimer qu'avec six points; il a un privilège de dix; il le présente au maître qui lui rend de quatre points; et ainsi des autres[2]. » Et par le jeu de cette

1. Ch. Demia, *Règlement pour les écoles de la ville de Lyon*, 1716, p. 17.
2. J.-B. de La Salle, *Conduite des Écoles chrétiennes*, B.N., Ms 11759, p. 156 et suiv. On a là la transposition du système des indulgences.

quantification, de cette circulation des avances et des dettes, grâce au calcul permanent des notations en plus et en moins, les appareils disciplinaires hiérarchisent les uns par rapport aux autres les « bons » et les « mauvais » sujets. A travers cette micro-économie d'une pénalité perpétuelle, s'opère une différenciation qui n'est pas celle des actes, mais des individus eux-mêmes, de leur nature, de leurs virtualités, de leur niveau ou de leur valeur. La discipline, en sanctionnant les actes avec exactitude, jauge les individus « en vérité »; la pénalité qu'elle met en œuvre s'intègre dans le cycle de connaissance des individus.

5. La répartition selon les rangs ou les grades a un double rôle : marquer les écarts, hiérarchiser les qualités, les compétences et les aptitudes; mais aussi châtier et récompenser. Fonctionnement pénal de la mise en ordre et caractère ordinal de la sanction. La discipline récompense par le seul jeu des avancements, en permettant de gagner des rangs et des places; elle punit en faisant reculer et en dégradant. Le rang en lui-même vaut récompense ou punition. On avait mis au point à l'École militaire un système complexe de classement « honorifique », des costumes traduisaient ce classement aux yeux de tous et des châtiments plus ou moins nobles ou honteux étaient attachés, comme marque de privilège ou d'infamie, aux rangs ainsi distribués. Cette répartition classificatoire et pénale est effectuée à intervalles rapprochés par les rapports que les officiers, les professeurs, leurs adjoints portent, sans considération d'âge ou de grade, sur « les qualités morales des élèves » et sur « leur conduite universellement reconnue ». La première classe, dite « des très bons », se distingue par une épaulette d'argent; son honneur est d'être traitée comme « une troupe purement militaire »; militaires seront donc les punitions auxquelles elle a droit (les arrêts et, dans les cas graves, la prison). La seconde classe, « des bons », porte une épaulette de soie ponceau et argent; ils sont passibles de la prison et des arrêts, mais aussi de la cage et de la mise à genoux. La classe des « médiocres » a droit à une épaulette de laine rouge; aux peines précédentes s'ajoute, le cas échéant, la robe de bure. La dernière classe, celle des « mauvais », est marquée par une épaulette de laine brune; « les élèves de cette classe seront soumis à toutes les puni-

tions usitées dans l'Hôtel ou toutes celles qu'on croit nécessaire d'y introduire et même au cachot noir ». A cela fut ajoutée pendant un temps la classe « honteuse » pour laquelle on prépara des règlements particuliers « de manière que ceux qui la composent seront toujours séparés des autres et vêtus de bure ». Puisque seuls, le mérite et la conduite doivent décider de la place de l'élève, « ceux des deux dernières classes pourront se flatter de monter aux premières et d'en porter les marques, quand, par des témoignages universels ils seront reconnus s'en être rendus dignes par le changement de leur conduite et leurs progrès; et ceux des premières classes descendront également dans les autres s'ils se relâchent et si des rapports réunis et désavantageux démontrent qu'ils ne méritent plus les distributions et prérogatives des premières classes... ». Le classement qui punit doit tendre à s'effacer. La « classe honteuse » n'existe que pour disparaître : « Afin de juger de l'espèce de conversion des élèves de la classe honteuse qui s'y comportent bien », on les réintroduira dans les autres classes, on leur rendra leurs costumes; mais ils resteront avec leurs camarades d'infamie pendant les repas et les récréations; ils y demeureront s'ils ne continuent pas à se bien comporter; ils en « sortiront absolument, si l'on est content d'eux et dans cette classe et dans cette division[1] ». Double effet par conséquent de cette pénalité hiérarchisante : distribuer les élèves selon leurs aptitudes et leur conduite, donc selon l'usage qu'on pourra en faire quand ils sortiront de l'école; exercer sur eux une pression constante pour qu'ils se soumettent tous au même modèle, pour qu'ils soient contraints tous ensemble « à la subordination, à la docilité, à l'attention dans les études et exercices, et à l'exacte pratique des devoirs et de toutes les parties de la discipline ». Pour que tous, ils se ressemblent.

En somme, l'art de punir, dans le régime du pouvoir disciplinaire, ne vise ni l'expiation, ni même exactement la répression. Il met en œuvre cinq opérations bien distinctes : référer les actes, les performances, les conduites singulières à un ensemble qui est à la fois champ de comparaison, espace

1. Archives nationales, MM 658, 30 mars 1758 et MM 666, 15 septembre 1763.

de différenciation et principe d'une règle à suivre. Différencier les individus les uns par rapport aux autres et en fonction de cette règle d'ensemble — qu'on la fasse fonctionner comme seuil minimal, comme moyenne à respecter ou comme optimum dont il faut s'approcher. Mesurer en termes quantitatifs et hiérarchiser en termes de valeur les capacités, le niveau, la « nature » des individus. Faire jouer, à travers cette mesure « valorisante », la contrainte d'une conformité à réaliser. Enfin tracer la limite qui définira la différence par rapport à toutes les différences, la frontière extérieure de l'anormal (la « classe honteuse » de l'École militaire). La pénalité perpétuelle qui traverse tous les points, et contrôle tous les instants des institutions disciplinaires compare, différencie, hiérarchise, homogénéise, exclut. En un mot elle *normalise*.

Elle s'oppose donc terme à terme à une pénalité judiciaire qui a pour fonction essentielle de se référer, non pas à un ensemble de phénomènes observables, mais à un corpus de lois et de textes qu'il faut garder en mémoire ; non pas de différencier des individus, mais de spécifier des actes sous un certain nombre de catégories générales ; non pas de hiérarchiser mais de faire jouer purement et simplement l'opposition binaire du permis et du défendu ; non pas d'homogénéiser, mais d'opérer le partage, acquis une fois pour toutes, de la condamnation. Les dispositifs disciplinaires ont sécrété une « pénalité de la norme », qui est irréductible dans ses principes et son fonctionnement à la pénalité traditionnelle de la loi. Le petit tribunal qui semble siéger en permanence dans les édifices de la discipline, et qui parfois prend la forme théâtrale du grand appareil judiciaire, ne doit pas faire illusion : il ne reconduit pas, sauf par quelques continuités formelles, les mécanismes de la justice criminelle jusqu'à la trame de l'existence quotidienne ; ou du moins ce n'est pas là l'essentiel ; les disciplines ont fabriqué — en prenant appui sur toute une série de procédés d'ailleurs fort anciens — un nouveau fonctionnement punitif, et c'est lui qui a peu à peu investi le grand appareil extérieur qu'il semblait reproduire modestement ou ironiquement. Le fonctionnement juridico-anthropologique que trahit toute l'histoire de la pénalité moderne n'a pas son origine dans la superposition à la justice criminelle des sciences humaines et dans les exigences propres à cette nouvelle rationalité ou à l'humanisme qu'elle porterait avec elle; il a son point de formation dans cette technique disciplinaire qui a fait jouer ces nouveaux mécanismes de sanction normalisatrice.

Apparaît, à travers les disciplines, le pouvoir de la Norme. Nouvelle loi de la société moderne? Disons plutôt que depuis le XVIIIe siècle, il est venu s'ajouter à d'autres pouvoirs en les obligeant à de nouvelles délimitations; celui de la Loi, celui de la Parole et du Texte, celui de la Tradition. Le Normal s'établit comme principe de coercition dans l'enseignement avec l'instauration d'une éducation standardisée et l'établissement des écoles normales; il s'établit dans l'effort pour organiser un corps médical et un encadrement hospitalier de la nation susceptibles de faire fonctionner des normes générales de santé; il s'établit dans la régularisation des procédés et des produits industriels[1]. Comme la surveillance et avec elle, la normalisation devient un des grands instruments de pouvoir à la fin de l'âge classique. Aux marques qui traduisaient des statuts, des privilèges, des appartenances, on tend à substituer ou du moins à ajouter tout un jeu de degrés de normalité, qui sont des signes d'appartenance à un corps social homogène, mais qui ont en eux-mêmes un rôle de classification, de hiérarchisation et de distribution des rangs. En un sens le pouvoir de normalisation contraint à l'homogénéité; mais il individualise en permettant de mesurer les écarts, de déterminer les niveaux, de fixer les spécialités et de rendre les différences utiles en les ajustant les unes aux autres. On comprend que le pouvoir de la norme fonctionne facilement à l'intérieur d'un système de l'égalité formelle, puisque à l'intérieur d'une homogénéité qui est la règle, il introduit, comme un impératif utile et le résultat d'une mesure, tout le dégradé des différences individuelles.

1. Sur ce point, il faut se reporter aux pages essentielles de G. Canghilhem, *Le Normal et le Pathologique*, éd. de 1966, p. 171-191.

L'EXAMEN

L'examen combine les techniques de la hiérarchie qui surveille et celles de la sanction qui normalise. Il est un regard normalisateur, une surveillance qui permet de qualifier, de classer et de punir. Il établit sur les individus une visibilité à travers laquelle on les différencie et on les sanctionne. C'est pourquoi, dans tous les dispositifs de discipline, l'examen est hautement ritualisé. En lui viennent se rejoindre la cérémonie du pouvoir et la forme de l'expérience, le déploiement de la force et l'établissement de la vérité. Au cœur des procédures de discipline, il manifeste l'assujettissement de ceux qui sont perçus comme des objets et l'objectivation de ceux qui sont assujettis. La superposition des rapports de pouvoir et des relations de savoir prend dans l'examen tout son éclat visible. Encore une innovation de l'âge classique que les historiens des sciences ont laissée dans l'ombre. On fait l'histoire des expériences sur les aveugles-nés, les enfants-loups ou sur l'hypnose. Mais qui fera l'histoire plus générale, plus floue, plus déterminante aussi, de l'« examen » — de ses rituels, de ses méthodes, de ses personnages et de leur rôle, de ses jeux de questions et de réponses, de ses systèmes de notation et de classement ? Car dans cette mince technique se trouvent engagés tout un domaine de savoir, tout un type de pouvoir. On parle souvent de l'idéologie que portent avec elles, de façon discrète ou bavarde, les « sciences » humaines. Mais leur technologie même, ce petit schéma opératoire qui a une telle diffusion (de la psychiatrie à la pédagogie, du diagnostic des maladies à l'embauche de main-d'œuvre), ce procédé si familier de l'examen, ne met-il pas en œuvre, à l'intérieur d'un seul mécanisme, des relations de pouvoir, qui permettent de prélever et de constituer du savoir ? Ce n'est pas simplement au niveau de la conscience, des représentations et dans ce qu'on croit savoir, mais au niveau de ce qui rend possible un savoir que se fait l'investissement politique.

Une des conditions essentielles pour le déblocage épistémologique de la médecine à la fin du XVIIIe siècle fut l'organisation de l'hôpital comme appareil à « examiner ». Le rituel de la visite en est la forme la plus voyante. Au XVIIe siècle, le médecin, venant de l'extérieur, joignait son inspection à bien d'autres contrôles — religieux, administratifs; il ne participait guère à la gestion quotidienne de l'hôpital. Peu à peu la visite est devenue plus régulière, plus rigoureuse, plus étendue surtout : elle a recouvert une part de plus en plus importante du fonctionnement hospitalier. En 1661, le médecin de l'Hôtel-Dieu de Paris était chargé d'une visite par jour; en 1687, un médecin « expectant » devait examiner, l'après-midi, certains malades, plus gravement atteints. Les règlements du XVIIIe siècle précisent les horaires de la visite, et sa durée (deux heures au minimum); ils insistent pour qu'un roulement permette de l'assurer tous les jours « même le dimanche de Pâques »; enfin en 1771 un médecin résident est institué, à charge pour lui de « rendre tous les services de son état, tant de nuit que de jour, dans les intervalles d'une visite à l'autre d'un médecin du dehors [1] ». L'inspection d'autrefois, discontinue et rapide, est transformée en une observation régulière qui met le malade en situation d'examen presque perpétuel. Avec deux conséquences : dans la hiérarchie interne, le médecin, élément jusque-là extérieur, commence à prendre le pas sur le personnel religieux et à lui confier un rôle déterminé mais subordonné dans la technique de l'examen; apparaît alors la catégorie de « l'infirmier »; quant à l'hôpital lui-même, qui était avant tout un lieu d'assistance, il va devenir lieu de formation et de collation des connaissances : retournement des rapports de pouvoir et constitution d'un savoir. L'hôpital bien « discipliné » constituera le lieu adéquat de la « discipline » médicale; celle-ci pourra alors perdre son caractère textuel, et prendre ses références moins dans la tradition des auteurs décisifs que dans un domaine d'objets perpétuellement offerts à l'examen.

De la même façon, l'école devient une sorte d'appareil d'examen ininterrompu qui double sur toute sa longueur l'opération d'enseignement. Il y sera de moins en moins question de ces joutes où les élèves affrontaient leurs forces et toujours davantage d'une comparaison perpétuelle de cha-

1. *Registre des délibérations du bureau de l'Hôtel-Dieu.*

cun avec tous, qui permet à la fois de mesurer et de sanctionner. Les Frères des Écoles chrétiennes voulaient que leurs élèves soient en composition tous les jours de la semaine : le premier pour l'orthographe, le second pour l'arithmétique, le troisième pour le catéchisme le matin, et le soir pour l'écriture, etc. De plus, une composition devait avoir lieu chaque mois, afin de désigner ceux qui méritaient d'être soumis à l'examen de l'inspecteur[1]. Depuis 1775, il existait à l'école des Ponts et Chaussées 16 examens par an : 3 de mathématiques, 3 d'architecture, 3 de dessin, 2 d'écriture, 1 de coupe de pierres, 1 de style, 1 de levé de plan, 1 de nivellement, 1 de toise de bâtiments[2]. L'examen ne se contente pas de sanctionner un apprentissage; il en est un des facteurs permanents; il le sous-tend selon un rituel de pouvoir constamment reconduit. Or l'examen permet au maître, tout en transmettant son savoir, d'établir sur ses élèves tout un champ de connaissances. Alors que l'épreuve par laquelle se terminait un apprentissage dans la tradition corporative validait une aptitude acquise — le « chef-d'œuvre » authentifiait une transmission de savoir déjà faite —, l'examen est à l'école un véritable et constant échangeur de savoirs : il garantit le passage des connaissances du maître à l'élève, mais il prélève sur l'élève un savoir destiné et réservé au maître. L'école devient le lieu d'élaboration de la pédagogie. Et tout comme la procédure de l'examen hospitalier a permis le déblocage épistémologique de la médecine, l'âge de l'école « examinatoire » a marqué le début d'une pédagogie qui fonctionne comme science. L'âge des inspections et des manœuvres indéfiniment répétées à l'armée a aussi marqué le développement d'un immense savoir tactique qui a pris son effet à l'époque des guerres napoléoniennes.

L'examen porte avec soi tout un mécanisme qui lie à une certaine forme d'exercice du pouvoir un certain type de formation de savoir.

1. *L'examen intervertit l'économie de la visibilité dans l'exercice du pouvoir*. Traditionnellement le pouvoir, c'est ce qui se voit, ce qui se montre, ce qui se manifeste, et de façon

1. J.-B. de La Salle, *Conduite des Écoles chrétiennes*, 1828, p. 160.
2. Cf. *L'Enseignement et la diffusion des sciences au XVIIIe*, 1964, p. 360.

paradoxale, trouve le principe de sa force dans le mouvement par lequel il la déploie. Ceux sur qui il s'exerce peuvent rester dans l'ombre; ils ne reçoivent de lumière que de cette part de pouvoir qui leur est concédée, ou du reflet qu'ils en portent un instant. Le pouvoir disciplinaire, lui, s'exerce en se rendant invisible; en revanche il impose à ceux qu'il soumet un principe de visibilité obligatoire. Dans la discipline, ce sont les sujets qui ont à être vus. Leur éclairage assure l'emprise du pouvoir qui s'exerce sur eux. C'est le fait d'être vu sans cesse, de pouvoir toujours être vu, qui maintient dans son assujettissement l'individu disciplinaire. Et l'examen, c'est la technique par laquelle le pouvoir au lieu d'émettre les signes de sa puissance, au lieu d'imposer sa marque à ses sujets, capte ceux-ci dans un mécanisme d'objectivation. Dans l'espace qu'il domine, le pouvoir disciplinaire manifeste, pour l'essentiel, sa puissance en aménageant des objets. L'examen vaut comme la cérémonie de cette objectivation.

Jusque-là le rôle de la cérémonie politique avait été de donner lieu à la manifestation à la fois excessive et réglée du pouvoir; elle était une expression somptuaire de puissance, une « dépense » à la fois exagérée et codée où le pouvoir reprenait sa vigueur. Elle s'apparentait toujours plus ou moins au triomphe. L'apparition solennelle du souverain emportait avec soi quelque chose de la consécration, du couronnement, du retour de la victoire; il n'était pas jusqu'aux fastes funéraires qui ne se déroulaient dans l'éclat de la puissance déployée. La discipline, elle, a son propre type de cérémonie. Ce n'est pas le triomphe, c'est la revue, c'est la « parade », forme fastueuse de l'examen. Les « sujets » y sont offerts comme « objets » à l'observation d'un pouvoir qui ne se manifeste que par son seul regard. Ils ne reçoivent pas directement l'image de la puissance souveraine; ils en déploient seulement les effets — et pour ainsi dire en creux — sur leurs corps devenus exactement lisibles et dociles. Le 15 mars 1666, Louis XIV passe sa première revue militaire : 18 000 hommes, « une des actions les plus éclatantes du règne », et qui passait pour avoir « tenu toute l'Europe en inquiétude ». Plusieurs années après, une médaille est frappée pour commémorer l'événement[1]. Elle porte, à l'exergue :

1. Sur cette médaille, cf. l'article de J. Jacquiot in *Le Club français de la médaille*, 4e trimestre 1970, p. 50-54. Planche n° 2.

« *Disciplina militaris restitua* » et à la légende : « *Prolusio ad victorias.* » Sur la droite, le roi, pied droit en avant, commande lui-même l'exercice avec un bâton. Sur la moitié gauche, plusieurs rangées de soldats sont vus de face et alignés dans le sens de la profondeur; ils étendent le bras à la hauteur de l'épaule et tiennent leur fusil exactement à la verticale; ils avancent la jambe droite et ont le pied gauche tourné vers l'extérieur. Sur le sol, des lignes se coupent à angle droit, dessinant, sous les pieds des soldats, de larges carrés qui servent de repères pour les différentes phases et positions de l'exercice. Tout à fait dans le fond, on voit se dessiner une architecture classique. Les colonnes du palais prolongent celles constituées par les hommes alignés et les fusils dressés, comme le dallage sans doute prolonge les lignes de l'exercice. Mais au-dessus de la balustrade qui couronne l'édifice, des statues représentent des personnages dansant : lignes sinueuses, gestes arrondis, draperies. Le marbre est parcouru de mouvements, dont le principe d'unité est harmonique. Les hommes, eux, sont figés dans une attitude uniformément répétée de rangs en rangs et de lignes en lignes : unité tactique. L'ordre de l'architecture, qui libère à son sommet les figures de la danse impose sur le sol ses règles et sa géométrie aux hommes disciplinés. Les colonnes du pouvoir. « Bien », disait un jour le grand-duc Michel devant qui on venait de faire manœuvrer les troupes, « seulement, ils respirent[1]. »

Prenons cette médaille comme témoignage du moment où se joignent d'une façon paradoxale mais significative la figure la plus éclatante du pouvoir souverain et l'émergence des rituels propres au pouvoir disciplinaire. La visibilité à peine soutenable du monarque se retourne en visibilité inévitable des sujets. Et c'est cette inversion de visibilité dans le fonctionnement des disciplines qui assurera jusqu'à ses degrés les plus bas l'exercice du pouvoir. On entre dans l'âge de l'examen infini et de l'objectivation contraignante.

2. *L'examen fait aussi entrer l'individualité dans un champ documentaire*. Il laisse derrière lui toute une archive ténue et

1. Kropotkine, *Autour d'une vie*, 1902, p. 9. Je dois cette référence à M. G. Canguilhem.

minutieuse qui se constitue au ras des corps et des jours. L'examen qui place les individus dans un champ de surveillance les situe également dans un réseau d'écriture ; il les engage dans toute une épaisseur de documents qui les captent et les fixent. Les procédures d'examen ont été tout de suite accompagnées d'un système d'enregistrement intense et de cumul documentaire. Un « pouvoir d'écriture » se constitue comme une pièce essentielle dans les rouages de la discipline. Sur bien des points, il se modèle sur les méthodes traditionnelles de la documentation administrative. Mais avec des techniques particulières et des innovations importantes. Les unes concernent les méthodes d'identification, de signalement, ou de description. C'était là le problème de l'armée où il fallait retrouver les déserteurs, éviter les enrôlements à répétition, corriger les états fictifs présentés par les officiers, connaître les services et la valeur de chacun, établir avec certitude le bilan des disparus et des morts. C'était le problème des hôpitaux où il fallait reconnaître les malades, chasser les simulateurs, suivre l'évolution des maladies, vérifier l'efficacité des traitements, repérer les cas analogues et les débuts d'épidémies. C'était le problème des établissements d'enseignement où on avait à caractériser l'aptitude de chacun, à situer son niveau et ses capacités, à indiquer l'utilisation éventuelle qu'on peut en faire : « Le registre sert, pour y avoir recours en temps et lieu, pour connaître les mœurs des enfants, leur avancement à la piété, au catéchisme, aux lettres selon le temps de l'École, leur esprit et jugement qu'il trouvera marqué depuis sa réception[1]. »

De là la formation de toute une série de codes de l'individualité disciplinaire qui permettent de transcrire en les homogénéisant les traits individuels établis par l'examen : code physique du signalement, code médical des symptômes, code scolaire ou militaire des conduites et des performances. Ces codes étaient encore très rudimentaires, sous leur forme qualitative ou quantitative, mais ils marquent le moment d'une première « formalisation » de l'individuel à l'intérieur de relations de pouvoir.

Les autres innovations de l'écriture disciplinaire

1. M.I.D.B., *Instruction méthodique pour l'école paroissiale*, 1669, p. 64.

concernent la mise en corrélation de ces éléments, le cumul des documents, leur mise en série, l'organisation de champs comparatifs permettant de classer, de former des catégories, d'établir des moyennes, de fixer des normes. Les hôpitaux du XVIIIe siècle ont été en particulier de grands laboratoires pour les méthodes scripturaires et documentaires. La tenue des registres, leur spécification, les modes de transcription des uns sur les autres, leur circulation pendant les visites, leur confrontation au cours des réunions régulières des médecins et des administrateurs, la transmission de leurs données à des organismes de centralisation (soit à l'hôpital soit au bureau central des hospices), la comptabilité des maladies, des guérisons, des décès au niveau d'un hôpital, d'une ville et à la limite de la nation tout entière ont fait partie intégrante du processus par lequel les hôpitaux ont été soumis au régime disciplinaire. Parmi les conditions fondamentales d'une bonne « discipline » médicale aux deux sens du mot, il faut mettre les procédés d'écriture qui permettent d'intégrer, mais sans qu'elles s'y perdent, les données individuelles dans des systèmes cumulatifs; faire en sorte qu'à partir de n'importe quel registre général on puisse retrouver un individu et qu'inversement chaque donnée de l'examen individuel puisse se répercuter dans des calculs d'ensemble.

Grâce à tout cet appareil d'écriture qui l'accompagne, l'examen ouvre deux possibilités qui sont corrélatives : la constitution de l'individu comme objet descriptible, analysable, non point cependant pour le réduire en traits « spécifiques » comme le font les naturalistes à propos des êtres vivants; mais pour le maintenir dans ses traits singuliers, dans son évolution particulière, dans ses aptitudes ou capacités propres, sous le regard d'un savoir permanent; et d'autre part la constitution d'un système comparatif qui permet la mesure de phénomènes globaux, la description de groupes, la caractérisation de faits collectifs, l'estimation des écarts des individus les uns par rapport aux autres, leur répartition dans une « population ».

Importance décisive par conséquent de ces petites techniques de notation, d'enregistrement, de constitution de dossiers, de mise en colonnes et en tableaux qui nous sont familières mais qui ont permis le déblocage épistémologique des sciences de l'individu. On a sans doute raison de poser le problème aristotélicien : une science de l'individu est-elle possible, et légitime ? A grand problème, grandes solutions peut-être. Mais il y a le petit problème historique de l'émergence, vers la fin du XVIIIe siècle, de ce qu'on pourrait placer sous le sigle de sciences « cliniques » ; problème de l'entrée de l'individu (et non plus de l'espèce) dans le champ du savoir ; problème de l'entrée de la description singulière, de l'interrogatoire, de l'anamnèse, du « dossier » dans le fonctionnement général du discours scientifique. A cette simple question de fait, il faut sans doute une réponse sans grandeur : il faut regarder du côté de ces procédés d'écriture et d'enregistrement, il faut regarder du côté des mécanismes d'examen, du côté de la formation des dispositifs de discipline, et de la formation d'un nouveau type de pouvoir sur les corps. La naissance des sciences de l'homme ? Elle est vraisemblablement à chercher dans ces archives de peu de gloire où s'est élaboré le jeu moderne des coercitions sur les corps, les gestes, les comportements.

3. *L'examen, entouré de toutes ses techniques documentaires, fait de chaque individu un « cas »* : un cas qui tout à la fois constitue un objet pour une connaissance et une prise pour un pouvoir. Le cas, ce n'est plus, comme dans la casuistique ou la jurisprudence, un ensemble de circonstances qualifiant un acte et pouvant modifier l'application d'une règle, c'est l'individu tel qu'on peut le décrire, le jauger, le mesurer, le comparer à d'autres et cela dans son individualité même ; et c'est aussi l'individu qu'on a à dresser ou redresser, qu'on a à classer, à normaliser, à exclure, etc.

Pendant longtemps l'individualité quelconque — celle d'en bas et de tout le monde — est demeurée au-dessous du seuil de description. Être regardé, observé, raconté dans le détail, suivi au jour le jour par une écriture ininterrompue était un privilège. La chronique d'un homme, le récit de sa vie, son historiographie rédigée au fil de son existence faisaient partie des rituels de sa puissance. Or les procédés disciplinaires retournent ce rapport, abaissent le seuil de l'individualité descriptible et font de cette description un moyen de contrôle et une méthode de domination. Non plus monument pour une mémoire future, mais document pour une utilisation éventuelle. Et cette descriptibilité nouvelle est d'autant plus marquée que l'encadrement disciplinaire est strict : l'enfant, le malade, le fou, le condamné deviendront, de plus en plus facilement à partir du XVIIIe siècle et selon une pente qui est celle des mécanismes de discipline, l'objet de descriptions individuelles et de récits biographiques. Cette mise en écriture des existences réelles n'est plus une procédure d'héroïsation; elle fonctionne comme procédure d'objectivation et d'assujettisement. La vie soigneusement collationnée des malades mentaux ou des délinquants relève, comme la chronique des rois ou l'épopée des grands bandits populaires, d'une certaine fonction politique de l'écriture; mais dans une tout autre technique du pouvoir.

L'examen comme fixation à la fois rituelle et « scientifique » des différences individuelles, comme épinglage de chacun à sa propre singularité (en opposition à la cérémonie où se manifestent les statuts, les naissances, les privilèges, les fonctions, avec tout l'éclat de leurs marques) indique bien l'apparition d'une modalité nouvelle de pouvoir où chacun reçoit pour statut sa propre individualité, et où il est statutairement lié aux traits, aux mesures, aux écarts, aux « notes » qui le caractérise et font de lui, de toute façon, un « cas ».

Finalement, l'examen est au centre des procédures qui constituent l'individu comme effet et objet de pouvoir, comme effet et objet de savoir. C'est lui qui, en combinant surveillance hiérarchique et sanction normalisatrice, assure les grandes fonctions disciplinaires de répartition et de classement, d'extraction maximale des forces et du temps, de cumul génétique continu, de composition optimale des aptitudes. Donc, de fabrication de l'individualité cellulaire, organique, génétique et combinatoire. Avec lui se ritualisent ces disciplines qu'on peut caractériser d'un mot en disant qu'elles sont une modalité de pouvoir pour qui la différence individuelle est pertinente.

*

Les disciplines marquent le moment où s'effectue ce qu'on pourrait appeler le renversement de l'axe politique de l'individualisation. Dans des sociétés dont le régime féodal n'est qu'un exemple, on peut dire que l'individualisation est maximale du côté où s'exerce la souveraineté et dans les régions supérieures du pouvoir. Plus on y est détenteur de puissance ou de privilège, plus on y est marqué comme individu, par des rituels, des discours, ou des représentations plastiques. Le « nom » et la généalogie qui situent à l'intérieur d'un ensemble de parenté, l'accomplissement d'exploits qui manifestent la supériorité des forces et que les récits immortalisent, les cérémonies qui marquent, par leur ordonnance, les rapports de puissance, les monuments ou les donations qui donnent survie après la mort, les fastes et les excès de la dépense, les liens multiples d'allégeance et de suzeraineté qui s'entrecroisent, tout cela constitue autant de procédures d'une individualisation « ascendante ». Dans un régime disciplinaire, l'individualisation en revanche est « descendante » : à mesure que le pouvoir devient plus anonyme et plus fonctionnel, ceux sur qui il s'exerce tendent à être plus fortement individualisés; et par des surveillances plutôt que par des cérémonies, par des observations plutôt que par des récits commémoratifs, par des mesures comparatives qui ont la « norme » pour référence, et non par des généalogies qui donnent les ancêtres comme points de repère; par des « écarts » plutôt que par des exploits. Dans un système de discipline, l'enfant est plus individualisé que l'adulte, le malade l'est avant l'homme sain, le fou et le délinquant plutôt que le normal et le non-délinquant. C'est vers les premiers en tout cas que sont tournés dans notre civilisation tous les mécanismes individualisants; et lorsqu'on veut individualiser l'adulte sain, normal et légaliste, c'est toujours désormais en lui demandant ce qu'il y a encore en lui d'enfant, de quelle folie secrète il est habité, quel crime fondamental il a voulu commettre. Toutes les sciences, analyses ou pratiques à radical « psycho- », ont leur place dans ce retournement historique des procédures d'individualisation. Le moment où on est passé de mécanismes historico-rituels de formation de l'individualité à des mécanismes scientifico-disciplinaires, où le normal a pris la relève de l'ancestral, et la mesure la place du statut, substituant ainsi à l'individualité de l'homme mémorable celle de l'homme calculable, ce moment où les sciences de l'homme sont devenues possibles, c'est celui où furent mises en œuvre une nouvelle technologie du pouvoir et une autre anatomie politique du corps. Et si depuis le fond du Moyen Age jusqu'aujourd'hui « l'aventure » est bien le récit de l'individualité, le passage de l'épique au romanesque, du haut fait à la secrète singularité, des longs exils à la recherche intérieure de l'enfance, des joutes aux fantasmes, s'inscrit lui aussi dans la formation d'une société disciplinaire. Ce sont les malheurs du petit Hans et non plus « le bon petit Henri » qui racontent l'aventure de notre enfance. Le *Roman de la Rose* est écrit aujourd'hui par Mary Barnes ; à la place de Lancelot, le président Schreber.

On dit souvent que le modèle d'une société qui aurait pour éléments constituants des individus est emprunté aux formes juridiques abstraites du contrat et de l'échange. La société marchande se serait représentée comme une association contractuelle de sujets juridiques isolés. Peut-être. La théorie politique du XVIIe et du XVIIIe siècle semble en effet souvent obéir à ce schéma. Mais il ne faut pas oublier qu'il a existé à la même époque une technique pour constituer effectivement les individus comme éléments corrélatifs d'un pouvoir et d'un savoir. L'individu, c'est sans doute l'atome fictif d'une représentation « idéologique » de la société ; mais il est aussi une réalité fabriquée par cette technologie spécifique de pouvoir qu'on appelle la « discipline ». Il faut cesser de toujours décrire les effets de pouvoir en termes négatifs : il « exclut », il « réprime », il « refoule », il « censure », il « abstrait », il « masque », il « cache ». En fait le pouvoir produit ; il produit du réel ; il produit des domaines d'objets et des rituels de vérité. L'individu et la connaissance qu'on peut en prendre relèvent de cette production.

Mais prêter une telle puissance aux ruses souvent minuscules de la discipline, n'est-ce pas leur accorder beaucoup ? D'où peuvent-elles tirer de si larges effets ?

CHAPITRE III

Le panoptisme

Voici, selon un règlement de la fin du XVIIe siècle, les mesures qu'il fallait prendre quand la peste se déclarait dans une ville[1].

D'abord, un strict quadrillage spatial : fermeture, bien entendu, de la ville et du « terroir », interdiction d'en sortir sous peine de la vie, mise à mort de tous les animaux errants ; découpage de la ville en quartiers distincts où on établit le pouvoir d'un intendant. Chaque rue est placée sous l'autorité d'un syndic ; il la surveille ; s'il la quittait, il serait puni de mort. Le jour désigné, on ordonne à chacun de se renfermer dans sa maison : défense d'en sortir sous peine de la vie. Le syndic vient lui-même fermer, de l'extérieur, la porte de chaque maison ; il emporte la clef qu'il remet à l'intendant de quartier ; celui-ci la conserve jusqu'à la fin de la quarantaine. Chaque famille aura fait ses provisions ; mais pour le vin et le pain, on aura aménagé entre la rue et l'intérieur des maisons, des petits canaux de bois, permettant de déverser à chacun sa ration sans qu'il y ait communication entre les fournisseurs et les habitants ; pour la viande, le poisson et les herbes, on utilise des poulies et des paniers. S'il faut absolument sortir des maisons, on le fera à tour de rôle, et en évitant toute rencontre. Ne circulent que les intendants, les syndics, les soldats de la garde et aussi entre les maisons infectées, d'un cadavre à l'autre, les « corbeaux » qu'il est indifférent

1. *Archives militaires de Vincennes*, A 1 516 91 sc. Pièce. Ce règlement est pour l'essentiel conforme à toute une série d'autres qui datent de cette même époque ou d'une période antérieure.

d'abandonner à la mort : ce sont « des gens de peu qui portent les malades, enterrent les morts, nettoient et font beaucoup d'offices vils et abjects ». Espace découpé, immobile, figé. Chacun est arrimé à sa place. Et s'il bouge, il y va de sa vie, contagion ou punition.

L'inspection fonctionne sans cesse. Le regard partout est en éveil : « Un corps de milice considérable, commandé par de bons officiers et gens de bien », des corps de garde aux portes, à l'hôtel de ville, et dans tous les quartiers pour rendre l'obéissance du peuple plus prompte, et l'autorité des magistrats plus absolue, « comme aussi pour surveiller à tous les désordres, voleries et pilleries ». Aux portes, des postes de surveillance ; au bout de chaque rue, des sentinelles. Tous les jours, l'intendant visite le quartier dont il a la charge, s'enquiert si les syndics s'acquittent de leurs tâches, si les habitants ont à s'en plaindre ; ils « surveillent leurs actions ». Tous les jours aussi, le syndic passe dans la rue dont il est responsable ; s'arrête devant chaque maison ; fait placer tous les habitants aux fenêtres (ceux qui habiteraient sur la cour se verraient assigner une fenêtre sur la rue où nul autre qu'eux ne pourrait se montrer) ; appelle chacun par son nom ; s'informe de l'état de tous, un par un — « en quoi les habitants seront obligés de dire la vérité sous peine de la vie » ; si quelqu'un ne se présente pas à la fenêtre, le syndic doit en demander raisons : « Il découvrira par là facilement si on recèle des morts ou des malades. » Chacun enfermé dans sa cage, chacun à sa fenêtre, répondant à son nom et se montrant quand on le lui demande, c'est la grande revue des vivants et des morts.

Cette surveillance prend appui sur un système d'enregistrement permanent : rapports des syndics aux intendants, des intendants aux échevins ou au maire. Au début de la « serrade », un par un, on établit le rôle de tous les habitants présents dans la ville ; on y porte « le nom, l'âge, le sexe, sans exception de condition » : un exemplaire pour l'intendant du quartier, un second au bureau de l'hôtel de ville, un autre pour que le syndic puisse faire l'appel journalier. Tout ce qu'on observe au cours des visites — morts, maladies, réclamations, irrégularités — est pris en note, transmis aux intendants et aux magistrats. Ceux-ci ont la haute main sur les soins médicaux; ils ont désigné un médecin responsable; aucun autre praticien ne peut soigner, aucun apothicaire préparer les médicaments, aucun confesseur visiter un malade, sans avoir reçu de lui un billet écrit « pour empêcher que l'on ne recèle et traite, à l'insu des magistrats, des malades de la contagion ». L'enregistrement du pathologique doit être constant et centralisé. Le rapport de chacun à sa maladie et à sa mort passe par les instances du pouvoir, l'enregistrement qu'elles en font, les décisions qu'elles prennent.

Cinq ou six jours après le début de la quarantaine, on procède à la purification des maisons, une par une. On fait sortir tous les habitants; dans chaque pièce on soulève ou suspend « les meubles et les marchandises »; on répand du parfum; on le fait brûler après avoir bouché avec soin les fenêtres, les portes et jusqu'aux trous de serrure qu'on remplit de cire. Finalement on ferme la maison tout entière pendant que se consume le parfum; comme à l'entrée, on fouille les parfumeurs « en présence des habitants de la maison, pour voir s'ils n'ont quelque chose en sortant qu'ils n'eussent pas en entrant ». Quatre heures après, les habitants peuvent rentrer chez eux.

Cet espace clos, découpé, surveillé en tous ses points, où les individus sont insérés en une place fixe, où les moindres mouvements sont contrôlés, où tous les événements sont enregistrés, où un travail ininterrompu d'écriture relie le centre et la périphérie, où le pouvoir s'exerce sans partage, selon une figure hiérarchique continue, où chaque individu est constamment repéré, examiné et distribué entre les vivants, les malades et les morts — tout cela constitue un modèle compact du dispositif disciplinaire. A la peste répond l'ordre; il a pour fonction de débrouiller toutes les confusions : celle de la maladie qui se transmet quand les corps se mélangent; celle du mal qui se multiplie lorsque la peur et la mort effacent les interdits. Il prescrit à chacun sa place, à chacun son corps, à chacun sa maladie et sa mort, à chacun son bien, par l'effet d'un pouvoir omniprésent et omniscient qui se subdivise lui-même de façon régulière et ininterrompue jusqu'à la détermination finale de l'individu, de ce qui le caractérise, de ce qui lui appartient, de ce qui lui arrive.

Contre la peste qui est mélange, la discipline fait valoir son pouvoir qui est d'analyse. Il y a eu autour de la peste toute une fiction littéraire de la fête : les lois suspendues, les interdits levés, la frénésie du temps qui passe, les corps se mêlant sans respect, les individus qui se démasquent, qui abandonnent leur identité statutaire et la figure sous laquelle on les reconnaissait, laissant apparaître une vérité tout autre. Mais il y a eu aussi un rêve politique de la peste, qui en était exactement l'inverse : non pas la fête collective, mais les partages stricts; non pas les lois transgressées, mais la pénétration du règlement jusque dans les plus fins détails de l'existence et par l'intermédiaire d'une hiérarchie complète qui assure le fonctionnement capillaire du pouvoir; non pas les masques qu'on met et qu'on enlève, mais l'assignation à chacun de son « vrai » nom, de sa « vraie » place, de son « vrai » corps et de la « vraie » maladie. La peste comme forme à la fois réelle et imaginaire du désordre a pour corrélatif médical et politique la discipline. Derrière les dispositifs disciplinaires, se lit la hantise des « contagions », de la peste, des révoltes, des crimes, du vagabondage, des désertions, des gens qui apparaissent et disparaissent, vivent et meurent dans le désordre.

S'il est vrai que la lèpre a suscité les rituels d'exclusion qui ont donné jusqu'à un certain point le modèle et comme la forme générale du grand Renfermement, la peste, elle, a suscité des schémas disciplinaires. Plutôt que le partage massif et binaire entre les uns et les autres, elle appelle des séparations multiples, des distributions individualisantes, une organisation en profondeur des surveillances et des contrôles, une intensification et une ramification du pouvoir. Le lépreux est pris dans une pratique du rejet, de l'exil-clôture; on le laisse s'y perdre comme dans une masse qu'il importe peu de différencier; les pestiférés sont pris dans un quadrillage tactique méticuleux où les différenciations individuelles sont les effets contraignants d'un pouvoir qui se multiplie, s'articule et se subdivise. Le grand renfermement d'une part; le bon dressement de l'autre. La lèpre et son partage; la peste et ses découpages. L'une est marquée; l'autre, analysée et répartie. L'exil du lépreux et l'arrêt de la peste ne portent pas avec eux le même rêve politique. L'un, c'est celui d'une communauté pure, l'autre celui d'une société disciplinée. Deux manières d'exercer le pouvoir sur les hommes, de contrôler leurs rapports, de dénouer leurs dangereux mélanges. La ville pestiférée, toute traversée de hiérarchie, de surveillance, de regard, d'écriture, la ville immobilisée dans le fonctionnement d'un pouvoir extensif qui porte de façon distincte sur tous les corps individuels — c'est l'utopie de la cité parfaitement gouvernée. La peste (celle du moins qui reste à l'état de prévision), c'est l'épreuve au cours de laquelle on peut définir idéalement l'exercice du pouvoir disciplinaire. Pour faire fonctionner selon la pure théorie les droits et les lois, les juristes se mettaient imaginairement dans l'état de nature; pour voir fonctionner les disciplines parfaites, les gouvernants rêvaient de l'état de peste. Au fond des schémas disciplinaires l'image de la peste vaut pour toutes les confusions, et les désordres; tout comme l'image de la lèpre, du contact à trancher, est au fond des schémas d'exclusion.

Schémas différents, donc, mais non incompatibles. Lentement, on les voit se rapprocher; et c'est le propre du XIXe siècle d'avoir appliqué à l'espace de l'exclusion dont le lépreux était l'habitant symbolique (et les mendiants, les vagabonds, les fous, les violents formaient la population réelle) la technique de pouvoir propre au quadrillage disciplinaire. Traiter les « lépreux » comme des « pestiférés », projeter les découpages fins de la discipline sur l'espace confus de l'internement, le travailler avec les méthodes de répartition analytique du pouvoir, individualiser les exclus, mais se servir des procédures d'individualisation pour marquer des exclusions — c'est cela qui a été opéré régulièrement par le pouvoir disciplinaire depuis le début du XIXe siècle : l'asile psychiatrique, le pénitentier, la maison de correction, l'établissement d'éducation surveillée, et pour une part les hôpitaux, d'une façon générale toutes les instances de contrôle individuel fonctionnent sur un double mode : celui du partage binaire et du marquage (fou-non fou; dangereux-inoffensif; normal-anormal); et celui de l'assignation coercitive, de la répartition différentielle (qui il est; où il doit être; par quoi le caractériser, comment le reconnaître; comment exercer sur lui, de manière individuelle, une surveillance constante, etc.). D'un côté, on « pestifère » les lépreux; on impose aux exclus la tactique des disciplines individualisantes; et d'autre part l'universalité des contrôles disciplinaires permet de marquer qui est « lépreux » et de faire jouer contre lui les mécanismes dualistes de l'exclusion. Le partage constant du normal et de l'anormal, auquel tout individu est soumis, reconduit jusqu'à nous et en les appliquant à de tout autres objets, le marquage binaire et l'exil du lépreux; l'existence de tout un ensemble de techniques et d'institutions qui se donnent pour tâche de mesurer, de contrôler, et de corriger les anormaux, fait fonctionner les dispositifs disciplinaires qu'appelait la peur de la peste. Tous les mécanismes de pouvoir qui, de nos jours encore, se disposent autour de l'anormal, pour le marquer comme pour le modifier, composent ces deux formes dont elles dérivent de loin.

*

Le *Panopticon* de Bentham est la figure architecturale de cette composition. On en connaît le principe : à la périphérie un bâtiment en anneau; au centre, une tour; celle-ci est percée de larges fenêtres qui ouvrent sur la face intérieure de l'anneau; le bâtiment périphérique est divisé en cellules, dont chacune traverse toute l'épaisseur du bâtiment; elles ont deux fenêtres, l'une vers l'intérieur, correspondant aux fenêtres de la tour; l'autre, donnant sur l'extérieur, permet à la lumière de traverser la cellule de part en part. Il suffit alors de placer un surveillant dans la tour centrale, et dans chaque cellule d'enfermer un fou, un malade, un condamné, un ouvrier ou un écolier. Par l'effet du contre-jour, on peut saisir de la tour, se découpant exactement sur la lumière, les petites silhouettes captives dans les cellules de la périphérie. Autant de cages, autant de petits théâtres, où chaque acteur est seul, parfaitement individualisé et constamment visible. Le dispositif panoptique aménage des unités spatiales qui permettent de voir sans arrêt et de reconnaître aussitôt. En somme, on inverse le principe du cachot; ou plutôt de ses trois fonctions — enfermer, priver de lumière et cacher — on ne garde que la première et on supprime les deux autres. La pleine lumière et le regard d'un surveillant captent mieux que l'ombre, qui finalement protégeait. La visibilité est un piège.

Ce qui permet d'abord — comme effet négatif — d'éviter ces masses, compactes, grouillantes, houleuses, qu'on trouvait dans les lieux d'enfermement, ceux que peignait Goya ou que décrivait Howard. Chacun, à sa place, est bien enfermé dans une cellule d'où il est vu de face par le surveillant ; mais les murs latéraux l'empêchent d'entrer en contact avec ses compagnons. Il est vu, mais il ne voit pas ; objet d'une information, jamais sujet dans une communication. La disposition de sa chambre, en face de la tour centrale, lui impose une visibilité axiale ; mais les divisions de l'anneau, ces cellules bien séparées impliquent une invisibilité latérale. Et celle-ci est garantie de l'ordre. Si les détenus sont des condamnés, pas de danger qu'il y ait complot, tentative d'évasion collective, projet de nouveaux crimes pour l'avenir, mauvaises influences réciproques ; si ce sont des malades, pas de danger de contagion ; des fous, pas de risque de violences réciproques ; des enfants, pas de copiage, pas de bruit, pas de bavardage, pas de dissipation. Si ce sont des ouvriers, pas de rixes, pas de vols, pas de coalitions, pas de ces distractions qui retardent le travail, le rendent moins parfait ou provoquent les accidents. La foule, masse compacte, lieu d'échanges multiples, individualités qui se fondent, effet collectif, est abolie au profit d'une collection d'individualités séparées. Du point de vue du gardien, elle est remplacée par une multiplicité dénombrable et contrôlable ; du point de vue des détenus, par une solitude séquestrée et regardée[1].

De là, l'effet majeur du Panoptique : induire chez le détenu un état conscient et permanent de visibilité qui assure le fonctionnement automatique du pouvoir. Faire que la surveillance soit permanente dans ses effets, même si elle est discontinue dans son action ; que la perfection du pouvoir tende à rendre inutile l'actualité de son exercice ; que cet appareil architectural soit une machine à créer et à soutenir un rapport de pouvoir indépendant de celui qui l'exerce ; bref

1. J. Bentham, *Panopticon, Works*, éd. Bowring, t. IV, p. 60-64. Cf. planche nº 17.

que les détenus soient pris dans une situation de pouvoir dont ils sont eux-mêmes les porteurs. Pour cela, c'est à la fois trop et trop peu que le prisonnier soit sans cesse observé par un surveillant : trop peu, car l'essentiel c'est qu'il se sache surveillé; trop, parce qu'il n'a pas besoin de l'être effectivement. Pour cela Bentham a posé le principe que le pouvoir devait être visible et invérifiable. Visible : sans cesse le détenu aura devant les yeux la haute silhouette de la tour centrale d'où il est épié. Invérifiable : le détenu ne doit jamais savoir s'il est actuellement regardé; mais il doit être sûr qu'il peut toujours l'être. Bentham, pour rendre indécidable la présence ou l'absence du surveillant, pour que les prisonniers, de leur cellule, ne puissent pas même apercevoir une ombre ou saisir un contre-jour, a prévu, non seulement des persiennes aux fenêtres de la salle centrale de surveillance, mais, à l'intérieur, des cloisons qui la coupent à angle droit et, pour passer d'un quartier à l'autre, non des portes mais des chicanes : car le moindre battement, une lumière entrevue, une clarté dans un entrebâillement trahiraient la présence du gardien[1]. Le Panoptique est une machine à dissocier le couple voir-être vu : dans l'anneau périphérique, on est totalement vu, sans jamais voir; dans la tour centrale, on voit tout, sans être jamais vu[2].

Dispositif important, car il automatise et désindividualise le pouvoir. Celui-ci a son principe moins dans une personne que dans une certaine distribution concertée des corps, des surfaces, des lumières, des regards; dans un appareillage dont les mécanismes internes produisent le rapport dans lequel les individus sont pris. Les cérémonies, les rituels, les marques par lesquels le plus-de-pouvoir est manifesté chez le souverain sont inutiles. Il y a une machinerie qui assure la

1. Dans le *Postscript to the Panopticon*, 1791, Bentham ajoute des galeries obscures peintes en noir qui font le tour du bâtiment de surveillance, chacune permettant d'observer deux étages de cellules.

2. Cf. Planche nº 17. Bentham dans sa première version du *Panopticon* avait imaginé aussi une surveillance acoustique, par des tuyaux menant des cellules à la tour centrale. Il l'a abandonnée dans le *Postscript* peut-être parce qu'il ne pouvait pas introduire de dissymétrie et empêcher les prisonniers d'entendre le surveillant aussi bien que le surveillant les entendait. Julius essaya de mettre au point un système d'écoute dissymétrique (*Leçons sur les prisons*, trad. française, 1831, p. 18).

dissymétrie, le déséquilibre, la différence. Peu importe, par conséquent, qui exerce le pouvoir. Un individu quelconque, presque pris au hasard, peut faire fonctionner la machine : à défaut du directeur, sa famille, son entourage, ses amis, ses visiteurs, ses domestiques même[1]. Tout comme est indifférent le motif qui l'anime : la curiosité d'un indiscret, la malice d'un enfant, l'appétit de savoir d'un philosophe qui veut parcourir ce muséum de la nature humaine, ou la méchanceté de ceux qui prennent plaisir à épier et à punir. Plus nombreux sont ces observateurs anonymes et passagers, plus augmentent pour le détenu le risque d'être surpris et la conscience inquiète d'être observé. Le Panoptique est une machine merveilleuse qui, à partir des désirs les plus différents, fabrique des effets homogènes de pouvoir.

Un assujettissement réel naît mécaniquement d'une relation fictive. De sorte qu'il n'est pas nécessaire d'avoir recours à des moyens de force pour contraindre le condamné à la bonne conduite, le fou au calme, l'ouvrier au travail, l'écolier à l'application, le malade à l'observation des ordonnances. Bentham s'émerveillait que les institutions panoptiques puissent être si légères : plus de grilles, plus de chaînes, plus de serrures pesantes ; il suffit que les séparations soient nettes et les ouvertures bien disposées. A la lourdeur des vieilles « maisons de sûreté », avec leur architecture de forteresse, on peut substituer la géométrie simple et économique d'une « maison de certitude ». L'efficace du pouvoir, sa force contraignante sont, en quelque sorte, passées de l'autre côté — du côté de sa surface d'application. Celui qui est soumis à un champ de visibilité, et qui le sait, reprend à son compte les contraintes du pouvoir ; il les fait jouer spontanément sur lui-même ; il inscrit en soi le rapport de pouvoir dans lequel il joue simultanément les deux rôles ; il devient le principe de son propre assujettissement. Du fait même le pouvoir externe, lui, peut s'alléger de ses pesanteurs physiques ; il tend à l'incorporel ; et plus il se rapproche de cette limite, plus ces effets sont constants, profonds, acquis une fois pour toutes, incessamment reconduits : perpétuelle victoire qui évite tout affrontement physique et qui est toujours jouée d'avance.

1. J. Bentham, *Panopticon, Works*, t. IV, p. 45.

Bentham ne dit pas s'il s'est inspiré, dans son projet, de la ménagerie que Le Vaux avait construite à Versailles : première ménagerie dont les différents éléments ne sont pas, comme c'était la tradition, disséminés dans un parc[1] : au centre un pavillon octogonal qui, au premier étage, ne comportait qu'une seule pièce, le salon du roi; tous les côtés s'ouvraient par de larges fenêtres, sur sept cages (le huitième côté est réservé à l'entrée) où étaient enfermées différentes espèces d'animaux. A l'époque de Bentham, cette ménagerie avait disparu. Mais on trouve dans le programme du Panopticon le souci analogue de l'observation individualisante, de la caractérisation et du classement, de l'aménagement analytique de l'espace. Le Panopticon est une ménagerie royale; l'animal est remplacé par l'homme, par le groupement spécifique la distribution individuelle et le roi par la machinerie d'un pouvoir furtif. A ceci près, le Panopticon, lui aussi, fait œuvre de naturaliste. Il permet d'établir les différences : chez les malades, observer les symptômes de chacun, sans que la proximité des lits, la circulation des miasmes, les effets de contagion mêlent les tableaux cliniques; chez les enfants noter les performances (sans qu'il y ait imitation ou copiage), repérer les aptitudes, apprécier les caractères, établir des classements rigoureux, et par rapport à une évolution normale, distinguer ce qui est « paresse et entêtement » de ce qui est « imbécillité incurable »; chez les ouvriers, noter les aptitudes de chacun, comparer le temps qu'ils mettent à faire un ouvrage, et s'ils sont payés à la journée, calculer leur salaire en conséquence[2].

Voilà pour le côté jardin. Côté laboratoire, le Panopticon peut être utilisé comme machine à faire des expériences, à modifier le comportement, à dresser ou redresser les individus. Expérimenter des médicaments et vérifier leurs effets. Essayer différentes punitions sur les prisonniers, selon leurs crimes et leur caractère, et rechercher les plus efficaces. Apprendre simultanément différentes techniques aux ouvriers, établir quelle est la meilleure. Tenter des expériences pédagogiques — et en particulier reprendre le célèbre

1. G. Loisel, *Histoire des ménageries*, 1912, II, p. 104-107. Cf. planche n° 14.
2. *Ibid.*, p. 60-64.

problème de l'éducation recluse, en utilisant des enfants trouvés ; on verrait ce qui advient lorsque en leur seizième ou dix-huitième année on met en présence les garçons et les filles ; on pourrait vérifier si, comme le pense Helvétius, n'importe qui peut apprendre n'importe quoi ; on pourrait suivre « la généalogie de toute idée observable » ; on pourrait élever différents enfants dans différents systèmes de pensée, faire croire à certains que deux et deux ne font pas quatre ou que la lune est un fromage, puis les mettre tous ensemble quand ils auraient vingt ou vingt-cinq ans ; on aurait alors des discussions qui vaudraient bien les sermons ou les conférences pour lesquelles on dépense tant d'argent ; on aurait au moins l'occasion de faire des découvertes dans le domaine de la métaphysique. Le Panopticon est un lieu privilégié pour rendre possible l'expérimentation sur les hommes, et pour analyser en toute certitude les transformations qu'on peut obtenir sur eux. Le Panoptique peut même constituer un appareil de contrôle sur ses propres mécanismes. Dans sa tour centrale, le directeur peut épier tous les employés qu'il a sous ses ordres : infirmiers, médecins, contremaîtres, instituteurs, gardiens ; il pourra les juger continûment, modifier leur conduite, leur imposer les méthodes qu'il juge meilleures ; et lui-même à son tour pourra être facilement observé. Un inspecteur surgissant à l'improviste au centre du Panopticon jugera d'un seul coup d'œil, et sans qu'on puisse rien lui cacher, comment fonctionne tout l'établissement. Et d'ailleurs, enfermé comme il l'est au milieu de ce dispositif architectural, le directeur n'a-t-il pas partie liée avec lui ? Le médecin incompétent, qui aura laissé la contagion gagner, le directeur de prison ou d'atelier qui aura été maladroit seront les premières victimes de l'épidémie ou de la révolte. « Mon destin, dit le maître du Panoptique, est lié au leur (à celui des détenus) par tous les liens que j'ai pu inventer[1]. » Le Panopticon fonctionne comme une sorte de laboratoire de pouvoir. Grâce à ses mécanismes d'observation, il gagne en efficacité et en capacité de pénétration dans le comportement des hommes ; un accroissement de savoir vient s'établir sur

1. J. Bentham, *Panopticon versus New South Wales. Works*, éd. Bowring t. IV, p. 177.

toutes les avancées du pouvoir, et découvre des objets à connaître sur toutes les surfaces où celui-ci vient s'exercer.

*

Ville pestiférée, établissement panoptique, les différences sont importantes. Elles marquent, à un siècle et demi de distance, les transformations du programme disciplinaire. Dans un cas, une situation d'exception : contre un mal extraordinaire, le pouvoir se dresse; il se rend partout présent et visible; il invente des rouages nouveaux; il cloisonne, il immobilise, il quadrille; il construit pour un temps ce qui est à la fois la contre-cité et la société parfaite; il impose un fonctionnement idéal, mais qui se ramène en fin de compte, comme le mal qu'il combat, au dualisme simple vie-mort : ce qui bouge porte la mort, et on tue ce qui bouge. Le Panopticon au contraire doit être compris comme un modèle généralisable de fonctionnement; une manière de définir les rapports du pouvoir avec la vie quotidienne des hommes. Sans doute Bentham le présente comme une institution particulière, bien close sur elle-même. On en a fait souvent une utopie de l'enfermement parfait. En face des prisons ruinées, grouillantes, et peuplées de supplices que gravait Piranese, le Panopticon fait figure de cage cruelle et savante. Qu'il ait, jusqu'à nous encore, donné lieu à tant de variations projetées ou réalisées, montre quelle a été pendant près de deux siècles son intensité imaginaire. Mais le Panopticon ne doit pas être compris comme un édifice onirique : c'est le diagramme d'un mécanisme de pouvoir ramené à sa forme idéale; son fonctionnement, abstrait de tout obstacle, résistance ou frottement, peut bien être représenté comme un pur système architectural et optique : c'est en fait une figure de technologie politique qu'on peut et qu'on doit détacher de tout usage spécifique.

Il est polyvalent dans ses applications; il sert à amender les prisonniers, mais aussi à soigner les malades, à instruire les écoliers, à garder les fous, à surveiller les ouvriers, à faire travailler les mendiants et les oisifs. C'est un type d'implantation des corps dans l'espace, de distribution des individus les uns par rapport aux autres, d'organisation hiérarchique, de disposition des centres et des canaux de pouvoir, de définition de ses instruments et de ses modes d'intervention, qu'on peut mettre en œuvre dans les hôpitaux, les ateliers, les écoles, les prisons. Chaque fois qu'on aura affaire à une multiplicité d'individus auxquels il faudra imposer une tâche ou une conduite, le schéma panoptique pourra être utilisé. Il est — sous réserve des modifications nécessaires — applicable « à tous les établissements où, dans les limites d'un espace qui n'est pas trop étendu, il faut maintenir sous surveillance un certain nombre de personnes[1] ».

En chacune de ses applications, il permet de perfectionner l'exercice du pouvoir. Et cela de plusieurs manières : parce qu'il peut réduire le nombre de ceux qui l'exercent, tout en multipliant le nombre de ceux sur qui on l'exerce. Parce qu'il permet d'intervenir à chaque instant et que la pression constante agit avant même que les fautes, les erreurs, les crimes soient commis. Parce que, dans ces conditions, sa force est de ne jamais intervenir, de s'exercer spontanément et sans bruit, de constituer un mécanisme dont les effets s'enchaînent les uns aux autres. Parce que sans autre instrument physique qu'une architecture et une géométrie, il agit directement sur les individus; il « donne à l'esprit du pouvoir sur l'esprit ». Le schéma panoptique est un intensificateur pour n'importe quel appareil de pouvoir : il en assure l'économie (en matériel, en personnel, en temps); il en assure l'efficacité par son caractère préventif, son fonctionnement continu et ses mécanismes automatiques. C'est une façon d'obtenir du pouvoir « dans une quantité jusque-là sans exemple », « un grand et nouvel instrument de gouvernement...; son excellence consiste dans la grande force qu'il est capable de donner à toute institution à laquelle on l'applique[2] ».

Une sorte d'« œuf de Colomb » dans l'ordre de la politique. Il est capable en effet de venir s'intégrer à une fonction

1. *Ibid.*, p. 40. Si Bentham a mis en avant l'exemple du pénitencier, c'est que celui-ci a des fonctions multiples à exercer (surveillance, contrôle automatique, confinement, solitude, travail forcé, instruction).

2. *Ibid.*, p. 65.

quelconque (d'éducation, de thérapeutique, de production, de châtiment); de majorer cette fonction, en se liant intimement à elle; de constituer un mécanisme mixte dans lequel les relations de pouvoir (et de savoir) peuvent s'ajuster exactement, et jusque dans le détail, aux processus qu'il faut contrôler; d'établir une proportion directe entre le « plus de pouvoir » et le « plus de production ». Bref, il fait en sorte que l'exercice du pouvoir ne s'ajoute pas de l'extérieur, comme une contrainte rigide ou comme une pesanteur, sur les fonctions qu'il investit, mais qu'il soit en elles assez subtilement présent pour accroître leur efficacité en augmentant lui-même ses propres prises. Le dispositif panoptique n'est pas simplement une charnière, un échangeur entre un mécanisme de pouvoir et une fonction; c'est une manière de faire fonctionner des relations de pouvoir dans une fonction, et une fonction par ces relations de pouvoir. Le panoptisme est capable de « réformer la morale, préserver la santé, revigorer l'industrie, diffuser l'instruction, alléger les charges publiques, établir l'économie comme sur le roc, dénouer, au lieu de trancher, le nœud gordien des lois sur les pauvres, tout cela par une simple idée architecturale[1] ».

De plus, l'aménagement de cette machine est tel que sa fermeture n'exclut pas une présence permanente de l'extérieur : on a vu que n'importe qui peut venir exercer dans la tour centrale les fonctions de surveillance, et que ce faisant, il peut deviner la manière dont la surveillance s'exerce. En fait, toute institution panoptique, fût-elle aussi soigneusement close qu'un pénitencier, pourra sans difficulté être soumise à ces inspections à la fois aléatoires et incessantes : et cela non seulement de la part des contrôleurs désignés, mais de la part du public; n'importe quel membre de la société aura le droit de venir constater de ses yeux comment fonctionnent les écoles, les hôpitaux, les usines, les prisons. Pas de risque par conséquent que l'accroissement de pouvoir dû à la machine panoptique puisse dégénérer en tyrannie; le dispositif disciplinaire sera démocratiquement contrôlé, puisqu'il sera sans

1. *Ibid.*, p. 39.

cesse accessible « au grand comité du tribunal du monde[1] ». Ce panoptique, subtilement arrangé pour qu'un surveillant puisse observer, d'un coup d'œil, tant d'individus différents permet aussi à tout le monde de venir surveiller le moindre surveillant. La machine à voir était une sorte de chambre noire où épier les individus; elle devient un édifice transparent où l'exercice du pouvoir est contrôlable par la société entière.

Le schéma panoptique, sans s'effacer ni perdre aucune de ses propriétés, est destiné à se diffuser dans le corps social; il a pour vocation d'y devenir une fonction généralisée. La ville pestiférée donnait un modèle disciplinaire exceptionnel : parfait mais absolument violent; à la maladie qui apportait la mort, le pouvoir opposait sa perpétuelle menace de mort; la vie y était réduite à son expression la plus simple; c'était contre le pouvoir de la mort l'exercice minutieux du droit de glaive. Le Panopticon au contraire a un rôle d'amplification; s'il aménage le pouvoir, s'il veut le rendre plus économique et plus efficace, ce n'est pas pour le pouvoir même, ni pour le salut immédiat d'une société menacée : il s'agit de rendre plus fortes les forces sociales — augmenter la production, développer l'économie, répandre l'instruction, élever le niveau de la morale publique; faire croître et multiplier.

Comment renforcer le pouvoir de telle manière que loin de gêner ce progrès, loin de peser sur lui par ses exigences et ses lourdeurs, il le facilite au contraire? Quel intensificateur de pouvoir pourra être en même temps un multiplicateur de production? Comment le pouvoir en augmentant ses forces pourra accroître celles de la société au lieu de les confisquer ou de les brider? La solution du Panoptique à ce problème, c'est que la majoration productive du pouvoir ne peut être assurée que si d'une part il a la possibilité de s'exercer de manière continue dans les soubassements de la société, jusqu'à son grain le plus fin, et si, d'autre part, il fonctionne

1. En imaginant ce flux continu de visiteurs pénétrant par un souterrain jusque dans la tour centrale, et de là observant le paysage circulaire du Panopticon, Bentham connaissait-il les Panoramas que Barker construisait exactement à la même époque (le premier semble dater de 1787) et dans lesquels les visiteurs, venant occuper la place centrale, voyaient tout autour d'eux se dérouler un paysage, une ville, une bataille. Les visiteurs occupaient exactement la place du regard souverain.

en dehors de ces formes soudaines, violentes, discontinues, qui sont liées à l'exercice de la souveraineté. Le corps du roi, avec son étrange présence matérielle et mythique, avec la force que lui-même déploie ou qu'il transmet à quelques-uns, est à l'extrême opposé de cette nouvelle physique du pouvoir que définit le panoptisme ; son domaine, c'est au contraire toute cette région d'en bas, celle des corps irréguliers, avec leurs détails, leurs mouvements multiples, leurs forces hétérogènes, leurs relations spatiales ; il s'agit de mécanismes qui analysent des distributions, des écarts, des séries, des combinaisons, et qui utilisent des instruments pour rendre visible, enregistrer, différencier et comparer : physique d'un pouvoir relationnel et multiple, qui a son intensité maximale non point dans la personne du roi, mais dans les corps que ces relations, justement, permettent d'individualiser. Au niveau théorique, Bentham définit une autre manière d'analyser le corps social et les relations de pouvoir qui le traversent ; en termes de pratique, il définit un procédé de subordination des corps et des forces qui doit majorer l'utilité du pouvoir en faisant l'économie du Prince. Le panoptisme, c'est le principe général d'une nouvelle « anatomie politique » dont l'objet et la fin ne sont pas le rapport de souveraineté mais les relations de discipline.

Dans la fameuse cage transparente et circulaire, avec sa haute tour, puissante et savante, il est peut-être question pour Bentham de projeter une institution disciplinaire parfaite ; mais il s'agit aussi de montrer comment on peut « désenfermer » les disciplines et les faire fonctionner de façon diffuse, multiple, polyvalente dans le corps social tout entier. Ces disciplines que l'âge classique avait élaborées en des lieux précis et relativement fermés — casernes, collèges, grands ateliers — et dont on n'avait imaginé la mise en œuvre globale qu'à l'échelle limitée et provisoire d'une ville en état de peste, Bentham rêve d'en faire un réseau de dispositifs qui seraient partout et toujours en éveil, parcourant la société sans lacune ni interruption. L'agencement panoptique donne la formule de cette généralisation. Il programme, au niveau d'un mécanisme élémentaire et facilement transférable, le fonctionnement de base d'une société toute traversée et pénétrée de mécanismes disciplinaires.

*

Deux images, donc, de la discipline. A une extrémité, la discipline-blocus, l'institution close, établie dans les marges, et toute tournée vers des fonctions négatives : arrêter le mal, rompre les communications, suspendre le temps. A l'autre extrémité, avec le panoptisme, on a la discipline-mécanisme : un dispositif fonctionnel qui doit améliorer l'exercice du pouvoir en le rendant plus rapide, plus léger, plus efficace, un dessin des coercitions subtiles pour une société à venir. Le mouvement qui va d'un projet à l'autre, d'un schéma de la discipline d'exception à celui d'une surveillance généralisée, repose sur une transformation historique : l'extension progressive des dispositifs de discipline au long des XVIIe et XVIIIe siècles, leur multiplication à travers tout le corps social, la formation de ce qu'on pourrait appeler en gros la société disciplinaire.

Toute une généralisation disciplinaire, dont la physique benthamienne du pouvoir représente le constat, s'est opérée au cours de l'âge classique. La multiplication des institutions de discipline en témoigne, avec leur réseau qui commence à couvrir une surface de plus en plus large, et à occuper surtout une place de moins en moins marginale : ce qui était îlot, lieu privilégié, mesure circonstancielle, ou modèle singulier, devient formule générale; les réglementations caractéristiques des armées protestantes et pieuses de Guillaume d'Orange ou de Gustave Adolphe sont transformées en règlements pour toutes les armées d'Europe; les collèges modèles des Jésuites, ou les écoles de Batencour et de Demia, après celle de Sturm, dessinent les formes générales de discipline scolaire; la mise en ordre des hôpitaux maritimes et militaires sert de schéma à toute la réorganisation hospitalière du XVIIIe siècle.

Mais cette extension des institutions disciplinaires n'est sans doute que l'aspect le plus visible de divers processus plus profonds.

1. *L'inversion fonctionnelle des disciplines*. On leur deman-

dait surtout à l'origine de neutraliser des dangers, de fixer des populations inutiles ou agitées, d'éviter les inconvénients de rassemblements trop nombreux; on leur demande désormais, car elles en deviennent capables, de jouer un rôle positif, faisant croître l'utilité possible des individus. La discipline militaire n'est plus un simple moyen pour empêcher le pillage, la désertion, ou la désobéissance des troupes; elle devient une technique de base pour que l'armée existe, non plus comme une foule ramassée, mais comme une unité qui tire de cette unité même une majoration de forces; la discipline fait croître l'habileté de chacun, coordonne ces habiletés, accélère les mouvements, multiplie la puissance de feu, élargit les fronts d'attaque sans en diminuer la vigueur, augmente les capacités de résistance, etc. La discipline d'atelier, tout en demeurant une manière de faire respecter les règlements et les autorités, d'empêcher les vols ou la dissipation, tend à faire croître les aptitudes, les vitesses, les rendements, et donc les profits; elle moralise toujours les conduites mais de plus en plus elle finalise les comportements, et fait entrer les corps dans une machinerie, les forces dans une économie. Lorsque au XVIIe siècle, se sont développées les écoles de province ou les écoles chrétiennes élémentaires, les justifications qu'on en donnait étaient surtout négatives : les pauvres n'ayant pas les moyens d'élever leurs enfants les laissaient « dans l'ignorance de leurs obligations : le soin qu'ils ont de vivre, et eux-mêmes ayant été mal élevés, ils ne peuvent communiquer une bonne éducation qu'ils n'ont jamais eue »; ce qui entraîne trois inconvénients majeurs : l'ignorance de Dieu, la fainéantise (avec tout son cortège d'ivrognerie, d'impureté, de larcins, de brigandage); et la formation de ces troupes de gueux, toujours prêts à provoquer des désordres publics et « tout juste bons à épuiser les fonds de l'Hôtel-Dieu [1] ». Or au début de la Révolution, le but qu'on prescrira à l'enseignement primaire sera, entre autres choses, de « fortifier », de « développer le corps », de disposer l'enfant « pour l'avenir à quelque travail mécanique », de lui donner « un juste coup d'œil, la main sûre, les habitudes promptes [2] ». Les disciplines fonctionnent de plus

1. Ch. Demia, *Règlement pour les écoles de la ville de Lyon*, 1716, p. 60-61.

2. Rapport de Talleyrand à la Constituante, 10 septembre 1791. Cité par A. Léon, *La Révolution française et l'éducation technique*, 1968, p. 106.

en plus comme des techniques fabriquant des individus utiles. De là le fait qu'elles se libèrent de leur position marginale aux confins de la société, et qu'elles se détachent des formes de l'exclusion ou de l'expiation, du renfermement ou de la retraite. De là le fait qu'elles dénouent lentement leur parenté avec les régularités et les clôtures religieuses. De là aussi qu'elles tendent à s'implanter dans les secteurs plus importants, plus centraux, plus productifs de la société; qu'elles viennent se brancher sur quelques-unes des grandes fonctions essentielles : la production manufacturière, la transmission des connaissances, la diffusion des aptitudes et des savoir-faire, l'appareil de guerre. De là enfin la double tendance qu'on voit se développer au long du XVIIIe siècle à multiplier le nombre des institutions de discipline et à discipliner les appareils existants.

2. *L'essaimage des mécanismes disciplinaires*. Tandis que d'un côté, les établissements de discipline se multiplient, leurs mécanismes ont une certaine tendance à se « désinstitutionnaliser », à sortir des forteresses closes où ils fonctionnaient et à circuler à l'état « libre »; les disciplines massives et compactes se décomposent en procédés souples de contrôle, qu'on peut transférer et adapter. Parfois, ce sont les appareils fermés qui ajoutent à leur fonction interne et spécifique un rôle de surveillance externe, développant autour d'eux toute une marge de contrôles latéraux. Ainsi l'école chrétienne ne doit pas simplement former des enfants dociles; elle doit aussi permettre de surveiller les parents, de s'informer de leur mode de vie, de leurs ressources, de leur piété, de leurs mœurs. L'école tend à constituer de minuscules observatoires sociaux pour pénétrer jusque chez les adultes et exercer sur eux un contrôle régulier : la mauvaise conduite d'un enfant, ou son absence, est un prétexte légitime, selon Demia, pour qu'on aille interroger les voisins, surtout s'il y a raison de croire que la famille ne dira pas la vérité; puis les parents eux-mêmes, pour vérifier s'ils savent le catéchisme et les prières, s'ils sont résolus à déraciner les vices de leurs enfants, combien il y a de lits et comment on s'y répartit pendant la nuit; la visite se termine éventuellement par une aumône, le cadeau d'une image, ou l'attribution de lits supplémentaires[1]. De la même façon l'hôpital est conçu

1. Ch. Demia, *Règlement pour les écoles de la ville de Lyon*, 1716, p. 39-40.

de plus en plus comme point d'appui pour la surveillance médicale de la population extérieure; après l'incendie de l'Hôtel-Dieu en 1772, plusieurs demandent qu'on remplace les grands établissements, si lourds et si désordonnés, par une série d'hôpitaux de dimension réduite; ils auraient pour fonction d'accueillir les malades du quartier, mais aussi de réunir des informations, de veiller aux phénomènes endémiques ou épidémiques, d'ouvrir des dispensaires, de donner des conseils aux habitants et de tenir les autorités au courant de l'état sanitaire de la région[1].

On voit aussi les procédures disciplinaires diffuser, à partir non pas d'institutions fermées, mais de foyers de contrôle disséminés dans la société. Des groupes religieux, des associations de bienfaisance ont longtemps joué ce rôle de « mise en discipline » de la population. Depuis la Contre-Réforme jusqu'à la philanthropie de la monarchie de Juillet, des initiatives de ce type se sont multipliées; elles avaient des objectifs religieux (la conversion et la moralisation), économiques (le secours et l'incitation au travail), ou politiques (il s'agissait de lutter contre le mécontentement ou l'agitation). Qu'il suffise de citer à titre d'exemple les règlements pour les compagnies de charité des paroisses parisiennes. Le territoire à couvrir est divisé en quartiers et en cantons, que se répartissent les membres de la compagnie. Ceux-ci ont à les visiter régulièrement. « Ils travailleront à empêcher les mauvais lieux, tabacs, académies, brelans, scandales publics, blasphèmes, impiétés, et autres désordres qui pourront venir à leur connaissance. » Ils auront aussi à faire des visites individuelles aux pauvres; et les points d'information sont précisés dans les règlements : stabilité du logement, connaissance des prières, fréquentation des sacrements, connaissance d'un métier, moralité (et « s'ils ne sont point tombés dans la pauvreté par leur faute »); enfin « il faut s'informer adroitement de quelle manière ils se comportent en leur ménage, s'ils ont la paix entre eux et avec leurs voisins, s'ils prennent soin d'élever leurs enfants en la crainte de Dieu... s'ils ne font

1. Dans la seconde moitié du XVIIIe siècle, on a beaucoup rêvé à utiliser l'armée comme instance de surveillance et de quadrillage général permettant de surveiller la population. L'armée, à discipliner encore au XVIIe siècle, est conçue comme « disciplinante ». Cf. par ex. J. Servan, *Le Soldat citoyen*, 1780.

point coucher leurs grands enfants de différents sexes ensemble et avec eux, s'ils ne souffrent point de libertinage et de cajolerie dans leurs familles, principalement à leurs grandes filles. Si on doute qu'ils sont mariés, il leur faut demander un certificat de leur mariage[1] ».

3. *L'étatisation des mécanismes de discipline*. En Angleterre, ce sont des groupes privés d'inspiration religieuse qui ont assuré, pendant longtemps, les fonctions de discipline sociale[2]; en France, si une part de ce rôle est restée entre les mains de sociétés de patronage ou de secours, une autre — et la plus importante sans doute — a été reprise très tôt par l'appareil de police.

L'organisation d'une police centralisée a passé longtemps, et aux yeux mêmes des contemporains, pour l'expression la plus directe de l'absolutisme royal; le souverain avait voulu avoir « un magistrat à lui à qui il pût confier directement ses ordres, ses commissions, ses intentions, et qui fût chargé de l'exécution des ordres et des lettres de cachet[3] ». En effet, tout en reprenant un certain nombre de fonctions préexistantes — recherche des criminels, surveillance urbaine, contrôle économique et politique — les lieutenances de police et la lieutenance générale qui les couronnait à Paris les transposaient dans une machine administrative, unitaire et rigoureuse : « Tous les rayons de force et d'instruction qui partent de la circonférence viennent aboutir au lieutenant général... C'est lui qui fait marcher toutes les roues dont l'ensemble produit l'ordre et l'harmonie. Les effets de son administration ne peuvent être mieux comparés qu'au mouvement des corps célestes[4]. »

Mais si la police comme institution a bien été organisée sous la forme d'un appareil d'État, et si elle a bien été rattachée directement au centre de la souveraineté politique, le type de pouvoir qu'elle exerce, les mécanismes qu'elle met en jeu et les éléments auxquels elle les applique sont spéci-

1. Arsenal, ms. 2565. Sous cette cote, on trouve de nombreux règlements pour les compagnies de charité des XVIIe et XVIIIe siècles.

2. Cf. L. Radzinovitz, *The English Criminal Law*, 1956 t. II, p. 203-241.

3. Note de Duval, premier secrétaire de la lieutenance de police, citée par Funck-Brentano, *Catalogue des manuscrits de la bibliothèque de l'Arsenal*, t. IX, p. 1.

4. N.T. Des Essarts, *Dictionnaire universel de police*, 1787, p. 344, 528.

fiques. C'est un appareil qui doit être coextensif au corps social tout entier et non seulement par les limites extrêmes qu'il rejoint, mais par la minutie des détails qu'il prend en charge. Le pouvoir policier doit porter « sur tout » : ce n'est point cependant la totalité de l'État ni du royaume comme corps visible et invisible du monarque; c'est la poussière des événements, des actions, des conduites, des opinions — « tout ce qui se passe[1] »; l'objet de la police, ce sont ces « choses de chaque instant », ces « choses de peu » dont parlait Catherine II dans sa Grande Instruction[2]. On est, avec la police, dans l'indéfini d'un contrôle qui cherche idéalement à rejoindre le grain le plus élémentaire, le phénomène le plus passager du corps social : « Le ministère des magistrats et officiers de police est des plus importants; les objets qu'il embrasse sont en quelque sorte indéfinis, on ne peut les apercevoir que par un examen suffisamment détaillé[3] » : l'infiniment petit du pouvoir politique.

Et pour s'exercer, ce pouvoir doit se donner l'instrument d'une surveillance permanente, exhaustive, omniprésente, capable de tout rendre visible, mais à la condition de se rendre elle-même invisible. Elle doit être comme un regard sans visage qui transforme tout le corps social en un champ de perception : des milliers d'yeux postés partout, des attentions mobiles et toujours en éveil, un long réseau hiérarchisé, qui, selon Le Maire, comporte pour Paris les 48 commissaires, les 20 inspecteurs, puis les « observateurs », payés régulièrement, les « basses mouches » rétribuées à la journée, puis les dénonciateurs, qualifiés selon la tâche, enfin les prostituées. Et cette incessante observation doit être cumulée dans une série de rapports et de registres; tout au long du XVIIIe siècle, un immense texte policier tend à recouvrir la société grâce à une organisation documentaire complexe[4]. Et à la différence des méthodes de l'écriture judiciaire ou admi-

1. Le Maire dans un mémoire rédigé à la demande de Sartine, pour répondre à seize questions de Joseph II sur la police parisienne. Ce mémoire a été publié par Gazier en 1879.

2. Supplément à l'*Instruction pour la rédaction d'un nouveau code*, 1769, § 535.

3. N. Delamare, *Traité de la police*, 1705, Préface non paginée.

4. Sur les registres de police au XVIIIe siècle, on peut se reporter à M. Chassaigne, *La Lieutenance générale de police*, 1906.

nistrative, ce qui s'enregistre ainsi, ce sont des conduites, des attitudes, des virtualités, des soupçons — une prise en compte permanente du comportement des individus.

Or, il faut remarquer que ce contrôle policier, s'il est tout entier « dans la main du roi », ne fonctionne pas dans une seule direction. C'est en fait un système à double entrée : il a à répondre, en tournant l'appareil de justice, aux volontés immédiates du roi; mais il est susceptible aussi de répondre aux sollicitations d'en bas; dans leur immense majorité, les fameuses lettres de cachet, qui ont été longtemps le symbole de l'arbitraire royal et qui ont politiquement disqualifié la pratique de la détention, étaient en fait demandées par des familles, des maîtres, des notables locaux, des habitants des quartiers, des curés de paroisse; et elles avaient pour fonction de faire sanctionner par un internement toute une infrapénalité, celle du désordre, de l'agitation, de la désobéissance, de la mauvaise conduite; ce que Ledoux voulait chasser de sa cité architecturalement parfaite, et qu'il appelait les « délits d'insurveillance ». En somme la police du XVIIIe siècle, à son rôle d'auxiliaire de justice dans la poursuite des criminels et d'instrument pour le contrôle politique des complots, des mouvements d'opposition ou des révoltes, ajoute une fonction disciplinaire. Fonction complexe puisqu'elle joint le pouvoir absolu du monarque aux plus petites instances de pouvoir disséminées dans la société; puisque, entre ces différentes institutions fermées de discipline (ateliers, armées, écoles), elle étend un réseau intermédiaire, agissant là où elles ne peuvent intervenir, disciplinant les espaces non disciplinaires; mais qu'elle recouvre, relie entre eux, garantit de sa force armée : discipline interstitielle et méta-discipline. « Le souverain par une sage police accoutume le peuple à l'ordre et à l'obéissance[1]. »

L'organisation de l'appareil policier au XVIIIe siècle sanctionne une généralisation des disciplines qui atteint aux dimensions de l'État. On comprend, bien qu'elle ait été liée de la manière la plus explicite à tout ce qui, dans le pouvoir royal, excédait l'exercice de la justice réglée, pourquoi la police a pu résister avec un minimum de modifications au

1. E. de Vattel, *Le Droit des gens*, 1768, p. 162.

réaménagement du pouvoir judiciaire; et pourquoi elle n'a pas cessé de lui imposer de plus en plus lourdement, jusqu'aujourd'hui, ses prérogatives; c'est sans doute qu'elle en est le bras séculier; mais c'est aussi que, bien mieux que l'institution judiciaire, elle fait corps, par son étendue et ses mécanismes, avec la société de type disciplinaire. Il serait inexact pourtant de croire que les fonctions disciplinaires ont été confisquées et absorbées une fois pour toutes par un appareil d'État.

La « discipline » ne peut s'identifier ni avec une institution ni avec un appareil; elle est un type de pouvoir, une modalité pour l'exercer, comportant tout un ensemble d'instruments, de techniques, de procédés, de niveaux d'application, de cibles; elle est une « physique » ou une « anatomie » du pouvoir, une technologie. Et elle peut être prise en charge soit par des institutions « spécialisées » (les pénitenciers, ou les maisons de correction du XIXe siècle), soit par des institutions qui s'en servent comme instrument essentiel pour une fin déterminée (les maisons d'éducation, les hôpitaux), soit par des instances préexistantes qui y trouvent le moyen de renforcer ou de réorganiser leurs mécanismes internes de pouvoir (il faudra un jour montrer comment les relations intrafamiliales, essentiellement dans la cellule parents-enfants, se sont « disciplinées », absorbant depuis l'âge classique des schémas externes, scolaires, militaires, puis médicaux, psychiatriques, psychologiques, qui ont fait de la famille le lieu d'émergence privilégié pour la question disciplinaire du normal et de l'anormal); soit par des appareils qui ont fait de la discipline leur principe de fonctionnement intérieur (disciplinarisation de l'appareil administratif à partir de l'époque napoléonienne), soit enfin par des appareils étatiques qui ont pour fonction non pas exclusive mais majeure de faire régner la discipline à l'échelle d'une société (la police).

On peut donc parler au total de la formation d'une société disciplinaire dans ce mouvement qui va des disciplines fermées, sorte de « quarantaine » sociale, jusqu'au mécanisme indéfiniment généralisable du « panoptisme ». Non pas que la modalité disciplinaire du pouvoir ait remplacé toutes les autres mais parce qu'elle s'est infiltrée parmi les autres, les disqualifiant parfois, mais leur servant d'intermédiaire, les reliant entre eux, les prolongeant, et surtout permettant de conduire les effets de pouvoir jusqu'aux éléments les plus ténus et les plus lointains. Elle assure une distribution infinitésimale des rapports de pouvoir.

Peu d'années après Bentham, Julius rédigeait le certificat de naissance de cette société[1]. Parlant du principe panoptique, il disait qu'il y avait là bien plus qu'une ingéniosité architecturale : un événement dans « l'histoire de l'esprit humain ». En apparence, ce n'est que la solution d'un problème technique; mais à travers elle, tout un type de société se dessine. L'Antiquité avait été une civilisation du spectacle. « Rendre accessible à une multitude d'hommes l'inspection d'un petit nombre d'objets » : à ce problème répondait l'architecture des temples, des théâtres et des cirques. Avec le spectacle prédominaient la vie publique, l'intensité des fêtes, la proximité sensuelle. Dans ces rituels où coulait le sang, la société retrouvait vigueur et formait un instant comme un grand corps unique. L'âge moderne pose le problème inverse : « Procurer à un petit nombre, ou même à un seul la vue instantanée d'une grande multitude. » Dans une société où les éléments principaux ne sont plus la communauté et la vie publique, mais les individus privés d'une part, et l'État de l'autre, les rapports ne peuvent se régler que dans une forme exactement inverse du spectacle : « C'est au temps moderne, à l'influence toujours croissante de l'État, à son intervention de jour en jour plus profonde dans tous les détails et toutes les relations de la vie sociale, qu'il était réservé d'en augmenter et d'en perfectionner les garanties, en utilisant et en dirigeant vers ce grand but la construction et la distribution d'édifices destinés à surveiller en même temps une grande multitude d'hommes. »

Julius lisait comme un processus historique accompli ce que Bentham avait décrit comme un programme technique. Notre société n'est pas celle du spectacle, mais de la surveillance; sous la surface des images, on investit les corps en profondeur; derrière la grande abstraction de l'échange, se poursuit le dressage minutieux et concret des forces utiles; les circuits de la communication sont les supports d'un

1. N.H. Julius, *Leçons sur les prisons*, trad. française, 1831, I, p. 384-386.

cumul et d'une centralisation du savoir; le jeu des signes définit les ancrages du pouvoir; la belle totalité de l'individu n'est pas amputée, réprimée, altérée par notre ordre social, mais l'individu y est soigneusement fabriqué, selon toute une tactique des forces et des corps. Nous sommes bien moins grecs que nous ne le croyons. Nous ne sommes ni sur les gradins ni sur la scène, mais dans la machine panoptique, investis par ses effets de pouvoir que nous reconduisons nous-mêmes puisque nous en sommes un rouage. L'importance, dans la mythologie historique, du personnage napoléonien a peut-être là une de ses origines : il est au point de jonction de l'exercice monarchique et rituel de la souveraineté et de l'exercice hiérarchique et permanent de la discipline indéfinie. Il est celui qui surplombe tout d'un seul regard, mais auquel aucun détail, aussi infime qu'il soit, n'échappe jamais : « Vous pouvez juger qu'aucune partie de l'Empire n'est privée de surveillance, qu'aucun crime, aucun délit, aucune contravention ne doit rester sans poursuite, et que l'œil du génie qui sait tout allumer embrasse l'ensemble de cette vaste machine, sans néanmoins que le moindre détail puisse lui échapper[1]. » La société disciplinaire, au moment de sa pleine éclosion, prend encore avec l'Empereur le vieil aspect du pouvoir de spectacle. Comme monarque à la fois usurpateur de l'ancien trône et organisateur du nouvel État, il a ramassé en une figure symbolique et dernière tout le long processus par lequel les fastes de la souveraineté, les manifestations nécessairement spectaculaires du pouvoir, se sont éteints un à un dans l'exercice quotidien de la surveillance, dans un panoptisme où la vigilance des regards entrecroisés va bientôt rendre inutile l'aigle comme le soleil.

*

La formation de la société disciplinaire renvoie à un certain nombre de processus historiques larges à l'intérieur desquels elle prend place : économiques, juridico-politiques, scientifiques, enfin.

1. J.B. Treilhard, *Motifs du code d'instruction criminelle*, 1808, p. 14.

1. D'une façon globale, on peut dire que les disciplines sont des techniques pour assurer l'ordonnance des multiplicités humaines. Il est vrai qu'il n'y a là rien d'exceptionnel, ni même de caractéristique : à tout système de pouvoir se pose le même problème. Mais le propre des disciplines, c'est qu'elles tentent de définir à l'égard des multiplicités une tactique de pouvoir qui réponde à trois critères : rendre l'exercice du pouvoir le moins coûteux possible (économiquement, par la faible dépense qu'il entraîne; politiquement, par sa discrétion, sa faible extériorisation, sa relative invisibilité, le peu de résistance qu'il suscite); faire que les effets de ce pouvoir social soient portés à leur maximum d'intensité et étendus aussi loin que possible, sans échec, ni lacune; lier enfin cette croissance « économique » du pouvoir et le rendement des appareils à l'intérieur desquels il s'exerce (que ce soient les appareils pédagogiques, militaires, industriels, médicaux), bref faire croître à la fois la docilité et l'utilité de tous les éléments du système. Ce triple objectif des disciplines répond à une conjoncture historique bien connue. C'est d'un côté la grosse poussée démographique du XVIIIe siècle : augmentation de la population flottante (un des premiers objets de la discipline, c'est de fixer; elle est un procédé d'antinomadisme); changement d'échelle quantitative des groupes qu'il s'agit de contrôler ou de manipuler (du début du XVIIe siècle à la veille de la Révolution française, la population scolaire s'est multipliée, comme sans doute la population hospitalisée; l'armée en temps de paix comptait à la fin du XVIIIe siècle plus de 200 000 hommes). L'autre aspect de la conjoncture, c'est la croissance de l'appareil de production, de plus en plus étendu et complexe, de plus en plus coûteux aussi et dont il s'agit de faire croître la rentabilité. Le développement des procédés disciplinaires répond à ces deux processus ou plutôt sans doute à la nécessité d'ajuster leur corrélation. Ni les formes résiduelles du pouvoir féodal, ni les structures de la monarchie administrative, ni les mécanismes locaux de contrôle, ni l'enchevêtrement instable qu'ils formaient à eux tous ne pouvaient assurer ce rôle : ils en étaient bien empêchés par l'extension lacunaire et sans régularité de leur réseau, par leur fonctionnement souvent conflictuel, mais surtout par le caractère « dispendieux » du pouvoir qui

s'y exerçait. Dispendieux en plusieurs sens : parce que directement il coûtait beaucoup au Trésor, parce que le système des offices vénaux ou celui des fermes pesait de manière indirecte mais très lourde sur la population, parce que les résistances qu'il rencontrait l'entraînaient dans un cycle de renforcement perpétuel, parce qu'il procédait essentiellement par prélèvement (prélèvement d'argent ou de produits par la fiscalité monarchique, seigneuriale, ecclésiastique; prélèvement d'hommes ou de temps par les corvées ou les enrôlements, l'enfermement des vagabonds ou leur bannissement). Le développement des disciplines marque l'apparition de techniques élémentaires du pouvoir qui relèvent d'une économie tout autre : des mécanismes de pouvoir qui, au lieu de venir « en déduction », s'intègrent de l'intérieur à l'efficacité productive des appareils, à la croissance de cette efficacité, et à l'utilisation de ce qu'elle produit. Au vieux principe « prélèvement-violence » qui régissait l'économie du pouvoir, les disciplines substituent le principe « douceur-production-profit ». Elles sont à prendre comme des techniques qui permettent d'ajuster, selon ce principe, la multiplicité des hommes et la multiplication des appareils de production (et par là il faut entendre non seulement « production » proprement dite, mais la production de savoir et d'aptitudes à l'école, la production de santé dans les hôpitaux, la production de force destructrice avec l'armée).

Dans cette tâche d'ajustement, la discipline a à résoudre un certain nombre de problèmes, pour lesquels l'ancienne économie du pouvoir n'était pas assez armée. Elle peut faire décroître la « désutilité » des phénomènes de masse : réduire ce qui, dans une multiplicité, fait qu'elle est beaucoup moins maniable qu'une unité; réduire ce qui s'oppose à l'utilisation de chacun de ses éléments et de leur somme; réduire tout ce qui en elle risque d'annuler les avantages du nombre; c'est pourquoi la discipline fixe; elle immobilise ou règle les mouvements; elle résout les confusions, les agglomérations compactes sur les circulations incertaines, les répartitions calculées. Elle doit aussi maîtriser toutes les forces qui se forment à partir de la constitution même d'une multiplicité organisée; elle doit neutraliser les effets de contre-pouvoir qui en naissent et qui forment résistance au pouvoir qui veut la dominer : agitations, révoltes, organisations spontanées, coalitions — tout ce qui peut relever des conjonctions horizontales. De là le fait que les disciplines utilisent les procédures de cloisonnement et de verticalité, qu'elles introduisent, entre les différents éléments de même plan des séparations aussi étanches que possible, qu'elles définissent des réseaux hiérarchiques serrés, bref qu'elles opposent à la force intrinsèque et adverse de la multiplicité le procédé de la pyramide continue et individualisante. Elles doivent également faire croître l'utilité singulière de chaque élément de la multiplicité, mais par des moyens qui soient les plus rapides et les moins coûteux, c'est-à-dire en utilisant la multiplicité elle-même comme instrument de cette croissance : de là, pour extraire des corps le maximum de temps et de forces, ces méthodes d'ensemble que sont les emplois du temps, les dressages collectifs, les exercices, la surveillance à la fois globale et détaillée. Il faut, de plus, que les disciplines fassent croître l'effet d'utilité propre aux multiplicités, et qu'elles rendent chacune d'elles plus utiles que la simple somme de ses éléments : c'est pour faire croître les effets utilisables du multiple que les disciplines définissent des tactiques de répartition, d'ajustement réciproque des corps, des gestes et des rythmes, de différenciation des capacités, de coordination réciproque par rapport à des appareils ou à des tâches. Enfin la discipline a à faire jouer les relations de pouvoir non pas au-dessus, mais dans le tissu même de la multiplicité, de la manière la plus discrète qui se puisse, la mieux articulée sur les autres fonctions de ces multiplicités, la moins dispendieuse aussi : à cela répondent des instruments de pouvoir anonymes et coextensifs à la multiplicité qu'ils en régimentent, comme la surveillance hiérarchique, l'enregistrement continu, le jugement et la classification perpétuels. En somme substituer à un pouvoir qui se manifeste par l'éclat de ceux qui l'exercent, un pouvoir qui objective insidieusement ceux à qui il s'applique; former un savoir à propos de ceux-ci, plutôt que de déployer les signes fastueux de la souveraineté. D'un mot, les disciplines sont l'ensemble des minuscules inventions techniques qui ont permis de faire croître la grandeur utile des multiplicités en faisant décroître les inconvénients du pouvoir qui, pour les rendre justement utiles, doit les régir. Une multiplicité, que ce soit un atelier ou une nation, une armée ou une école, atteint le seuil de la discipline lorsque le rapport de l'un à l'autre devient favorable.

Si le décollage économique de l'Occident a commencé avec les procédés qui ont permis l'accumulation du capital, on peut dire, peut-être, que les méthodes pour gérer l'accumulation des hommes ont permis un décollage politique par rapport à des formes de pouvoir traditionnelles, rituelles, coûteuses, violentes, et qui, bientôt tombées en désuétude, ont été relayées par toute une technologie fine et calculée de l'assujettissement. De fait les deux processus, accumulation des hommes et accumulation du capital, ne peuvent pas être séparés ; il n'aurait pas été possible de résoudre le problème de l'accumulation des hommes sans la croissance d'un appareil de production capable à la fois de les entretenir et de les utiliser ; inversement les techniques qui rendent utile la multiplicité cumulative des hommes accélèrent le mouvement d'accumulation du capital. A un niveau moins général, les mutations technologiques de l'appareil de production, la division du travail, et l'élaboration des procédés disciplinaires ont entretenu un ensemble de rapports très serrés[1]. Chacune des deux a rendu l'autre possible, et nécessaire ; chacune des deux a servi de modèle à l'autre. La pyramide disciplinaire a constitué la petite cellule de pouvoir à l'intérieur de laquelle la séparation, la coordination et le contrôle des tâches ont été imposés et rendus efficaces ; et le quadrillage analytique du temps, des gestes, des forces des corps, a constitué un schéma opératoire qu'on a pu facilement transférer des groupes à soumettre aux mécanismes de la production ; la projection massive des méthodes militaires sur l'organisation industrielle a été un exemple de ce modelage de la division du travail à partir de schémas de pouvoir. Mais en retour l'analyse technique du processus de production, sa décomposition « machinale » se sont projetées sur la force de travail qui avait pour tâche de l'assurer : la constitution de ces machines disciplinaires où sont composées et par là

1. Cf. K. Marx, *Le Capital*, livre I, 4e section, chap. XIII. Et la très intéressante analyse de F. Guerry et D. Deleule, *Le Corps productif*, 1973.

amplifiées les forces individuelles qu'elles associent est l'effet de cette projection. Disons que la discipline est le procédé technique unitaire par lequel la force du corps est aux moindres frais réduite comme force « politique », et maximalisée comme force utile. La croissance d'une économie capitaliste a appelé la modalité spécifique du pouvoir disciplinaire, dont les formules générales, les procédés de soumission des forces et des corps, l'« anatomie politique » en un mot peuvent être mis en œuvre à travers des régimes politiques, des appareils ou des institutions très divers.

2. La modalité panoptique du pouvoir — au niveau élémentaire, technique, humblement physique où elle se situe — n'est pas sous la dépendance immédiate ni dans le prolongement direct des grandes structures juridico-politiques d'une société; elle n'est pourtant pas absolument indépendante. Historiquement, le processus par lequel la bourgeoisie est devenue au cours du XVIIIe siècle la classe politiquement dominante s'est abrité derrière la mise en place d'un cadre juridique explicite, codé, formellement égalitaire, et à travers l'organisation d'un régime de type parlementaire et représentatif. Mais le développement et la généralisation des dispositifs disciplinaires ont constitué l'autre versant, obscur, de ces processus. La forme juridique générale qui garantissait un système de droits en principe égalitaires était sous-tendue par ces mécanismes menus, quotidiens et physiques, par tous ces systèmes de micro-pouvoir essentiellement inégalitaires et dissymétriques que constituent les disciplines. Et si, d'une façon formelle, le régime représentatif permet que directement ou indirectement, avec ou sans relais, la volonté de tous forme l'instance fondamentale de la souveraineté, les disciplines donnent, à la base, garantie de la soumission des forces et des corps. Les disciplines réelles et corporelles ont constitué le sous-sol des libertés formelles et juridiques. Le contrat pouvait bien être imaginé comme fondement idéal du droit et du pouvoir politique; le panoptisme constituait le procédé technique, universellement répandu, de la coercition. Il n'a pas cessé de travailler en profondeur les structures juridiques de la société, pour faire fonctionner les mécanismes effectifs du pouvoir à l'encontre des cadres formels qu'il s'était donnés. Les « Lumières » qui ont découvert les libertés ont aussi inventé les disciplines.

En apparence les disciplines ne constituent rien de plus qu'un infra-droit. Elles semblent prolonger jusqu'au niveau infinitésimal des existences singulières, les formes générales définies par le droit ; ou encore elles apparaissent comme des manières d'apprentissage qui permettent aux individus de s'intégrer à ces exigences générales. Elles continueraient le même type de droit en le changeant d'échelle, et en le rendant par là plus minutieux et sans doute plus indulgent. Il faut plutôt voir dans les disciplines une sorte de contre-droit. Elles ont le rôle précis d'introduire des dissymétries insurmontables et d'exclure des réciprocités. D'abord parce que la discipline crée entre les individus un lien « privé », qui est un rapport de contraintes entièrement différent de l'obligation contractuelle ; l'acceptation d'une discipline peut bien être souscrite par voie de contrat ; la manière dont elle est imposée, les mécanismes qu'elle fait jouer, la subordination non réversible des uns par rapport aux autres, le « plus de pouvoir » qui est toujours fixé du même côté, l'inégalité de position des différents « partenaires » par rapport au règlement commun opposent le lien disciplinaire et le lien contractuel, et permet de fausser systématiquement celui-ci à partir du moment où il a pour contenu un mécanisme de discipline. On sait par exemple combien de procédés réels infléchissent la fiction juridique du contrat de travail : la discipline d'atelier n'est pas le moins important. De plus, alors que les systèmes juridiques qualifient les sujets de droit, selon des normes universelles, les disciplines caractérisent, classifient, spécialisent ; elles distribuent le long d'une échelle, répartissent autour d'une norme, hiérarchisent les individus les uns par rapport aux autres, et à la limite disqualifient et invalident. De toute façon, dans l'espace et pendant le temps où elles exercent leur contrôle et font jouer les dissymétries de leur pouvoir, elles effectuent une mise en suspens, jamais totale, mais jamais annulée non plus, du droit. Aussi régulière et institutionnelle qu'elle soit, la discipline, dans son mécanisme, est un « contre-droit ». Et si le juridisme universel de la société moderne semble fixer les limites à l'exercice des pouvoirs, son panoptisme partout répandu y fait fonctionner, au rebours du droit, une machinerie à la fois immense et minuscule qui soutient, renforce, multiplie la dissymétrie des pouvoirs et rend vaines les limites qu'on lui a tracées. Les disciplines infimes, les panoptismes de tous les jours peuvent bien être au-dessous du niveau d'émergence de grands appareils et des grandes luttes politiques. Elles ont été, dans la généalogie de la société moderne, avec la domination de classe qui la traverse, la contrepartie politique des normes juridiques selon lesquelles on redistribuait le pouvoir. De là sans doute l'importance qui est attachée depuis si longtemps aux petits procédés de la discipline, à ces ruses de peu qu'elle a inventées, ou encore aux savoirs qui lui donnent un visage avouable ; de là la crainte de s'en défaire si on ne leur trouve pas de substitut ; de là l'affirmation qu'elles sont au fondement même de la société, et de son équilibre, alors qu'elles sont une série de mécanismes pour déséquilibrer définitivement et partout les relations de pouvoir ; de là le fait qu'on s'obstine à les faire passer pour la forme humble mais concrète de toute morale, alors qu'elles sont un faisceau de techniques physico-politiques.

Et pour en revenir au problème des châtiments légaux, la prison avec toute la technologie corrective dont elle est accompagnée est à replacer là : au point où se fait la torsion du pouvoir codifié de punir, en un pouvoir disciplinaire de surveiller ; au point où les châtiments universels des lois viennent s'appliquer sélectivement à certains individus et toujours les mêmes ; au point où la requalification du sujet de droit par la peine devient dressage utile du criminel ; au point où le droit s'inverse et passe à l'extérieur de lui-même, et où le contre-droit devient le contenu effectif et institutionnalisé des formes juridiques. Ce qui généralise alors le pouvoir de punir, ce n'est pas la conscience universelle de la loi dans chacun des sujets de droit, c'est l'étendue régulière, c'est la trame infiniment serrée des procédés panoptiques.

3. Pris un à un, la plupart de ces procédés ont une longue histoire derrière eux. Mais le point de la nouveauté, au XVIIIe siècle, c'est qu'en se composant et en se généralisant, ils atteignent le niveau à partir duquel formation de savoir et majoration de pouvoir se renforcent régulièrement selon un processus circulaire. Les disciplines franchissent alors le seuil « technologique ». L'hôpital d'abord, puis l'école, plus

tard encore l'atelier n'ont pas été simplement « mis en ordre » par les disciplines; ils sont devenus, grâce à elles, des appareils tels que tout mécanisme d'objectivation peut y valoir comme instrument d'assujettissement, et toute croissance de pouvoir y donne lieu à des connaissances possibles; c'est à partir de ce lien, propre aux systèmes technologiques, qu'ont pu se former dans l'élément disciplinaire la médecine clinique, la psychiatrie, la psychologie de l'enfant, la psychopédagogie, la rationalisation du travail. Double processus, donc : déblocage épistémologique à partir d'un affinement des relations de pouvoir; multiplication des effets de pouvoir grâce à la formation et au cumul de connaissances nouvelles.

L'extension des méthodes disciplinaires s'inscrit dans un processus historique large : le développement à peu près à la même époque de bien d'autres technologies — agronomiques, industrielles, économiques. Mais il faut le reconnaître : à côté des industries minières, de la chimie naissante, des méthodes de la comptabilité nationale, à côté des hauts fourneaux ou de la machine à vapeur, le panoptisme a été peu célébré. On ne reconnaît guère en lui qu'une bizarre petite utopie, le rêve d'une méchanceté — un peu comme si Bentham avait été le Fourier d'une société policière, dont le Phalanstère aurait eu la forme du Panopticon. Et pourtant, on avait là la formule abstraite d'une technologie bien réelle, celle des individus. Qu'on ait eu pour elle peu de louanges, il y a à cela bien des raisons; la plus évidente, c'est que les discours auxquels elle a donné lieu ont rarement acquis, sauf pour les classifications académiques, le statut de sciences; mais la plus réelle est sans doute que le pouvoir qu'elle met en œuvre et qu'elle permet de majorer est un pouvoir direct et physique que les hommes exercent les uns sur les autres. Pour un point d'arrivée sans gloire, une origine difficile à avouer. Mais il serait injuste de confronter les procédés disciplinaires avec des inventions comme la machine à vapeur ou le microscope d'Amici. Ils sont beaucoup moins; et pourtant, d'une certaine façon, ils sont beaucoup plus. S'il fallait leur trouver un équivalent historique ou du moins un point de comparaison, ce serait plutôt du côté de la technique « inquisitoriale ».

Le XVIIIe siècle a inventé les techniques de la discipline et de l'examen, un peu sans doute comme le Moyen Age a inventé l'enquête judiciaire. Mais par de tout autres voies. La procédure d'enquête, vieille technique fiscale et administrative, s'était surtout développée avec la réorganisation de l'Église et l'accroissement des États princiers aux XIIe et XIIIe siècles. C'est alors qu'elle a pénétré avec l'ampleur que l'on sait dans la jurisprudence des tribunaux ecclésiastiques, puis dans les cours laïques. L'enquête comme recherche autoritaire d'une vérité constatée ou attestée s'opposait ainsi aux anciennes procédures du serment, de l'ordalie, du duel judiciaire, du jugement de Dieu ou encore de la transaction entre particuliers. L'enquête, c'était le pouvoir souverain s'arrogeant le droit d'établir le vrai par un certain nombre de techniques réglées. Or si l'enquête a depuis ce moment fait corps avec la justice occidentale (et jusqu'à nos jours), il ne faut oublier ni son origine politique, son lien avec la naissance des États et de la souveraineté monarchique, ni non plus sa dérive ultérieure et son rôle dans la formation du savoir. L'enquête en effet a été la pièce rudimentaire, sans doute, mais fondamentale pour la constitution des sciences empiriques; elle a été la matrice juridico-politique de ce savoir expérimental, dont on sait bien qu'il a été très rapidement débloqué à la fin du Moyen Age. Il est peut-être vrai que les mathématiques, en Grèce, sont nées des techniques de la mesure; les sciences de la nature, en tout cas, sont nées pour une part, à la fin du Moyen Age, des pratiques de l'enquête. La grande connaissance empirique qui a recouvert les choses du monde et les a transcrites dans l'ordonnance d'un discours indéfini qui constate, décrit et établit les « faits » (et cela au moment où le monde occidental commençait la conquête économique et politique de ce même monde) a sans doute son modèle opératoire dans l'Inquisition — cette immense invention que notre douceur récente a placée dans l'ombre de notre mémoire. Or ce que cette enquête politico-juridique, administrative et criminelle, religieuse et laïque a été aux sciences de la nature, l'analyse disciplinaire l'a été aux sciences de l'homme. Ces sciences dont notre « humanité » s'enchante depuis plus d'un siècle ont leur matrice technique dans la minutie tatillonne et méchante des disciplines et de leurs investigations. Celles-ci sont peut-être à la psychologie, à la psychiatrie, à la pédagogie, à la criminologie, et à tant d'autres étranges connaissances, ce que le terrible pouvoir d'enquête fut au savoir calme des animaux, des plantes ou de la terre. Autre pouvoir, autre savoir. Au seuil de l'âge classique Bacon, l'homme de la loi et de l'État, a tenté de faire pour les sciences empiriques la méthodologie de l'enquête. Quel Grand Surveillant fera celle de l'examen, pour les sciences humaines ? A moins que précisément, ce ne soit pas possible. Car, s'il est vrai que l'enquête, en devenant une technique pour les sciences empiriques, s'est détachée de la procédure inquisitoriale où historiquement elle s'enracinait, l'examen, quant à lui, est resté au plus près du pouvoir disciplinaire qui l'a formé. Il est encore et toujours une pièce intrinsèque des disciplines. Bien sûr il semble avoir subi une épuration spéculative en s'intégrant à des sciences comme la psychiatrie, la psychologie. Et en effet, on le voit, sous la forme de tests, d'entretiens, d'interrogatoires, de consultations, rectifier en apparence les mécanismes de la discipline : la psychologie scolaire est chargée de corriger les rigueurs de l'école, comme l'entretien médical ou psychiatrique est chargé de rectifier les effets de la discipline de travail. Mais il ne faut pas s'y tromper ; ces techniques ne font que renvoyer les individus d'une instance disciplinaire à une autre, et elles reproduisent, sous une forme concentrée ou formalisée, le schéma de pouvoir-savoir propre à toute discipline[1]. La grande enquête qui a donné lieu aux sciences de la nature s'est détachée de son modèle politico-juridique ; l'examen en revanche est toujours pris dans la technologie disciplinaire.

La procédure d'enquête au Moyen Age s'est imposée à la vieille justice accusatoire, mais par un processus venu d'en haut ; la technique disciplinaire, elle, a envahi, insidieusement et comme par en bas, une justice pénale qui est encore, dans son principe, inquisitoire. Tous les grands mouvements de dérive qui caractérisent la pénalité moderne — la problématisation du criminel derrière son crime, le souci d'une punition qui soit une correction, une thérapeutique, une normalisation, le partage de l'acte de jugement entre diverses instances qui sont censées mesurer, apprécier, diagnostiquer, guérir, transformer les individus — tout cela trahit la péné-

1. Cf., à ce sujet, Michel Tort, *Q. I*, 1974.

tration de l'examen disciplinaire dans l'inquisition judiciaire.

Ce qui désormais s'impose à la justice pénale comme son point d'application, son objet « utile », ce ne sera plus le corps du coupable dressé contre le corps du roi ; ce ne sera pas non plus le sujet de droit d'un contrat idéal; mais bien l'individu disciplinaire. Le point extrême de la justice pénale sous l'Ancien Régime, c'était la découpe infinie du corps du régicide : manifestation du pouvoir le plus fort sur le corps du plus grand criminel dont la destruction totale fait éclater le crime dans sa vérité. Le point idéal de la pénalité aujourd'hui serait la discipline indéfinie : un interrogatoire qui n'aurait pas de terme, une enquête qui se prolongerait sans limite dans une observation minutieuse et toujours plus analytique, un jugement qui serait en même temps la constitution d'un dossier jamais clos, la douceur calculée d'une peine qui serait entrelacée à la curiosité acharnée d'un examen, une procédure qui serait à la fois la mesure permanente d'un écart par rapport à une norme inaccessible et le mouvement asymptotique qui contraint à la rejoindre à l'infini. Le supplice achève logiquement une procédure commandée par l'Inquisition. La mise en « observation » prolonge naturellement une justice envahie par les méthodes disciplinaires et les procédures d'examen. Que la prison cellulaire, avec ses chronologies scandées, son travail obligatoire, ses instances de surveillance et de notation, avec ses maîtres en normalité, qui relaient et multiplient les fonctions du juge, soit devenue l'instrument moderne de la pénalité, quoi d'étonnant? Quoi d'étonnant si la prison ressemble aux usines, aux écoles, aux casernes, aux hôpitaux, qui tous ressemblent aux prisons?

IV

PRISON

CHAPITRE PREMIER

Des institutions complètes et austères

La prison est moins récente qu'on ne le dit lorsqu'on la fait naître avec les nouveaux Codes. La forme-prison préexiste à son utilisation systématique dans les lois pénales. Elle s'est constituée à l'extérieur de l'appareil judiciaire, quand se sont élaborées, à travers tout le corps social, les procédures pour répartir les individus, les fixer et les distribuer spatialement, les classer, tirer d'eux le maximum de temps, et le maximum de forces, dresser leur corps, coder leur comportement continu, les maintenir dans une visibilité sans lacune, former autour d'eux tout un appareil d'observation, d'enregistrement et de notations, constituer sur eux un savoir qui s'accumule et se centralise. La forme générale d'un appareillage pour rendre les individus dociles et utiles, par un travail précis sur leur corps, a dessiné l'institution-prison, avant que la loi ne la définisse comme la peine par excellence. Il y a, au tournant du XVIIIe siècle et du XIXe siècle, passage à une pénalité de détention, c'est vrai; et c'était chose nouvelle. Mais il s'agissait en fait de l'ouverture de la pénalité à des mécanismes de coercition déjà élaborés ailleurs. Les « modèles » de la détention pénale — Gand, Gloucester, Walnut Street — marquent les premiers points visibles de cette transition, plutôt que des innovations ou des points de départ. La prison, pièce essentielle dans la panoplie punitive, marque à coup sûr un moment important dans l'histoire de la justice pénale : son accès à l'« humanité ». Mais aussi, un moment important dans l'histoire de ces mécanismes disciplinaires que le nouveau pouvoir de classe était en train de développer : celui où ils colonisent l'institution judiciaire. Au tournant des deux siècles, une nouvelle législation définit le pouvoir de punir comme une fonction générale de la société qui s'exerce de la même façon sur tous ses membres, et dans laquelle chacun d'eux est également représenté; mais en faisant de la détention la peine par excellence, elle introduit des procédures de domination caractéristiques d'un type particulier de pouvoir. Une justice qui se dit « égale », un appareil judiciaire qui se veut « autonome », mais qui est investi par les dissymétries des assujettissements disciplinaires, telle est la conjonction de naissance de la prison, « peine des sociétés civilisées[1] ».

On peut comprendre le caractère d'évidence que la prison-châtiment a pris très tôt. Dès les premières années du XIXe siècle, on aura encore conscience de sa nouveauté; et pourtant elle est apparue tellement liée, et en profondeur, avec le fonctionnement même de la société, qu'elle a rejeté dans l'oubli toutes les autres punitions que les réformateurs du XVIIIe siècle avaient imaginées. Elle sembla sans alternative, et portée par le mouvement même de l'histoire : « Ce n'est pas le hasard, ce n'est pas le caprice du législateur qui ont fait de l'emprisonnement la base et l'édifice presque entier de notre échelle pénale actuelle : c'est le progrès des idées et l'adoucissement des mœurs[2]. » Et si, en un peu plus d'un siècle, le climat d'évidence s'est transformé, il n'a pas disparu. On sait tous les inconvénients de la prison, et qu'elle est dangereuse quand elle n'est pas inutile. Et pourtant on ne « voit » pas par quoi la remplacer. Elle est la détestable solution, dont on ne saurait faire l'économie.

Cette « évidence » de la prison dont nous nous détachons si mal se fonde d'abord sur la forme simple de la « privation de liberté ». Comment la prison ne serait-elle pas la peine par excellence dans une société où la liberté est un bien qui appartient à tous de la même façon et auquel chacun est attaché par un sentiment « universel et constant[3] »? Sa perte a donc le même prix pour tous; mieux que l'amende elle est le

1. P. Rossi, *Traité de droit pénal*, 1829, III, p. 169.
2. Van Meenen, Congrès pénitentiaire de Bruxelles, in *Annales de la Charité*, 1847, p. 529-530.
3. A. Duport, Discours à la Constituante, *Archives parlementaires*.

châtiment « égalitaire ». Clarté en quelque sorte juridique de la prison. De plus elle permet de quantifier exactement la peine selon la variable du temps. Il y a une forme-salaire de la prison qui constitue, dans les sociétés industrielles, son « évidence » économique. Et lui permet d'apparaître comme une réparation. En prélevant le temps du condamné, la prison semble traduire concrètement l'idée que l'infraction a lésé, au-delà de la victime, la société tout entière. Évidence économico-morale d'une pénalité qui monnaie les châtiments en jours, en mois, en années et qui établit des équivalences quantitatives délits-durée. De là l'expression si fréquente, si conforme au fonctionnement des punitions, bien que contraire à la théorie stricte du droit pénal, qu'on est en prison pour « payer sa dette ». La prison est « naturelle » comme est « naturel » dans notre société l'usage du temps pour mesurer les échanges.

Mais l'évidence de la prison se fonde aussi sur son rôle, supposé ou exigé, d'appareil à transformer les individus. Comment la prison ne serait-elle pas immédiatement acceptée puisqu'elle ne fait, en enfermant, en redressant, en rendant docile, que reproduire, quitte à les accentuer un peu, tous les mécanismes qu'on trouve dans le corps social ? La prison : une caserne un peu stricte, une école sans indulgence, un sombre atelier, mais, à la limite, rien de qualitativement différent. Ce double fondement — juridico-économique d'une part, technico-disciplinaire de l'autre — a fait apparaître la prison comme la forme la plus immédiate et la plus civilisée de toutes les peines. Et c'est ce double fonctionnement[1] qui lui a donné tout de suite sa solidité. Une chose en effet est claire : la prison n'a pas été d'abord une privation de liberté à laquelle on aurait donné par la suite une fonction technique de correction; elle a été dès le départ une « détention légale » chargée d'un supplément correctif, ou encore une entreprise de modification des individus que la privation de liberté permet de faire fonctionner dans le système légal. En somme

1. Le jeu entre les deux « natures » de la prison est encore constant. Il y a quelques jours le chef de l'État a rappelé le « principe » que la détention ne devait être qu'une « privation de liberté » — la pure essence de l'emprisonnement affranchi de la réalité de la prison; et ajouté que la prison ne pouvait être justifiée que par ses effets « correctifs » ou réadaptateurs.

l'emprisonnement pénal, dès le début du XIXe siècle, a couvert à la fois la privation de liberté et la transformation technique des individus.

Rappelons, un certain nombre de faits. Dans les Codes de 1808 et de 1810, et les mesures qui les ont immédiatement précédés ou suivis, l'emprisonnement n'est jamais confondu avec la simple privation de liberté. Il est, ou il doit être en tout cas, un mécanisme différencié et finalisé. Différencié puisqu'il ne doit pas avoir la même forme, selon qu'il s'agit d'un prévenu ou d'un condamné, d'un correctionnaire ou d'un criminel : maison d'arrêt, maison de correction, maison centrale doivent en principe correspondre à peu près à ces différences, et assurer un châtiment non seulement gradué en intensité, mais diversifié dans ses buts. Car la prison a une fin, posée d'entrée de jeu : « La loi infligeant des peines plus graves les unes que les autres ne peut pas permettre que l'individu condamné à des peines légères se trouve enfermé dans le même local que le criminel condamné à des peines plus graves; ... si la peine infligée par la loi a pour but principal la réparation du crime, elle veut aussi l'amendement du coupable[1]. » Et cette transformation, il faut la demander aux effets internes de l'incarcération. Prison-châtiment, prison-appareil : « L'ordre qui doit régner dans les maisons de force peut contribuer puissamment à régénérer les condamnés; les vices de l'éducation, la contagion des mauvais exemples, l'oisiveté... ont enfanté les crimes. Eh bien, essayons de fermer toutes ces sources de corruption; que les règles d'une morale saine soient pratiquées dans les maisons de force; qu'obligés à un travail qu'ils finiront par aimer, quand ils en recueilleront le fruit, les condamnés y contractent l'habitude, le goût, et le besoin de l'occupation; qu'ils se donnent respectivement l'exemple d'une vie laborieuse; elle deviendra bientôt une vie pure; bientôt ils commenceront à connaître le regret du passé, premier avant-

1. *Motifs du Code d'instruction criminelle*, Rapport de G.A. Real, p. 244.

coureur de l'amour des devoirs[1]. » Les techniques correctrices font tout de suite partie de l'armature institutionnelle de la détention pénale.

Il faut rappeler aussi que le mouvement pour réformer les prisons, pour en contrôler le fonctionnement n'est pas un phénomène tardif. Il ne semble même pas être né d'un constat d'échec dûment établi. La « réforme » de la prison est à peu près contemporaine de la prison elle-même. Elle en est comme le programme. La prison s'est trouvée dès le début engagée dans une série de mécanismes d'accompagnement, qui doivent en apparence la corriger mais qui semblent faire partie de son fonctionnement même, tant ils ont été liés à son existence tout au long de son histoire. Il y a eu, tout de suite, une technologie bavarde de la prison. Des enquêtes : celle de Chaptal en 1801 déjà (quand il s'agissait de faire l'état de ce qu'on pouvait utiliser pour implanter en France l'appareil carcéral), celle de Decazes en 1819, le livre de Villermé publié en 1820, le rapport sur les maisons centrales établi par Martignac en 1829, les enquêtes menées aux États-Unis par Beaumont de Tocqueville en 1831, par Demetz et Blouet en 1835, les questionnaires adressés par Montalivet aux directeurs de centrales et aux conseils généraux quand on est en plein débat sur l'isolement des détenus. Des sociétés, pour contrôler le fonctionnement des prisons et proposer leur amélioration : en 1818, c'est la très officielle *Société pour l'amélioration des prisons*, un peu plus tard la *Société des prisons* et différents groupes philanthropiques. Des mesures innombrables — arrêtés, instructions ou lois : depuis la réforme que la première Restauration avait prévue dès le mois de septembre 1814, et qui ne fut jamais appliquée, jusqu'à la loi de 1844, préparée par Tocqueville et qui clôt

1. *Ibid.*, Rapport de Treilhard, p. 8-9. Dans les années précédentes, on trouve fréquemment le même thème : « La peine de la détention prononcée par la loi a surtout pour objet de corriger les individus, c'est-à-dire de les rendre meilleurs, de les préparer par des épreuves plus ou moins longues, à reprendre leur place dans la société pour n'en plus abuser... Les moyens les plus sûrs de rendre les individus meilleurs sont le travail et l'instruction. » Celle-ci consiste non seulement à apprendre à lire et à calculer, mais aussi à réconcilier les condamnés « avec les idées d'ordre, de morale, de respect d'eux-mêmes et des autres » (Beugnot, préfet de Seine-Inférieure, arrêté de Frimaire, an X). Dans les rapports que Chaptal a demandés aux conseils généraux, plus d'une douzaine réclament des prisons où l'on puisse faire travailler les détenus.

pour un temps un long débat sur les moyens de rendre la prison efficace. Des programmes pour assurer le fonctionnement de la machine-prison[1] : programmes de traitement pour les détenus; modèles d'aménagement matériel, certains restant de purs projets comme ceux de Danjou, de Blouet, d'Harou-Romain, d'autres prenant corps dans des instructions (comme la circulaire du 9 août 1841 sur la construction des maisons d'arrêt), d'autres devenant de très réelles architectures, comme la Petite Roquette où fut organisé pour la première fois en France l'emprisonnement cellulaire.

A quoi il faut encore ajouter les publications plus ou moins directement issues de la prison et rédigées soit par des philanthropes, comme Appert, soit un peu plus tard par des « spécialistes » (ainsi les *Annales de la Charité*[2]), soit encore par des anciens détenus; *Pauvre Jacques* à la fin de la Restauration, ou la *Gazette de Sainte-Pélagie* au début de la monarchie de Juillet[3].

Il ne faut pas voir la prison comme une institution inerte que des mouvements de réforme auraient secouée par intervalles. La « théorie de la prison » a été son mode d'emploi constant plutôt que sa critique incidente — une de ses conditions de fonctionnement. La prison a toujours fait partie d'un champ actif où ont foisonné les projets, les réaménagements, les expériences, les discours théoriques, les témoignages, les

1. Les plus importants furent sans doute ceux proposés par Ch. Lucas, Marquet Wasselot, Faucher, Bonneville, un peu plus tard Ferrus. A noter que la plupart d'entre eux n'étaient pas des philanthropes, critiquant de l'extérieur l'institution carcérale, mais qu'ils étaient liés, d'une manière ou d'une autre, à l'administration des prisons. Des techniciens officiels.

2. En Allemagne Julius dirigeait les *Jahrbücher für Strafs-und Besserungs Anstalten*.

3. Bien que ces journaux aient été surtout des organes de défense des prisonniers pour dettes et qu'ils aient à plusieurs reprises marqué leur distance à l'égard des délinquants proprement dits, on trouve l'affirmation que « les colonnes de *Pauvre Jacques* ne sont point consacrées à une spécialité exclusive. La terrible loi de la contrainte par corps, sa funeste application ne seront pas le seul fait d'attaque du prisonnier journaliste...

« *Pauvre Jacques* promènera l'attention de ses lecteurs dans les lieux de réclusion, de détention, dans les maisons de force, dans les centres de refuge, il ne gardera pas le silence sur les lieux de torture où l'homme coupable est livré aux supplices quand la loi ne le condamne qu'aux travaux... » (*Pauvre Jacques*, Ire année, nº 7.) De même la *Gazette de Sainte-Pélagie* milite pour un système pénitentiaire qui aurait pour but l'« amélioration de l'espèce », tout autre étant « expression d'une société encore barbare » (21 mars 1833).

enquêtes. Autour de l'institution carcérale, toute une prolixité, tout un zèle. La prison, région sombre et abandonnée? Le seul fait qu'on n'ait pas cessé de le dire depuis près de deux siècles prouve-t-il qu'elle ne l'était pas? En devenant punition légale, elle a lesté la vieille question juridico-politique du droit de punir de tous les problèmes, de toutes les agitations qui ont tourné autour des technologies correctives de l'individu.

*

Des « institutions complètes et austères », disait Baltard[1]. La prison doit être un appareil disciplinaire exhaustif. En plusieurs sens : elle doit prendre en charge tous les aspects de l'individu, son dressage physique, son aptitude au travail, sa conduite quotidienne, son attitude morale, ses dispositions; la prison, beaucoup plus que l'école, l'atelier ou l'armée, qui impliquent toujours une certaine spécialisation, est « omni-disciplinaire ». De plus la prison est sans extérieur ni lacune; elle ne s'interrompt pas, sauf sa tâche totalement achevée; son action sur l'individu doit être ininterrompue : discipline incessante. Enfin elle donne un pouvoir presque total sur les détenus; elle a ses mécanismes internes de répression et de châtiment : discipline despotique. Elle porte à leur intensité la plus forte toutes les procédures qu'on trouve dans les autres dispositifs de discipline. Il faut qu'elle soit la machinerie la plus puissante pour imposer une nouvelle forme à l'individu perverti; son mode d'action, c'est la contrainte d'une éducation totale : « En prison le gouvernement peut disposer de la liberté de la personne et du temps du détenu; dès lors, on conçoit la puissance de l'éducation qui, non seulement dans un jour, mais dans la succession des jours et même des années peut régler pour l'homme le temps de veille et de sommeil, de l'activité et du repos, le nombre et la durée des repas, la qualité et la ration des aliments, la nature et le produit du travail, le temps de la prière, l'usage de la parole

1. L. Baltard. *Architectonographie des prisons*, 1829.

et pour ainsi dire jusqu'à celui de la pensée, cette éducation qui, dans les simples et courts trajets du réfectoire à l'atelier, de l'atelier à la cellule, règle les mouvements du corps et jusque dans les moments de repos détermine l'emploi du temps, cette éducation, en un mot, qui se met en possession de l'homme tout entier, de toutes les facultés physiques et morales qui sont en lui et du temps où il est lui-même[1]. » Ce « réformatoire » intégral prescrit un recodage de l'existence bien différent de la pure privation juridique de liberté et bien différent aussi de la simple mécanique des représentations à laquelle songeaient les réformateurs à l'époque de l'Idéologie.

1. Premier principe, l'isolement. Isolement du condamné par rapport au monde extérieur, à tout ce qui a motivé l'infraction, aux complicités qui l'ont facilitée. Isolement des détenus les uns par rapport aux autres. Non seulement la peine doit être individuelle, mais aussi individualisante. Et cela de deux façons. D'abord la prison doit être conçue de manière à effacer d'elle-même les conséquences néfastes qu'elle appelle en réunissant dans un même lieu des condamnés très différents : étouffer les complots et les révoltes qui peuvent se former, empêcher que se forment des complicités futures ou que naissent des possibilités de chantage (le jour où les détenus se retrouvent libres), faire obstacle à l'immoralité de tant d'« associations mystérieuses ». Bref, que la prison ne forme pas à partir des malfaiteurs qu'elle rassemble une population homogène et solidaire : « Il existe en ce moment parmi nous une société organisée de criminels... Ils forment une petite nation au sein de la grande. Presque tous ces hommes se sont connus dans les prisons ou s'y retrouvent. C'est cette société dont il s'agit aujourd'hui de disperser les membres[2]. » En outre, la solitude doit être un instrument positif de réforme. Par la réflexion qu'elle suscite, et le remords qui ne peut pas manquer de survenir : « Jeté dans la solitude le condamné réfléchit. Placé seul en présence de son crime, il apprend à le haïr, et si son âme n'est pas encore blasée par le mal, c'est dans l'isolement que le remords viendra l'assaillir[3]. » Par le fait aussi que la solitude assure

1. Ch. Lucas, *De la réforme des prisons*, 1838, II, p. 123-124.
2. A. de Tocqueville, *Rapport à la Chambre des Députés*, cité *in* Beaumont et Tocqueville, *Le Système pénitentiaire aux États-Unis*, 3e éd. 1845, p. 392-393.
3. E. de Beaumont et A. de Tocqueville, *Ibid.* p. 109.

une sorte d'autorégulation de la peine, et permet comme une individualisation spontanée du châtiment : plus le condamné est capable de réfléchir, plus il a été coupable de commettre son crime; mais plus aussi le remords sera vif, et la solitude douloureuse; en revanche, lorsqu'il se sera profondément repenti, et amendé sans la moindre dissimulation, la solitude ne lui pèsera plus : « Ainsi selon cette admirable discipline chaque intelligence et chaque moralité portent en elles mêmes le principe et la mesure d'une répression dont l'erreur et la faillibilité humaine ne sauraient altérer la certitude et l'invariable équité... N'est-ce pas en vérité comme le sceau d'une justice divine et providentielle[1] ? » Enfin, et peut-être surtout, l'isolement des condamnés garantit qu'on peut exercer sur eux, avec le maximum d'intensité, un pouvoir qui ne sera balancé par aucune autre influence; la solitude est la condition première de la soumission totale : « Qu'on se figure », disait Charles Lucas, évoquant le rôle du directeur, de l'instituteur, de l'aumônier, et des « personnes charitables » sur le détenu isolé, « qu'on se figure la puissance de la parole humaine intervenant au milieu de la terrible discipline du silence pour parler au cœur, à l'âme, à la personne humaine[2] ». L'isolement assure le tête-à-tête du détenu et du pouvoir qui s'exerce sur lui.

C'est en ce point que se situe la discussion sur les deux systèmes américains d'emprisonnement, celui d'Auburn et celui de Philadelphie. En fait, cette discussion qui occupe une si large surface[3] ne concerne que la mise en œuvre d'un isolement, admis par tous,

Le modèle d'Auburn prescrit la cellule individuelle pendant la nuit, le travail et les repas en commun, mais sous la règle du silence absolu, les détenus ne pouvant parler qu'aux gardiens, avec leur permission et à voix basse. Référence

1. S. Aylies, *Du système pénitentiaire*, 1837, p. 132-133.
2. Ch. Lucas, *De la réforme des prisons*, t. I, 1836, p. 167.
3. La discussion ouverte en France autour de 1830 n'était pas achevée en 1850; Charles Lucas, partisan d'Auburn, avait inspiré l'arrêté de 1839 sur le régime des Centrales (travail en commun et silence absolu). La vague de révolte qui suit, et peut-être l'agitation générale dans le pays au cours des années 1842-1843 font préférer en 1844 le régime pennsylvanien de l'isolement absolu, vanté par Demetz, Blouet, Tocqueville. Mais le 2e congrès pénitentiaire en 1847 opte contre cette méthode.

claire au modèle monastique; référence aussi à la discipline d'atelier. La prison doit être un microcosme d'une société parfaite où les individus sont isolés dans leur existence morale, mais où leur réunion s'effectue dans un encadrement hiérarchique strict, sans relation latérale, la communication ne pouvant se faire que dans le sens de la verticale. Avantage du système auburnien selon ses partisans : c'est une répétition de la société elle-même. La contrainte y est assurée par des moyens matériels mais surtout par une règle qu'il faut apprendre à respecter et qui est garantie par une surveillance et des punitions. Plutôt que de tenir les condamnés « sous les verrous comme la bête féroce dans sa cage », il faut les réunir aux autres, « les faire participer en commun à des exercices utiles, les astreindre en commun à de bonnes habitudes, en prévenant la contagion morale par une surveillance active, en maintenant le recueillement par la règle du silence »; cette règle habitue le détenu à « considérer la loi comme un précepte sacré dont l'infraction entraîne un mal juste et légitime[1] ». Ainsi ce jeu de l'isolement, de la réunion sans communication, et de la loi garantie par un contrôle ininterrompu, doit requalifier le criminel comme individu social : il le dresse à une « activité utile et résignée[2] »; il lui restitue « des habitudes de sociabilité[3] ».

Dans l'isolement absolu — comme à Philadelphie — la requalification du criminel n'est pas demandée à l'exercice d'une loi commune, mais au rapport de l'individu à sa propre conscience et à ce qui peut l'éclairer de l'intérieur[4]. « Seul dans sa cellule le détenu est livré à lui-même; dans le silence de ses passions et du monde qui l'entoure, il descend dans sa conscience, il l'interroge et sent en lui se réveiller le sentiment moral qui ne périt jamais entièrement dans le cœur de l'homme[5]. » Ce n'est donc pas un respect extérieur pour la loi

1. K. Mittermaier, in *Revue française et étrangère de législation*, 1836.
2. A.E. de Gasparin, *Rapport au ministre de l'Intérieur sur la réforme des prisons*.
3. E. de Beaumont et A. de Tocqueville, *Du système pénal aux États-Unis*, éd. de 1845, p. 112.
4. « Chaque homme, disait Fox, est illuminé par la lumière divine et je l'ai vue briller à travers chaque homme. » C'est dans la lignée des quakers et de Walnut Street que furent organisées à partir de 1820 les prisons de Pennsylvanie, Pittsburgh, puis Cherry Hill.
5. *Journal des économistes*, II, 1842.

ou la seule crainte de la punition qui va agir sur le détenu, mais bien le travail même de la conscience. Plutôt une soumission profonde qu'un dressage superficiel; un changement de « moralité » et non pas d'attitude. Dans la prison pennsylvanienne, les seules opérations de la correction sont la conscience et l'architecture muette à laquelle elle se heurte. A Cherry Hill, « les murs sont la punition du crime; la cellule met le détenu en présence de lui-même; il est forcé d'entendre sa conscience ». De là le fait que le travail y est plutôt une consolation qu'une obligation; que les surveillants n'ont pas à exercer une contrainte qui est assurée par la matérialité des choses, et que leur autorité, par conséquent, peut être acceptée : « A chaque visite, quelques paroles bienveillantes coulent de cette bouche honnête et portent au cœur du détenu, avec la reconnaissance, l'espoir et la consolation; il aime son gardien; et il l'aime parce que celui-ci est doux et compatissant. Les murs sont terribles et l'homme est bon[1]. » Dans cette cellule fermée, sépulcre provisoire, les mythes de la résurrection prennent corps facilement. Après la nuit et le silence, la vie régénérée. Auburn, c'était la société elle-même reconduite dans ses vigueurs essentielles. Cherry Hill, la vie anéantie et recommencée. Le catholicisme récupère vite dans ses discours cette technique quaker. « Je ne vois dans votre cellule qu'un affreux sépulcre, dans lequel à la place des vers, les remords et le désespoir s'avancent pour vous ronger et faire de votre existence un enfer anticipé. Mais... ce qui n'est pour un prisonnier irréligieux qu'un tombeau, qu'un ossuaire repoussant devient, pour le détenu sincèrement chrétien, le berceau même de la bienheureuse immortalité[2]. »

Sur l'opposition entre ces deux modèles, toute une série de conflits différents est venue se brancher : religieux (la conversion doit-elle être la pièce principale de la correction?), médicaux (l'isolement complet rend-il fou?), économiques (où est le moindre coût?), architecturaux et administratifs

1. Abel Blouet, *Projet de prisons cellulaires*, 1843.

2. Abbé Petigny, *Allocution adressée aux prisonniers, à l'occasion de l'inauguration des bâtiments cellulaires de la prison de Versailles*. Cf., quelques années après, dans *Monte-Cristo*, une version très nettement christologique de la résurrection après incarcération; mais il s'agit alors, non pas d'apprendre en prison la docilité aux lois, mais d'acquérir par un savoir secret le pouvoir de faire justice par-delà l'injustice des magistrats.

(quelle forme garantit la meilleure surveillance?). D'où, sans doute, la longueur de la polémique. Mais au cœur des discussions, et les rendant possibles, ce premier objectif de l'action carcérale : l'individualisation coercitive, par la rupture de toute relation qui ne serait pas contrôlée par le pouvoir ou ordonnée selon la hiérarchie.

2. « Le travail alternant avec les repas accompagne le détenu jusqu'à la prière du soir; alors un nouveau sommeil lui donne un repos agréable que ne viennent point troubler les fantômes d'une imagination déréglée. Ainsi s'écoulent six jours de la semaine. Ils sont suivis d'une journée exclusivement consacrée à la prière, à l'instruction et à des méditations salutaires. C'est ainsi que se succèdent et viennent se relever les semaines, les mois, les années; ainsi le prisonnier qui à son entrée dans l'établissement était un homme inconstant ou ne mettant de conviction que dans son irrégularité, cherchant à détruire son existence par la variété de ses vices, devient peu à peu par la force d'une habitude d'abord purement extérieure, mais bientôt transformée en une seconde nature, si familiarisé avec le travail et les jouissances qui en découlent que, pour peu qu'une instruction sage ait ouvert son âme au repentir, on pourra l'exposer avec plus de confiance aux tentations, que viendra lui rendre le recouvrement de la liberté[1]. » Le travail est défini, avec l'isolement, comme un agent de la transformation carcérale. Et cela, dès le code de 1808 : « Si la peine infligée par la loi a pour but la réparation du crime, elle veut aussi l'amendement du coupable, et ce double but se trouvera rempli si le malfaiteur est arraché à cette oisiveté funeste qui, l'ayant jeté dans la prison viendrait l'y retrouver encore et s'en saisir pour le conduire au dernier degré de la dépravation[2]. » Le travail n'est ni une

1. N.H. Julius, *Leçons sur les prisons*, trad. française, 1831, I, p. 417-418.

2. G.A. Real, *Motifs du Code d'instruction criminelle*. Avant cela, plusieurs instructions du ministère de l'Intérieur avaient rappelé la nécessité de faire travailler les détenus : 5 Fructidor An VI, 3 Messidor An VIII, 8 Pluviôse et 28 Ventôse An IX, 7 Brumaire An X. Aussitôt après les Codes de 1808 et 1810, on trouve encore de nouvelles instructions : 20 octobre 1811, 8 décembre 1810; ou encore la longue instruction de 1816 : « Il est de la plus grande importance d'occuper le plus possible les détenus. On doit leur faire naître le désir de travailler, en mettant une différence entre le sort de ceux qui s'occupent et celui des détenus qui veulent rester oisifs. Les premiers seront mieux nourris, mieux couchés que les seconds. » Melun et Clairvaux ont été très tôt organisés en grands ateliers.

addition ni un correctif au régime de la détention : qu'il s'agisse des travaux forcés, de la réclusion, de l'emprisonnement, il est conçu, par le législateur lui-même, comme devant l'accompagner de toute nécessité. Mais d'une nécessité justement qui n'est pas celle dont parlaient les réformateurs du XVIIIe siècle, quand ils voulaient en faire soit un exemple pour le public, soit une réparation utile pour la société. Dans le régime carcéral le lien du travail et de la punition est d'un autre type.

Plusieurs polémiques qui ont eu lieu sous la Restauration ou la monarchie de Juillet éclairent la fonction qu'on prête au travail pénal. Discussion d'abord sur le salaire. Le travail des détenus était rémunéré en France. Problème : si une rétribution récompense le travail en prison, c'est que celui-ci ne fait pas réellement partie de la peine; et le détenu peut donc le refuser. De plus le bénéfice récompense l'habileté de l'ouvrier et non pas l'amendement du coupable : « Les plus mauvais sujets sont presque partout les plus habiles ouvriers; ils sont les plus rétribués, conséquemment les plus intempérants et les moins aptes au repentir[1]. » La discussion qui n'a jamais été tout à fait éteinte reprend et avec une grande vivacité vers les années 1840-1845 : époque de crise économique, époque d'agitation ouvrière, époque aussi où commence à se cristalliser l'opposition de l'ouvrier et du délinquant[2]. Il y a des grèves contre les ateliers de prison : quand un gantier de Chaumont obtient d'organiser un atelier à Clairvaux, les ouvriers protestent, déclarent que leur travail est déshonoré, occupent la manufacture et forcent le patron à renoncer à son projet[3]. Il y a aussi toute une campagne de presse dans les journaux ouvriers : sur le thème que le gouvernement favorise le travail pénal pour faire baisser les salaires « libres »; sur le thème que les inconvénients de ces ateliers de prison sont plus sensibles encore pour les femmes auxquelles ils retirent leur travail, qu'ils poussent à la prostitution, donc à la prison, où ces mêmes femmes, qui ne pouvaient plus travailler quand elles étaient libres, viennent alors faire concurrence à celles qui ont encore de l'ouvrage[4]; sur le

1. J.J. Marquet Wasselot, t. III, p. 171.
2. Cf. *infra*, p. 334-335.
3. Cf. J.P. Aguet, *Les Grèves sous la monarchie de Juillet*, 1954, p. 30-31.
4. *L'Atelier*, 3e année, no 4, décembre 1842.

thème qu'on réserve aux détenus les travaux les plus sûrs — « les voleurs exécutent très chaudement et à l'abri les travaux de la chapellerie et de l'ébénisterie », alors que le chapelier réduit au chômage doit aller « à l'abattoir humain fabriquer du blanc de céruse à 2 francs par jour[1] » ; sur le thème que la philanthropie prend le plus grand soin des conditions de travail des détenus, mais néglige celles de l'ouvrier libre : « Nous sommes certains que si les prisonniers travaillaient le mercure par exemple, la science serait bien plus prompte qu'elle ne l'est à trouver les moyens de préserver les travailleurs du danger de ses émanations : "Ces pauvres condamnés !" dirait celui qui parle à peine des ouvriers doreurs. Que voulez-vous, il faut avoir tué ou volé pour attirer la compassion ou l'intérêt. » Sur le thème surtout que si la prison tend à devenir un atelier, on aura vite fait d'y envoyer les mendiants et les chômeurs, reconstituant ainsi les vieux hôpitaux généraux de France ou les workhouses d'Angleterre[2]. Il y a eu encore, surtout après le vote de la loi de 1844, des pétitions et des lettres — une pétition est rejetée par la Chambre de Paris, qui « a trouvé inhumain qu'on proposât d'appliquer des assassins, des meurtriers, des voleurs, à des travaux qui sont aujourd'hui le lot de quelques milliers d'ouvriers » ; « La Chambre nous a préféré Barrabas[3] » ; des ouvriers typographes envoient une lettre au ministre quand ils apprennent qu'on a installé une imprimerie à la Centrale de Melun : « Vous avez à décider entre des réprouvés justement frappés par la loi, et des citoyens qui sacrifient leurs jours, dans l'abnégation et la probité, à l'existence de leurs familles autant qu'à la richesse de leur patrie[4]. »

Or à toute cette campagne les réponses données par le gouvernement et l'administration sont très constantes. Le travail pénal ne peut pas être critiqué en raison d'un chômage qu'il provoquerait : par son peu d'étendue, son faible rendement, il ne peut pas avoir d'incidence générale sur l'économie. Ce n'est pas comme activité de production qu'il est

1. *L'Atelier*, 6e année, no 2, novembre 1845.
2. *Ibid.*
3. *L'Atelier*, 4e année, no 9, juin 1844, et 5e année, no 7, avril 1845; cf. également à la même époque *La Démocratie pacifique*.
4. *L'Atelier*, 5e année, no 6, mars 1845.

intrinsèquement utile, mais par les effets qu'il prend dans la mécanique humaine. Il est un principe d'ordre et de régularité; par les exigences qui lui sont propres, il véhicule, d'une manière insensible, les formes d'un pouvoir rigoureux; il plie les corps à des mouvements réguliers, il exclut l'agitation et la distraction, il impose une hiérarchie et une surveillance qui sont d'autant mieux acceptées, et qui s'inscriront d'autant plus profondément dans le comportement des condamnés, qu'elles font partie de sa logique : avec le travail « la règle s'introduit dans une prison, elle y règne sans effort, sans l'emploi d'aucun moyen répressif et violent. En occupant le détenu, on lui donne des habitudes d'ordre et d'obéissance; on le rend diligent et actif, de paresseux qu'il était... avec le temps, il trouve dans le mouvement régulier de la maison, dans les travaux manuels auxquels on l'a assujetti... un remède certain contre les écarts de son imagination[1] ». Le travail pénal doit être conçu comme étant par lui-même une machinerie qui transforme le détenu violent, agité, irréfléchi en une pièce qui joue son rôle avec une parfaite régularité. La prison n'est pas un atelier; elle est, il faut qu'elle soit en elle-même une machine dont les détenus-ouvriers sont à la fois les rouages et les produits; elle les « occupe » et cela « continuellement fût-ce dans l'unique but de remplir leurs moments. Lorsque le corps s'agite, lorsque l'esprit s'applique à un objet déterminé, les idées importunes s'éloignent, le calme renaît dans l'âme[2] ». Si, au bout du compte, le travail de la prison a un effet économique, c'est en produisant des individus mécanisés selon les normes générales d'une société industrielle : « Le travail est la providence des peuples modernes; il leur tient lieu de morale, remplit le vide des croyances et passe pour le principe de tout bien. Le travail devait être la religion des prisons. A une société-machine, il fallait des moyens de réforme purement mécaniques[3]. » Fabrication d'individus-machines mais aussi de prolétaires; en effet, lorsqu'on n'a que « les bras pour tout

1. A. Bérenger, *Rapport à l'Académie des sciences morales*, juin 1836.
2. E. Danjou, *Des prisons*, 1821, p. 180.
3. L. Faucher, *De la réforme des prisons*, 1838, p. 64. En Angleterre le « tread-mill » et la pompe assuraient une mécanisation disciplinaire des détenus, sans aucun effet productif

bien », on ne peut vivre que « du produit de son travail, par l'exercice d'une profession, ou du produit du travail des autres, par le métier du vol » ; or si la prison ne contraignait pas les malfaiteurs au travail, elle reconduirait dans son institution même et par le biais de la fiscalité, ce prélèvement des uns sur le travail des autres : « La question de l'oisiveté est la même que dans la société; c'est du travail des autres qu'il faut que vivent les détenus, s'ils n'existent pas du leur[1]. » Le travail par lequel le condamné subvient à ses propres besoins requalifie le voleur en ouvrier docile. Et c'est là qu'intervient l'utilité d'une rétribution pour le travail pénal; elle impose au détenu la forme « morale » du salaire comme condition de son existence. Le salaire fait prendre « l'amour et l'habitude » du travail[2]; il donne à ces malfaiteurs qui ignorent la différence du mien et du tien, le sens de la propriété — de « celle qu'on a gagnée à la sueur de son front[3] »; il leur apprend aussi, à eux qui ont vécu dans la dissipation, ce qu'est la prévoyance, l'épargne, le calcul de l'avenir[4]; enfin en proposant une mesure du travail fait, il permet de traduire quantitativement le zèle du détenu et les progrès de son amendement[5]. Le salaire du travail pénal ne rétribue pas une production; il fonctionne comme moteur et repère des transformations individuelles : une fiction juridique puisqu'il ne représente pas la « libre » cession d'une force de travail, mais un artifice qu'on suppose efficace dans les techniques de correction.

L'utilité du travail pénal? Non pas un profit; ni même la formation d'une habileté utile; mais la constitution d'un rapport de pouvoir, d'une forme économique vide, d'un schéma de la soumission individuelle et de son ajustement à un appareil de production.

Image parfaite du travail de prison : l'atelier des femmes à Clairvaux; l'exactitude silencieuse de la machinerie humaine y rejoint la rigueur réglementaire du couvent : « Dans une

1. Ch. Lucas, *De la réforme des prisons*, II, 1838, p. 313-314.
2. *Ibid.*, p. 243.
3. E. Danjou, *Des prisons*, 1821, p. 210-211; cf. aussi *L'Atelier*, 6e année, no 2, novembre 1845.
4. Ch. Lucas, *loc. cit.* Un tiers du salaire journalier était mis de côté pour la sortie du détenu.
5. E. Ducpétiaux, *Du système de l'emprisonnement cellulaire*, 1857, p. 30-31.

chaire, au-dessus de laquelle est un crucifix, une sœur est assise; devant elle, et rangées sur deux lignes, les prisonnières s'acquittent de la tâche qui leur est imposée, et comme le travail à l'aiguille domine presque exclusivement, il en résulte que le silence le plus rigoureux est constamment maintenu... Il semble que dans ces salles tout respire la pénitence et l'expiation. On se reporte, comme par un mouvement spontané, vers le temps des vénérables habitudes de cette antique demeure; on se rappelle ces pénitents volontaires qui s'y enfermaient pour dire adieu au monde[1]. »

3. Mais la prison excède la simple privation de liberté d'une manière plus importante. Elle tend à devenir un instrument de modulation de la peine : un appareil qui, à travers l'exécution de la sentence dont il est chargé, serait en droit d'en reprendre, au moins en partie, le principe. Bien sûr, ce « droit », l'institution carcérale ne l'a pas reçu au XIXe siècle ni même encore au XXe, sauf sous une forme fragmentaire (par le biais des libérations conditionnelles, des semi-libertés, de l'organisation des centrales de réforme). Mais il faut noter qu'il a été réclamé très tôt par les responsables de l'administration pénitentiaire, comme la condition même d'un bon fonctionnement de la prison, et de son efficacité dans cette tâche d'amendement que la justice elle-même lui confie.

Ainsi pour la durée du châtiment : elle permet de quantifier exactement les peines, de les graduer selon les circonstances, et de donner au châtiment légal la forme plus ou moins explicite d'un salaire; mais elle risque d'être sans valeur corrective, si elle est fixée une fois pour toutes, au niveau du jugement. La longueur de la peine ne doit pas mesurer la « valeur d'échange » de l'infraction; elle doit s'ajuster à la transformation « utile » du détenu au cours de sa condamnation. Non pas un temps-mesure, mais un temps finalisé. Plutôt que la forme du salaire, la forme de l'opération. « De

1. A rapprocher de ce texte de Faucher : « Entrez dans une filature; entendez les conversations des ouvriers et le sifflement des machines. Y a-t-il au monde un contraste plus affligeant que la régularité et la prévision de ces mouvements mécaniques, comparées au désordre d'idées et de mœurs, que produit le contact de tant d'hommes, de femmes et d'enfants. » *De la réforme des prisons*, 1838, p. 20.

même que le médecin prudent cesse sa médication ou la continue selon que le malade est ou n'est pas arrivé à parfaite guérison, de même, dans la première de ces deux hypothèses, l'expiation devrait-elle cesser en présence de l'amendement complet du condamné; car dans ce cas, toute détention est devenue inutile, et partant aussi inhumaine envers l'amendé que vainement onéreuse pour l'État[1]. » La juste durée de la peine doit donc varier non pas seulement avec l'acte et ses circonstances, mais avec la peine elle-même telle qu'elle se déroule concrètement. Ce qui revient à dire que si la peine doit être individualisée, ce n'est pas à partir de l'individu-infracteur, sujet juridique de son acte, auteur responsable du délit, mais à partir de l'individu puni, objet d'une matière contrôlée de transformation, l'individu en détention inséré dans l'appareil carcéral, modifié par lui ou réagissant à lui. « Il ne s'agit que de réformer le méchant. Une fois cette réforme opérée, le criminel doit rentrer dans la société[2]. »

La qualité et le contenu de la détention ne devraient pas être déterminés non plus par la seule nature de l'infraction. La gravité juridique d'un crime n'a pas du tout valeur de signe univoque pour le caractère corrigible ou non du condamné. En particulier la distinction crime-délit, à laquelle le code a fait correspondre la distinction entre prison et réclusion ou travaux forcés, n'est pas opératoire en termes d'amendement. C'est l'avis presque général formulé par les directeurs de maisons centrales, lors d'une enquête faite par le ministère en 1836 : « Les correctionnels en général sont les plus vicieux... Parmi les criminels, il se rencontre beaucoup d'hommes qui ont succombé à la violence de leurs passions et aux besoins d'une nombreuse famille. » « La conduite des criminels est bien meilleure que celle des correctionnels; les

1. A. Bonneville, *Des libérations préparatoires*, 1846, p. 6. Bonneville proposait des mesures de « liberté préparatoire », mais aussi de « supplément afflictif » ou de surcroît pénitentiaire s'il s'avère que « la prescription pénale, approximativement fixée d'après le degré probable d'endurcissement du délinquant n'a pas suffi à produire l'effet qu'on en attendait ». Ce supplément ne devait pas dépasser un huitième de la peine; la liberté préparatoire pouvait intervenir après trois quarts de la peine (*Traité des diverses institutions complémentaires*, p. 251 et suiv.).

2. Ch. Lucas, cité dans la *Gazette des tribunaux*, 6 avril 1837.

premiers sont plus soumis, plus laborieux que les derniers qui sont en général filous, débauchés, paresseux[1]. » D'où l'idée que la rigueur punitive ne doit pas être en proportion directe de l'importance pénale de l'acte condamné. Ni déterminée une fois pour toutes.

Opération correctrice, l'emprisonnement a ses exigences et ses péripéties propres. Ce sont ses effets qui doivent déterminer ses étapes, ses aggravations temporaires, ses allègements successifs; ce que Charles Lucas appelait « le classement mobile des moralités ». Le système progressif appliqué à Genève depuis 1825[2] fut souvent réclamé en France. Sous la forme, par exemple, des trois quartiers; celui d'épreuve pour la généralité des détenus, le quartier de punition, et le quartier de récompense pour ceux qui sont sur la voie de l'amélioration[3]. Ou sous la forme des quatre phases : période d'intimidation (privation de travail et de toute relation intérieure ou extérieure); période de travail (isolement mais travail qui après la phase d'oisiveté forcée serait accueilli comme un bienfait); régime de moralisation (« conférences » plus ou moins fréquentes avec les directeurs et les visiteurs officiels); période de travail en commun[4]. Si le principe de la peine est bien une décision de justice, sa gestion, sa qualité et ses rigueurs doivent relever d'un mécanisme autonome qui contrôle les effets de la punition à l'intérieur même de l'appareil qui les produit. Tout un régime de punitions et de récompenses qui n'est pas simplement une manière de faire respecter le règlement de la prison, mais de rendre effective l'action de la prison sur les détenus. Cela, il arrive que l'autorité judiciaire en convienne elle-même : « Il ne faut pas, disait la Cour de cassation, consultée à propos du projet de loi sur les prisons, s'étonner de l'idée d'accorder des récompenses qui pourront consister soit dans une plus

1. In *Gazette des tribunaux*. Cf. aussi Marquet-Wasselot, *La Ville du refuge*, 1832, p. 74-76. Ch. Lucas note que les correctionnels « se recrutent généralement dans les populations urbaines » et que « les moralités réclusionnaires proviennent en majorité des populations agricoles ». *De la réforme des prisons*, I, 1836, p. 46-50.

2. R. Fresnel, *Considérations sur les maisons de refuge*, Paris, 1829, p. 29-31.

3. Ch. Lucas, *De la réforme des prisons*, II, 1838, p. 440.

4. L. Duras, article paru dans *Le Progressif* et cité par *La Phalange*, 1er déc. 1838.

grande part de pécule, soit dans un meilleur régime alimentaire, soit même dans des abréviations de peine. Si quelque chose peut réveiller dans l'esprit des condamnés les notions de bien et de mal, les amener à des réflexions morales et les relever quelque peu à leurs propres yeux, c'est la possibilité d'atteindre à quelques récompenses[1]. »

Et pour toutes ces procédures qui rectifient la peine, à mesure qu'elle se déroule, il faut admettre que les instances judiciaires ne peuvent avoir d'autorité immédiate. Il s'agit en effet de mesures qui par définition ne sauraient intervenir qu'après le jugement et ne peuvent porter que sur autre chose que les infractions. Indispensable autonomie par conséquent du personnel qui gère la détention quand il s'agit d'individualiser et de varier l'application de la peine : des surveillants, un directeur d'établissement, un aumônier ou un instituteur sont mieux capables d'exercer cette fonction corrective que les détenteurs du pouvoir pénal. C'est leur jugement (entendu comme constatation, diagnostic, caractérisation, précision, classement différentiel) et non plus un verdict en forme d'assignation de culpabilité, qui doit servir de support à cette modulation interne de la peine — à son allègement ou même à son interruption. Quand Bonneville en 1846 présenta son projet de liberté conditionnelle, il la définit comme « le droit qu'aurait l'administration, sur l'avis préalable de l'autorité judiciaire, de mettre en liberté provisoire après un temps suffisant d'expiation et moyennant certaines conditions, le condamné complètement amendé, sauf à le réintégrer à la prison, à la moindre plainte fondée[2] ». Tout cet « arbitraire » qui, dans l'ancien régime pénal, permettait aux juges de moduler la peine et aux princes d'y mettre fin éventuellement, tout cet arbitraire que les codes modernes ont retiré au pouvoir judiciaire, on le voit se reconstituer, progressivement, du côté du pouvoir qui gère et contrôle la punition. Souveraineté savante du gardien : « Véritable magistrat appelé à régner souverainement dans la maison... et qui doit pour ne pas être au-dessous de sa mission unir à la vertu la plus éminente une science profonde des hommes[3] ».

1. Ch. Lucas, *op. cit.*, p. 441-442.
2. A. Bonneville, *Des libérations préparatoires*, 1846, p. 5.
3. A. Bérenger, *Rapport à l'Académie des sciences morales et politiques*, juin 1836.

Et on en arrive, formulé en clair par Charles Lucas, à un principe que bien peu de juristes oseraient aujourd'hui admettre sans réticence bien qu'il marque la ligne de pente essentielle du fonctionnement pénal moderne; appelons-le la Déclaration d'indépendance carcérale : on y revendique le droit d'être un pouvoir qui a non seulement son autonomie administrative, mais comme une part de la souveraineté punitive. Cette affirmation des droits de la prison pose en principe : que le jugement criminel est une unité arbitraire; qu'il faut la décomposer; que les rédacteurs des codes ont eu raison déjà de distinguer le niveau législatif (qui classe les actes et leur affecte des peines), et le niveau du jugement (qui porte les sentences); que la tâche aujourd'hui est d'analyser à son tour ce dernier niveau; qu'il faut y distinguer ce qui est proprement judiciaire (apprécier moins les actes que les agents, mesurer « les intentionalités qui donnent aux actes humains autant de moralités différentes », et donc rectifier s'il le peut les évaluations du législateur); et donner son autonomie au « jugement pénitentiaire », qui est peut-être le plus important; par rapport à lui l'évaluation du tribunal n'est qu'une « manière de préjuger », car la moralité de l'agent ne peut être appréciée « qu'à l'épreuve. Le juge a donc besoin à son tour d'un contrôle nécessaire et rectificatif de ses évaluations; et ce contrôle, c'est celui que doit fournir la prison pénitentiaire[1] ».

On peut donc parler d'un excès ou d'une série d'excès de l'emprisonnement par rapport à la détention légale — du « carcéral » par rapport au « judiciaire ». Or cet excès se constate très tôt, dès la naissance de la prison, soit sous la forme de pratiques réelles, soit sous la forme de projets. Il n'est pas venu, ensuite, comme un effet second. La grande machinerie carcérale est liée au fonctionnement même de la prison. On peut bien voir le signe de cette autonomie dans les violences « inutiles » des gardiens ou dans le despotisme d'une administration qui a les privilèges du lieu clos. Sa racine est ailleurs : dans le fait justement qu'on demande à la prison d'être « utile », dans le fait que la privation de liberté — ce prélèvement juridique sur un bien idéal — a dû, dès le

1. Ch. Lucas, *De la réforme des prisons*, II, 1838, p. 418-422.

départ, exercer un rôle technique positif, opérer des transformations sur les individus. Et pour cette opération l'appareil carcéral a eu recours à trois grands schémas : le schéma politico-moral de l'isolement individuel et de la hiérarchie ; le modèle économique de la force appliquée à un travail obligatoire ; le modèle technico-médical de la guérison et de la normalisation. La cellule, l'atelier, l'hôpital. La marge par laquelle la prison excède la détention est remplie en fait par des techniques de type disciplinaire. Et ce supplément disciplinaire par rapport au juridique, c'est cela, en somme, qui s'est appelé le « pénitentiaire ».

*

Cet ajout n'a pas été accepté sans problème. Question qui fut d'abord de principe : la peine ne doit être rien de plus que la privation de liberté ; comme nos actuels gouvernants, Decazes le disait, mais avec l'éclat de son langage : « La loi doit suivre le coupable dans la prison où elle l'a conduit[1]. » Mais très vite — et c'est un fait caractéristique — ces débats deviendront bataille pour s'approprier le contrôle de ce « supplément » pénitentiaire ; les juges demanderont droit de regard sur les mécanismes carcéraux : « La moralisation des détenus exige de nombreux coopérateurs ; ce n'est que par des visites d'inspection, des commissions de surveillance, des sociétés de patronage qu'elle peut s'accomplir. Il lui faut donc des auxiliaires et c'est à la magistrature de les lui fournir[2]. » Dès cette époque, l'ordre pénitentiaire avait acquis assez de consistance pour qu'on puisse chercher non à le défaire, mais à le prendre en charge. Voici donc le juge saisi par le désir de la prison. En naîtra, un siècle après, un enfant bâtard, et pourtant difforme : le juge de l'application des peines.

Mais si le pénitentiaire, dans son « excès » par rapport à la détention, a pu de fait s'imposer, bien plus, piéger toute la justice pénale et enfermer les juges eux-mêmes, c'est qu'il a

1. E. Decazes, « Rapport au Roi sur les prisons », *Le Moniteur*, 11 avril 1819.
2. Vivien, *in* G. Ferrus, *Des prisonniers*, 1850, p. VIII. Une ordonnance de 1847 avait créé les commissions de surveillance.

pu introduire la justice criminelle dans des relations de savoir qui sont devenues maintenant pour elle son labyrinthe infini.

La prison, lieu d'exécution de la peine, est en même temps lieu d'observation des individus punis. En deux sens. Surveillance bien sûr. Mais connaissance aussi de chaque détenu, de sa conduite, de ses dispositions profondes, de sa progressive amélioration ; les prisons doivent être conçues comme un lieu de formation pour un savoir clinique sur les condamnés ; « le système pénitentiaire ne peut pas être une conception a priori ; c'est une induction de l'état social. Il en est des maladies morales ainsi que des accidents de la santé où le traitement dépend du siège et de la direction du mal[1] ». Ce qui implique deux dispositifs essentiels. Il faut que le prisonnier puisse être tenu sous un regard permanent ; il faut que soient enregistrées et comptabilisées toutes les notations qu'on peut prendre sur eux. Le thème du Panopticon — à la fois surveillance et observation, sûreté et savoir, individualisation et totalisation, isolement et transparence — a trouvé dans la prison son lieu privilégié de réalisation. S'il est vrai que les procédures panoptiques, comme formes concrètes d'exercice du pouvoir, ont eu, au moins à l'état dispersé, une très large diffusion, ce n'est guère que dans les institutions pénitentiaires que l'utopie de Bentham a pu d'un bloc prendre une forme matérielle. Le Panoptique est devenu autour des années 1830-1840 le programme architectural de la plupart des projets de prison. C'était la manière la plus directe de traduire « dans la pierre l'intelligence de la discipline[2] » ; de rendre l'architecture transparente à la gestion du pouvoir[3] ; de permettre qu'à la force ou aux contraintes violentes on substitue l'efficacité douce d'une surveillance sans faille ; d'ordonner l'espace à la récente humanisation des codes et à la nouvelle théorie pénitentiaire : « L'autorité

1. Léon Faucher, *De la réforme des prisons*, 1838, p. 6.
2. Ch. Lucas, *De la réforme des prisons*, I, 1836, p. 69.
3. « Si on veut traiter la question administrative en faisant abstraction de celle de construction, on s'expose à établir des principes auxquels la réalité se dérobe ; tandis qu'avec la connaissance suffisante des besoins administratifs, un architecte peut bien admettre tel ou tel système d'emprisonnement que la théorie eût peut-être rangé au nombre des utopies » (Abel Blouet, *Projet de prison cellulaire*, 1843, p. I).

d'une part, et l'architecte de l'autre ont donc à savoir si les prisons doivent être combinées dans le sens de l'adoucissement des peines ou dans un système d'amendement des coupables et en conformité d'une législation qui, remontant vers l'origine des vices du peuple, devient un principe régénérateur des vertus qu'il doit pratiquer[1]. »

Au total constituer une prison-machine[2] avec une cellule de visibilité où le détenu se trouvera pris comme « dans la maison de verre du philosophe grec[3] » et un point central d'où un regard permanent puisse contrôler à la fois les prisonniers et le personnel. Autour de ces deux exigences, plusieurs variations possibles : le Panoptique benthamien sous sa forme stricte, ou le demi-cercle, ou le plan en croix, ou la disposition en étoile[4]. Au milieu de toutes ces discussions, le ministre de l'Intérieur en 1841 rappelle les principes fondamentaux : « La salle centrale d'inspection est le pivot du système. Sans point central d'inspection, la surveillance cesse d'être assurée, continue et générale; car il est impossible d'avoir une entière confiance dans l'activité, le zèle et l'intelligence du préposé qui surveille immédiatement les cellules... L'architecte doit donc porter toute son attention sur cet objet; il y a là à la fois une question de discipline et d'économie. Plus la surveillance sera exacte et facile, moins il sera besoin de chercher dans la force des bâtiments des garanties contre les tentatives d'évasion et contre les communications des détenus entre eux. Or, la surveillance sera parfaite si d'une salle centrale le directeur ou le préposé en chef sans changer de place voit sans être vu non seulement l'entrée de toutes les cellules et même l'intérieur du plus grand nombre de cellules quand la porte pleine est ouverte, mais encore les surveillants préposés à la garde des prisonniers à tous les étages... Avec la formule des prisons circulaires ou semi-circulaires, il paraîtrait possible de voir d'un centre unique tous les prisonniers dans leurs cellules, et les gardiens dans les galeries de surveillance[5]. »

1. L. Baltard, *Architectonographie des prisons*, 1829, p. 4-5.
2. « Les Anglais portent dans tous leurs ouvrages le génie de la mécanique... et ils ont voulu que leurs bâtiments fonctionnassent comme une machine soumise à l'action d'un seul moteur », *ibid.*, p. 18.
3. N.P. Harou-Romain, *Projet de pénitencier*, 1840, p. 8.
4. Cf. Planches n°s 18-26.
5. Ducatel, *Instruction pour la construction des maisons d'arrêt*, p. 9.

Mais le Panoptique pénitentiaire, c'est aussi un système de documentation individualisant et permanent. L'année même où l'on recommandait les variantes du schéma benthamien pour construire les prisons, on rendait obligatoire le système du « compte moral » : bulletin individuel d'un modèle uniforme dans toutes les prisons et sur lequel le directeur ou le gardien-chef, l'aumônier, l'instituteur sont appelés à inscrire leurs observations à propos de chaque détenu : « C'est en quelque sorte le vade-mecum de l'administration de la prison qui la rend à même d'apprécier chaque cas, chaque circonstance, et de s'éclairer par suite sur le traitement à appliquer à chaque prisonnier individuellement[1]. » Bien d'autres systèmes d'enregistrement, beaucoup plus complets, ont été projetés ou essayés[2]. Il s'agit de toute façon de faire de la prison un lieu de constitution d'un savoir qui doit servir de principe régulateur pour l'exercice de la pratique pénitentiaire. La prison n'a pas seulement à connaître la décision des juges et à l'appliquer en fonction des règlements établis : elle a à prélever en permanence sur le détenu un savoir qui permettra de transformer la mesure pénale en une opération pénitentiaire; qui fera de la peine rendue nécessaire par l'infraction une modification du détenu, utile pour la société. L'autonomie du régime carcéral et le savoir qu'elle rend possible permettent de multiplier cette utilité de la peine que le code avait placée au principe de sa philosophie punitive : « Quant au directeur, il ne peut perdre de vue aucun détenu, parce que dans quelque quartier que se trouve le détenu, soit qu'il y entre, soit qu'il en sorte, soit qu'il y reste, le directeur est également tenu de justifier les motifs de son maintien dans telle classe ou de son passage dans telle autre. C'est un véritable comptable. Chaque détenu est pour lui, dans la sphère de l'éducation individuelle un capital placé à intérêt pénitentiaire[3]. » La pratique pénitentiaire, technologie savante, rentabilise le capital investi dans le système pénal et la construction des lourdes prisons.

Corrélativement le délinquant devient individu à

1. E. Ducpétiaux, *Du système de l'emprisonnement cellulaire*, 1847, p. 56-57.

2. Cf., par exemple, G. de Gregory, *Projet de Code pénal universel*, 1832, p. 199 et suiv.; Grellet-Wammy, *Manuel des prisons*, 1839, II, p. 23-25 et p. 199-203; Ch. Lucas, *De la réforme des prisons*, II, 1838, p. 449-450.

connaître. Cette exigence de savoir ne s'est pas insérée, en première instance, dans l'acte judiciaire lui-même, pour mieux fonder la sentence et pour déterminer en vérité la mesure de la culpabilité. C'est comme condamné, et à titre de point d'application pour des mécanismes punitifs que l'infracteur s'est constitué comme objet de savoir possible.

Mais cela implique que l'appareil pénitentiaire, avec tout le programme technologique dont il s'accompagne, effectue une curieuse substitution : des mains de la justice, il reçoit bien un condamné; mais ce sur quoi il doit s'appliquer, ce n'est pas l'infraction bien sûr, ni même exactement l'infracteur, mais un objet un peu différent, et défini par des variables qui au moins au départ n'étaient pas prises en compte dans la sentence, car elles n'étaient pertinentes que pour une technologie corrective. Ce personnage autre, que l'appareil pénitentiaire substitue à l'infracteur condamné, c'est le *délinquant*.

Le délinquant se distingue de l'infracteur par le fait que c'est moins son acte que sa vie qui est pertinente pour le caractériser. L'opération pénitentiaire, si elle veut être une vraie rééducation, doit totaliser l'existence du délinquant, faire de la prison une sorte de théâtre artificiel et coercitif où il faut la reprendre de fond en comble. Le châtiment légal porte sur un acte; la technique punitive sur une vie; à elle par conséquent de reconstituer l'infime et le pire dans la forme du savoir; à elle d'en modifier les effets ou d'en combler les lacunes, par une pratique contraignante. Connaissance de la biographie, et technique de l'existence redressée. L'observation du délinquant « doit remonter non seulement aux circonstances, mais aux causes de son crime; les chercher dans l'histoire de sa vie, sous le triple point de vue de l'organisation, de la position sociale et de l'éducation, pour connaître et constater les dangereux penchants de la première, les fâcheuses prédispositions de la seconde et les mauvais antécédents de la troisième. Cette enquête biographique est une partie essentielle de l'instruction judiciaire pour le classement des pénalités avant de devenir une condition du système pénitentiaire pour le classement des moralités. Elle doit accompagner le détenu du tribunal à la prison où l'office du directeur est non seulement d'en recueillir, mais d'en compléter, contrôler et rectifier les éléments pendant le cours de la détention[1] ». Derrière l'infracteur auquel l'enquête des faits peut attribuer la responsabilité d'un délit, se profile le caractère délinquant dont une investigation biographique montre la lente formation. L'introduction du « biographique » est importante dans l'histoire de la pénalité. Parce qu'il fait exister le « criminel » avant le crime et, à la limite, en dehors de lui. Et qu'à partir de là une causalité psychologique va, en doublant l'assignation juridique de responsabilité, en brouiller les effets. On entre alors dans le dédale « criminologique » dont on est bien loin aujourd'hui d'être sorti : toute cause qui, comme détermination, ne peut que diminuer la responsabilité, marque l'auteur de l'infraction d'une criminalité d'autant plus redoutable et qui demande des mesures pénitentiaires d'autant plus strictes. A mesure que la biographie du criminel double dans la pratique pénale l'analyse des circonstances, lorsqu'il s'agit de jauger le crime, on voit le discours pénal et le discours psychiatrique entremêler leurs frontières; et là, en leur point de jonction, se forme cette notion de l'individu « dangereux » qui permet d'établir un réseau de causalité à l'échelle d'une biographie entière et de poser un verdict de punition-correction[2].

Le délinquant se distingue aussi de l'infracteur en ceci qu'il n'est pas seulement l'auteur de son acte (auteur responsable en fonction de certains critères de la volonté libre et consciente), mais qu'il est lié à son délit par tout un faisceau de fils complexes (instincts, pulsions, tendances, caractère). La technique pénitentiaire porte non pas sur la relation d'auteur mais sur l'affinité du criminel à son crime. Le délinquant,

1. Ch. Lucas, *De la réforme des prisons*, II, 1838, p. 440-442.

2. Il faudrait étudier comment la pratique de la biographie s'est diffusée à partir de la constitution de l'individu délinquant dans les mécanismes punitifs : biographie ou autobiographie de prisonniers chez Appert; mise en forme de dossiers biographiques sur le modèle psychiatrique; utilisation de la biographie dans la défense des accusés. Sur ce dernier point on pourrait comparer les grands mémoires justificatifs de la fin du XVIIIe siècle pour les trois hommes condamnés à la roue, ou pour Jeanne Salmon — et les plaidoyers criminels de l'époque de Louis-Philippe. Chaix d'Est-Ange plaidait pour La Roncière : « Si longtemps avant le crime, longtemps avant l'accusation, vous pouvez scruter la vie de l'accusé, pénétrer dans son cœur, en sonder les replis les plus cachés, mettre à nu toutes ses pensées, son âme tout entière... » (*Discours et plaidoyers*, III, p. 166).

manifestation singulière d'un phénomène global de criminalité, se distribue en classes quasi naturelles, dotées chacune de ces caractères définis et relevant d'un traitement spécifique comme ce que Marquet-Wasselot appelait en 1841 l'*Ethnographie des prisons* : « Les condamnés sont... un autre peuple dans un même peuple : qui a ses habitudes, ses instincts, ses mœurs à part[1]. » On est encore là tout proche des descriptions « pittoresques » du monde des malfaiteurs — vieille tradition qui remonte loin et qui reprend vigueur dans la première moitié du XIXe siècle, au moment où la perception d'une autre forme de vie vient s'articuler sur celle d'une autre classe et d'une autre espèce humaine. Une zoologie des sous-espèces sociales, une ethnologie des civilisations de malfaiteurs, avec leurs rites et leur langue, s'esquissent sous une forme parodique. Mais s'y manifeste pourtant le travail de constitution d'une objectivité nouvelle où le criminel relève d'une typologie à la fois naturelle et déviante. La délinquance, écart pathologique de l'espèce humaine, peut s'analyser comme des syndromes morbides ou comme de grandes formes tératologiques. Avec la classification de Ferrus, on a sans doute une des premières conversions de la vieille « ethnographie » du crime en une typologie systématique des délinquants. L'analyse est mince, à coup sûr, mais on y voit jouer de façon claire le principe que la délinquance doit se spécifier en fonction moins de la loi que de la norme. Trois types de condamnés : il y a ceux qui sont doués « de ressources intellectuelles supérieures à la moyenne d'intelligence que nous avons établie », mais qui sont rendus pervers soit par les « tendances de leur organisation » et une « prédisposition native » ; soit par une « logique pernicieuse », une « morale inique » ; une « dangereuse appréciation des devoirs sociaux ». Pour ceux-là il faudrait l'isolement de jour et de nuit, la promenade solitaire, et lorsqu'on est obligé de les mettre en contact avec les autres « un masque léger en toile métallique, dans le genre de ceux dont on fait usage pour la taille des pierres ou pour l'escrime ». La deuxième catégorie est faite de condamnés « vicieux, bornés, abrutis ou passifs qui sont entraînés au mal par indifférence

1. J.J. Marquet-Wasselot, *L'Ethnographie des prisons*, 1841, p. 9.

pour la honte comme pour le bien, par lâcheté, par paresse pour ainsi dire et par défaut de résistance aux incitations mauvaises » ; le régime qui leur convient est moins celui de la répression que de l'éducation, et si possible de l'éducation mutuelle : isolement la nuit, travail en commun le jour, conversations permises pourvu qu'elles se fassent à haute voix, lectures en commun, suivies d'interrogations réciproques, elles-mêmes sanctionnées par des récompenses. Enfin, il y a les condamnés « ineptes ou incapables », qu'une « organisation incomplète rend impropres à toute occupation réclamant des efforts réfléchis et de la suite dans la volonté, qui se trouvent dès lors dans l'impossibilité de soutenir la concurrence du travail avec les ouvriers intelligents et qui n'ayant ni assez d'instruction pour connaître les devoirs sociaux, ni assez d'intelligence pour le comprendre et pour combattre leurs instincts personnels sont conduits au mal par leur incapacité même. Pour ceux-là, la solitude ne ferait qu'encourager leur inertie; ils doivent donc vivre en commun, mais de manière à former des groupes peu nombreux, toujours stimulés par des occupations collectives, et soumis à une surveillance rigide[1]. » Ainsi se met progressivement en place une connaissance « positive » des délinquants et de leurs espèces, fort différente de la qualification juridique des délits et de leurs circonstances; mais distincte aussi de la connaissance médicale qui permet de faire valoir la folie de l'individu et d'effacer par conséquent le caractère délictueux de l'acte. Ferrus énonce clairement le principe : « Les criminels considérés en masse sont rien moins que des fous; il y aurait injustice envers ces derniers à les confondre avec des hommes sciemment pervers. » Il s'agit dans ce savoir nouveau de qualifier « scientifiquement » l'acte en tant que délit et surtout l'individu en tant que délinquant. La possibilité d'une criminologie est donnée.

Le corrélatif de la justice pénale, c'est bien sans doute l'infracteur, mais le corrélatif de l'appareil pénitentiaire, c'est quelqu'un d'autre; c'est le délinquant, unité biographique, noyau de « dangerosité », représentant d'un type d'anomalie. Et s'il est vrai qu'à la détention privative de

1. G. Ferrus, *Des prisonniers*, 1850, p. 182 et suiv.; p. 278 et suiv.

liberté qu'avait définie le droit, la prison a ajouté le « supplément » du pénitentiaire, celui-ci à son tour a introduit un personnage en trop, qui s'est glissé entre celui que la loi condamne et celui qui exécute cette loi. Là où a disparu le corps marqué, découpé, brûlé, anéanti du supplicié est apparu le corps du prisonnier, doublé de l'individualité du « délinquant », de la petite âme du criminel, que l'appareil même du châtiment a fabriquée comme point d'application du pouvoir de punir et comme objet de ce qui est appelé aujourd'hui encore la science pénitentiaire. On dit que la prison fabrique des délinquants; c'est vrai qu'elle reconduit, presque fatalement, devant les tribunaux ceux qui lui ont été confiés. Mais elle les fabrique en cet autre sens qu'elle a introduit dans le jeu de la loi et de l'infraction, du juge et de l'infracteur, du condamné et du bourreau, la réalité incorporelle de la délinquance qui les lie les uns aux autres et, tous ensemble, depuis un siècle et demi, les prend au même piège.

*

La technique pénitentiaire et l'homme délinquant sont en quelque sorte frères jumeaux. Ne pas croire que c'est la découverte du délinquant par une rationalité scientifique qui a appelé dans les vieilles prisons le raffinement des techniques pénitentiaires. Ne pas croire non plus que l'élaboration interne des méthodes pénitentiaires a fini par mettre en lumière l'existence « objective » d'une délinquance que l'abstraction et la raideur judiciaires ne pouvaient pas apercevoir. Elles sont apparues toutes deux ensemble et dans le prolongement l'une de l'autre comme un ensemble technologique qui forme et découpe l'objet auquel il applique ses instruments. Et c'est cette délinquance, formée dans les sous-sols de l'appareil judiciaire, à ce niveau des « basses œuvres » dont la justice détourne les yeux, par la honte qu'elle éprouve à punir ceux qu'elle condamne, c'est elle qui maintenant vient hanter les tribunaux sereins et la majesté des lois; c'est elle qu'il faut connaître, apprécier, mesurer, diagnostiquer, traiter lorsqu'on porte des sentences, c'est elle maintenant, cette anomalie, cette déviation, ce sourd danger, cette maladie, cette forme d'existence, qu'il faut prendre en compte quand on récrit les Codes. La délinquance, c'est la vengeance de la prison contre la justice. Revanche assez redoutable pour laisser le juge sans voix. Monte alors le ton des criminologues.

Mais il faut garder à l'esprit que la prison, figure concentrée et austère de toutes les disciplines, n'est pas un élément endogène dans le système pénal défini au tournant du XVIIIe et XIXe siècle. Le thème d'une société punitive et d'une sémio-technique générale de la punition qui a sous-tendu les Codes « idéologiques » — beccariens ou benthamiens — n'appelait pas l'usage universel de la prison. Cette prison vient d'ailleurs — des mécanismes propres à un pouvoir disciplinaire. Or, malgré cette hétérogénéité, les mécanismes et les effets de la prison ont diffusé tout au long de la justice criminelle moderne; la délinquance et les délinquants l'ont parasitée tout entière. Il faudra chercher la raison de cette redoutable « efficacité » de la prison. Mais on peut déjà noter une chose · la justice pénale définie au XVIIIe siècle par les réformateurs traçait deux lignes d'objectivation possibles du criminel, mais deux lignes divergentes : l'une, c'était la série des « monstres », moraux ou politiques, tombés hors du pacte social; l'autre, c'était celle du sujet juridique requalifié par la punition. Or le « délinquant » permet justement de joindre les deux lignes et de constituer sous la caution de la médecine, de la psychologie ou de la criminologie, un individu dans lequel l'infracteur de la loi et l'objet d'une technique savante se superposent — à peu près. Que la greffe de la prison sur le système pénal n'ait pas entraîné de réaction violente de rejet est dû sans doute à beaucoup de raisons. L'une d'elles, c'est qu'en fabriquant de la délinquance, elle a donné à la justice criminelle un champ d'objets unitaire, authentifié par des « sciences » et qu'elle lui a ainsi permis de fonctionner sur un horizon général de « vérité ».

La prison, cette région la plus sombre dans l'appareil de justice, c'est le lieu où le pouvoir de punir, qui n'ose plus s'exercer à visage découvert, organise silencieusement un champ d'objectivité où le châtiment pourra fonctionner en plein jour comme thérapeutique et la sentence s'inscrire parmi les discours du savoir. On comprend que la justice ait adopté si facilement une prison qui n'avait point pourtant été la fille de ses pensées. Elle lui devait bien cette reconnaissance.

CHAPITRE II

Illégalismes et délinquance

Au regard de la loi, la détention peut bien être privation de liberté. L'emprisonnement qui l'assure a toujours comporté un projet technique. Le passage des supplices, avec leurs rituels éclatants, leur art mêlé de la cérémonie de la souffrance, à des peines de prisons enfouies dans des architectures massives et gardées par le secret des administrations, n'est pas le passage à une pénalité indifférenciée, abstraite et confuse; c'est le passage d'un art de punir à un autre, non moins savant que lui. Mutation technique. De ce passage, un symptôme et un résumé : le remplacement, en 1837, de la chaîne des forçats par la voiture cellulaire.

La chaîne, tradition qui remontait à l'époque des galères, subsistait encore sous la monarchie de Juillet. L'importance qu'elle semble avoir prise comme spectacle au début du XIXe siècle est liée peut-être au fait qu'elle joignait en une seule manifestation les deux modes de châtiment : le chemin vers la détention se déroulait comme un cérémonial de supplice[1]. Les récits de la « dernière chaîne » — en fait, celles qui ont sillonné la France, l'été 1836 — et de ses scandales, permettent de retrouver ce fonctionnement, bien étranger aux règles de la « science pénitentiaire ». Au départ, un rituel d'échafaud; c'est le scellement des colliers de fer et des chaînes, dans la cour de Bicêtre : le bagnard a la nuque renversée sur une enclume, comme contre un billot; mais cette fois l'art du bourreau, en martelant, est de ne pas

1. Faucher remarquait que la chaîne était un spectacle populaire « surtout depuis qu'on avait presque supprimé les échafauds ».

écraser la tête — habileté inversée qui sait ne pas donner la mort. « La grande cour de Bicêtre étale les instruments du supplice : plusieurs rangées de chaînes avec leurs carcans. Les *artoupans* (chef de gardes), forgerons temporaires, disposent l'enclume et le marteau. A la grille du chemin de ronde, sont collées toutes ces têtes d'une expression morne ou hardie, et que l'opérateur va river. Plus haut à tous les étages de la prison on aperçoit des jambes et des bras pendants à travers les barreaux des cabanons, figurant un bazar de chair humaine ; ce sont les détenus qui viennent assister à la toilette de leurs camarades de la veille... Les voici dans l'attitude du sacrifice. Ils sont assis par terre, accouplés au hasard et selon la taille ; ces fers dont chacun d'eux doit porter 8 livres pour sa part pèsent sur leurs genoux. L'opérateur les passe en revue prenant la mesure des têtes et adaptant les énormes colliers, d'un pouce d'épaisseur. Pour river un carcan, le concours de trois bourreaux est nécessaire ; l'un supporte l'enclume, l'autre tient réunies les deux branches du collier de fer et préserve de ses deux bras étendus la tête du patient ; le troisième frappe à coups redoublés et aplatit le boulon sous son marteau massif. Chaque coup ébranle la tête et le corps... Au reste on ne songe pas au danger que la victime pourrait courir si le marteau déviait ; cette impression est nulle ou plutôt elle s'efface devant l'impression profonde d'horreur qu'on éprouve à contempler la créature de Dieu dans un tel abaissement[1]. » Puis c'est la dimension du spectacle public ; selon la *Gazette des tribunaux*, plus de 100 000 personnes regardent la chaîne partir de Paris le 19 juillet : « La descente de la Courtille au Mardi Gras... » L'ordre et la richesse viennent regarder passer de loin la grande tribu nomade qu'on a enchaînée, cette autre espèce, la « race distincte qui a le privilège de peupler les bagnes et les prisons[2] ». Les spectateurs populaires, eux, comme au temps des supplices publics, poursuivent avec les condamnés leurs échanges ambigus d'injures, de menaces, d'encouragements, de coups, de signes

1. *Revue de Paris*, 7 juin 1836. Cette partie du spectacle, en 1836, n'était plus publique ; seuls quelques spectateurs privilégiés y étaient admis. Le récit du ferrement qu'on trouve dans la *Revue de Paris* est conforme exactement — parfois les mêmes mots —, à celui du *Dernier jour d'un condamné*, 1829.

2. *Gazette des tribunaux*, 20 juillet 1836.

de haine ou de complicité. Quelque chose de violent se soulève et ne cesse de courir tout au long de la procession : colère contre une justice trop sévère ou trop indulgente; cris contre des criminels détestés; mouvements en faveur des prisonniers qu'on connaît et qu'on salue; affrontements avec la police : « Pendant tout le trajet parcouru depuis la barrière de Fontainebleau, des groupes de forcenés ont fait entendre des cris d'indignation contre Delacollonge : A bas l'abbé, disaient-ils, à bas cet homme exécrable; on aurait dû en faire justice. Sans l'énergie et la fermeté de la garde municipale, il aurait pu se commettre de graves désordres. A Vaugirard, c'étaient les femmes qui étaient les plus furieuses. Elles criaient : A bas le mauvais prêtre! A bas le monstre Delacollonge! Les commissaires de police de Montrouge, de Vaugirard et plusieurs maires et adjoints de maires sont accourus l'écharpe déployée pour faire respecter l'arrêt de la justice. A peu de distance d'Issy, François apercevant M. Allard et les agents de la brigade lança sur eux son écuelle de bois. Alors on se rappela que la famille de quelques-uns des anciens camarades de ce condamné habitaient Ivry. Dès ce moment les inspecteurs du service s'échelonnèrent sur la route et suivirent de près la charrette des forçats. Ceux du cordon de Paris, sans exception, lancèrent chacun leur écuelle en bois à la tête des agents dont quelques-uns furent atteints. Dans ce moment, la foule éprouva une chaude alerte. On s'est jeté les uns sur les autres[1]. » Entre Bicêtre et Sèvres un nombre considérable de maisons auraient été pillées pendant le passage de la chaîne[2].

Dans cette fête des condamnés qui partent, il y a un peu des rites du bouc émissaire qu'on frappe en le chassant, un peu de la fête des fous où se pratique l'inversion des rôles, une part des vieilles cérémonies d'échafaud où la vérité doit éclater au plein jour, une part aussi de ces spectacles populaires, où on vient reconnaître les personnages célèbres ou les types traditionnels : jeu de la vérité et de l'infamie, défilé de la notoriété et de la honte, invectives contre les coupables qu'on démasque, et, de l'autre côté, joyeux aveu des crimes. On

1. *Ibid.*
2. *La Phalange*, 1er août 1836.

cherche à retrouver le visage des criminels qui ont eu leur gloire; des feuilles volantes rappellent les crimes de ceux qu'on voit passer; les journaux, à l'avance, donnent leur nom et racontent leur vie; parfois ils indiquent leur signalement, décrivent leur costume, pour que leur identité ne puisse pas échapper : programmes pour les spectateurs[1]. On vient aussi contempler des types de criminels, essayer de distinguer d'après le costume ou le visage la « profession » du condamné, s'il est assassin ou voleur : jeu des mascarades et des marionnettes, mais où se glisse aussi, pour des regards plus éduqués, comme une ethnographie empirique du crime. Des spectacles de tréteaux à la phrénologie de Gall, on met en œuvre, selon le milieu auquel on appartient, les sémiologies du crime dont on dispose : « Les physionomies sont aussi variées que les costumes : ici, une tête majestueuse, comme les figures de Murillo; là, un visage vicieux encadré d'épais sourcils, qui annonce une énergie de scélérat déterminé... Ailleurs une tête d'Arabe se dessine sur un corps de gamin. Voici des traits féminins et suaves, ce sont des complices; regardez ces figures lustrées de débauche, ce sont les précepteurs[2]. » A ce jeu les condamnés répondent eux-mêmes, arborant leur crime et donnant la représentation de leurs méfaits : c'est une des fonctions du tatouage, vignette de leur exploit ou de leur destin : « Ils en portent les insignes, soit une guillotine tatouée sur le bras gauche, soit sur la poitrine un poignard enfoncé dans un cœur sanglant. » Ils miment en passant la scène de leur crime, se moquent des juges ou de la police, se vantent de méfaits qui n'ont pas été découverts. François, l'ancien complice de Lacenaire, raconte qu'il est l'inventeur d'une méthode pour tuer un homme sans le faire crier, et sans répandre une goutte de sang. La grande foire ambulante du

1. La *Gazette des tribunaux* publie régulièrement ces listes et ces notices « criminelles ». Exemple de signalement pour bien reconnaître Delacollonge : « Un pantalon de drap, vieux, qui couvre une paire de bottes, une casquette de même étoffe garnie d'une visière et une blouse grise... un manteau de drap bleu » (6 juin 1836). Plus tard, on décide de déguiser Delacollonge pour le faire échapper aux violences de la foule. La *Gazette des tribunaux* signale aussitôt le déguisement : « Un pantalon rayé, une blouse de toile bleue, un chapeau de paille » (20 juillet).

2. *Revue de Paris*, juin 1836. Cf. *Claude Gueux* : « Tâtez tous ces crânes, chacun de ces hommes tombés a au-dessous de lui son type bestial... Voici le loup cervier, voici le chat, voici le singe, voici le vautour, voici l'hyène. »

crime avait ses bateleurs et ses masques, où l'affirmation comique de la vérité répondait à la curiosité et aux invectives. Toute une série de scènes, en cet été 1836, autour de Delacollonge : à son crime (il avait coupé en morceaux sa maîtresse enceinte) sa qualité de prêtre avait valu beaucoup d'éclat; elle lui avait permis aussi d'échapper à l'échafaud. Il semble qu'il ait été poursuivi par une grande haine populaire. Déjà, dans la charrette qui l'avait amené à Paris au mois de juin 1836, il avait été insulté et n'avait pu retenir ses larmes; il n'avait pas voulu cependant être transporté en voiture, considérant que l'humiliation faisait partie de son châtiment. Au départ de Paris, « on ne peut se faire une idée de ce que la foule a épuisé d'indignation vertueuse, de colère morale et de lâcheté sur cet homme; il a été couvert de terre et de boue; les pierres pleuvaient sur lui avec les cris de la fureur publique... C'était une explosion de rage inouïe; les femmes surtout, de véritables furies, montraient une incroyable exaltation de haine[1]. » Pour le protéger, on lui fait changer de vêtements. Certains spectateurs trompés croient le reconnaître dans François. Lequel, par jeu, accepte le rôle; mais à la comédie du crime qu'il n'a pas commis, il ajoute celle du prêtre qu'il n'est pas; au récit de « son » crime, il mêle des prières et des grands gestes de bénédiction adressés à la foule qui l'invective et qui rit. A quelques pas de là, le vrai Delacollonge, « qui semblait un martyr », subissait le double affront des insultes qu'il ne recevait pas mais qui lui étaient adressées, et de la dérision qui faisait réapparaître, sous les espèces d'un autre criminel, le prêtre qu'il était et qu'il aurait voulu cacher. Sa passion était jouée, sous ses yeux, par un baladin meurtrier auquel il était enchaîné.

Dans toutes les villes où elle passait, la chaîne apportait avec elle sa fête; c'étaient les saturnales du châtiment; la peine s'y retournait en privilège. Et par une très curieuse tradition, qui, elle, semble échapper aux rites ordinaires des supplices, elle appelait chez les condamnés moins les marques obligées du repentir, que l'explosion d'une joie folle qui niait la punition. A l'ornement du collier et des fers, les bagnards, d'eux-mêmes, ajoutaient la parure de rubans, de

1. *La Phalange*, 1er août 1836.

paille tressée, de fleurs ou d'un linge précieux. La chaîne, c'est la ronde et la danse; c'est l'accouplement aussi, le mariage forcé dans l'amour interdit. Noces, fête et sacre sous les chaînes : « Ils accourent au devant des fers un bouquet à la main, des rubans ou des glands de paille décorent leurs bonnets et les plus adroits ont dressé des casques à cimier... D'autres portent des bas à jour dans des sabots ou un gilet à la mode, sous une blouse de manœuvre[1]. » Et pendant toute la soirée qui suivait le ferrement, la chaîne formait une grande farandole, qui tournait sans arrêt dans la cour de Bicêtre : « Gare aux surveillants si la chaîne les reconnaissait; elle les enveloppait et les noyait dans ses anneaux, les forçats restaient maîtres du champ de bataille jusqu'à la chute du jour[2]. » Le sabbat des condamnés répondait au cérémonial de la justice par les fastes qu'il inventait. Il inversait les splendeurs, l'ordre du pouvoir et ses signes, les formes du plaisir. Mais quelque chose du sabbat politique n'était pas loin. Il fallait être sourd pour ne pas entendre un peu de ces accents nouveaux. Les forçats chantaient des chansons de marche, dont la célébrité était rapide et qui furent longtemps répétées partout. S'y retrouve sans doute l'écho des complaintes que les feuilles volantes prêtaient aux criminels — affirmation du crime, héroïsation noire, évocation des châtiments terribles, et de la haine générale qui les entoure : « Renommée, à nous les trompettes... Courage, enfants, subissons sans frémir le sort affreux qui plane sur nos têtes... Nos fers sont lourds, mais nous les supporterons. Pour les forçats, point de voix qui s'élève : soulageons-les. » Pourtant, il y a dans ces chants collectifs une tonalité autre; le code moral auquel obéissaient la plupart des vieilles complaintes est inversé. Le supplice, au lieu d'amener le remords, aiguise la

1. *Revue de Paris*, 7 juin 1836. D'après la *Gazette des tribunaux*, le capitaine Thorez qui commandait la chaîne du 19 juillet voulut faire enlever ces ornements : « Il est inconvenant qu'en allant au bagne expier vos crimes, vous poussiez l'effronterie jusqu'à parer vos coiffures, comme s'il s'agissait pour vous d'un jour de noces. »

2. *Revue de Paris*, 7 juin 1836. A cette date, la chaîne avait été raccourcie pour empêcher cette farandole, et des soldats avaient été chargés de maintenir l'ordre jusqu'au départ de la chaîne. Le sabbat des bagnards est décrit dans le *Dernier Jour d'un condamné*. « La société avait beau être là, représentée par les geôliers et les curieux épouvantés, le crime la narguait un peu, et de ce châtiment horrible faisait une fête de famille. »

fierté; la justice qui a porté la condamnation est récusée, et blâmée la foule qui vient pour contempler ce qu'elle croit être des repentirs ou des humiliations : « Si loin de nos foyers, parfois, nous gémissons. Nos fronts toujours sévères feront pâlir nos juges... Avides de malheurs vos regards parmi nous cherchent à rencontrer une race flétrie qui pleure et s'humilie. Mais nos regards sont fiers. » On y trouve aussi l'affirmation que la vie de bagne avec ses compagnonnages réserve des plaisirs que la liberté ne connaît pas. « Avec le temps enchaînons les plaisirs. Sous les verrous naîtront des jours de fête... Les plaisirs sont transfuges. Ils fuiront les bourreaux, ils suivent les chansons. » Et surtout l'ordre actuel ne durera pas toujours; non seulement les condamnés seront libérés et retrouveront leurs droits, mais leurs accusateurs viendront prendre leur place. Entre les criminels et leurs juges, viendra le jour du grand jugement renversé : « A nous forçats, le mépris des humains. A nous aussi tout l'or qu'ils déifient. Cet or, un jour, passera dans nos mains. Nous l'achetons au prix de notre vie. D'autres ressaisiront ces chaînes qu'aujourd'hui vous nous faites porter; ils deviendront esclaves. Nous, brisant les entraves, l'astre de liberté pour nous aura relui.. Adieu car nous bravons et vos fers et vos lois[1]. » Le pieux théâtre que les feuilles volantes imaginaient, et où le condamné exhortait la foule à ne jamais l'imiter est en train de devenir une scène menaçante où la foule est sommée de choisir entre la barbarie des bourreaux, l'injustice des juges et le malheur des condamnés vaincus aujourd'hui, mais qui triompheront un jour.

Le grand spectacle de la chaîne communiquait avec l'ancienne tradition des supplices publics; il communiquait aussi avec cette multiple représentation du crime que donnaient à l'époque les journaux, les canards, les bateleurs, les

1. Une chanson du même genre est citée par la *Gazette des tribunaux* du 10 avril 1836. Elle se chantait sur l'air de *La Marseillaise*. Le chant de la guerre patriotique y devient nettement le chant de la guerre sociale : « Que nous veut ce peuple imbécile, vient-il insulter au malheur? Il nous voit d'un regard tranquille. Nos bourreaux ne lui font pas horreur. »

théâtres de boulevards[1]; mais il communiquait aussi avec des affrontements et des luttes dont il porte le grondement; il leur donne comme une issue symbolique : l'armée du désordre terrassée par la loi promet de revenir; ce que la violence de l'ordre a chassé apportera à son retour le bouleversement libérateur. « Je fus épouvanté de voir tant d'étincelles reparaître dans cette cendre[2]. » L'agitation qui avait toujours entouré les supplices entre en résonance avec des menaces précises. On comprend que la monarchie de Juillet ait décidé de supprimer la chaîne pour les mêmes raisons — mais plus pressantes — qui exigeaient, au XVIIIe siècle, l'abolition des supplices : « Il n'est pas dans nos mœurs de conduire ainsi des hommes; il faut éviter de donner dans les villes que traverse le convoi un spectacle aussi hideux qui d'ailleurs n'est d'aucun enseignement sur la population[3]. » Nécessité donc de rompre avec ces rites publics; de faire subir aux transferts des condamnés la même mutation qu'aux châtiments eux-mêmes; et de les placer, eux aussi, sous le signe de la pudeur administrative.

Or ce qui, en juin 1837, fut adopté pour remplacer la chaîne, ce ne fut pas la simple charrette couverte dont on avait parlé un moment, mais une machine qui avait été fort soigneusement élaborée. Une voiture conçue comme une prison roulante. Un équivalent mobile du Panoptique. Un couloir central la partage sur toute sa longueur : de part et d'autre, six cellules où les détenus sont assis de face. On passe leurs pieds dans des anneaux qui sont intérieurement doublés de laine et réunis entre eux par des chaînes de 18 pouces; les jambes sont engagées dans des genouillères de métal. Le condamné est assis sur « une espèce d'entonnoir en zinc et en chêne qui se déverse sur la voie publique ». La cellule n'a

1. Il y a une classe d'écrivains qui « s'est attachée à mettre des malfaiteurs doués d'une étonnante habileté dans la glorification du crime, qui leur fait jouer le principal rôle et livre à leurs saillies, à leurs lazzi et à leur moquerie mal déguisée les agents de l'autorité. Quiconque a vu représenter *L'Auberge des Adrets* ou *Robert Macaire*, drame célèbre parmi le peuple, reconnaîtra sans peine la justesse de mes observations. C'est le triomphe, c'est l'apothéose de l'audace et du crime. Les honnêtes gens et la force publique sont mystifiés d'un bout à l'autre » (H.A. Fregier, *Les Classes dangereuses*, 1840, II, p. 187-188).

2. *Le Dernier Jour d'un condamné*.

3. La *Gazette des tribunaux*, 19 juillet 1836.

aucune fenêtre sur l'extérieur; elle est entièrement doublée de tôle; seul un vasistas, lui aussi en tôle percée, donne passage à « un courant d'air convenable ». Du côté du couloir, la porte de chaque cellule est garnie d'un guichet à double compartiment : l'un pour les aliments, l'autre, grillagé, pour la surveillance. « L'ouverture et la direction oblique des guichets sont combinées de telle sorte que les gardiens ont incessamment les yeux sur les prisonniers, et entendent leurs moindres paroles, sans que ceux-ci puissent venir à bout de se voir ou de s'entendre entre eux. » De telle sorte que « la même voiture peut, sans le moindre inconvénient contenir tout à la fois un forçat et un simple prévenu, des hommes et des femmes, des enfants et des adultes. Quelle que soit la longueur du trajet, les uns et les autres sont rendus à leur destination sans avoir pu s'apercevoir ni se parler ». Enfin la surveillance constante des deux gardiens qui sont armés d'une petite massue en chêne, « à gros clous de diamants émoussés », permet de faire jouer tout un système de punitions, conformes au règlement intérieur de la voiture : régime de pain et d'eau, poucettes, privation du coussin qui permet de dormir, enchaînement des deux bras. « Toute lecture autre que celle des livres de morale est interdite. »

N'aurait-elle eu que sa douceur et sa rapidité, cette machine « eût fait honneur à la sensibilité de son auteur »; mais son mérite, c'est d'être une véritable voiture pénitentiaire. Par ses effets extérieurs elle a une perfection toute benthamienne : « Dans le passage rapide de cette prison roulante qui sur ses flancs silencieux et sombres ne porte d'autre inscription que ces mots : Transport de Forçats, il y a quelque chose de mystérieux et lugubre que Bentham demande à l'exécution des arrêts criminels et qui laissent dans l'esprit des spectateurs une impression plus salutaire et plus durable que la vue de ces cyniques et joyeux voyageurs[1]. » Elle a aussi des effets intérieurs; déjà dans les quelques journées du transport (pendant lesquelles les détenus ne sont pas détachés un seul instant) elle fonctionne comme un appareil de correction. On en sort étonnamment

1. *Gazette des tribunaux*, 15 juin 1837.

assagi : « Sous le rapport moral ce transport qui pourtant ne dure que soixante-douze heures est un supplice affreux dont l'effet agit longtemps, à ce qu'il paraît, sur le prisonnier. » Les forçats en témoignent eux-mêmes : « Dans la voiture cellulaire quand on ne dort pas, on peut que penser. A force de penser, il me semble que cela me donne du regret de ce que j'ai fait; à la longue, voyez-vous, j'aurais peur de devenir meilleur et je ne veux pas[1]. »

Mince histoire que celle de la voiture panoptique. Pourtant la façon dont elle se substitue à la chaîne, et les raisons de ce remplacement resserrent tout le processus par lequel en quatre-vingts ans la détention pénale a pris la relève des supplices : comme une technique réfléchie pour modifier les individus. La voiture cellulaire est un appareil de réforme. Ce qui a remplacé le supplice, ce n'est pas un enfermement massif, c'est un dispositif disciplinaire soigneusement articulé. En principe du moins.

*

Car tout de suite la prison, dans sa réalité et ses effets visibles, a été dénoncée comme le grand échec de la justice pénale. D'une façon bien étrange, l'histoire de l'emprisonnement n'obéit pas une chronologie au long de laquelle on verrait se succéder sagement : la mise en place d'une pénalité de détention, puis l'enregistrement de son échec; puis la lente montée des projets de réforme, qui aboutiraient à la définition plus ou moins cohérente de technique pénitentiaire; puis la mise en œuvre de ce projet; enfin le constat de ses succès ou de son échec. Il y a eu en fait un télescopage ou en tout cas une autre distribution de ces éléments. Et tout comme le projet d'une technique corrective a accompagné le principe d'une détention punitive, la critique de la prison et de ses méthodes apparaît très tôt, dans ces mêmes années 1820-1845; elle se

1. *Gazette des tribunaux*, 23 juillet 1837. Le 9 août, la *Gazette* rapporte que la voiture s'est renversée aux environs de Guingamp : au lieu de se mutiner, les prisonniers « ont aidé leurs gardiens à mettre sur pied leur commun véhicule ». Pourtant le 30 octobre, elle signale une évasion à Valence.

fige d'ailleurs dans un certain nombre de formulations qui — aux chiffres près — sont aujourd'hui répétées sans presque aucun changement.

— Les prisons ne diminuent pas le taux de la criminalité : on peut bien les étendre, les multiplier ou les transformer, la quantité de crimes et de criminels reste stable ou, pis encore, augmente : « On évalue en France à environ 108 mille le chiffre d'individus qui sont en état d'hostilité flagrante avec la société. Les moyens de répression dont on dispose, sont : l'échafaud, le carcan, 3 bagnes, 19 maisons centrales, 86 maisons de justice, 362 maisons d'arrêt, 2 800 prisons de canton, 2 238 chambres de sûreté dans les postes de gendarmerie. Malgré cette série de moyens, le vice conserve son audace. Le nombre des crimes ne diminue pas; ... le nombre des récidives augmente plutôt qu'il ne décroît[1]. »

— La détention provoque la récidive; après être sorti de prison, on a plus de chance qu'auparavant d'y retourner; les condamnés sont, en proportion considérable, d'anciens détenus; 38 % de ceux qui sortent des maisons centrales sont à nouveau condamnés et 33 % des bagnards[2]; de 1828 à 1834, sur près de 35 000 condamnés pour crime, 7 400 à peu près étaient des récidivistes (soit 1 sur 4,7 condamnés); sur plus de 200 000 correctionnels, presque 35 000 l'étaient également (1 sur 6); au total un récidiviste sur 5,8 condamnés[3]; en 1831 sur 2 174 condamnés pour récidive, 350 étaient sortis du bagne, 1 682 des maisons centrales, 142 des 4 maisons de correction soumises au même régime que les centrales[4]. Et le diagnostic se fait de plus en plus sévère tout au long de la monarchie de Juillet : en 1835, on compte 1 486 récidivistes sur 7 223 condamnés criminels; en 1839, 1 749 sur 7 858; en 1844, 1 821 sur 7 195. Parmi les 980 détenus de Loos, il y avait 570 récidivistes et à Melun, 745 sur 1 088 prisonniers[5]. La prison par conséquent, au lieu de remettre en liberté des individus corrigés, essaime dans la population des délin-

1. *La Fraternité*, n° 10, février 1842.
2. Chiffre cité par G. de La Rochefoucauld au cours de la discussion sur la réforme du Code pénal, 2 déc. 1831, *Archives parlementaires*, t. LXXII, p. 209-210.
3. E. Ducpétiaux, *De la réforme pénitentiaire*, 1837, t. III, p. 276 et suiv.
4. E. Ducpétiaux, *ibid.*
5. G. Ferrus, *Des prisonniers*, 1850, p. 363-367.

quants dangereux : « 7 000 personnes rendues chaque année à la société,... ce sont 7 000 principes de crimes ou de corruption répandus dans le corps social. Et lorsqu'on songe que cette population croît sans cesse, qu'elle vit et s'agite autour de nous, prête à saisir toutes les chances de désordre, et à se prévaloir de toutes les crises de la société pour essayer ses forces, peut-on rester impassible devant un tel spectacle[1] ? »

— La prison ne peut pas manquer de fabriquer des délinquants. Elle en fabrique par le type d'existence qu'elle fait mener aux détenus : qu'on les isole dans des cellules, ou qu'on leur impose un travail inutile, pour lequel ils ne trouveront pas d'emploi, c'est de toute façon ne pas « songer à l'homme en société; c'est créer une existence contre nature inutile et dangereuse »; on veut que la prison éduque des détenus, mais un système d'éducation qui s'adresse à l'homme peut-il raisonnablement avoir pour objet d'agir contre le vœu de la nature[2]? La prison fabrique aussi des délinquants en imposant aux détenus des contraintes violentes; elle est destinée à appliquer les lois, et à en enseigner le respect; or tout son fonctionnement se déroule sur le mode de l'abus de pouvoir. Arbitraire de l'administration : « Le sentiment de l'injustice qu'un prisonnier éprouve est une des causes qui peuvent le plus rendre son caractère indomptable. Lorsqu'il se voit ainsi exposé à des souffrances que la loi n'a ni ordonnées ni même prévues, il entre dans un état habituel du colère contre tout ce qui l'entoure; il ne voit que des bourreaux dans tous les agents de l'autorité; il ne croit plus avoir été coupable : il accuse la justice elle-même[3]. » Corruption, peur et incapacité des gardiens : « 1 000 à 1 500 condamnés vivent sous la surveillance de 30 à 40 surveillants qui ne conservent quelque sécurité qu'en comptant sur la délation, c'est-à-dire sur la corruption qu'ils ont soin de semer eux-mêmes. Qui sont ces gardiens? Des soldats libérés, des hommes sans instruction, sans intelligence de leur fonction, gardant des malfaiteurs par métier[4]. » Exploitation par

1. E. de Beaumont et A. de Tocqueville, *Note sur le système pénitentiaire*, 1831, p. 22-23.
2. Ch. Lucas, *De la réforme des prisons*, I, 1836. p. 127 et 130.
3. F. Bigot Préameneu, *Rapport au conseil général de la société des prisons*, 1819.
4. *La Fraternité*, mars 1842.

un travail pénal, qui ne peut avoir dans ces conditions aucun caractère éducatif : « On déclame contre la traite des noirs. Comme eux les détenus ne sont-ils pas vendus par les entrepreneurs et achetés par les confectionnaires... Les prisonniers reçoivent-ils à cet égard des leçons de probité ? Ne sont-ils pas démoralisés davantage par ces exemples d'abominable exploitation[1] ? »

— La prison rend possible, mieux, elle favorise l'organisation d'un milieu de délinquants, solidaires les uns des autres, hiérarchisés, prêts pour toutes les complicités futures : « La société prohibe les associations de plus de 20 personnes... et elle constitue elle-même des associations de 200, de 500, de 1 200 condamnés dans les maisons centrales qu'on leur construit *ad hoc*, et qu'elle divise pour leur plus grande commodité, en ateliers, en préaux, en dortoirs, en réfectoires communs... Et elle les multiplie sur toute la surface de la France, de telle sorte que là où il y a une prison, il y a une association... autant de clubs antisociaux[2]. » Et c'est dans ces clubs que se fait l'éducation du jeune délinquant qui en est à sa première condamnation : « Le premier désir qui va naître en lui sera d'apprendre des habiles comment on échappe aux rigueurs de la loi ; la première leçon sera puisée dans cette logique serrée des voleurs qui leur fait considérer la société comme une ennemie ; la première morale sera la délation, l'espionnage mis en honneur dans nos prisons ; la première passion qu'on excitera chez lui viendra effrayer la jeune nature par ces monstruosités qui ont dû prendre naissance dans les cachots et que la plume se refuse à nommer... Il a rompu désormais avec tout ce qui l'attachait à la société[3]. » Faucher parlait des « casernes du crime ».

— Les conditions qui sont faites aux détenus libérés les condamnent fatalement à la récidive : parce qu'ils sont sous la surveillance de la police ; parce qu'ils sont assignés à

1. Texte adressé à *L'Atelier*, octobre 1842, 3e année, nº 3, par un ouvrier emprisonné pour coalition. Il put noter cette protestation à une époque où le même journal menait campagne contre la concurrence du travail pénal. Dans le même numéro, une lettre d'un autre ouvrier sur le même sujet. Cf. également *La Fraternité*, mars 1842, 1re année, nº 10.

2. L. Moreau-Christophe, *De la mortalité et de la folie dans le régime pénitentiaire*, 1839, p. 7.

3. *L'Almanach populaire de la France*, 1839, signé D., p. 49-56.

résidence, ou interdits de séjour; parce qu'ils « ne sortent de prison qu'avec un passeport qu'ils doivent faire voir partout où ils vont et qui mentionne la condamnation qu'ils ont subie[1] ». La rupture de ban, l'impossibilité de trouver du travail, le vagabondage sont les facteurs les plus fréquents de la récidive. La *Gazette des tribunaux*, mais les journaux ouvriers aussi en citent régulièrement des cas, comme celui de cet ouvrier condamné pour vol, mis en surveillance à Rouen, repris pour vol, et que les avocats ont renoncé à défendre; il prend alors lui-même la parole devant le tribunal, fait l'historique de sa vie, explique comment, sorti de prison et contraint à résidence, il ne peut retrouver son métier de doreur, sa qualité de réclusionnaire le faisant repousser de partout; la police lui refuse le droit de chercher ailleurs du travail · il s'est trouvé enchaîné à Rouen pour y mourir de faim et de misère par l'effet de cette accablante surveillance. Il a sollicité du travail à la mairie; il a été occupé 8 jours aux cimetières pour 14 sous par jour : « Mais, dit-il, je suis jeune, j'ai bon appétit je mangeais plus de deux livres de pain à 5 sous la livre; que faire avec 14 sous pour me nourrir, me blanchir et me loger? J'étais réduit au désespoir, je voulais redevenir honnête homme; la surveillance m'a replongé dans le malheur. J'ai pris tout à dégoût; c'est alors que j'ai fait connaissance de Lemaître qui était aussi dans la misère; il fallait vivre et la mauvaise idée de voler nous est revenue[2]. »

— Enfin la prison fabrique indirectement des délinquants en faisant tomber dans la misère la famille du détenu : « Le même arrêt qui envoie le chef de famille en prison réduit chaque jour la mère au dénuement, les enfants à l'abandon, la famille entière au vagabondage et à la mendicité. C'est sous ce rapport que le crime menacerait de faire souche[3]. »

Cette critique monotone de la prison, il faut noter qu'elle s'est faite constamment dans deux directions : contre le fait

1. F. de Barbé Marbois, *Rapport sur l'état des prisons du Calvados, de l'Eure, la Manche et la Seine-Inférieure*, 1823, p. 17.

2. *Gazette des tribunaux*, 3 déc. 1829. Cf. dans le même sens, *Gazette des tribunaux*, 19 juillet 1839; *La Ruche populaire*, août 1840, *La Fraternité*, juillet-août 1847.

3. Charles Lucas, *De la réforme des prisons*, II, 1838, p. 64.

que la prison n'était pas effectivement correctrice, que la technique pénitentiaire y restait à l'état de rudiment; contre le fait qu'en voulant être corrective, qu'elle y perd sa force de punition[1], que la vraie technique pénitentiaire, c'est la rigueur[2], et que la prison est une double erreur économique : directement par le coût intrinsèque de son organisation et indirectement par le coût de la délinquance qu'elle ne réprime pas[3]. Or à ces critiques, la réponse a été invariablement la même : la reconduction des principes invariables de la technique pénitentiaire. Depuis un siècle et demi, la prison a toujours été donnée comme son propre remède; la réactivation des techniques pénitentiaires comme le seul moyen de réparer leur perpétuel échec; la réalisation du projet correctif comme la seule méthode pour surmonter l'impossibilité de le faire passer dans les faits.

Un fait pour s'en convaincre : les révoltes de détenus, ces dernières semaines, ont été attribuées au fait que la réforme définie en 1945 n'avait jamais pris réellement effet; qu'il fallait donc en revenir à ses principes fondamentaux. Or ces principes, dont on attend aujourd'hui encore de si merveilleux effets sont connus : ils constituent depuis 150 ans bientôt

1. Cette campagne a été fort vive avant et après la nouvelle réglementation des centrales en 1839. Réglementation sévère (silence, suppression du vin et du tabac, diminution de la cantine) qui fut suivie de révoltes. *Le Moniteur* du 3 octobre 1840 : « Il était scandaleux de voir les détenus se gorger de vin, de viande, de gibier, de friandises de toutes sortes et de prendre la prison pour une hôtellerie commode où ils se procuraient toutes les douceurs que leur refusait souvent l'état de liberté. »

2. En 1826, beaucoup de Conseils généraux demandent qu'on substitue la déportation à une incarcération constante et sans efficacité. En 1842, le Conseil général des Hautes-Alpes demande que les prisons deviennent « véritablement expiatoires »; dans le même sens, celui de la Drôme, de l'Eure-et-Loir, de la Nièvre, du Rhône et de la Seine-et-Oise.

3. D'après une enquête faite en 1839 auprès des directeurs de centrales. Directeur d'Embrun : « L'excès du bien-être dans les prisons contribue vraisemblablement beaucoup à l'accroissement effroyable des récidives. » Eysses : « Le régime actuel n'est pas assez sévère, et s'il est un fait certain, c'est que, pour beaucoup de détenus la prison a des charmes et qu'ils y trouvent des jouissances dépravées qui sont tout pour eux. » Limoges : « Le régime actuel des maisons centrales qui dans le fait ne sont, pour les récidivistes que de véritables pensionnats, n'est aucunement répressif. » (Cf. L. Moreau-Christophe, *Polémiques pénitentiaires*, 1840, p. 86.) Comparer avec les déclarations faites au mois de juillet 1974, par les responsables des syndicats de l'administration pénitentiaire, à propos des effets de la libéralisation dans la prison.

les sept maximes universelles de la bonne « condition pénitentiaire ».

1. La détention pénale doit donc avoir pour fonction essentielle la transformation de comportement de l'individu : « L'amendement du condamné comme but principal de la peine est un principe sacré dont l'apparition formelle dans le domaine de la science et surtout dans celui de la législation est toute récente » (*Congrès pénitentiaire de Bruxelles*, 1847). Et la commission Amor, de mai 1945, répète fidèlement : « La peine privative de liberté a pour but essentiel l'amendement et le reclassement social du condamné. » *Principe de la correction.*

2. Les détenus doivent être isolés ou du moins répartis selon la gravité pénale de leur acte, mais surtout selon leur âge, leurs dispositions, les techniques de correction qu'on entend utiliser à leur égard, les phases de leur transformation. « Il doit être tenu compte, dans l'emploi des moyens modificateurs des grandes dissemblances physiques et morales, que comportent l'organisation des condamnés, de leur degré de perversité, des chances inégales de correction qu'ils peuvent offrir » (février 1850). 1945 : « La répartition dans les établissements pénitentiaires des individus à une peine inférieure à un an a pour base le sexe, la personnalité et le degré de perversion du délinquant. » *Principe de la classification.*

3. Les peines, dont le déroulement doit pouvoir se modifier selon l'individualité des détenus, les résultats qu'on obtient, les progrès ou les rechutes. « Le but principal de la peine étant la réforme du coupable, il serait à désirer qu'on pût élargir tout condamné lorsque sa régénération morale est suffisamment garantie » (Ch. Lucas, 1836). 1945 : « Un régime progressif est appliqué... en vue d'adapter le traitement du prisonnier à son attitude et à son degré d'amendement. Ce régime va de l'encellulement à la semi-liberté... Le bénéfice de la liberté conditionnelle est étendu à toutes les peines temporaires. » *Principe de la modulation des peines.*

4. Le travail doit être une des pièces essentielles de la transformation et de la socialisation progressive des détenus. Le travail pénal « ne doit pas être considéré comme le complément et pour ainsi dire comme une aggravation de la

peine, mais bien comme un adoucissement dont la privation serait on ne peut plus possible ». Il doit permettre d'apprendre ou de pratiquer un métier, et de donner des ressources au détenu et à sa famille (Ducpétiaux, 1857). 1945 : « Tout condamné de droit commun est astreint au travail... Aucun ne peut être astreint à rester inoccupé. » *Principe du travail comme obligation et comme droit.*

5. L'éducation du détenu est de la part de la puissance publique à la fois une précaution indispensable dans l'intérêt de la société et une obligation vis-à-vis du détenu. « L'éducation seule peut servir d'instrument pénitentiaire. La question de l'emprisonnement pénitentiaire est une question d'éducation » (Ch. Lucas, 1838). 1945 : « Le traitement infligé au prisonnier, hors de toute promiscuité corruptrice... doit tendre principalement à son instruction générale et professionnelle et à son amélioration. » *Principe de l'éducation pénitentiaire.*

6. Le régime de la prison doit être, pour une part au moins, contrôlé et pris en charge par un personnel spécialisé possédant les capacités morales et techniques de veiller à la bonne formation des individus. Ferrus, en 1850, à propos du médecin de prison : « Son concours est utile avec toutes les formes d'emprisonnement... nul ne pourrait posséder plus intimement qu'un médecin la confiance des détenus, mieux connaître leur caractère, exercer une action plus efficace sur leurs sentiments, en soulageant leurs maux physiques et en profitant de ce moyen d'ascendant pour leur faire entendre des paroles sévères ou d'utiles encouragements. » 1945 : « Dans tout établissement pénitentiaire fonctionne un service social et médico-psychologique. » *Principe du contrôle technique de la détention.*

7. L'emprisonnement doit être suivi de mesures de contrôle et d'assistance jusqu'à la réadaptation définitive de l'ancien détenu. Il faudrait non seulement le surveiller à sa sortie de prison « mais lui prêter appui et secours » (Boulet et Benquot à la Chambre de Paris). 1945 : « L'assistance est donnée aux prisonniers pendant et après la peine en vue de faciliter leur reclassement. » *Principe des institutions annexes.*

Mot à mot, d'un siècle à l'autre, les mêmes propositions fondamentales se répètent. Et se donnent chaque fois pour la formulation enfin acquise, enfin acceptée d'une réforme toujours manquée jusque-là. Les mêmes phrases ou presque auraient pu être empruntées à d'autres périodes « fécondes » de la réforme : la fin du XIXe siècle, et le « mouvement de la défense sociale » ; ou encore, ces années toutes récentes, avec les révoltes des détenus.

Il ne faut donc pas concevoir la prison, son « échec » et sa réforme plus ou moins bien appliquée comme trois temps successifs. Il faut plutôt penser à un système simultané qui historiquement s'est surimposé à la privation juridique de liberté ; un système à quatre termes qui comprend : le « supplément » disciplinaire de la prison — élément de surpouvoir ; la production d'une objectivité, d'une technique, d'une « rationalité » pénitentiaire — élément du savoir connexe ; la reconduction de fait, sinon l'accentuation d'une criminalité que la prison devrait détruire — élément de l'efficacité inversée ; enfin la répétition d'une « réforme » qui est isomorphe, malgré son « idéalité », au fonctionnement disciplinaire de la prison — élément du dédoublement utopique. C'est cet ensemble complexe qui constitue le « système carcéral » et non pas seulement l'institution de la prison, avec ses murs, son personnel, ses règlements et sa violence. Le système carcéral joint en une même figure des discours et des architectures, des règlements coercitifs et des propositions scientifiques, des effets sociaux réels et des utopies invincibles, des programmes pour corriger les délinquants et des mécanismes qui solidifient la délinquance. Le prétendu échec ne fait-il pas partie alors du fonctionnement de la prison ? N'est-il pas à inscrire dans ces effets de pouvoir que la discipline et la technologie connexe de l'emprisonnement ont induits dans l'appareil de justice, plus généralement dans la société et qu'on peut regrouper sous le nom de « système carcéral » ? Si l'institution-prison a tenu si longtemps, et dans une pareille immobilité, si le principe de la détention pénale n'a jamais sérieusement été mis en question, c'est sans doute parce que ce système carcéral s'enracinait en profondeur et exerçait des fonctions précises. De cette solidité prenons pour témoignage un fait récent ; la prison modèle qui a été ouverte à Fleury-Mérogis en 1969 n'a fait que reprendre dans sa distribution d'ensemble l'étoile panoptique qui avait en 1836 donné son éclat à la Petite-Roquette. C'est la même machinerie de pouvoir qui y prend corps réel et forme symbolique. Mais pour jouer quel rôle?

*

Admettons que la loi soit destinée à définir des infractions, que l'appareil pénal ait pour fonction de les réduire et que la prison soit l'instrument de cette répression; alors il faut dresser un constat d'échec. Ou plutôt — car pour l'établir en termes historiques, il faudrait pouvoir mesurer l'incidence de la pénalité de détention sur le niveau global de la criminalité — il faut s'étonner que depuis 150 ans la proclamation de l'échec de la prison se soit toujours accompagnée de son maintien. La seule alternative réellement envisagée a été la déportation que l'Angleterre avait abandonnée dès le début du XIXe siècle et que la France reprit sous le second Empire, mais plutôt comme une forme à la fois rigoureuse et lointaine d'emprisonnement.

Mais peut-être faut-il retourner le problème et se demander à quoi sert l'échec de la prison; à quoi sont utiles ces différents phénomènes que la critique, continûment, dénonce : maintien de la délinquance, induction de la récidive, transformation de l'infracteur d'occasion en délinquant d'habitude, organisation d'un milieu fermé de délinquance. Peut-être faut-il chercher ce qui se cache sous l'apparent cynisme de l'institution pénale qui, après avoir fait purger leur peine aux condamnés, continue à les suivre par toute une série de marquages (surveillance qui était de droit jadis et qui est de fait aujourd'hui; passeports des bagnards autrefois, et maintenant casier judiciaire) et qui poursuit ainsi comme « délinquant » celui qui s'est acquitté de sa punition comme infracteur? Ne peut-on pas voir là plutôt qu'une contradiction, une conséquence? Il faudrait alors supposer que la prison et d'une façon générale, sans doute, les châtiments ne sont pas destinés à supprimer les infractions; mais plutôt à les distinguer, à les distribuer, à les utiliser; qu'ils visent, non pas tellement à rendre dociles ceux qui sont prêts à transgresser les lois, mais qu'ils tendent à aménager la transgression des lois dans une tactique générale des assujettissements. La pénalité serait alors une manière de gérer les illégalismes, de dessiner des limites de tolérance, de donner du champ à certains, de faire pression sur d'autres, d'en exclure une partie, d'en rendre utile une autre, de neutraliser ceux-ci, de tirer profit de ceux-là. Bref, la pénalité ne « réprimerait » pas purement et simplement les illégalismes; elle les « différencierait », elle en assurerait l'« économie » générale. Et si on peut parler d'une justice de classe ce n'est pas seulement parce que la loi elle-même ou la manière de l'appliquer servent les intérêts d'une classe, c'est que toute la gestion différentielle des illégalismes par l'intermédiaire de la pénalité fait partie de ces mécanismes de domination. Les châtiments légaux sont à replacer dans une stratégie globale des illégalismes. L'« échec » de la prison peut sans doute se comprendre à partir de là.

Le schéma général de la réforme pénale s'était inscrit à la fin du XVIIIe siècle dans la lutte contre les illégalismes : tout un équilibre de tolérances, d'appuis et d'intérêts réciproques, qui sous l'Ancien Régime avait maintenu les uns à côté des autres les illégalismes de différentes couches sociales, s'était trouvé rompu. L'utopie s'était alors formée d'une société universellement et publiquement punitive où des mécanismes pénaux toujours en activité auraient fonctionné sans retard ni médiation ni incertitude; une loi, doublement idéale puisque parfaite dans ses calculs et inscrite dans la représentation de chaque citoyen, aurait bloqué, dès leur origine, toutes les pratiques d'illégalité. Or au tournant du XVIIIe et du XIXe siècle et contre les codes nouveaux, voilà que surgit le danger d'un nouvel illégalisme populaire. Ou plus exactement, peut-être, les illégalismes populaires se développent alors selon des dimensions nouvelles : celles que portent avec eux tous les mouvements qui, depuis les années 1780 jusqu'aux révolutions de 1848 entrecroisent les conflits sociaux, les luttes contre les régimes politiques, la résistance au mouvement de l'industrialisation, les effets des crises économiques. Schématiquement, on peut repérer trois processus caractéristiques. D'abord le développement de la dimension politique des illégalismes populaires; et cela de deux façons : des pratiques jusque-là localisées et en quelque sorte limitées à elles-mêmes (comme le refus de l'impôt, de la conscription, des redevances, des taxations; la confiscation violente de denrées accaparées; le pillage des magasins et la mise en vente autoritaire des produits au « juste prix »; les affrontements avec les représentants du pouvoir), ont pu déboucher pendant la Révolution sur des luttes directement politiques, qui avaient pour but, non pas simplement de faire céder le pouvoir ou de rapporter une mesure intolérable, mais de changer le gouvernement et la structure même du pouvoir. En retour, certains mouvements politiques ont pris appui de façon explicite sur des formes existantes d'illégalisme (comme l'agitation royaliste de l'ouest ou du midi de la France a utilisé le refus paysan des nouvelles lois sur la propriété, la religion, la conscription); cette dimension politique de l'illégalisme deviendra à la fois plus complexe et plus marquée dans les rapports entre le mouvement ouvrier et les partis républicains au XIXe siècle, dans le passage des luttes ouvrières (grèves, coalitions interdites, associations illicites) à la révolution politique. En tout cas, à l'horizon de ces pratiques illégales — et qui se multiplient avec des législations de plus en plus restrictives — se profilent des luttes proprement politiques; le renversement éventuel du pouvoir ne les hante pas toutes, loin de là; mais une bonne part d'entre elles peuvent se capitaliser pour des combats politiques d'ensemble et parfois même y conduire directement.

D'autre part, à travers le refus de la loi ou des règlements, on reconnaît facilement les luttes contre ceux qui les établissent conformément à leurs intérêts : on ne se bat plus contre les traitants, les gens de finance, les agents du roi, les officiers prévaricateurs ou les mauvais ministres, contre tous les agents de l'injustice; mais contre la loi elle-même et la justice qui est chargée de l'appliquer, contre les propriétaires tout proches et qui font valoir les droits nouveaux; contre les employeurs qui s'entendent entre eux, mais font interdire les coalitions; contre les entrepreneurs qui multiplient les machines, baissent les salaires, allongent les horaires de travail, rendent de plus en plus rigoureux les règlements d'usines. C'est bien contre le nouveau régime de propriété foncière — instauré par la bourgeoisie profitant de la Révolution — que s'est développé tout un illégalisme paysan qui a sans doute connu ses formes les plus violentes de Thermidor au Consulat, mais n'a pas disparu alors; c'est contre le nouveau régime de l'exploitation légale du travail, que se sont développés les illégalismes ouvriers au début du XIXe siècle : depuis les plus violents comme les bris de machines, ou les plus durables comme la constitution d'associations, jusqu'aux plus quotidiens comme l'absentéisme, l'abandon de travail, le vagabondage, les fraudes sur les matières premières, sur la quantité et qualité du travail achevé. Toute une série d'illégalismes s'inscrivent dans des luttes où on sait qu'on affronte à la fois la loi et la classe qui l'a imposée.

Enfin, s'il est vrai qu'au cours du XVIIIe siècle, on a vu [1] la criminalité tendre vers des formes spécialisées, incliner de plus en plus vers le vol habile, et devenir, pour une part, le fait de marginaux, isolés au milieu d'une population qui leur était hostile — on a pu assister, dans les dernières années du XVIIIe siècle, à la reconstitution de certains liens ou à l'établissement de nouvelles relations; non point, comme le disaient les contemporains, que les meneurs de l'agitation populaire aient été des criminels, mais parce que les nouvelles formes du droit, les rigueurs de la réglementation, les exigences soit de l'État, soit des propriétaires, soit des employeurs, et les techniques plus serrées de surveillance, multipliaient les occasions de délits, et faisaient basculer, de l'autre côté de la loi, beaucoup d'individus qui, dans d'autres conditions, ne seraient pas passés à la criminalité spécialisée; c'est sur fond des nouvelles lois sur la propriété, sur fond aussi de la conscription refusée qu'un illégalisme paysan s'est développé dans les dernières années de la Révolution, multipliant les violences, les agressions, les vols, les pillages et jusqu'aux grandes formes de « brigandage politique »; c'est sur fond également d'une législation ou de règlements très pesants (concernant le livret, les loyers, les horaires, les absences) que s'est développé un vagabondage ouvrier qui croisait souvent la délinquance stricte. Toute une série de

1. Cf. *supra*, p. 89 et suiv.

pratiques illégalistes qui au cours du siècle précédent avaient eu tendance à se décanter et à s'isoler les unes des autres semblent maintenant renouer entre elles pour former une menace nouvelle.

Triple généralisation des illégalismes populaires au passage des deux siècles (et en dehors même d'une extension quantitative qui est problématique et resterait à mesurer) : il s'agit de leur insertion dans un horizon politique général ; de leur articulation explicite sur des luttes sociales ; de la communication entre différentes formes et niveaux d'infractions. Ces processus n'ont sans doute pas suivi un plein développement ; il ne s'est certainement pas formé au début du XIXe siècle un illégalisme massif, à la fois politique et social. Mais sous leur forme ébauchée et malgré leur dispersion, ils ont été suffisamment marqués pour servir de support à la grande peur d'une plèbe qu'on croit tout ensemble criminelle et séditieuse, au mythe de la classe barbare, immorale et hors la loi qui, de l'Empire à la monarchie de Juillet hante le discours des législateurs, des philanthropes, ou des enquêteurs de la vie ouvrière. Ce sont ces processus qu'on trouve derrière toute une série d'affirmations bien étrangères à la théorie pénale du XVIIIe siècle : que le crime n'est pas une virtualité que l'intérêt ou les passions ont inscrite au cœur de tous les hommes, mais qu'il est le fait presque exclusif d'une certaine classe sociale ; que les criminels, qu'on rencontrait autrefois dans toutes les classes sociales sortent maintenant « presque tous du dernier rang de l'ordre social[1] » ; que « les neuf dixièmes de meurtriers, d'assassins, de voleurs et de lâches sont extraits de ce que nous avons nommé la base sociale[2] » ; que ce n'est pas le crime qui rend étranger à la société, mais qu'il est dû plutôt lui-même au fait qu'on est dans la société comme un étranger, qu'on appartient à cette « race abâtardie » dont parlait Target, à cette « classe dégradée par la misère dont les vices opposent comme un obstacle invincible aux généreuses intentions qui veulent la combattre[3] » ; que dans ces conditions il y aurait hypocrisie

1. Ch. Comte, *Traité de législation*, 183, p. 49.
2. H. Lauvergne, *Les Forçats*, 1841, p. 337.
3. E. Buré, *De la misère des classes laborieuses en Angleterre et en France*, 1840, II, p. 391.

ou naïveté à croire que la loi est faite pour tout le monde au nom de tout le monde; qu'il est plus prudent de reconnaître qu'elle est faite pour quelques-uns et qu'elle porte sur d'autres; qu'en principe elle oblige tous les citoyens, mais qu'elle s'adresse principalement aux classes les plus nombreuses et les moins éclairées; qu'à la différence de ce qui se passe pour les lois politiques ou civiles, leur application ne concerne pas tout le monde également [1], que dans les tribunaux, la société tout entière ne juge pas l'un de ses membres, mais qu'une catégorie sociale préposée à l'ordre en sanctionne une autre qui est vouée au désordre : « Parcourez les lieux où l'on juge, où l'on emprisonne, où l'on tue... Partout un fait nous frappe; partout vous voyez deux classes d'hommes bien distinctes dont les uns se rencontrent toujours sur les sièges des accusateurs et des juges, et les autres sur les bancs des prévenus et des accusés », ce qui s'explique par le fait que ces derniers, par défaut de ressources et d'éducation, ne savent pas « rester dans les limites de la probité légale [2] »; si bien que le langage de la loi qui se veut universel est, par là même, inadéquat; il doit être, s'il faut qu'il soit efficace, le discours d'une classe à une autre, qui n'a ni les mêmes idées qu'elle, ni les mêmes mots : « Or avec nos langues prudes, dédaigneuses, et tout embarrassées de leur étiquette est-il aisé de se faire comprendre de ceux qui n'ont jamais entendu que le dialecte rude, pauvre, irrégulier, mais vif, franc, pittoresque de la halle, des cabarets et de la foire... De quelle langue, de quelle méthode faudra-t-il faire usage dans la rédaction des lois pour agir efficacement sur l'esprit inculte de ceux qui peuvent moins résister aux tentations du crime? [3] » La loi et la justice n'hésitent pas à proclamer leur nécessaire dissymétrie de classe.

Si telle est la situation, la prison, en « échouant » apparemment, ne manque pas son but; elle l'atteint au contraire dans la mesure où elle suscite au milieu des autres une forme particulière d'illégalisme, qu'elle permet de mettre à part, de placer en pleine lumière et d'organiser comme un milieu relativement clos mais pénétrable. Elle contribue à mettre en

1. P. Rossi, *Traité de droit pénal*, 1829, I, p. 32.
2. Ch. Lucas, *De la réforme des prisons*, II, 1838, p. 82.
3. P. Rossi, *loc. cit.*, p. 33.

place un illégalisme voyant, marqué, irréductible à un certain niveau et secrètement utile, — rétif et docile à la fois; elle dessine, isole et souligne une forme d'illégalisme qui semble résumer symboliquement toutes les autres, mais qui permet de laisser dans l'ombre celles qu'on veut ou qu'on doit tolérer. Cette forme, c'est la délinquance proprement dite. Il ne faut pas voir en celle-ci la forme la plus intense et la plus nocive de l'illégalisme, celle que l'appareil pénal doit bien essayer de réduire par la prison à cause du danger qu'elle représente; elle est plutôt un effet de la pénalité (et de la pénalité de détention) qui permet de différencier, d'aménager et de contrôler les illégalismes. Sans doute la délinquance est bien une des formes de l'illégalisme; elle y a, en tout cas, ses racines; mais c'est un illégalisme que le « système carcéral » avec toutes ses ramifications, a investi, découpé, isolé, pénétré, organisé, enfermé dans un milieu défini, et auquel il a donné un rôle instrumental, à l'égard des autres illégalismes. En bref, si l'opposition juridique passe bien entre la légalité et la pratique illégale, l'opposition stratégique passe entre les illégalismes et la délinquance.

Au constat que la prison échoue à réduire les crimes il faut peut-être substituer l'hypothèse que la prison a fort bien réussi à produire la délinquance, type spécifié, forme politiquement ou économiquement moins dangereuse — à la limite utilisable — d'illégalisme; à produire les délinquants, milieu apparemment marginalisé mais centralement contrôlé; à produire le délinquant comme sujet pathologisé. La réussite de la prison : dans les luttes autour de la loi et des illégalismes, spécifier une « délinquance ». On a vu comment le système carcéral avait substitué à l'infracteur le « délinquant », et épinglé aussi sur la pratique juridique, tout un horizon de connaissance possible. Or ce processus qui constitue la délinquance-objet fait corps avec l'opération politique qui dissocie les illégalismes et en isole la délinquance. La prison est la charnière de ces deux mécanismes; elle leur permet de se renforcer perpétuellement l'un l'autre, d'objectiver la délinquance derrière l'infraction, de solidifier la délinquance dans le mouvement des illégalismes. Réussite telle qu'après un siècle et demi d'« échecs », la prison existe toujours, produisant les mêmes effets et qu'on éprouve à la jeter bas les plus grands scrupules.

*

La pénalité de détention fabriquerait — de là sans doute sa longévité — un illégalisme fermé, séparé et utile. Le circuit de la délinquance ne serait pas le sous-produit d'une prison qui en punissant ne parviendrait pas à corriger ; il serait l'effet direct d'une pénalité qui, pour gérer les pratiques illégalistes, en investirait certaines dans un mécanisme de « punition-reproduction » dont l'emprisonnement formerait une des pièces principales. Mais pourquoi et comment la prison serait-elle appelée à jouer de la fabrication d'une délinquance qu'elle est censée combattre ?

La mise en place d'une délinquance qui constitue comme un illégalisme fermé présente en effet un certain nombre d'avantages. Il est possible d'abord de la contrôler (en repérant les individus, en noyautant le groupe, en organisant la délation mutuelle) : au grouillement imprécis d'une population pratiquant un illégalisme d'occasion qui est toujours susceptible de se propager, ou encore à ces troupes incertaines de vagabonds qui recrutent selon leurs passages et les circonstances, des chômeurs, des mendiants, des réfractaires, et qui se gonflent parfois — on l'avait vu à la fin du XVIIIe siècle — jusqu'à former des forces redoutables de pillage et d'émeute, on substitue un groupe relativement restreint et clos d'individus sur lesquels on peut effectuer une surveillance constante. Il est possible en outre d'aiguiller cette délinquance repliée sur elle-même vers les formes d'illégalisme qui sont les moins dangereuses : maintenu par la pression des contrôles à la limite de la société, réduit à des conditions d'existence précaires, sans lien avec une population qui aurait pu le soutenir (comme cela se faisait naguère pour les contrebandiers ou certaines formes de banditisme [1]), les délinquants se rabattent fatalement sur une criminalité localisée, sans pouvoir d'attraction, politiquement sans péril et économiquement sans conséquence. Or cet illégalisme

1. Cf. E.J. Hobsbawm, *Les Bandits*, traduction française 1972.

concentré, contrôlé et désarmé est directement utile. Il peut l'être par rapport à d'autres illégalismes : isolé à côté d'eux, replié sur ses propres organisations internes, voué à une criminalité violente dont les classes pauvres sont souvent les premières victimes, investi de toute part par la police, exposé à des longues peines de prison, puis à une vie définitivement « spécialisée », la délinquance, ce monde autre, dangereux et souvent hostile, bloque ou du moins maintient à un niveau assez bas les pratiques illégalistes courantes (petits vols, petites violences, refus ou détournements quotidiens de la loi), il les empêche de déboucher sur des formes larges et manifestes, un peu comme si l'effet d'exemple qu'on demandait autrefois à l'éclat des supplices, on le cherchait maintenant moins dans la rigueur des punitions, que dans l'existence visible, marquée, de la délinquance elle-même : en se différenciant des autres illégalismes populaires, la délinquance pèse sur eux.

Mais la délinquance est en outre susceptible d'une utilisation directe. L'exemple de la colonisation vient à l'esprit. Il n'est pas pourtant le plus probant ; en effet si la déportation des criminels fut à plusieurs reprises demandée sous la Restauration, soit par la Chambre des Députés, soit par les Conseils généraux, c'était essentiellement pour alléger les charges financières exigées par tout l'appareil de la détention ; et malgré tous les projets qui avaient pu être faits sous la monarchie de Juillet pour que les délinquants, les soldats indisciplinés, les prostituées et les enfants trouvés puissent participer à la colonisation de l'Algérie, celle-ci fut formellement exclue par la loi de 1854 qui créait les bagnes coloniaux ; en fait la déportation en Guyane ou plus tard en Nouvelle-Calédonie n'eut pas d'importance économique réelle, malgré l'obligation faite aux condamnés de rester dans la colonie où ils avaient purgé leur peine un nombre d'années au moins égal à leur temps de détention (dans certains cas, ils devaient même y rester toute leur vie)[1] En fait l'utilisation

1. Sur le problème de la déportation, cf. F. de Barbé Marbois *(Observations sur les votes de 41 conseils généraux)* et la discussion entre Blosseville et La Pilorgerie (à propos de Botany Bay). Buré, le colonel Marengo et L. de Carné, entre autres, ont fait des projets de colonisation de l'Algérie avec les délinquants.

de la délinquance comme milieu à la fois séparé et maniable s'est faite surtout dans les marges de la légalité. C'est-à-dire que là on a mis aussi en place au XIXe siècle une sorte d'illégalisme subordonné, et dont l'organisation en délinquance, avec toute les surveillances que cela implique, garantit la docilité. La délinquance, illégalisme maîtrisé, est un agent pour l'illégalisme des groupes dominants. La mise en place des réseaux de prostitution au XIXe siècle est caractéristique à ce sujet[1] : les contrôles de police et de santé sur les prostituées, leur passage régulier par la prison, l'organisation à grande échelle des maisons closes, la hiérarchie soigneuse qui était maintenue dans le milieu de la prostitution, son encadrement par des délinquants-indicateurs, tout cela permettait de canaliser et de récupérer par toute une série d'intermédiaires les énormes profits sur un plaisir sexuel qu'une moralisation quotidienne de plus en plus insistante vouait à une demi-clandestinité et rendait naturellement coûteux; dans la formation d'un prix du plaisir, dans la constitution d'un profit de la sexualité réprimée et dans la récupération de ce profit. Le milieu délinquant a été de complicité avec un puritanisme intéressé : un agent fiscal illicite sur des pratiques illégales[2]. Les trafics d'armes, ceux d'alcool dans les pays de prohibition, ou plus récemment ceux de drogue montreraient de la même façon ce fonctionnement de la « délinquance utile » : l'existence d'un interdit

1. Un des premiers épisodes fut l'organisation sous le contrôle de la police des maisons de tolérance (1823), ce qui débordait largement les dispositions de la loi du 14 juillet 1791, sur la surveillance dans les maisons de prostitution. Cf. à ce sujet les recueils manuscrits de la Préfecture de police (20-26). En particulier cette circulaire du Préfet de police du 14 juin 1823 : « L'établissement des maisons de prostitution devrait naturellement déplaire à tout homme qui s'intéresse à la moralité publique; je ne m'étonne point que MM. les Commissaires de police s'opposent de tous leurs pouvoirs à l'établissement de ces maisons dans leurs différents quartiers... La police croirait avoir pris beaucoup de soins de l'ordre public, si elle était parvenue à renfermer la prostitution dans des maisons tolérées sur lesquelles son action peut être constante et uniforme, et qui ne pourraient échapper à la surveillance. »

2. Le livre de Parent-Duchatelet sur la *Prostitution à Paris*, 1836, peut être lu comme le témoignage de ce branchement, patronné par la police et les institutions pénales, du milieu délinquant sur la prostitution. Le cas de la Maffia italienne transplantée aux États-Unis et utilisée tout ensemble au prélèvement de profits illicites et à des fins politiques est un bel exemple de la colonisation d'un illégalisme d'origine populaire.

légal crée autour de lui un champ de pratiques illégalistes, sur lequel on parvient à exercer un contrôle et à tirer un profit illicite par le relais d'éléments eux-mêmes illégalistes mais rendus maniables par leur organisation en délinquance. Celle-ci est un instrument pour gérer et exploiter les illégalismes.

Elle est aussi un instrument pour l'illégalisme qu'appelle autour de lui l'exercice même du pouvoir. L'utilisation politique des délinquants — sous la forme de mouchards, d'indicateurs, de provocateurs — était un fait acquis bien avant le XIXe siècle[1]. Mais après la Révolution, cette pratique a acquis de tout autres dimensions : le noyautage des partis politiques et des associations ouvrières, le recrutement d'hommes de main contre les grévistes et les émeutiers, l'organisation d'une sous-police — travaillant en relation directe avec la police légale et susceptible à la limite de devenir une sorte d'armée parallèle —, tout un fonctionnement extra-légal du pouvoir a été pour une part assuré par la masse de manœuvre constituée par les délinquants : police clandestine et armée de réserve du pouvoir. Il semble qu'en France, ce soit autour de la Révolution de 1848 et de la prise de pouvoir de Louis-Napoléon que ces pratiques aient atteint leur plein épanouissement[2]. On peut dire que la délinquance, solidifiée par un système pénal centré sur la prison, représente un détournement d'illégalisme pour les circuits de profit et de pouvoir illicites de la classe dominante.

L'organisation d'un illégalisme isolé et refermé sur la délinquance n'aurait pas été possible sans le développement des contrôles policiers. Surveillance générale de la population, vigilance « muette, mystérieuse, inaperçue... c'est l'œil du gouvernement incessamment ouvert et veillant indistinctement sur tous les citoyens, sans pour cela les soumettre à aucune mesure de coercition quelconque... Elle n'a pas

1. Sur ce rôle des délinquants dans la surveillance policière et surtout politique, cf. le mémoire rédigé par Lemaire. Les « dénonciateurs » sont des gens qui « attendent de l'indulgence pour eux-mêmes »; ce « sont ordinairement de mauvais sujets qui servent à découvrir ceux qui le sont davantage. Au surplus, pour peu que quelqu'un se trouve une fois compris sur le registre de la Police, dès ce moment il n'est plus perdu de vue ».

2. K. Marx, *Le 18-Brumaire de Louis-Napoléon Bonaparte*, Éd. Sociales, 1969, p. 76-78.

besoin d'être écrite dans la loi[1]. » Surveillance particulière et prévue par le Code de 1810 des criminels libérés et de tous ceux qui, déjà passés par la justice pour des faits graves, sont légalement présumés devoir attenter de nouveau au repos de la société. Mais surveillance aussi de milieux et de groupes considérés comme dangereux par des mouchards ou des indicateurs dont presque tous sont d'anciens délinquants, contrôlés à ce titre par la police : la délinquance, objet parmi d'autres de la surveillance policière, en est un des instruments privilégiés. Toutes ces surveillances supposent l'organisation d'une hiérarchie en partie officielle, en partie secrète (c'était essentiellement dans la police parisienne le « service de sûreté » qui comprenait outre les « agents ostensibles » — inspecteurs et brigadiers — les « agents secrets » et des indicateurs qui sont mus par la crainte du châtiment ou l'appât d'une récompense[2]). Ils supposent aussi l'aménagement d'un système documentaire dont le repérage et l'identification des criminels constituent le centre : signalement obligatoire joint aux ordonnances de prise de corps et aux arrêts des cours d'assises, signalement porté sur les registres d'écrou des prisons, copie de registres de cours d'assises et de tribunaux correctionnels adressée tous les trois mois aux ministères de la Justice et de la Police générale, organisation un peu plus tard au ministère de l'Intérieur d'un « sommier » avec répertoire alphabétique qui récapitule ces registres, utilisation vers 1833 selon la méthode des « naturalistes, des bibliothécaires, des négociants, des gens d'affaires » d'un système de fiches ou bulletins individuels, qui permet d'intégrer facilement des données nouvelles, et en même temps, avec le nom de l'individu recherché, tous les renseignements qui pourraient s'y appliquer[3]. La délinquance, avec les agents occultes qu'elle procure mais aussi avec le quadrillage généralisé qu'elle autorise, constitue un moyen de surveillance perpétuelle sur la population : un appareil qui permet

1. A. Bonneville, *Des institutions complémentaires du système pénitencier*, 1847, p. 397-399.
2. Cf. H.A. Fregier, *Les Classes dangereuses*, 1840 I, p. 142-148.
3. A. Bonneville, *De la récidive*, 1844, p. 92-93. Apparition de la fiche et constitution des sciences humaines : encore une invention que les historiens célèbrent peu.

de contrôler, à travers les déliquants eux-mêmes, tout le champ social. La délinquance fonctionne comme un observatoire politique. Les statisticiens et les sociologues en ont fait usage à leur tour, bien après les policiers.

Mais cette surveillance n'a pu fonctionner que couplée avec la prison. Parce que celle-ci facilite un contrôle des individus quand ils sont libérés, parce qu'elle permet le recrutement d'indicateurs, et qu'elle multiplie les dénonciations mutuelles, parce qu'elle met des infracteurs en contact les uns avec les autres, elle précipite l'organisation d'un milieu délinquant clos sur lui-même, mais qu'il est facile de contrôler : et tous les effets de désinsertion qu'elle entraîne (chômage, interdictions de séjour, résidences forcées, mises à la disposition) ouvrent largement la possibilité d'imposer aux anciens détenus les tâches qu'on leur assigne. Prison et police forment un dispositif jumelé ; à elles deux elles assurent dans tout le champ des illégalismes la différenciation, l'isolement et l'utilisation d'une délinquance. Dans les illégalismes, le système police-prison découpe une délinquance maniable. Celle-ci, avec sa spécificité, est un effet du système ; mais elle en devient aussi un rouage et un instrument. De sorte qu'il faudrait parler d'un ensemble dont les trois termes (police-prison-délinquance) prennent appui les uns sur les autres et forment un circuit qui n'est jamais interrompu. La surveillance policière fournit à la prison les infracteurs que celle-ci transforme en délinquants, cibles et auxiliaires des contrôles policiers qui renvoient régulièrement certains d'entre eux à la prison.

Il n'y a pas une justice pénale destinée à poursuivre toutes les pratiques illégales et qui, pour ce faire, utiliserait la police comme auxiliaire, et comme instrument punitif la prison, quitte à laisser dans le sillage de son action le résidu inassimilable de la « délinquance ». Il faut voir dans cette justice un instrument pour le contrôle différentiel des illégalismes. Par rapport à lui, la justice criminelle joue le rôle de caution légale et de principe de transmission. Elle est un relais dans une économie générale des illégalismes, dont les autres pièces sont (non pas au-dessous d'elle, mais à côté d'elle) la police, la prison et la délinquance. Le débordement de la justice par la police, la force d'inertie que l'institution carcérale oppose à la justice, cela n'est pas chose nouvelle, ni l'effet d'une sclérose ou d'un progressif déplacement du pouvoir; c'est un trait de structure qui marque les mécanismes punitifs dans les sociétés modernes. Les magistrats ont beau dire; la justice pénale avec tout son appareil de spectacle est faite pour répondre à la demande quotidienne d'un appareil de contrôle à demi plongé dans l'ombre qui vise à engrener l'une sur l'autre police et délinquance. Les juges en sont les employés à peine rétifs[1]. Ils aident dans la mesure de leurs moyens à la constitution de la délinquance, c'est-à-dire à la différenciation des illégalismes, au contrôle, à la colonisation et à l'utilisation de certains d'entre eux par l'illégalisme de la classe dominante.

De ce processus qui s'est développé dans les trente ou quarante premières années du XIXe siècle, deux figures portent témoignage. Vidocq d'abord. Il fut[2] l'homme des vieux illégalismes, un Gil Blas de l'autre bout du siècle et qui glisse vite vers le pire : turbulences, aventures, duperies, dont il fut le plus souvent la victime, rixes et duels; enrôlements et désertions en chaîne, rencontres avec le milieu de la prostitution, du jeu, du vol à la tire, bientôt du grand brigandage. Mais l'importance presque mythique qu'il a prise aux yeux mêmes de ses contemporains ne tient pas à ce passé, peut-être embelli; elle ne tient même pas au fait que, pour la première fois dans l'histoire, un ancien bagnard, racheté ou acheté, soit devenu un chef de police; mais plutôt au fait qu'en lui, la délinquance a pris visiblement son statut ambigu d'objet et d'instrument pour un appareil de police qui travaille contre elle et avec elle. Vidocq marque le moment où la délinquance, détachée des autres illégalismes, est investie par le pouvoir,

1. De la résistance des hommes de loi à prendre place dans ce fonctionnement, on a des témoignages très précoces, dès la Restauration (ce qui prouve bien qu'il n'est pas un phénomène, ni une réaction tardive). En particulier la liquidation ou plutôt la réutilisation de la police napoléonienne a posé des problèmes. Mais les difficultés se sont prolongées. Cf. le discours par lequel Belleyme en 1825 inaugure ses fonctions et cherche à se différencier de ses prédécesseurs : « Les voies légales nous sont ouvertes... Élevé dans l'école des lois, instruit à l'école d'une magistrature si digne... nous sommes les auxiliaires de la justice » (cf. *Histoire de l'Administration* de M. de Belleyme); voir aussi le pamphlet très intéressant de Molène, *De la liberté*.

2. Voir aussi bien ses *Mémoires*, publiés sous son nom, que l'*Histoire de Vidocq racontée par lui-même*.

et retournée. C'est alors que s'opère le couplage direct et institutionnel de la police et de la délinquance. Moment inquiétant où la criminalité devient un des rouages du pouvoir. Une figure avait hanté les âges précédents, celle du roi monstrueux, source de toute justice et pourtant souillé de crimes ; une autre peur apparaît, celle d'une entente cachée et trouble entre ceux qui font valoir la loi et ceux qui la violent. Fini l'âge shakespearien où la souveraineté s'affrontait avec l'abomination dans un même personnage ; commencera bientôt le mélodrame quotidien de la puissance policière et des complicités que le crime noue avec le pouvoir.

En face de Vidocq, son contemporain Lacenaire. Sa présence marquée pour toujours au paradis des esthètes du crime a de quoi surprendre : malgré toute sa bonne volonté, son zèle de néophyte, il n'a jamais pu commettre, et avec bien de la maladresse, que quelques crimes étriqués ; il a été si fortement soupçonné d'être un mouton, que l'administration a dû le protéger contre les détenus de la Force qui cherchaient à le tuer[1], et c'est le beau monde du Paris de Louis-Philippe qui lui a fait, avant son exécution, une fête à côté de laquelle de nombreuses résurrections littéraires n'ont été par la suite que des hommages académiques. Sa gloire ne doit rien à l'ampleur de ses crimes ni à l'art de leur conception ; c'est leur balbutiement qui étonne. Mais elle doit beaucoup au jeu visible, dans son existence et ses discours, entre l'illégalisme et la délinquance. Escroquerie, désertion, petit vol, prison, reconstitution des amitiés de cellule, chantage mutuel, récidives jusqu'à la dernière tentative manquée d'assassinat, Lacenaire est le type du « délinquant ». Mais il portait avec lui, au moins à l'état virtuel, un horizon d'illégalismes qui, récemment encore, avaient été menaçants : ce petit-bourgeois ruiné, élevé dans un bon collège, sachant parler et écrire, une génération plus tôt, aurait été révolutionnaire, jacobin, régicide[2] ; contemporain de Robespierre, son refus des lois aurait pu prendre effet dans un champ immédiate-

1. L'accusation est reprise formellement par Canler, *Mémoires* (réédités en 1968), p. 15.

2. Sur ce qu'aurait pu être Lacenaire, selon ses contemporains, voir le dossier établi par M. Lebailly dans son édition des *Mémoires* de Lacenaire, 1968, p. 297-304.

ment historique. Né en 1800, à peu de chose près comme Julien Sorel, son personnage porte la trace de ces possibilités; mais elles se sont rabattues sur le vol, le meurtre et la dénonciation. Toutes ces virtualités sont devenues une délinquance de bien peu d'envergure : en ce sens Lacenaire est un personnage rassurant. Et si elles reparaissent, c'est dans le discours qu'il tient sur la théorie du crime. Au moment de sa mort, Lacenaire manifeste le triomphe de la délinquance sur l'illégalisme, ou plutôt la figure d'un illégalisme confisqué d'une part dans la délinquance et déplacé de l'autre vers une esthétique du crime, c'est-à-dire vers un art des classes privilégiées. Symétrie de Lacenaire avec Vidocq qui à la même époque permettait de boucler la délinquance sur elle-même en la constituant comme milieu clos et contrôlable, et en déplaçant vers les techniques policières toute une pratique délinquante qui devient illégalisme licite du pouvoir. Que la bourgeoisie parisienne ait fait fête à Lacenaire, que sa cellule se soit ouverte à des visiteurs célèbres, qu'il ait été couvert d'hommages pendant les derniers jours de sa vie, lui que la plèbe de la Force, avant ses juges, avait voulu mettre à mort, lui qui avait tout fait, au tribunal, pour entraîner son complice François sur l'échafaud, il y a à cela une raison : on célébrait la figure symbolique d'un illégalisme assujetti dans la délinquance et transformé en discours — c'est-à-dire rendu deux fois inoffensif; la bourgeoisie s'inventait là un plaisir nouveau, dont elle est loin encore d'avoir épuisé l'exercice. Il ne faut pas oublier que cette mort si célèbre de Lacenaire venait bloquer le retentissement de l'attentat de Fieschi, le plus récent des régicides qui représente la figure inverse d'une petite criminalité débouchant sur la violence politique. Il ne faut pas oublier non plus qu'elle a eu lieu quelques mois avant le départ de la dernière chaîne et les manifestations si scandaleuses qui l'avaient accompagnée. Ces deux fêtes se sont croisées dans l'histoire; et d'ailleurs François, complice de Lacenaire, fut un des personnages les plus voyants de la chaîne du 19 juillet[1]. L'une prolongeait les rituels antiques des supplices au risque de réactiver autour des criminels les illégalismes populaires. Elle allait être interdite, car le criminel ne devait plus avoir de place que dans l'espace approprié de la délinquance. L'autre inaugurait le jeu théorique d'un illégalisme de privilégiés; ou plutôt elle marquait le moment où les illégalismes politiques et économiques que pratique de fait la bourgeoisie allaient se doubler de la représentation théorique et esthétique : la « Métaphysique du crime » comme on disait à propos de Lacenaire. *L'Assassinat considéré comme un des Beaux-Arts* fut publié en 1849.

*

Cette production de la délinquance et son investissement par l'appareil pénal, il faut les prendre pour ce qu'ils sont : non pas des résultats acquis une fois pour toutes mais des tactiques qui se déplacent dans la mesure où elles n'atteignent jamais tout à fait leur but. La coupure entre sa délinquance et les autres illégalismes, son retournement contre eux, sa colonisation par les illégalismes dominants — autant d'effets qui apparaissent clairement dans la manière dont fonctionne le système police-prison; pourtant, ils n'ont pas cessé de rencontrer des résistances; ils ont suscité des luttes et provoqué des réactions. Dresser la barrière qui devrait séparer les délinquants de toutes les couches populaires dont ils étaient issus et avec lesquelles ils demeuraient liés, était une tâche difficile, surtout sans doute dans les milieux urbains[2]. On s'y est employé longtemps et avec

1. La ronde des années 1835-36 : Fieschi, qui relevait de la peine commune aux parricides et aux régicides, fut une des raisons pour lesquelles Rivière, le parricide, fut condamné à mort malgré un mémoire dont le caractère étonnant fut sans doute étouffé par l'éclat de Lacenaire, de son procès, et de ses écrits qui furent publiés grâce au chef de la Sûreté (non sans certaines censures), au début de 1836, quelques mois avant que son complice François aille donner, avec la chaîne de Brest, un des derniers grands spectacles forains du crime. Ronde des illégalismes et des délinquances, ronde des discours du crime et sur le crime.

2. A la fin du XVIIIe siècle, Colquhoun donne une idée de la difficulté de la tâche pour une ville comme Londres. *Traité de la police de Londres*, traduit en français 1807, I, p. 32-34; p. 299-300.

obstination. On a utilise les procédés généraux de cette « moralisation » des classes pauvres qui a eu par ailleurs une importance capitale tant du point de vue économique que politique (acquisition de ce qu'on pouvait appeler un « légalisme de base », indispensable du moment que le système du code avait remplacé les coutumes; apprentissage des règles élémentaires de la propriété et de l'épargne; dressage à la docilité dans le travail, à la stabilité du logement et de la famille, etc.). On a mis en œuvre des procédés plus particuliers pour entretenir l'hostilité des milieux populaires contre les délinquants (en utilisant les anciens détenus comme indicateurs, mouchards, briseurs de grève ou hommes de main). On a confondu systématiquement les délits de droit commun et ces infractions à la lourde législation sur les livrets, les grèves, les coalitions, les associations[1], pour lesquelles les ouvriers demandaient la reconnaissance d'un statut politique. On a très régulièrement accusé les actions ouvrières d'être animées sinon manipulées par de simples criminels[2]. On a montré dans les verdicts une sévérité souvent plus grande contre les ouvriers que contre les voleurs[3]. On a mélangé dans les prisons les deux catégories de condamnés, et accordé un traitement préférentiel au droit commun, tandis que les journalistes ou les hommes politiques détenus avaient droit la plupart du temps à être mis à part. Bref, toute une tactique de confusion qui avait pour fin un état de conflit permanent.

A cela s'ajoutait une longue entreprise pour imposer à la perception qu'on avait des délinquants une grille bien déterminée : les présenter comme tout proches, partout présents et partout redoutables. C'est la fonction du fait divers qui envahit une partie de la presse et qui commence à avoir ses journaux propres[4]. Le fait divers criminel, par sa redondance

1. « Aucune autre classe n'est assujettie à une surveillance de ce genre; elle s'exerce presque de la même manière que celle des condamnés libérés; elle semble ranger les ouvriers dans la catégorie qu'on appelle maintenant la classe dangereuse de la société » (*L'Atelier*, 5ᵉ année, nº 6, mars 1845, à propos du livret).

2. Cf. par exemple J.B. Monfalcon, *Histoire des insurrections de Lyon*, 1834, p. 142.

3. Cf. *L'Atelier*, octobre 1840, ou encore *La Fraternité*, juillet-août 1847.

4. En dehors de la *Gazette des tribunaux* et du *Courrier des tribunaux*, le *Journal des concierges*.

quotidienne, rend acceptable l'ensemble des contrôles judiciaires et policiers qui quadrillent la société; il raconte au jour le jour une sorte de bataille intérieure contre l'ennemi sans visage; dans cette guerre, il constitue le bulletin quotidien d'alarme ou de victoire. Le roman criminel, qui commence à se développer dans les feuilletons et dans la littérature à bon marché, assume un rôle apparemment inverse. Il a surtout pour fonction de montrer que le délinquant appartient à un monde entièrement autre, sans relation avec l'existence quotidienne et familière. Cette étrangeté, ce fut d'abord celle des bas-fonds *(Les Mystères de Paris, Rocambole)*, puis celle de la folie (surtout dans la seconde moitié du siècle), enfin celle du crime doré, de la délinquance de « haut vol » (Arsène Lupin). Les faits divers joints à la littérature policière ont produit depuis plus d'un siècle une masse démesurée de « récits de crimes » dans lesquels surtout la délinquance apparaît à la fois comme très proche et tout à fait étrangère, perpétuellement menaçante pour la vie quotidienne, mais extrêmement lointaine par son origine, ses mobiles, le milieu où elle se déploie quotidienne et exotique. Par l'importance qu'on lui prête et le faste discursif dont on l'accompagne, on trace autour d'elle une ligne qui, en l'exaltant, la met à part. Dans cette délinquance si redoutable, et venue d'un ciel si étranger, quel illégalisme pourrait se reconnaître?...

Cette tactique multiple n'est pas restée sans effet : le prouvent les campagnes des journaux populaires contre le travail pénal[1]; contre le « confort des prisons »; pour qu'on réserve aux détenus les travaux les plus durs et les plus dangereux; contre le trop d'intérêt que la philanthropie porte aux délinquants; contre la littérature qui exalte le crime[2]; le

1. Cf. *L'Atelier*, juin 1844, Pétition à la Chambre de Paris pour que les détenus soient préposés aux « travaux insalubres et dangereux »; en avril 1845 le journal cite l'expérience de Bretagne où un assez grand nombre de condamnés militaires sont morts de fièvre en faisant des travaux de canalisation. En novembre 1845 pourquoi les prisonniers ne travaillent-ils pas le mercure ou le blanc de céruse?... Cf. également la *Démocratie politique* des années 1844-1845.

2. Dans *L'Atelier*, de novembre 1843, une attaque contre *Les Mystères de Paris* parce qu'ils font la part trop belle aux délinquants, à leur pittoresque, à leur vocabulaire, et parce qu'on y souligne trop le caractère fatal du penchant au crime. Dans *La Ruche populaire* on trouve des attaques du même genre à propos du théâtre.

prouve aussi la méfiance éprouvée en général dans tout le mouvement ouvrier à l'égard des anciens condamnés de droit commun. « A l'aube du XXe siècle », écrit Michèle Perrot, « ceinte de mépris, la plus altière des murailles, la prison achève de se clore sur un peuple impopulaire[1]. »

Mais cette tactique est loin pourtant d'avoir triomphé, ou d'avoir en tout cas obtenu une rupture totale entre les délinquants et les couches populaires. Les rapports des classes pauvres avec l'infraction, la position réciproque du prolétariat et de la plèbe urbaine seraient à étudier. Mais une chose est certaine : la délinquance et la répression sont considérées, dans le mouvement ouvrier des années 1830-1850, comme un enjeu important. Hostilité aux délinquants sans doute; mais bataille autour de la pénalité. Les journaux populaires proposent souvent une analyse politique de la criminalité qui s'oppose terme à terme à la description familière aux philanthropes (pauvreté — dissipation — paresse — ivrognerie — vice — vol — crime). Le point d'origine de la délinquance, ils l'assignent non pas à l'individu criminel (il n'en est que l'occasion ou la première victime) mais à la société : « L'homme qui vous donne la mort n'est pas libre de ne pas vous la donner. Le coupable, c'est la société, ou pour dire plus vrai c'est la mauvaise organisation sociale[2]. » Et cela, soit parce qu'elle n'est pas apte à subvenir à ses besoins fondamentaux, soit parce qu'elle détruit ou efface en lui des possibilités, des aspirations ou des exigences qui se feront jour ensuite dans le crime : « La fausse instruction, les aptitudes et les forces non consultées, l'intelligence et le cœur comprimés par un travail forcé dans un âge trop tendre[3]. » Mais cette criminalité de besoin ou de répression masque par l'éclat qu'on lui donne et la déconsidération dont on l'entoure, une autre criminalité qui en est parfois la cause, et toujours l'amplification. C'est la délinquance d'en haut, exemple scandaleux, source de misère et principe de révolte pour les pauvres. « Pendant que la misère jonche vos pavés de cadavres, vos prisons de voleurs et d'assassins, que voit-on de la part des escrocs du grand monde?... les exemples les plus

1. *Délinquance et système pénitentiaire de France au XIXe siècle* (texte inédit).
2. *L'Humanitaire*, août 1841.
3. *La Fraternité*, novembre 1845.

corrupteurs, le cynisme le plus révoltant, le brigandage le plus éhonté... Ne craignez-vous pas que le pauvre que l'on traduit sur les bancs des criminels pour avoir arraché un morceau de pain à travers les barreaux d'une boulangerie, ne s'indigne pas assez, quelque jour, pour démolir pierre à pierre la Bourse, un antre sauvage où l'on vole impunément les trésors de l'État, la fortune des familles[1]. » Or cette délinquance propre à la richesse est tolérée par les lois, et lorsqu'il lui arrive de tomber sous leurs coups, elle est sûre de l'indulgence des tribunaux et de la discrétion de la presse[2]. De là l'idée que les procès criminels peuvent devenir l'occasion d'un débat politique, qu'il faut profiter des procès d'opinion ou des actions intentées aux ouvriers pour dénoncer le fonctionnement général de la justice pénale : « L'enceinte des tribunaux n'est plus seulement comme autrefois un lieu d'exhibition pour les misères et les plaies de notre époque, une espèce de marque où viennent s'étaler côte à côte les tristes victimes de notre désordre social; c'est une arène qui retentit du cri des combattants[3]. » De là aussi l'idée que les prisonniers politiques, puisqu'ils ont, comme les délinquants, une expérience directe du système pénal, mais qu'ils sont, eux, en état de se faire entendre, ont le devoir d'être les porte-parole de tous les détenus : à eux d'éclairer « le bon bourgeois de France qui n'a jamais connu les peines qu'on inflige qu'à travers les pompeux réquisitoires d'un procureur général[4] ».

Dans cette remise en question de la justice pénale et de la frontière qu'elle trace soigneusement autour de la délinquance, la tactique de ce qu'on pourrait appeler le « contre-fait divers » est caractéristique. Il s'agit pour les journaux populaires de retourner l'usage qui était fait des crimes ou

1. *La Ruche populaire*, novembre 1842.
2. Cf. dans *La Ruche populaire* (déc. 1839), une réplique de Vinçard à un article de Balzac dans *Le Siècle*. Balzac disait qu'une accusation de vol devait être menée avec prudence et discrétion quand il s'agissait d'un riche dont la moindre malhonnêteté est aussitôt connue : « Dites, Monsieur, la main sur la conscience, si le contraire n'arrive pas tous les jours, si, avec une grande fortune et un rang élevé dans le monde, on ne trouve pas mille solutions, mille moyens pour étouffer une affaire fâcheuse. »
3. *La Fraternité*, novembre 1841.
4. *Almanach populaire de la France*, 1839, p. 50.

des procès dans les journaux qui, à la manière de la *Gazette des tribunaux*, se « repaissent de sang », se « nourrissent de prison » et font jouer quotidiennement « un répertoire de mélodrame[1] ». Le contre-fait divers souligne systématiquement les faits de délinquance dans la bourgeoisie, montrant que c'est elle la classe soumise à la « dégénérescence physique », à la « pourriture morale » ; il substitue aux récits de crimes commis par les gens du peuple la description de la misère où les plongent ceux qui les exploitent et qui au sens strict les affament et les assassinent[2] ; il montre dans les procès criminels contre les ouvriers quelle part de responsabilité doit être attribuée aux employeurs et à la société tout entière. Bref, tout un effort se déploie pour retourner ce discours monotone sur le crime qui cherche à la fois à l'isoler comme une monstruosité et à en faire retomber l'éclat sur la classe la plus pauvre.

Au cours de cette polémique antipénale, les fouriéristes ont sans doute été plus loin que tous les autres. Ils ont élaboré, les premiers peut-être, une théorie politique qui est en même temps une valorisation positive du crime. S'il est, selon eux, un effet de la « civilisation », il est également et du fait même une arme, contre elle. Il porte en lui une vigueur et un avenir. « L'ordre social dominé par la fatalité de son principe compressif continue à tuer par le bourreau ou par les prisons ceux dont le naturel robuste rejette ou dédaigne ses prescriptions, ceux qui trop forts pour demeurer enfermés dans ces langes étroits, les brisent et les déchirent, hommes qui ne veulent pas rester enfants[3]. » Il n'y a donc pas une nature criminelle mais des jeux de force qui, selon la classe à laquelle appartiennent les individus[4], les conduiront au pou-

1. *Pauvre Jacques*, 1re année, n° 3.

2. Dans *La Fraternité*, mars 1847, il est question de l'affaire Drouillard et allusivement des vols dans l'administration de la marine à Rochefort. En juin 1847, article sur le procès Boulmy et sur l'affaire Cubière-Pellaprat ; en juillet-août 1847, sur l'affaire de concussion Benier-Lagrange-Jussieu.

3. *La Phalange*, 10 janvier 1837.

4. « La prostitution patentée, le vol matériel direct, le vol avec effraction, le meurtre, le brigandage pour les classes inférieures ; tandis que les spoliations habiles, le vol indirect et raffiné, l'exploitation savante du bétail humain, les trahisons de haute tactique, les roueries transcendantes, enfin tous les vices et tous les crimes véritablement lucratifs élégants et que la loi est trop bien élevée pour atteindre demeurent le monopole des classes supérieures » (1er déc. 1838).

voir ou à la prison : pauvres, les magistrats d'aujourd'hui peupleraient sans doute les bagnes ; et les forçats, s'ils étaient bien nés, « siégeraient dans les tribunaux et y rendraient la justice[1] ». Au fond, l'existence du crime manifeste heureusement une « incompressibilité de la nature humaine » ; il faut voir en lui, plutôt qu'une faiblesse ou une maladie, une énergie qui se redresse, une « éclatante protestation de l'individualité humaine » qui sans doute lui donne aux yeux de tous son étrange pouvoir de fascination. « Sans le crime qui réveille chez nous une foule de sentiments engourdis et de passions à moitié éteintes, nous resterions plus longtemps dans le désordre, c'est-à-dire dans l'atonie[2]. » Il peut donc arriver que le crime constitue un instrument politique qui sera éventuellement aussi précieux pour la libération de notre société qu'il l'a été pour l'émancipation des Noirs ; celle-ci aurait-elle eu lieu sans lui ? « Le poison, l'incendie et quelquefois même la révolte, témoignent des ardentes misères de la condition sociale[3]. » Les prisonniers ? La partie « la plus malheureuse et la plus opprimée de l'humanité ». *La Phalange* rejoignait parfois l'esthétique contemporaine du crime, mais pour un combat bien différent.

De là une utilisation des faits divers qui n'a pas simplement pour objectif de retourner vers l'adversaire le reproche d'immoralité, mais de faire apparaître le jeu des forces qui s'opposent les unes aux autres. *La Phalange* analyse les affaires pénales comme un affrontement codé par la « civilisation », les grands crimes non point comme des monstruosités mais comme le retour fatal et la révolte de ce qui est réprimé[4], les petits illégalismes non point comme les marges nécessaires de la société mais comme le grondement central de la bataille qui s'y déroule.

Plaçons là, après Vidocq et Lacenaire, un troisième personnage. Il n'a fait, lui, qu'une brève apparition ; sa notoriété n'a guère duré plus d'un jour. Il n'était que la figure passagère des illégalismes mineurs : un enfant de treize ans, sans domi-

1. *La Phalange*, 1er déc. 1838.
2. *La Phalange*, 10 janvier 1837.
3. *Ibid.*
4. Cf. par exemple ce que *La Phalange* dit de Delacollonge, ou d'Elirabide, 1er août 1836 et 2 octobre 1840.

cile ni famille, inculpé de vagabondage et qu'une condamnation à deux ans de correction a placé pour longtemps sans doute dans les circuits de la délinquance. Il serait à coup sûr passé sans traces, s'il n'avait opposé au discours de la loi qui le rendait délinquant (au nom des disciplines plus encore qu'aux termes du code) le discours d'un illégalisme qui demeurait rétif à ces coercitions. Et qui faisait valoir l'indiscipline d'une manière systématiquement ambiguë comme l'ordre désordonné de la société et comme l'affirmation de droits irréductibles. Tous les illégalismes que le tribunal code comme des infractions, l'accusé les a reformulés comme l'affirmation d'une force vive : l'absence d'habitat en vagabondage, l'absence de maître en autonomie, l'absence de travail en liberté, l'absence d'emploi du temps en plénitude des jours et des nuits. Cet affrontement de l'illégalisme avec le système discipline-pénalité-délinquance a été perçu par les contemporains ou plutôt par le journaliste qui se trouvait là comme l'effet comique de la loi criminelle aux prises avec les faits menus de l'indiscipline. Et c'était exact : l'affaire elle-même, et le verdict qui l'a suivie sont bien au cœur du problème des châtiments légaux au XIXe siècle. L'ironie par laquelle le juge essaie d'envelopper l'indiscipline dans la majesté de la loi et l'insolence par laquelle l'accusé réinscrit l'indiscipline dans les droits fondamentaux constituent pour la pénalité une scène exemplaire.

Ce qui nous a valu sans doute le compte rendu de la *Gazette des tribunaux*[1] : « Le président : On doit dormir chez soi. — Béasse : Est-ce que j'ai un chez soi? — Vous vivez dans un vagabondage perpétuel. — Je travaille pour gagner ma vie. — Quel est votre état? — Mon état : d'abord j'en ai trente-six au moins; ensuite je travaille chez personne. Il y a déjà quelque temps que je suis à mes pièces. J'ai mes états de jour et de nuit. Ainsi par exemple le jour, je distribue de petits imprimés gratis à tous les passants; je cours après les diligences qui arrivent pour porter les paquets; je fais la roue sur l'avenue de Neuilly; la nuit, j'ai les spectacles; je vais ouvrir les portières, je vends des contre-marques; je suis bien occupé. — Il vaudrait mieux pour vous être placé dans une

1. *La Gazette des tribunaux*, août 1840.

bonne maison et y faire votre apprentissage. — Ah ouiche, une bonne maison, un apprentissage, c'est embêtant. Et puis ensuite, le bourgeois, ça grogne toujours et ensuite, pas de liberté. — Votre père ne vous réclame pas? — Plus de père. — Et votre mère? — Pas plus, ni parents, ni amis, libre et indépendant. » Entendant sa condamnation à deux ans de correction, Béasse « fait une assez laide grimace puis reprenant sa belle humeur : "Deux ans, c'est jamais que vingt-quatre mois. Allons, en route." »

C'est cette scène que *La Phalange* a reprise. Et l'importance qu'elle lui accorde, le démontage très lent, très soigneux qu'elle en fait montre que les fouriéristes voyaient dans une affaire aussi quotidienne un jeu de forces fondamentales. D'un côté, celle de la « civilisation », représentée par le président, « légalité vivante, esprit et lettre de la loi ». Elle a son système de coercition, qui semble être le Code et qui en fait est la discipline. Il faut avoir un lieu, une localisation, une insertion contraignante : « On dort chez soi, dit le président, parce qu'en effet, pour lui, tout doit avoir un domicile, une demeure splendide ou infime, peu lui importe; il n'est point chargé d'y pourvoir; il est chargé d'y forcer tout individu. » Il faut en outre avoir un état, une identité reconnaissable, une individualité fixée une fois pour toutes : « Quel est votre état? Cette question est l'expression la plus simple de l'ordre qui s'établit dans la société; ce vagabondage lui répugne et la trouble; il faut avoir un état stable, continu, de longue haleine, des pensées d'avenir, d'établissement futur, pour la rassurer contre toute attaque. » Il faut enfin avoir un maître, être pris et situé à l'intérieur d'une hiérarchie; on n'existe que fixé dans des rapports définis de domination : « Chez qui travaillez-vous? C'est-à-dire, puisque vous n'êtes pas maître, il faut que vous soyez serviteur, n'importe à quelle condition; il ne s'agit pas de la satisfaction de votre individu; il s'agit de l'ordre à maintenir. » En face de la discipline au visage de loi, on a l'illégalisme qui se fait valoir comme un droit; plus que par l'infraction, c'est par l'indiscipline que se fait la rupture. Indiscipline du langage : l'incorrection de la grammaire et le ton des répliques « indiquent une scission violente entre l'accusé et la société qui par l'organe du président s'adresse à lui en termes corrects ». Indiscipline qui est celle de la liberté native et immédiate : « Il sent bien que l'apprenti, l'ouvrier est esclave et que l'esclavage est triste... Cette liberté, ce besoin de mouvement dont il est possédé, il sent bien qu'il n'en jouirait plus dans l'ordre ordinaire... Il aime mieux la liberté, dût-elle n'être que désordre, que lui importe ? C'est la liberté, c'est-à-dire le développement plus spontané de son individualité, développement sauvage, et par conséquent brutal et borné, mais développement naturel et instinctif. » Indiscipline dans les relations familiales : peu importe que cet enfant perdu ait été abandonné ou se soit volontairement affranchi, car « il n'a pas pu non plus supporter l'esclavage de l'éducation chez des parents ou des étrangers ». Et à travers toutes ces menues indisciplines, c'est finalement, la « civilisation » tout entière qui est récusée, et la « sauvagerie » qui se fait jour : « C'est du travail, c'est de la fainéantise, c'est de l'insouciance, c'est de la débauche : c'est tout, excepté l'ordre; sauf la différence des occupations et des débauches, c'est la vie du sauvage, au jour le jour et sans lendemain[1]. »

Sans doute les analyses de *La Phalange* ne peuvent être considérées comme représentatives des discussions que les journaux populaires menaient à cette époque sur les crimes et la pénalité. Mais elles se situent pourtant dans le contexte de cette polémique. Les leçons de *La Phalange* n'ont pas été tout à fait perdues. Ce sont elles qui ont été réveillées par l'écho très ample qui a répondu aux anarchistes lorsque, dans la seconde moitié du XIXe siècle, ils ont, en prenant pour point d'attaque l'appareil pénal, posé le problème politique de la déliquance; lorsqu'ils ont pensé reconnaître en elle la forme la plus combative du refus de la loi; lorsqu'ils ont essayé moins d'héroïser la révolte des délinquants que de désannexer la délinquance par rapport à la légalité et à l'illégalisme bourgeois qui l'avaient colonisée; lorsqu'ils ont voulu rétablir ou constituer l'unité politique des illégalismes populaires.

1. *La Phalange*, 15 août 1840.

CHAPITRE III

Le carcéral

J'aurais à fixer la date où s'achève la formation du système carcéral, je ne choisirais pas 1810 et le Code pénal, ni même 1844, avec la loi qui posait le principe de l'internement cellulaire; je ne choisirais peut-être pas 1838 où furent publiés pourtant les livres de Charles Lucas, de Moreau-Christophe et de Faucher sur la réforme des prisons. Mais le 22 janvier 1840, date de l'ouverture officielle de Mettray. Ou peut-être mieux, ce jour, d'une gloire sans calendrier, où un enfant de Mettray agonisait en disant : « Quel dommage d'avoir à quitter si tôt la colonie[1]. » C'était la mort du premier saint pénitentiaire. Beaucoup de bienheureux l'ont sans doute rejoint, s'il est vrai que les colons disaient couramment, pour chanter les louanges de la nouvelle politique punitive du corps : « Nous préférerions les coups, mais la cellule nous vaut mieux. »

Pourquoi Mettray? Parce que c'est la forme disciplinaire à l'état le plus intense, le modèle où se concentrent toutes les technologies coercitives du comportement. Il y a là « du cloître, de la prison, du collège, du régiment ». Les petits groupes, fortement hiérarchisés, entre lesquels sont répartis les détenus se réfèrent simultanément à cinq modèles : celui de la famille (chaque groupe est une « famille » composée de « frères » et de deux « aînés »); celui de l'armée (chaque famille, commandée par un chef, est divisée en deux sections

1. E. Ducpétiaux, *De la condition physique et morale des jeunes ouvriers*, t. II, p. 383.

qui ont chacune un sous-chef; chaque détenu a un numéro matricule et doit apprendre les exercices militaires de base; une revue de propreté a lieu tous les jours, une revue d'habillement toutes les semaines; l'appel trois fois par jour); celui de l'atelier, avec chefs et contremaîtres qui assurent l'encadrement du travail et l'apprentissage des plus jeunes; celui de l'école (une heure ou une heure et demie de classe par jour; l'enseignement est donné par l'instituteur et par les sous-chefs); le modèle judiciaire, enfin; tous les jours une « distribution de justice » est faite au parloir : « La moindre désobéissance est frappée de châtiment et le meilleur moyen d'éviter de graves délits, c'est de punir très sévèrement les fautes les plus légères : un mot inutile est réprimé à Mettray »; la principale des punitions qu'on inflige, c'est l'emprisonnement en cellule; car « l'isolement est le meilleur moyen d'agir sur le moral des enfants; c'est là surtout que la voix de la religion, n'eût-elle jamais parlé à leur cœur, recouvre toute sa puissance d'émotion[1] »; toute l'institution parapénale, qui est faite pour n'être pas la prison, culmine dans la cellule sur les murs de laquelle est écrit en lettres noires : « Dieu vous voit. »

Cette superposition de modèles différents permet de circonscrire, dans ce qu'elle a de spécifique, la fonction de « dressage ». Les chefs et sous-chefs à Mettray ne doivent être tout à fait ni des juges, ni des professeurs, ni des contremaîtres, ni des sous-officiers, ni des « parents », mais un peu de tout cela et dans un mode d'intervention qui est spécifique. Ce sont en quelque sorte des techniciens du comportement : ingénieurs de la conduite, orthopédistes de l'individualité. Ils ont à fabriquer des corps à la fois dociles et capables : ils contrôlent les neuf ou dix heures de travail quotidien (artisanal ou agricole); ils dirigent les défilés, les exercices physiques, l'école de peloton, les levers, les couchers, les marches au clairon et au sifflet; ils font faire la gymnastique[2]; ils vérifient la propreté, président aux bains. Dressage qui

1. *Ibid.*, p. 377.

2. « Tout ce qui contribue à fatiguer contribue à chasser les mauvaises pensées; aussi a-t-on soin que les jeux se composent d'exercices violents. Le soir, ils s'endorment à l'instant même où ils se couchent. » (*Ibid.*, p. 375-376) cf. planche n° 27.

s'accompagne d'une observation permanente; sur la conduite quotidienne des colons, un savoir est sans cesse prélevé; on l'organise comme instrument d'appréciation perpétuelle : « A l'entrée dans la colonie, on fait subir à l'enfant une sorte d'interrogatoire pour se rendre compte de son origine, de la position de sa famille, de la faute qui l'a conduit devant les tribunaux et de tous les délits qui composent sa courte et souvent bien triste existence. Ces renseignements sont inscrits sur un tableau où l'on note successivement tout ce qui concerne chaque colon, son séjour à la colonie et son placement après qu'il en est sorti [1]. » Le modelage du corps donne lieu à une connaissance de l'individu, l'apprentissage des techniques induit des modes de comportement et l'acquisition d'aptitudes s'enchevêtre avec la fixation de rapports de pouvoir; on forme de bons agriculteurs vigoureux et habiles; dans ce travail même, pourvu qu'il soit techniquement contrôlé, on fabrique des sujets soumis, et on constitue sur eux un savoir auquel on peut se fier. Double effet de cette technique disciplinaire qui s'exerce sur les corps : une « âme » à connaître et un assujettissement à maintenir. Un résultat authentifie ce travail de dressage : en 1848, au moment où « la fièvre révolutionnaire passionnait toutes les imaginations, au moment où les écoles d'Angers, de La Flèche, d'Alfort, les collèges mêmes s'insurgèrent, les colons de Mettray ont redoublé de calme [2] ».

Où Mettray est surtout exemplaire, c'est dans la spécificité qu'on y reconnaît à cette opération de dressage. Elle voisine avec d'autres formes de contrôle sur lesquelles elle prend appui : la médecine, l'éducation générale, la direction religieuse. Mais elle ne se confond absolument pas avec elles. Ni non plus avec l'administration proprement dite. Chefs ou sous-chefs de famille, moniteurs ou contremaîtres, les cadres avaient à vivre au plus près des colons; ils portaient un costume « presqu'aussi humble » que le leur; ils ne les quittaient pratiquement jamais, les surveillant jour et nuit; ils constituaient parmi eux un réseau d'observation permanente. Et pour les former eux-mêmes, on avait organisé, dans

1. E. Ducpétiaux, *Des colonies agricoles*, 1851, p. 61.
2. G. Ferrus, *Des prisonniers*, 1850.

la colonie, une école spécialisée. L'élément essentiel de son programme était de soumettre les cadres futurs aux mêmes apprentissages et aux mêmes coercitions que les détenus eux-mêmes : ils étaient « soumis comme élèves à la discipline qu'ils devaient comme professeurs imposer plus tard ». On leur enseignait l'art des rapports de pouvoir. Première école normale de la discipline pure : le « pénitentiaire » n'y est pas simplement un projet qui cherche sa caution dans l'« humanité » ou ses fondements dans une « science » . mais une technique qui s'apprend, se transmet et obéit à des normes générales. La pratique qui normalise de force la conduite des indisciplinés ou des dangereux peut être à son tour, par une élaboration technique et une réflexion rationnelle, « normalisée ». La technique disciplinaire devient une « discipline » qui, elle aussi, a son école.

Il se trouve que les historiens des sciences humaines situent à cette époque l'acte de naissance de la psychologie scientifique : Weber, pour mesurer les sensations, aurait commencé à manipuler son petit compas dans les mêmes années. Ce qui se passe à Mettray (et dans les autres pays d'Europe un peu plus tôt ou un peu plus tard) est évidemment d'un tout autre ordre. C'est l'émergence ou plutôt la spécification institutionnelle et comme le baptême d'un nouveau type de contrôle — à la fois connaissance et pouvoir — sur les individus qui résistent à la normalisation disciplinaire. Et pourtant, dans la formation et la croissance de la psychologie, l'apparition de ces professionnels de la discipline, de la normalité et de l'assujettissement, vaut bien sans doute la mesure d'un seuil différentiel. On dira que l'estimation quantitative des réponses sensorielles pouvait au moins s'autoriser des prestiges de la physiologie naissante et qu'elle mérite à ce titre de figurer dans l'histoire des connaissances. Mais les contrôles de normalité étaient, eux, fortement encadrés par une médecine ou une psychiatrie qui leur garantissaient une forme de « scientificité »; ils étaient appuyés sur un appareil judiciaire, qui, de manière directe ou indirecte, leur apportait sa caution légale. Ainsi, à l'abri de ces deux considérables tutelles et leur servant d'ailleurs de lien, ou de lieu d'échange, une technique réfléchie du contrôle des normes s'est développée sans arrêt jusqu'aujourd'hui. Les supports institutionnels et spécifiques de ces procédés se sont multipliés depuis la petite école de Mettray; leurs appareils ont augmenté en quantité et en surface; leurs attaches se sont mutipliées, avec les hôpitaux, les écoles, les administrations publiques et les entreprises privées; leurs agents ont proliféré en nombre, en pouvoir, en qualification technique; les techniciens de l'indiscipline ont fait souche. Dans la normalisation du pouvoir de normalisation, dans l'aménagement d'un pouvoir-savoir sur les individus, Mettray et son école font époque.

*

Mais pourquoi avoir choisi ce moment comme point d'arrivée dans la formation d'un certain art de punir, qui est encore à peu près le nôtre? Précisément parce que ce choix est un peu « injuste ». Parce qu'il situe la « fin » du processus dans les bas-côtés du droit criminel. Parce que Mettray est une prison, mais boiteuse : prison, puisqu'on y détenait des jeunes délinquants condamnés par les tribunaux; et pourtant un peu autre chose puisqu'on y enfermait des mineurs qui avaient été inculpés mais acquittés en vertu de l'article 66 du Code, et des pensionnaires retenus, comme au XVIIIe siècle, au titre de la correction paternelle. Mettray, modèle punitif, est à la limite de la pénalité stricte. Elle a été la plus célèbre de toute une série d'institutions qui bien au-delà des frontières du droit criminel ont constitué ce qu'on pourrait appeler l'archipel carcéral.

Les principes généraux, les grands codes, et les législations l'avaient pourtant bien dit : pas d'emprisonnement « hors la loi », pas de détention qui ne soit décidée par une institution judiciaire qualifiée, plus de ces renfermements arbitraires et pourtant massifs. Or le principe même de l'incarcération extra-pénale ne fut dans la réalité jamais abandonné[1]. Et si l'appareil du grand renfermement classique fut en partie démantelé (et en partie seulement), il fut très tôt réactivé,

1. Il y aurait à faire toute une étude sur les débats qui eurent lieu sous la Révolution à propos des tribunaux de famille, de la correction paternelle, et du droit des parents à faire enfermer leurs enfants.

réaménagé, développé sur certains points. Mais ce qui est plus important encore, c'est qu'il fut homogénéisé par l'intermédiaire de la prison d'une part avec les châtiments légaux, et d'autre part avec les mécanismes disciplinaires. Les frontières qui étaient déjà brouillées à l'âge classique entre l'enfermement, les châtiments judiciaires et les institutions de discipline, tendent à s'effacer pour constituer un grand continuum carcéral qui diffuse les techniques pénitentiaires jusqu'aux plus innocentes disciplines, transmettent les normes disciplinaires jusqu'au cœur du système pénal, et font peser sur le moindre illégalisme, sur la plus petite irrégularité, déviation, ou anomalie, la menace de la délinquance. Un filet carcéral subtil, dégradé, avec des institutions compactes mais aussi des procédés parcellaires et diffus, a repris en charge l'enfermement arbitraire, massif, mal intégré de l'âge classique.

Il n'est pas question ici de reconstituer tout ce tissu qui forme l'entour d'abord immédiat puis de plus en plus lointain de la prison. Qu'il suffise de donner quelques repères pour apprécier l'ampleur, et quelques dates pour mesurer la précocité.

Il y a eu les sections agricoles des maisons centrales (dont le premier exemple fut Gaillon en 1824, suivi plus tard de Fontevrault, les Douaires, le Boulard) ; il y a eu les colonies pour enfants pauvres, abandonnés et vagabonds (Petit-Bourg en 1840, Ostwald en 1842) ; il y a eu les refuges, les charités, les miséricordes destinés aux filles coupables qui « reculent devant la pensée de rentrer dans une vie de désordre », pour les « pauvres innocentes que l'immoralité de leur mère, expose à une perversité précoce », ou pour les jeunes filles pauvres qu'on trouve à la porte des hôpitaux et des garnis. Il y a eu les colonies pénitentiaires prévues par la loi de 1850 : les mineurs, acquittés, ou condamnés, devaient y être « élevés en commun sous une discipline sévère, et appliqués aux travaux de l'agriculture, ainsi qu'aux principales industries qui s'y rattachent », et plus tard viendront les y rejoindre les mineurs relégables, et « les pupilles vicieux et insoumis de l'Assistance publique[1] ». Et, s'éloignant toujours davantage

1. Sur toutes ces institutions, cf. H. Gaillac, *Les Maisons de correction*, 1971, p. 99-107.

de la pénalité proprement dite, les cercles carcéraux s'élargissent et la forme de la prison s'atténue lentement avant de disparaître tout à fait : les institutions pour enfants abandonnés ou indigents, les orphelinats (comme Neuhof ou le Mesnil-Firmin), les établissements pour apprentis (comme le Bethléem de Reims ou la Maison de Nancy); plus loin encore les usines-couvents, comme celle de La Sauvagère puis de Tarare et de Jujurieu (où les ouvrières entrent vers l'âge de treize ans, vivent enfermées pendant des années et ne sortent que sous surveillance; ne reçoivent pas de salaire, mais des gages, modifiés par des primes de zèle et de bonne conduite, qu'elles ne touchent qu'à leur sortie). Et puis au-delà encore, il y a eu toute une série de dispositifs qui ne reprennent pas la prison « compacte » mais utilisent quelques-uns des mécanismes carcéraux : sociétés de patronage, œuvres de moralisation, bureaux qui tout à la fois distribuent les secours et assurent la surveillance, cités et logements ouvriers — dont les formes primitives et les plus frustes portent encore de façon très lisible les marques du système pénitentiaire[1]. Et finalement cette grande trame carcérale rejoint tous les dispositifs disciplinaires, qui fonctionnent disséminés dans la société.

On a vu que la prison transformait, dans la justice pénale, la procédure punitive en technique pénitentiaire; l'archipel carcéral, lui, transporte cette technique de l'institution pénale au corps social tout entier. Avec plusieurs effets importants.

1. Ce vaste dispositif établit une gradation lente, continue, imperceptible qui permet de passer comme naturellement du désordre à l'infraction et en sens inverse de la transgression de la loi à l'écart par rapport à une règle, à une moyenne, à une exigence, à une norme. A l'époque classique, malgré une

1. Cf. par exemple à propos des logements ouvriers construits à Lille au milieu du XIXe siècle : « La propreté est à l'ordre du jour. C'est l'âme du règlement. Quelques dispositions sévères contre les tapageurs, les ivrognes, les désordres de toute nature. Une faute grave entraîne l'exclusion. Ramenés à des habitudes régulières d'ordre et d'économie, les ouvriers ne désertent plus les ateliers le lundi... Les enfants mieux surveillés ne sont plus une cause de scandale... Des primes sont décernées pour la tenue des logements, pour la bonne conduite, pour les traits de dévouement et chaque année ces primes sont disputées par un grand nombre de concurrents. » Houzé de l'Aulnay, *Des logements ouvriers à Lille*, 1863, p. 13-15.

certaine référence commune à la faute en général[1], l'ordre de l'infraction, l'ordre du péché et celui de la mauvaise conduite demeuraient séparés dans la mesure où ils relevaient de critères et d'instances séparés (la pénitence, le tribunal, l'enfermement). L'incarcération avec ses mécanismes de surveillance et de punition fonctionne au contraire selon un principe de relative continuité. Continuité des institutions elles-mêmes qui renvoient les unes aux autres (de l'assistance à l'orphelinat, à la maison de correction, au pénitencier, au bataillon disciplinaire, à la prison; de l'école à la société de patronage, à l'ouvroir, au refuge, au couvent pénitentiaire; de la cité ouvrière à l'hôpital, à la prison). Continuité des critères et des mécanismes punitifs qui à partir de la simple déviation alourdissent progressivement la règle et aggravent la sanction. Gradation continue des autorités instituées, spécialisées et compétentes (dans l'ordre du savoir et dans l'ordre du pouvoir) qui, sans arbitraire, mais au terme de règlements, par voie de constat et de mesure hiérarchisent, différencient, sanctionnent, punissent, et mènent peu à peu de la sanction des écarts au châtiment des crimes. Le « carcéral » avec ses formes multiples, diffuses ou compactes, ses institutions de contrôle ou de contrainte, de surveillance discrète et de coercition insistante, assure la communication qualitative et quantitative des châtiments; il met en série ou il dispose selon des embranchements subtils les petites et les grandes peines, les douceurs et les rigueurs, les mauvaises notes et les moindres condamnations. Tu finiras au bagne, peut dire la moindre des disciplines; et la plus sévère des prisons dit au condamné à vie : je noterai le moindre écart de ta conduite. La généralité de la fonction punitive que le XVIIIe siècle cherchait dans la technique « idéologique » des représentations et des signes a maintenant pour support l'extension, l'armature matérielle, complexe, dispersée, mais cohérente, des différents dispositifs carcéraux. Du fait même, un certain signifié commun circule entre la première des irrégularités et le dernier des crimes : ce n'est plus la faute, ce n'est pas non

1. On la trouve explicitement formulée chez certains juristes comme Muyart de Vouglans, *Réfutation des principes hasardés dans le traité des délits et des peines*, 1767, p. 108. *Les Lois criminelles de la France*, 1780, p. 3; ou comme Rousseaud de la Combe, *Traité des matières criminelles*, 1741, p. 1-2.

plus l'atteinte à l'intérêt commun, c'est l'écart et l'anomalie; c'est lui qui hante l'école, le tribunal, l'asile ou la prison. Il généralise du côté du sens la fonction que le carcéral généralise du côté de la tactique. L'adversaire du souverain, puis l'ennemi social s'est transformé en un déviant, qui porte avec lui le danger multiple du désordre, du crime, de la folie. Le réseau carcéral couple, selon des relations mutiples, les deux séries, longues et multiples, du punitif et de l'anormal.

2. Le carcéral, avec ses filières, permet le recrutement des grands « délinquants » Il organise ce qu'on pourrait appeler les « carrières disciplinaires » où, sous l'aspect des exclusions et des rejets, s'opère tout un travail d'élaboration. A l'époque classique, s'ouvrait dans les confins ou les interstices de la société le domaine confus, tolérant et dangereux du « hors-la-loi » ou du moins de ce qui échappait aux prises directes du pouvoir : espace incertain qui était pour la criminalité un lieu de formation et une région de refuge; là se rencontraient, dans des allées et venues hasardeuses, la pauvreté, le chômage, l'innocence poursuivie, la ruse, la lutte contre les puissants, le refus des obligations et des lois, le crime organisé; c'était l'espace de l'aventure que Gil Blas, Sheppard ou Mandrin parcouraient en détail chacun à sa manière. Le XIXe siècle, par le jeu des différenciations et des embranchements disciplinaires, a construit des canaux rigoureux qui, au cœur du système, dressent la docilité et fabriquent la délin quance par les mêmes mécanismes. Il y a eu une sorte de « formation » disciplinaire, continue et contraignante, qui relève un peu du cursus pédagogique, un peu de la filière professionnelle. Des carrières s'y dessinent, aussi sûres, aussi fatales que celles de la fonction publique : patronages et sociétés de secours, placements à domicile, colonies pénitentiaires, bataillons de discipline, prisons, hôpitaux, hospices. Ces filières étaient déjà fort bien repérées au début du XIXe siècle : « Nos établissements de bienfaisance présentent un ensemble admirablement coordonné au moyen duquel l'indigent ne reste pas un moment sans secours depuis sa naissance jusqu'au tombeau. Suivez-le, l'infortuné : vous le verrez naître au milieu des enfants trouvés; de là il passe à la crèche puis aux salles d'asile; il en sort à six ans pour entrer à l'école primaire et plus tard aux écoles d'adultes. S'il ne peut

travailler, il est inscrit aux bureaux de bienfaisance de son arrondissement, et s'il tombe malade, il peut choisir entre 12 hôpitaux... Enfin, lorsque le pauvre de Paris atteint la fin de sa carrière, 7 hospices attendent sa vieillesse et souvent leur régime salubre a prolongé ses jours inutiles bien au-delà de ceux du riche[1]. »

Le réseau carcéral ne rejette pas l'inassimilable dans un enfer confus, il n'a pas de dehors. Il reprend d'un côté ce qu'il semble exclure de l'autre. Il économise tout, y compris ce qu'il sanctionne. Il ne consent pas à perdre même ce qu'il a tenu à disqualifier. Dans cette société panoptique dont l'incarcération est l'armature omniprésente, le délinquant n'est pas hors la loi ; il est, et même dès le départ, dans la loi, au cœur même de la loi, ou du moins en plein milieu de ces mécanismes qui font passer insensiblement de la discipline à la loi, de la déviation à l'infraction. S'il est vrai que la prison sanctionne la délinquance, celle-ci pour l'essentiel se fabrique dans et par une incarcération que la prison en fin de compte reconduit à son tour. La prison n'est que la suite naturelle, rien de plus qu'un degré supérieur de cette hiérarchie parcourue pas à pas. Le délinquant est un produit d'institution. Inutile par conséquent de s'étonner que, dans une proportion considérable, la biographie des condamnés passe par tous ces mécanismes et établissements dont on feint de croire qu'ils étaient destinés à éviter la prison. Qu'on trouve là, si on veut, l'indice d'un « caractère » délinquant irréductible : le reclus de Mende a été soigneusement produit à partir de l'enfant correctionnaire, selon les lignes de force du système carcéral généralisé. Et inversement, le lyrisme de la marginalité peut bien s'enchanter de l'image du « hors-la-loi », grand nomade social qui rôde aux confins de l'ordre docile et apeuré. Ce n'est pas dans les marges, et par un effet d'exils successifs que naît la criminalité, mais grâce à des insertions de plus en plus serrées, sous des surveillances toujours plus insistantes, par un cumul des coercitions disciplinaires. En un mot, l'archipel carcéral assure, dans les profondeurs du corps social, la formation de la délinquance

1. Moreau de Jonnès, cité *in* H. du Touquet, *De la condition des classes pauvres* (1846).

à partir des illégalismes ténus, le recouvrement de ceux-ci par celle-là et la mise en place d'une criminalité spécifiée.

3. Mais l'effet le plus important peut-être du système carcéral et de son extension bien au-delà de l'emprisonnement légal, c'est qu'il parvient à rendre naturel et légitime le pouvoir de punir, à abaisser du moins le seuil de tolérance à la pénalité. Il tend à effacer ce qu'il peut y avoir d'exorbitant dans l'exercice du châtiment. Et cela en faisant jouer l'un par rapport à l'autre les deux registres où il se déploie : celui, légal, de la justice, celui, extra-légal, de la discipline. En effet, la grande continuité du système carcéral de part et d'autre de la loi et de ses sentences donne une sorte de caution légale aux mécanismes disciplinaires, aux décisions et aux sanctions qu'ils mettent en œuvre. D'un bout à l'autre de ce réseau, qui comprend tant d'institutions « régionales », relativement autonomes et indépendantes, se transmet, avec la « forme-prison », le modèle de la grande justice. Les règlements des maisons de discipline peuvent reproduire la loi, les sanctions imiter les verdicts et les peines, la surveillance répéter le modèle policier; et au-dessus de tous ces établissements multiples, la prison, qui est par rapport à eux tous une forme pure, sans mélange ni atténuation, leur donne une manière de caution étatique. Le carcéral, avec son long dégradé qui s'étend du bagne ou de la réclusion criminelle jusqu'aux encadrements diffus et légers, communique un type de pouvoir que la loi valide et que la justice utilise comme son arme préférée. Comment les disciplines et le pouvoir qui fonctionne en elles pourraient-ils apparaître comme arbitraires alors qu'ils ne font que mettre en action les mécanismes de la justice elle-même, quitte à en atténuer l'intensité? Alors que si elles en généralisent les effets, si elles le transmettent jusqu'aux échelons derniers, c'est pour en éviter les rigueurs? La continuité carcérale et la diffusion de la forme-prison permettent de légaliser, ou en tout cas de légitimer le pouvoir disciplinaire, qui esquive ainsi ce qu'il peut comporter d'excès ou d'abus.

Mais inversement, la pyramide carcérale donne au pouvoir d'infliger des punitions légales un contexte dans lequel il apparaît comme libéré de tout excès et de toute violence.

Dans la gradation savamment progressive des appareils de discipline et des « encastrements » qu'ils impliquent, la prison ne représente pas du tout le déchaînement d'un pouvoir d'une autre nature, mais juste un degré supplémentaire dans l'intensité d'un mécanisme qui n'a pas cessé de jouer dès les premières sanctions. Entre la dernière des institutions de « redressement » où on est recueilli pour éviter la prison, et la prison où on est envoyé après une infraction caractérisée, la différence est (et doit être) à peine sensible. Rigoureuse économie qui a pour effet de rendre aussi discret que possible le singulier pouvoir de punir. Rien en lui désormais ne rappelle plus l'ancien excès du pouvoir souverain quand il vengeait son autorité sur le corps des suppliciés. La prison continue, sur ceux qu'on lui confie, un travail commencé ailleurs et que toute la société poursuit sur chacun par d'innombrables mécanismes de discipline. Grâce au continuum carcéral, l'instance qui condamne se glisse parmi toutes celles qui contrôlent, transforment, corrigent, améliorent. A la limite, plus rien ne l'en distinguerait vraiment, n'était le caractère singulièrement « dangereux » des délinquants, la gravité de leurs écarts, et la solennité nécessaire du rite. Mais, dans sa fonction, ce pouvoir de punir n'est pas essentiellement différent de celui de guérir ou d'éduquer. Il reçoit d'eux, et de leur tâche mineure et menue, une caution d'en bas; mais qui n'en est pas moins importante, puisque c'est celle de la technique et de la rationalité. Le carcéral « naturalise » le pouvoir légal de punir, comme il « légalise » le pouvoir technique de discipliner. En les homogénéisant ainsi, en effaçant ce qu'il peut y avoir de violent dans l'un et d'arbitraire dans l'autre, en atténuant les effets de révolte qu'ils peuvent susciter tous deux, en rendant par conséquent inutiles leur exaspération et leur acharnement, en faisant circuler de l'un à l'autre les mêmes méthodes calculées, mécaniques et discrètes, le carcéral permet d'effectuer cette grande « économie » du pouvoir dont le XVIIIe siècle avait cherché la formule, quand montait le problème de l'accumulation et de la gestion utile des hommes.

La généralité carcérale, en jouant dans toute l'épaisseur du corps social et en mêlant sans cesse l'art de rectifier au droit de punir, abaisse le niveau à partir duquel il devient naturel et acceptable d'être puni. On pose souvent la question de savoir comment, avant et après la Révolution, on a donné un nouveau fondement au droit de punir. Et c'est sans doute du côté de la théorie du contrat qu'il faut chercher. Mais il faut aussi et peut-être surtout poser la question inverse : comment a-t-on fait pour que les gens acceptent le pouvoir de punir, ou tout simplement, étant punis, tolèrent de l'être. La théorie du contrat ne peut y répondre que par la fiction d'un sujet juridique donnant aux autres le pouvoir d'exercer sur lui le droit qu'il détient lui-même sur eux. Il est bien probable que le grand continuum carcéral, qui fait communiquer le pouvoir de la discipline avec celui de la loi, et s'étend sans rupture des plus petites coercitions à la grande détention pénale, a constitué le doublet technique et réel, immédiatement matériel, de cette cession chimérique du droit de punir.

4. Avec cette nouvelle économie du pouvoir, le système carcéral qui en est l'instrument de base a fait valoir une nouvelle forme de « loi » : un mixte de légalité et de nature, de prescription et de constitution, la norme. De là toute une série d'effets : la dislocation interne du pouvoir judiciaire ou du moins de son fonctionnement; de plus en plus une difficulté à juger, et comme une honte à condamner; un furieux désir chez les juges de jauger, d'apprécier, de diagnostiquer, de reconnaître le normal et l'anormal; et l'honneur revendiqué de guérir ou de réadapter. De cela, inutile de faire crédit à la conscience bonne ou mauvaise des juges, pas même à leur inconscient. Leur immense « appétit de médecine » qui se manifeste sans cesse — depuis leur appel aux experts psychiatres, jusqu'à leur attention au bavardage de la criminologie — traduit le fait majeur que le pouvoir qu'ils exercent a été « dénaturé »; qu'il est bien à un certain niveau régi par les lois, qu'à un autre, et plus fondamental, il fonctionne comme un pouvoir normatif; c'est l'économie du pouvoir qu'ils exercent, et non celle de leurs scrupules ou de leur humanisme, qui leur fait formuler des verdicts « thérapeutiques », et décider des emprisonnements « réadaptatifs ». Mais inversement, si les juges acceptent de plus en plus mal d'avoir à condamner pour condamner, l'activité de juger s'est multipliée dans la mesure même où s'est diffusé le pouvoir normalisateur. Porté par l'omniprésence des dispositifs de disci-

pline, prenant appui sur tous les appareillages carcéraux, il est devenu une des fonctions majeures de notre société. Les juges de normalité y sont présents partout. Nous sommes dans la société du professeur-juge, du médecin-juge, de l'éducateur-juge, du « travailleur social »-juge; tous font régner l'universalité du normatif; et chacun au point où il se trouve y soumet le corps, les gestes, les comportements, les conduites, les aptitudes, les performances. Le réseau carcéral, sous ses formes compactes ou disséminées, avec ses systèmes d'insertion, de distribution, de surveillance, d'observation, a été le grand support, dans la société moderne, du pouvoir normalisateur.

5. Le tissu carcéral de la société assure à la fois les captations réelles du corps et sa perpétuelle mise en observation; il est, par ses propriétés intrinsèques, l'appareil de punition le plus conforme à la nouvelle économie du pouvoir, et l'instrument pour la formation du savoir dont cette économie même a besoin. Son fonctionnement panoptique lui permet de jouer ce double rôle. Par ses procédés de fixation, de répartition, d'enregistrement, il a été longtemps une des conditions, la plus simple, la plus fruste, la plus matérielle aussi, mais peut-être la plus indispensable, pour que se développe cette immense activité d'examen qui a objectivé le comportement humain. Si nous sommes entrés, après l'âge de la justice « inquisitoire », dans celui de la justice « examinatoire », si d'une façon plus générale encore, la procédure d'examen a pu si largement recouvrir toute la société, et donner lieu pour une part aux sciences de l'homme, un des grands instruments en a été la multiplicité et l'entrecroisement serré des mécanismes divers d'incarcération. Il ne s'agit pas de dire que de la prison sont sorties les sciences humaines. Mais si elles ont pu se former et produire dans l'épistémê tous les effets de bouleversement qu'on connaît, c'est qu'elles ont été portées par une modalité spécifique et nouvelle de pouvoir : une certaine politique du corps, une certaine manière de rendre docile et utile l'accumulation des hommes. Celle-ci exigeait l'implication de relations définies de savoir dans les rapports de pouvoir· elle appelait une technique pour entrecroiser l'assujettissement et l'objectivation; elle comportait des procédures nouvelles d'individualisation. Le réseau carcéral

constitue une des armatures de ce pouvoir-savoir qui a rendu historiquement possibles les sciences humaines. L'homme connaissable (âme, individualité, conscience, conduite, peu importe ici) est l'effet-objet de cet investissement analytique, de cette domination-observation.

6. Ceci explique sans doute l'extrême solidité de la prison, cette mince invention décriée pourtant dès sa naissance. Si elle n'avait été qu'un instrument de rejet ou d'écrasement au service d'un appareil étatique, il aurait été plus facile d'en modifier les formes trop voyantes ou de lui trouver un substitut plus avouable. Mais enfoncée comme elle est au milieu de dispositifs et de stratégies de pouvoir, elle peut opposer à qui voudrait la transformer une grande force d'inertie. Un fait est caractéristique : lorsqu'il est question de modifier le régime de l'emprisonnement, le blocage ne vient pas de la seule institution judiciaire; ce qui résiste, ce n'est pas la prison sanction pénale, mais la prison avec toutes ses déterminations, liens et effets extra-judiciaires; c'est la prison, relais dans un réseau général des disciplines et des surveillances; la prison, telle qu'elle fonctionne dans un régime panoptique. Ce qui ne veut pas dire qu'elle ne peut pas être modifiée, ni qu'elle est une fois pour toutes indispensable à un type de société comme la nôtre. On peut, au contraire, situer les deux processus qui dans la continuité même des processus qui l'ont fait fonctionner sont susceptibles de restreindre considérablement son usage et de transformer son fonctionnement interne. Et sans doute sont-ils déjà largement entamés. L'un, c'est celui qui diminue l'utilité (ou fait croître les inconvénients) d'une délinquance aménagée comme un illégalisme spécifique, fermé et contrôlé; ainsi avec la constitution à une échelle nationale ou internationale de grands illégalismes directement branchés sur les appareils politiques et économiques (illégalismes financiers, services de renseignements, trafics d'armes et de drogue, spéculations immobilières) il est évident que la main-d'œuvre un peu rustique et voyante de la délinquance se révèle inefficace; ou encore, à une échelle plus restreinte, du moment que le prélèvement économique sur le plaisir sexuel se fait beaucoup mieux par la vente de contraceptifs, ou par le biais des publications, des films et des spectacles, la hiérarchie archaïque de la prostitution perd

une grande part de son ancienne utilité. L'autre processus, c'est la croissance des réseaux disciplinaires, la multiplication de leurs échanges avec l'appareil pénal, les pouvoirs de plus en plus importants qu'on leur prête, le transfert toujours plus massif vers eux de fonctions judiciaires ; or à mesure que la médecine, la psychologie, l'éducation, l'assistance, le « travail social » prennent une part plus grande des pouvoirs de contrôle et de sanction, en retour l'appareil pénal pourra se médicaliser, se psychologiser, se pédagogiser ; et du coup devient moins utile cette charnière que constituait la prison, quand, par le décalage entre son discours pénitentiaire et son effet de consolidation de la délinquance, elle articulait le pouvoir pénal et le pouvoir disciplinaire. Au milieu de tous ces dispositifs de normalisation qui se resserrent, la spécificité de la prison et son rôle de joint perdent de leur raison d'être.

S'il y a un enjeu politique d'ensemble autour de la prison, ce n'est donc pas de savoir si elle sera correctrice ou pas ; si les juges, les psychiatres ou les sociologues y exerceront plus de pouvoir que les administrateurs et les surveillants ; à la limite, il n'est même pas dans l'alternative prison ou autre chose que la prison. Le problème actuellement est plutôt dans la grande montée de ces dispositifs de normalisation et toute l'étendue des effets de pouvoir qu'ils portent, à travers la mise en place d'objectivités nouvelles.

*

En 1836, un correspondant écrivait à *La Phalange :* « Moralistes, philosophes, législateurs, flatteurs de la civilisation, voici le plan de votre Paris mis en ordre, voici le plan perfectionné où toutes choses semblables sont réunies. Au centre, et dans une première enceinte : hôpitaux de toutes les maladies, hospices de toutes misères, maisons de fous, prisons, bagnes d'hommes, de femmes et d'enfants. Autour de la première enceinte, casernes, tribunaux, hôtel de police, demeure des argousins, emplacement des échafauds, habitation du bourreau et de ses aides. Aux quatre coins, chambre des députés, chambre des pairs, Institut et Palais du Roi. En dehors, ce qui alimente l'enceinte centrale, le commerce, ses fourberies, ses banqueroutes; l'industrie et ses luttes furieuses; la presse, ses sophismes; les maisons de jeu; la prostitution, le peuple mourant de faim ou se vautrant dans la débauche, toujours prêt à la voix du Génie des Révolutions; les riches sans cœur... enfin la guerre acharnée de tous contre tous[1]. »

Je m'arrêterai sur ce texte sans nom. On est fort loin maintenant du pays des supplices, parsemé de roues, de gibets, de potences, de piloris; on est loin aussi de ce rêve que portaient les réformateurs, moins de cinquante ans auparavant : la cité des punitions où mille petits théâtres auraient donné sans cesse la représentation multicolore de la justice et où les châtiments soigneusement mis en scène sur des échafauds décoratifs auraient constitué en permanence la fête foraine du Code. La ville carcérale, avec sa « géopolitique » imaginaire, est soumise à des principes tout autres. Le texte de *La Phalange* en rappelle quelques-uns parmi les plus importants : qu'au cœur de cette ville et comme pour la faire tenir, il y a, non pas le « centre du pouvoir », non pas un noyau de forces, mais un réseau multiple d'éléments divers — murs, espace, institution, règles, discours; que le modèle de la ville carcérale, ce n'est donc pas le corps du roi, avec les pouvoirs qui en émanent, ni non plus la réunion contractuelle des volontés d'où naîtrait un corps à la fois individuel et collectif, mais une répartition stratégique d'éléments de nature et de niveau divers. Que la prison n'est pas la fille des lois ni des codes, ni de l'appareil judiciaire; qu'elle n'est pas subordonnée au tribunal comme l'instrument docile ou maladroit des sentences qu'il porte et des effets qu'il voudrait obtenir; que c'est lui, le tribunal, qui est par rapport à elle, extérieur et subordonné. Qu'en la position centrale qu'elle occupe, elle n'est pas seule, mais liée à toute une série d'autres dispositifs « carcéraux », qui sont en apparence bien distincts — puisqu'ils sont destinés à soulager, à guérir, à secourir — mais qui tendent tous comme elle à exercer un pouvoir de normalisation. Que ce sur quoi s'appliquent ces

1. *La Phalange*, 10 août 1836.

dispositifs, ce ne sont pas les transgressions par rapport à une loi « centrale », mais autour de l'appareil de production — le « commerce » et l'« industrie » —, toute une multiplicité d'illégalismes, avec leur diversité de nature et d'origine, leur rôle spécifique dans le profit, et le sort différent que leur font les mécanismes punitifs. Et que finalement ce qui préside à tous ces mécanismes, ce n'est pas le fonctionnement unitaire d'un appareil ou d'une institution, mais la nécessité d'un combat et les règles d'une stratégie. Que, par conséquent, les notions d'institution de répression, de rejet, d'exclusion, de marginalisation, ne sont pas adéquates pour décrire, au centre même de la ville carcérale, la formation des douceurs insidieuses, des méchancetés peu avouables, des petites ruses, des procédés calculés, des techniques, des « sciences » en fin de compte qui permettent la fabrication de l'individu disciplinaire. Dans cette humanité centrale et centralisée, effet et instrument de relations de pouvoir complexes, corps et forces assujettis par des dispositifs d'« incarcération » multiples, objets pour des discours qui sont eux-mêmes des éléments de cette stratégie, il faut entendre le grondement de la bataille[1].

1. J'interromps ici ce livre qui doit servir d'arrière-plan historique à diverses études sur le pouvoir de normalisation et la formation du savoir dans la société moderne.

I SUPPLICE

II PUNITION

III DISCIPLINE

IV PRISON

DU MÊME AUTEUR

Aux Éditions Gallimard

HISTOIRE DE LA FOLIE À L'ÂGE CLASSIQUE (1972).

RAYMOND ROUSSEL (1963).

LES MOTS ET LES CHOSES (1966).

L'ARCHÉOLOGIE DU SAVOIR (1969).

L'ORDRE DU DISCOURS (1971).

MOI, PIERRE RIVIÈRE, AYANT ÉGORGÉ MA MÈRE, MA SŒUR ET MON FRÈRE... *(ouvrage collectif)* (1973).

SURVEILLER ET PUNIR (1975).

HERCULINE BARBIN DITE ALEXINA B. *(présenté par M. Foucault)* (1978).

HISTOIRE DE LA SEXUALITÉ.

I. La volonté de savoir (1976).

II. L'Usage des plaisirs (1984).

III. Le Souci de soi (1984).

LE DÉSORDRE DES FAMILLES. LETTRES DE CACHET DES ARCHIVES DE LA BASTILLE AU XVIIIe SIÈCLE *(en collaboration avec Arlette Farge)* (1982).

DITS ET ÉCRITS 1954-1988.

I. 1954-1969.

II. 1970-1975.

III. 1976-1979.

IV. 1980-1988.

Édition sous la direction de Daniel Defert et François Ewald, avec la collaboration de Jacques Lagrange.

Chez d'autres éditeurs

NAISSANCE DE LA CLINIQUE : UNE ARCHÉOLOGIE DU REGARD MÉDICAL (P.U.F.).

LES MACHINES À GUÉRIR *(Ouvrage collectif)* (Éditions Mardaga).

Impression Bussière Camedan Imprimeries
à Saint-Amand (Cher), le 3 janvier 2003.
Dépôt légal : janvier 2003.
1er dépôt légal dans la collection : avril 1993.
Numéro d'imprimeur : 025660/1.
ISBN 2-07-072968-0./Imprimé en France.

122055